朱晓进学术文集

第四卷

政治文化与中国20世纪30年代文学

Political Culture
and Chinese Literature
in the 1930s

朱晓进 著

译林出版社

图书在版编目（CIP）数据

朱晓进学术文集. 第四卷，政治文化与中国 20 世纪 30 年代文学 / 朱晓进著. -- 南京 : 译林出版社，2025. 8. -- ISBN 978-7-5753-0325-5

Ⅰ. I206. 6-53

中国国家版本馆 CIP 数据核字第 2025ET1516 号

朱晓进学术文集（第四卷） 政治文化与中国20世纪30年代文学 朱晓进／著

责任编辑 张 黎
装帧设计 韦 枫
校 对 王 敏
责任印制 闻媛媛

出版发行 译林出版社
地 址 南京市湖南路 1 号 A 楼
邮 箱 yilin@yilin.com
网 址 www.yilin.com
市场热线 025-86633278
排 版 南京新华丰制版有限公司
印 刷 江苏凤凰新华印务集团有限公司
开 本 652 毫米 × 960 毫米 1/16
印 张 29.75
版 次 2025 年 8 月第 1 版
印 次 2025 年 8 月第 1 次印刷
书 号 ISBN 978-7-5753-0325-5
定 价 94.00 元

朱晓进

男，汉族，1956 年 12 月生，江苏泰州人。文学博士，二级教授，博士生导师。曾任南京师范大学文学院院长、南京师范大学副校长。曾兼任教育部中文教学指导委员会委员、全国鲁迅研究会副会长、全国叶圣陶研究会副会长等。

全国首届高校国家级教学名师（2003 年）、全国模范教师（2004 年）、全国高校优秀青年教师（2002 年）、全国教育战线师德先进个人（2001 年）、享受国务院政府特殊津贴专家（1998 年）、江苏省首届优秀社会科学工作者（1998 年）、有突出贡献中青年专家（2001 年）、江苏省高校教学名师（2003 年）、江苏省“六大人才高峰”专家（2007 年）、江苏省 333 工程科技领军人才（2007 年）、江苏省 333 工程第一层次人才（2013 年）等。

曾先后主持“中国现当代文学”国家级重点学科（2007 年）、首批国家级精品课程“中国现当代文学”（2004 年）、国家级教学创新团队（2007 年）、国家级人才培养模式创新实验区（2009 年）、江苏省非物质文化遗产研究基地（2014 年）、江苏省当代作家研究中心（2014 年）。

曾先后主持国家社科基金重点项目和国家社科基金项目多项，主编全国性教材多部。主要学术著作有《历史转换期文化启示录——文化视角与鲁迅研究》（辽宁教育出版社 1992 年出版）、《中国现代文学现象研究》（百花文艺出版社 1994 年出版）、《“山药蛋派”与三晋文化》（湖南教育出版社 1995 年出版）、《鲁迅文学观综论》（陕西人民教育出版社 1996 年出版）、《找寻中国现代文学史研究的独特角度》（中国文联出版社 2003 年出版）、《非文学的世纪：20 世纪中国文学与政治文化关系史论》（主编，南京师范大学出版社 2004 年出版）、《政治文化与中国二十世纪三十年代文学》（人民出版社 2006 年出版）、《中国现代文学史研究的视阈》（人民文学出版社 2008 年出版）、《鲁迅研究》（主编，中华书局 2011 年出版）、《作为语言艺术的中国现代文学史》（主编，人民出版社 2015 年出版）等；在《中国社会科学》《文学评论》《中国现代文学研究丛刊》等重要学术刊物发表学术论文 200 余篇。

学术研究成果获得国家教育部人文社会科学优秀成果一等奖、二等奖、三等奖（2013 年、2009 年、1998 年），江苏省哲学社会科学优秀成果一等奖 3 次（1997 年、2007 年、2011 年），江苏省哲学社会科学优秀成果二等奖（2005 年）；教学成果获得教育部全国高校优秀教学成果二等奖（2009 年），教育部全国高校优秀教材二等奖 2 次（2002 年、2023 年），江苏省高等教育优秀教学成果特等奖 2 次（2004 年、2009 年），江苏省高等教育优秀教学成果一等奖（2001 年），国务院学位委员会和教育部全国优秀博士学位论文指导教师奖（2014 年），等等。

《朱晓进学术文集》出版说明

《朱晓进学术文集》分5卷收录朱晓进个人的学术专著和学术论文。第一卷为《中国现代文学史研究论文选》，分“文学史观与文学史研究的思路”“文化视角与中国现代文学研究”“文学语言与中国现代文学文体研究”三个栏目，共收录学术论文29篇。第二卷收录专著《历史转换期文化启示录——文化视角与鲁迅研究》（辽宁教育出版社1992年出版）和《鲁迅文学观综论》（陕西人民教育出版社1996年出版）。第三卷收录专著《“山药蛋派”与三晋文化》（湖南教育出版社1995年出版），并附录3篇与该著内容有关的学术论文。第四卷收录专著《政治文化与中国二十世纪三十年代文学》（人民出版社2006年出版），并附录4篇与该著内容有关的学术论文。第五卷为《文学评论文选》，分“文学理论批评”“作家作品评论”“书评与述评”三个栏目，共收录评论文章40篇，并附录有关文字5篇。

文化自觉与文学研究

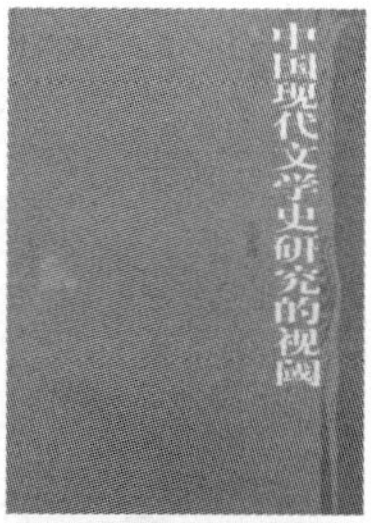
中国现代文学史研究的视阈

中国现代文学发展史

历史转换期
文化启示录

鲁迅
文学观综论

鲁迅研究教程

「山药蛋派」
与三晋文化

中国二十世纪三十年代文学

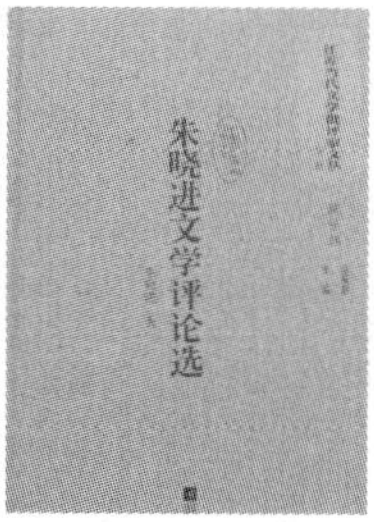
朱晓进文学评论选

找寻中国现代文学史研究的
独特角度

青年学者丛书
中国现代文学现象研究

目录

政治文化与中国20世纪30年代文学

政治文化与中国 20 世纪 30 年代文学

引论：中国 20 世纪 30 年代文学与政治文化[1]之关系

一

20 世纪 30 年代前后的一段时期（1927—1936）是中国文学发展的一个非常特殊的时期，在对这个时段文学进行研究时，我们所采取的切入角度和所采用的方法也应该是独特的。在过去的文学史研究中，人们似乎总有着这样一种强烈的主观冲动：总希望为研究中国现代文学的发展或整个 20 世纪文学的发展找到一个统一的角度。人们为此耗费了太多的精力。不同时段的文学各有其自身独特的特征，要想用统一的角度来统概不同时段的文学，即使不是徒劳无功，起码也会是常常以牺牲一些时段的文学的独

1　本著原版书名为《政治文化与中国二十世纪三十年代文学》，本次新版为修订本，为统一体例故，本书中表述均为“政治文化与中国 20 世纪 30 年代文学”。

特性为其代价。文学史研究的角度应该是多元的，使用何种角度，关键要看这种角度与研究对象的契合度。对30年代文学进行研究，要使研究的切入角度和所采用的方法与该时段文学相契合，我们对该时段文学的特殊性就应该予以高度的关注和重视。

30年代文学确有其自身的特殊性，而且由于这种“特殊性”，使这一阶段的文学具有了某种独特的“敏感性”：新中国成立后再版的五四以来的现代文学作品中，30年代的作品占了绝对的比重，除了30年代文学相对而言是现代文学发展史上的成熟期之外，还有一个重要的原因，那就是五六十年代文艺对“政治性”的异常强调，使出版者、编辑者们更容易将眼光伸向与“政治”关系密切的30年代文学。同样是30年代文学，在“文革”期间遭到的否定也是超出其他任何阶段的文学的，1966年林彪委托江青召开部队文艺工作者座谈会，在其座谈会《纪要》中也将“资产阶级文艺思想黑线”的源头定位在“30年代文艺”上。周扬在80年代曾发过这样的感慨：“‘30年代’这个历史概念，长期遭到林彪、‘四人帮’的严重歪曲和诽谤”，使得“人们竟把‘30年代’看成一个不光彩的名称”。而“台湾反动分子至今还在咒骂‘30年代’的革命文艺，把它称作‘幽灵’”。[1]毫无疑问，“30年代”文学与文艺之所以会如此成为“敏感”的问题，盖源于它自身的

1　周扬：《继承和发扬左翼文化运动的革命传统》，《人民日报》1980年4月2日。

政治特性。30 年代在某种意义上可以说是 20 世纪文学政治化的源头，茅盾曾说过，他写于 30 年代的《林家铺子》在 60 年代被改编成电影，“成为夏衍是‘反革命修正主义分子’的罪状之一。现在翻翻 30 年代对《子夜》《春蚕》《林家铺子》的某些评论，又回想当年对电影《林家铺子》的批判，觉得两者之间的观点甚有相似之处。所不同的是，30 年代的评论，纯属学术观点上的百家争鸣，谁都不把它放在心上；而 60 年代的批判，却成了决定一个艺术家的政治生命和艺术生命的帽子和棍子”。[1] 这里，茅盾指出了 30 年代与 60 年代及其后的年代在以政治批评代替艺术批评方面的相似之处。而茅盾所谓的不同之处在于，30 年代文学批评虽与政治紧密相关，但尚未与“政权”连接；60 年代的文学批评却是与政权相连接的；所以作家对 30 年代的文学批评可以“不把它放在心上”（当然，也并非完全如此），而对 60 年代的文学批评却不敢“不把它放在心上”。可见，文学的政治化，30 年代与其后的年代是一脉相传的，这更说明 30 年代文学与政治文化之关系是一个必须给以充分关注的问题。

在中国现代文学发展史上，30 年代文学与政治文化之间有着特殊关系。30 年代许多重要文学作品都明显表露出在题材上的政治化特征，在题旨上的意识形态化倾向；同时隐含着一种政治权

1　茅盾：《我走过的道路》（中），人民文学出版社 1984 年版，第 144—145 页。

力运作机制，它广泛涉及不同的党派、社群乃至个人的政治意愿，并以此为中介，影响和制约着 30 年代文学的基本走向。研究 30 年代文学与政治文化之关系，可以从更为广阔的范围内来探讨 30 年代诸多文学现象的成因，可以从更为本质的方面来揭示 30 年代文学的基本特征，并有可能将 30 年代的文学研究引向深入。

从 30 年代的特殊性出发，由这个阶段文学在总体上的明显的政治性特征所决定，我们选择从政治文化这一角度来观照文学，其目的无非是想能多少看出一些从其他角度所难以看出的问题，多少揭示出从其他角度所难以揭示的更为接近该时段文学本质的特征，多少得出一些从其他角度难以得出的某些结论。当然，这里并不排斥其他角度的有效性，因为，在观照某个具体事物时，是可以有多个视角的。不过，观照任何一个对象，事实上都可能只有一个最佳视角，舍弃了这种最佳视角，所观照的对象难免失真。就 30 年代文学而言，如果不顾历史的氛围，忽略文学产生的特殊政治背景，仅从纯文学的角度切入，可能难以对 30 年代各种文学现象、作品做出合理的评价。

从政治角度来看文学，这并不是一个新的话题，我们的研究界在文艺与政治关系问题上的争论历时已经很久了。在文艺与政治的关系问题上，研究界曾出现过两种倾向，或是过分强调艺术对于政治的隶属关系，以至于常常出现以政治情绪化评判取代客观的文学研究的情况；或是有意无意忽略文学史上客观存在的政治因素对文学的影响，从而也难以对一些重要的文学现象做出客观的历史评判。要避免上述走极端的研究倾向，就必须真实客观地来看待政治与文学的关系问题。在以往学术界阐述文艺与政治的关系时，最大的失误是并未真正弄清二者之间的关系方式。人们虽然是明确意识到了政治维度，并试图加以描述，但在未真正搞清政治与文艺的关系方式之前，这种描述只能是简单地将文学现象与政治事件，将文学作品与作家的政治思想，将文学的内容与政治的历史进程生硬地直接对应或比附。而很少有人真正客观地去探究，在不同的历史时期，政治到底在哪些主要方面，到底以何种方式，到底在何种程度上影响乃至决定了文学的基本走向，或是构成了文学基本的甚至是主要的特征。政治与文艺之间关系的历史深度仿佛在一块二维屏幕上被压扁了，一切都满足于在朦胧状态中被描述、被概括。这样所导致的后果，要不就是在主观的想象中强化政治的作用，要不就是在盲目的臆测中否认政治对于文学事实上所起的作用，二极对立观点的构成其实都源于一种朦胧。事实上，文学与政治之关系，只能是历史地、具体地、阶段性地呈现出不同的结构形态，文学史的研究正应该去历史地、具体地加以探究，以便揭开这种关系之上的朦胧面纱。在这里，我们将“政治文化”这一概念引入文学史的研究之中，其目的无非是尝试着在政治与文学之间找到一座关系方式的桥梁。

二

“政治文化”（political culture）一词是美国政治家阿尔蒙德（Gabriel A. Almond）于 1956 年在《政治季刊》上发表《比较政治体系》一文时首先创用的。按照阿尔蒙德的理解，政治文化不同于明确的政治理念，也不同于现实的政治决策，它是作为一种心理的积淀，深藏在人们心中并潜移默化地支配着人们的政治行为。“政治文化”在阿尔蒙德的观念中，是属于“文化体系”的一部分，指涉着对政治行为和政治评价的主观取向。自从阿尔蒙德提出“政治文化”的概念以来，60 年代西方的政治学者纷纷采用这一概念来解释政治体系中的政治行为及其变迁的趋向。当然，在具体使用“政治文化”这一概念时，不同的学者在理解上多少是有差异的。1958 年，比尔（Samuel H. Beer）和鄂曼（Adam Ulam）在《政府的模式：欧洲主要政治体系》一书中所讲的“政治文化”，主要包括政治价值、信仰体系、感情态度与符号。1963 年美国著名政治学家尤劳（Heinz Eulan）在其《政治学行为派》一书中肯定了“政治文化”概念的价值，认为它可以促进政治行为的研究，以比较不同文化体系或同一文化体系内“各次级文化”间的异同。1965 年白鲁恂（Lucian W. Pye）与弗巴（S. Verba）合编了《政治文化与政治发展》一书，白鲁恂将“政治文化”定义为：“一套态度、信仰与情感，此种态度、信仰与情感使政治过程有秩序及意义，同时为政治体系设下了基本前提与规则，以求控制体系中的行为。”而弗巴则认为：“政治文化是由经验性的信仰、表达的符号以及价值判断三者所交织的体系。它划定政治行为发生的背景，是政治活动的主观取向，包括一个政治体系的最高远的理想以及一般的行为规范。”[1] 1966 年，阿尔蒙德与小鲍威尔（G. Bingham Powell, Jr.）合作发表《比较政治学：体系、过程、政策》一书，该书对“政治文化”的含义和定义做了进一步阐发和界定，认为“政治文化是一个民族在特定时期流行的一套政治态度、信仰和感情。这个政治文化形成于本民族的历史以及现在社会、经济、政治活动进程之中。人们在过去的经历中形成的态度类型对未来的政治行为有着重要的强制作用。政治文化影响各个担任政治角色者的行为、他们的政治要求和对法律的反应”[2]。

上述对“政治文化”这一概念的种种阐释，包含着不同的研究者自身对此的理解以及标明了他们各自是在何种意义上使用这一概念的。在此，我们并无意于对“政治文化”这一概念做更为具体的研究甚至解释，因为“政治文化”目前事实上已成为一个相对宽泛的学术领域。按照我们的理解，“政治文化”这一概念

1 ［美］卢西恩·派伊：《政治文化与政治发展》（英文版），普林斯顿大学出版社 1965 年版，第 513 页。
2 ［美］阿尔蒙德、小鲍威尔：《比较政治学：体系、过程、政策》，曹沛霖等译，上海译文出版社 1987 年版，第 29 页。

可以有广义和狭义之分，广义的政治文化是指，在一定文化环境下形成的民族、国家、阶级和集团所建构的政治规范、政治制度和体系，以及人们关于政治现象的态度、感情、心理、习惯、价值信念和学说理论的复合体。而狭义的政治文化则主要是指由政治心理、政治意识、政治态度、政治价值观等层面所组成的观念形态体系，也就是阿尔蒙德所谓的“在特定时期流行的一套政治态度、信仰和感情”。我们在使用“政治文化”这一概念时，是基于我们对此的上述理解来使用的，而且，在我们研究政治文化与文学的关系时，更主要是在狭义上使用“政治文化”这一概念的（而作为研究背景，广义的政治文化内容也有所涉猎）。

我们关注“政治文化”问题，首先是因为“政治文化”这一问题所涉猎的重心不同于我们通常所谓的“政治”这一概念。按照以往我们通常对“政治”的解释，政治就是指“阶级斗争”。“其表现形式为阶级、政党、社会势力和社会集团关于国家生活和国际关系的活动。这些活动的实质是一定阶级夺取政权和巩固政权的斗争。政治属于上层建筑，它产生于一定的经济基础之上，并为经济基础服务，是经济的集中表现”。“政治”的另一种解释，有时就是直接指“国事”。[1]我们从上述对“政治”的解释中所能领略的基本上是一种客观的外部的“活动”，人们的政治行为及其

1　参见《辞海》（语词分册），上海辞书出版社 1979 年版。

背后的心理动机等主观取向却无法得到强调。这样，当我们淡论政治与文艺的关系时，势必会遇到的问题就是，客观“活动”的“政治”是如何与个人性、主观性很强的文学创作相关联的。马克思曾这样批评过机械唯物论的片面性，说它们的“主要缺点是：对事物、现实、感性，只是从客观方面去理解，而不是把它们当作人的感性活动，当作实践去理解，不是从主观方面去理解”。[1]我们认为，在以往的政治与文化关系研究中所最常见的诸如生搬硬套、乱贴标签等弊病也与此有关。而“政治文化”不同于明确的政治理念和现实的政治决策，它更关注的是政治上的心理方面的集体表现形式以及政治体系中成员对政治的个人态度与价值取向模式。进入其研究视野的就不再仅仅是纯客观的“活动”，而且包括甚至主要关注政治行为的心理因素，如信念、情感及评价意向等等。这对我们研究政治与文学的关系确实提供了绝佳的中介。

政治固然有时可以直接干预文学活动，但最终“政治”进入“文学创作”活动乃至最终影响文学作品等等，却只能是通过“政治文化”这个通道来完成的。“政治”是以政治文化的方式对文学施加影响的，即民族、国家、阶级或集团等政治实体所建构的政治规范和权力机制，是通过营造成某种流行的政治心理、政治态度、政治信仰和政治感情来影响于文学创作的，而文学创作反

1　马克思：《关于费尔巴哈的提纲》，《马克思恩格斯选集》第一卷，人民出版社 1972 年版，第 16 页。

作用于政治也主要是通过这些政治文化方面来间接实施的。正是在这个意义上我们认为，“政治文化”是我们所试图找寻的政治与文学之间关系方式的桥梁。当然，我们关注“政治文化”问题，还因为“政治文化”这一问题本身所包孕的丰富的内蕴，这不仅是指与之相关联的一整套概念体系，必将会丰富我们对诸多政治与文学现象的解释语汇，而且是指与之相关的诸多的分析方法和方式，也将会给我们的研究带来诸多的启示。

三

我们研究中国 30 年代文学与政治文化之关系，最终的落脚点还是在文学上，因此，我们在涉及政治文化时，所关注的也只是与 30 年代文学相关的部分，而并非讨论 30 年代政治文化的全体部分。而且，我们在涉及那些相关的政治文化部分时，也绝不是对之做单独的陈述或探究，而是将之摆到与文学的关系中来加以探讨，即看它对文学的影响程度，它在文学特征形成中所起的作用。说到底，只有与 30 年代文学直接或间接相关的政治文化的某些方面才会进入我们的研究视野。这里需要特别强调的是，我们探讨政治文化之于 30 年代文学的关系时，“政治”或“政治文化”并不是我们评价文学现象和文学作品的标准或依据，我们不是从某种“政治”的要求去评价文学的得失，而只是以此作为我们观照文学的一个“角度”。

我们的基本研究思路是：尽可能真实地再现30年代文学所处的政治文化氛围，尽可能地以翔实准确的史料去研究30年代国民党政权的政治控制、文化制度的运作，以及由此形成的普遍的政治心理、政治意识、政治价值，并由此来认识各派文学对此的实际反应以及所采取的不同的文学策略，即通过对特殊的政治文化语境的揭示，以期找到30年代许多文学现象（包括作家行为，作品特征，重要的文学论争、文学派别、文学范型、文体现象的形成等等）的重要依据，以达到对30年代文学的准确把握和全面而中肯的评价。

我们的研究是具体从这样一些方面入手的：

第一，我们努力揭示了30年代政治文化语境与文学氛围。谈30年代文学，绝对离不开30年代政治文化语境以及与之相适应的文学氛围。我们通常所说的文学史意义上的“30年代”，是以国共两党合作的破裂，国民党一党独裁政权的建立为其开端的。而国民党政权建立后，为维护和巩固其政治统治，相应地在文化领域施行了一整套的文化控制方略，这包括控制宣传媒体、扶持官方文艺团体、推行官方文艺政策，乃至查禁书刊、捕杀作家等等。这些作为“权力主体”的国民党政权所推行的政治文化，构成了30年代文学生成、生存和发展的一个重要生态环境。可以说，

30 年代的各种文学现象，基本上是在对这样一种生态环境的或顺应或违逆，或适应或不适应，或协调或不协调的反应中得以形成并呈现出种种态势的。30 年代，作为权力客体的持各种不同政治见解的文化群体和个人，不约而同地关注的重要问题之一，是出版和言论的自由。这主要是针对作为权力主体的国民党政权所采取的种种文化控制手段而来的。处于权力客体地位的各派政治势力所拥有的各种“反权力政治文化”往往只能通过包括文学在内的文化传媒来产生影响，而权力主体也必须依靠控制文化传媒来巩固自己的政权。在出版和言论自由问题上，权力客体与权力主体之间构成的尖锐冲突，正是 30 年代特殊政治文化语境的必然产物。此种政治文化语境营造出的文学氛围，对 30 年代文学现象和作家心态的生成，是十分重要的，它在很大程度上决定了文学作品的生存和生产状况，并由此形成了文学发展在整体上的一些重要的或基本的特点。上述这些，是我们研究 30 年代文学的一个重要出发点。

第二，我们着重研究了在特殊的政治文化语境中，30 年代各派作家的实际反应和相应采取的文学策略。谈 30 年代各派的文学观念，不能不参照各派文学群体的政治文化观念，这是因为，30 年代的文学群体基本上都呈现出明确的“亚政治文化”形态或具有鲜明的“亚政治文化”特征。如果说，20 年代的文学群体主要是以艺术追求的共同性来加以聚合的话，那么 30 年代的文学群体则主要是以其政治倾向的一致性为其标志的。因此，30 年代各派的文学主张在很大程度上取决于他们的政治意识，无论是在各自文学观点的提出，还是在相互的文学论争中，都无不糅入了某种政治情绪，而且，各派的文学观念在某种意义上可以说并非是出于文学的或学术的思考，而常常是从自身的政治立场、政治态度出发，针对自身对当时政治文化形势的理解而采取的某种文学策略。我们在研究中，着重揭示了 30 年代各文学群体的“亚政治文化”形态特征及其性质，分析了各文学群体重要的文学观念得以形成的政治文化因素。

第三，我们进一步较为具体地研究了 30 年代一些重要的文学论争所具有的政治文化色彩。30 年代的文学论争所具有的政治文化色彩，是在以往的文学史研究中被忽略了的方面，所以应给予特别的重视。在 30 年代的文学论争中，各派所依据的常常是其政治文化立场，而文学自身的要求则往往被隐去了。其间，倍受重视的是说话人的政治态度，即站在何种立场上讲话，是论争各方最关注的；而讲话内容的公允性和合理性倒未必受到重视，从而使文学论争一再呈现出是非标准的相对模糊和朦胧的状况。我们的研究，注重分析 30 年代重要的文学论争中，论争各方的政治态度、政治情绪和成为某种惯性的政治化思维，努力揭示出这些因素到底在多大程度上，到底以什么方式，最终支配着论争各方的行为以及导致了论争的过程和结果。

第四,我们探讨了30年代普遍的政治文化心理对文学的导向。30年代的特殊政治文化语境不仅直接影响着作家，而且也在相当大的程度上广泛深入地影响着广大的读者层。广大的读者，包括批评家（特殊的读者群）的政治心理，以及由此形成的对文学的审美偏好，构成了带有某种普遍性的对于文学的期待，这无疑也是30年代文学氛围的有机组成部分。我们对此加以研究，着重探讨30年代的普遍的阅读心理，即研究最广泛的读者层（包括批评家）在政治心理驱使之下的文学期待，以及这种期待如何最终左右了文学的走向。这还包括研究当时的编辑和出版商们是如何为了迎合广大读者的特殊政治心理、审美偏好和文学口味，而最终施加影响于作家的创作的。

第五，我们还将研究30年代政治文化对当时的作家的创作活动所产生的实际影响。我们将努力揭示30年代作家的政治意识与其文学选择之间的关系，即探讨政治意识、政治价值观的或明显或潜隐的趋导，是如何决定了作家们选取文学题材的眼光、处理题材的方式，以及观照问题的角度的。

第六，我们将努力揭示30年代政治文化对当时文学风尚的形成实际上所起的作用。即探讨政治风气、政治需求和普遍的政治心态等与流行的文学风尚之间的关系，以及这些文学风尚又是如何导致了主导的审美倾向的形成以及一些特殊的文体形式的盛行的。

第一章　特殊的政治文化语境与文学氛围

谈 20 世纪 30 年代的文学，首先有必要对 30 年代政治文化语境以及与之相应的文学氛围进行考察。离开了这种语境和氛围，30 年代的许多文学现象将难以获得合理的解释。

第一节　20 世纪 30 年代的政治文化环境

一

通常文学史意义上的“20 世纪 30 年代”，是以国共合作破裂、国民党一党独裁政权的建立为其开端的。“权力主体夺权掌权的原动力多是物质占有欲，但根据马斯洛的层次需要理论，他们一旦拥有了巨大经济利益，又绝不会满足于此。他们必然要追求政治与精神的价值，必须在这些领域中寻找能合乎自己胃口、满足自身要求的理论根据”。也就是说，由于“政治文化是权力主体的精神支柱”，所以，一方面，权力主体“为了赢得权力客体”，他们必然要“炮制、研讨、推广一种政治文化”，因为，这种“政治文化是权力结构中的非强制性部分”，它可以“由权力主体以宣传、教育等手段灌输给权力客体，让权力客体自觉或非自觉地接受权力主体的权力意志”。另一方面，权力主体自身也需要建立一种政治文化，以便寻求“大量的、能增强自信心的精神刺激”。[1] 1927 年国民党在南京建立了政权以后，为了维护和巩固其统治，相应地在文化领域施行了一整套的文化方略，其中包括实行“党化教育”，控制宣传媒体，扶持官方文艺团体，推行官方文艺政策等。通过这一系列政治文化的措施，国民党试图实现其与一党专政相适应的文化专制主义。

所谓“党化教育”的基本内容是，将“一个党”“一个主义”的政策贯彻到学校教育方面。早在 1927 年 4 月，蒋介石“四一二”政变后没几天，国民党上海市党部就拟定了《党化教育委员会章程》，规定该委员会有权监督各校推行“党化教育”、审查违反党义的课本、取缔违反党义的学校。1927 年 8 月，国民党政府教

1　孙正甲:《政治文化》，北方文艺出版社 1992 年，第 19—20 页。

育行政委员会更是制定了《学校施行党化教育办法草案》，要求学校的教育方针“要建立在国民党的根本政策之上”，要“把学校的课程重新改组，使与党义不违背”，“并能发扬党义和实施党的政策”。[1] 此后，国民党的许多地方政府颁布了《党化教育大纲》，将“党化教育”办法具体化，甚至要求以国民党训练党员的方法训练学生，以国民党的思想为学生的思想，以“三民主义”为学生的人生观，以国民党的纪律为学校纪律，使学生一切听从国民党的指挥。[2] 因“党化教育”引起进步人士的不满，国民党后来又将“党化教育”更名为“三民主义教育”，1928 年 5 月国民党政府大学院在南京举行的第一次全国教育会议，其宣言就提出，“此后中华民国的教育宗旨，就是三民主义教育”。[3] 对私立学校，国民党也不放过，1929 年 8 月公布了《私立学校规程》，并依据该规程来勒令其改组或停办一些未纳入“一党专政”轨道的私立学校。[4]

在宣传方面，国民党政权更是严加控制，他们查禁书刊、限制出版、审查和删改书稿、破坏进步文化团体，直至迫害进步的文化界人士。

1 《教育界消息》(1927 年 8 月)，《教育杂志》第 19 卷第 8 号。
2 傅长禄：《中国现代文化史略》，吉林大学出版社 1991 年版，第 119 页。
3 《第二次教育年鉴》(第二编)，1948 年版，第 37 页。
4 傅长禄：《中国现代文化史略》，吉林大学出版社 1991 年版，第 120 页。

二

1928 年 2 月，国民党政府下令取缔各种进步的小报和小册子, 1929 年 1 月 10 日, 国民党宣传部门制定《宣传品审查条例》, 规定“三民主义”为其正宗, 凡“宣传共产主义及阶级斗争者”“反对或违背主义政纲政策及决议案”的宣传品为“反动宣传品”,“误解”“曲解本党主义政策及决议者”为“谬误宣传品”；凡“谬误者纠正或训斥之”,“反动者查禁查封或究办之”, 如“抗不遵办者, 加重其处分”。[1] 1929 年 6 月又公布了《取缔销售共产书籍办法》。1930 年 12 月国民党政府颁布了《出版法》，翌年 10 月又公布了《出版施行细则》，对报纸、杂志、书籍和出版发行做了严厉的限制, 其中《出版法》之十九条规定:“出版品不得为左列各款之记载:（一）意图破坏中国国民党或破坏三民主义者。（二）意图颠覆国民政府或损害中华民国利益者。（三）意图破坏公共秩序者。（四）妨害善良风俗者。”[2] 1932 年 11 月，国民党中央宣传部又规定了《宣传品审查标准》，指宣传共产主义者为反动，指批评国民党的不抵抗政策、要求抗日者为“危害中华民国”，指凡对国民党政府有些许不满者为“替共产党张目”，一律予以禁止。1933 年 1 月 19 日, 国民党政府又公布了《新闻检查标准》。1933 年 10 月,

1　张静庐:《中国现代出版史料》乙编，中华书局 1955 年版，第 523—524 页。
2　张静庐:《中国现代出版史料》乙编，中华书局 1955 年版，第 514 页。

国民党行政院下达“查禁普罗文艺密令”，要求各省市党部，以“更严密”的手段查禁进步书刊，“毋使漏网”，要求除了查禁“其旗帜鲜明，立场显著，最易辨识”的普罗书刊外，还要特别关注那些“煽动力甚强，危险性甚大，而另一方面又是闪避政府之注意”的普罗文艺书刊：“盖此辈普罗作家，能本无产阶级情绪，运用新写实派之技术，虽煽动无产阶级斗争，非难现在经济制度攻击本党主义，含意深刻，笔致轻纤，绝不以露骨之名词，嵌入文句；且注重体裁的积极性，不仅描写阶级斗争，尤为渗入无产阶级胜利之暗示。”[1]

在上述一系列条例、禁令、规定之下，国民党当局通过各种渠道或公开或秘密地对进步书刊进行了查禁。据 1929 年 7 月 11 日国民党中央秘书处所编《查禁反动刊物表》，共罗列 2000 多种查禁刊物，其中明显属于共产党和左翼进步团体出版的刊物计 60 多种；[2]“据 1931 年 9 月国民党湖南长沙市党务整理委员会”所编的《工作报告》，当时收录查禁书刊目录共 228 种；[3]据国民党中央宣传委员会印制的《中央取缔社会科学反动刊物一览》统计，从 1929 年至 1936 年共查禁社会科学书刊 676 种，其中从 1929 年至 1931 年查禁 366 种，其罪名多是“宣传共产主义”“宣传赤

---

1 《国民党反动派查禁普罗文艺密令》，张静庐：《中国现代出版史料》乙编，中华书局 1955 年版，第 171—172 页。

2 傅长禄：《中国现代文化史略》，吉林大学出版社 1991 年版，第 123 页。

3 《国民党反动派查禁二百二十八种书刊目录》，《中国现代出版史料》乙编，中华书局 1955 年版，第 173 页。

化”“煽动阶级斗争”“妖言惑众”“煽惑暴动”“诋毁本党”“攻击现社会制度”等等，而这676种还不包括“其关于文艺部分之反动刊物”。[1]上述国民党自行公布的查禁书刊目录中，略去了文艺书刊以及暗中查扣的书刊，这两部分的数量相加，又是一个很大的数字。仅鲁迅1934年在《且介亭杂文二集·后记》中，就列举了国民党反动派查禁的149种文艺书籍。[2]据1934年国民党全国文艺宣传会议的《文艺宣传会议录》记载，国民党宣传部正式公布，已审查了469种书刊，其中查禁60种，扣留122种，而实际上从1929年至1934年2月，仅浙江一省就查禁了“中央转令查禁者1086种”，而且“凡左联作家所作书籍，概予以焚毁”。[3]在《第二次国内革命战争时期国民党政府查禁书刊编目（1927.8—1937.6）》（该目录是悉照1927—1937年国民党宣传部等有关部门根据查禁有案之书目编纂的秘密文件，按年度先后顺序编成）中，共收录了自1927—1937年国民党政府查禁书目两千余条，其中文艺书刊几近半数。[4]

不仅是查禁已出版的进步书刊，国民党政府还施行了审查和删改书稿的办法。1934年5月，国民党中央宣传部在上海设立

1 《国民党反动派查禁六百七十六种社会科学书刊目录》，《中国现代出版史料》乙编，中华书局1955年版，第205页。

2 鲁迅：《且介亭杂文二集·后记》，《鲁迅全集》第6卷，人民文学出版社1981年版，第452—458页。

3 《文艺宣传会议录》，藏于南京图书馆旧期刊部。

4 张克明辑录，载《出版史料》第3辑（1984年）。

了“图书杂志审查委员会”，同年6月，又公布了《图书杂志审查办法》，规定一切图书杂志在付印前应将稿本呈递国民党中央宣传部图书杂志审查委员会审查，其内容如有被认为“不妥”之处，便下令原作者“依照审查意见删改”。若作者不将原稿提交审查，或印出后发现未能照改，便“予以处分”。[1]这样，经过“审查官”们的“不断地禁、删，禁、删，第三个禁、删”，作品及出版物常常被阉割得面目全非，有时甚至“删得令人莫名其妙”。[2]而且规定被删去的地方不准留空白，使读者看不出删削的痕迹。

三

在对进步书刊进行查禁、删削的同时，国民党政府还直接派军警和特务对进步文化和文艺机关团体进行破坏，对革命、进步的文化和文艺界人士不断地进行迫害。例如，1929年，查封了革命文学团体创造社；1933年12月12日，自称“影界铲共同志会”的特务，捣毁了摄制进步影片的上海艺华电影制片公司，并同时向上海各上演进步影片的大小电影院发出警告函件，让各院拒绝上演田汉、沈端先、胡萍、金焰等编制导演或主演的剧本，

1 《伪国民党中宣之和图书杂志审查办法》，《中国现代出版史料》乙编，中华书局1955年版，第525—527页。

2 鲁迅：《且介亭杂文二集·后记》，《鲁迅全集》第6卷，人民文学出版社1981年版，第461—461页。

并威胁说:“各电影公司、电影院不得摄制、放映……各项鼓吹阶级斗争、贫富对立的影片，否则必以暴力手段对付。”[1]同年11月13日,特务分子袭击了印售进步书刊的上海良友图书公司门市部。在同时期还捣毁或查封了神州国光社和湖风、北新等书店。其他未被捣毁者，亦被予以书面警告，声称“对于赤色作家所作文字，如鲁迅、茅盾、蓬子、沈端先、钱杏邨及其他赤色作家之作品、反动文字，以及反动剧评，苏联情况之介绍等，一律不得刊行、登载、发行。如有不遵，我们必以较对付艺华及良友公司更激烈更彻底的手段对付你们，决不宽假”[2]。

不仅是破坏文化、文艺团体，而且直接采用暗杀、拘捕、绑架等手段对付进步文化、文艺界人士的事件也时有发生。例如，1930年4月29日夜，国民党上海公安局派武装警察50余人，包围了深受大众欢迎的艺术剧社，大肆搜查，并无理捕去社员5人，会所被封闭；同年秋，优秀演员、左联成员宗晖在南京被杀害；1931年11月17日，国民党当局逮捕左联五作家柔石、胡也频、殷夫、李伟森和冯铿，并于2月7日将他们秘密枪杀于上海龙华警备司令部；1933年5月，国民党特务在上海绑架了著名作家潘梓年和丁玲，并当场打死拒捕作家应修人；同年在北平逮捕并枪杀了左联作家洪灵菲；还在天津逮捕了诗人潘漠华（后

1　夏衍:《懒寻旧梦》，三联书店1985年版，第245页。
2　鲁迅:《准风月谈·后记》,《鲁迅全集》第5卷，人民文学出版社1981年版，第339页。

牺牲于天津狱中)。30 年代被捕杀的文化、文艺界人士是难以统计的，据有关资料显示，“仅一九三三年上半年，不到半年内，上海被捕的共产党员约六百左右”，其中多半为文化、文艺界人士，[1]这还不包括非党的其他文化、文艺界人士。1933 年 6 月 18 日，著名社会学家、中国民权保障同盟总干事杨杏佛被国民党特务暗杀；1934 年 11 月 3 日《申报》主持人史量才也被国民党特务暗杀；1935 年 7 月，《新生》主笔杜重远因《新生》发表《闲话皇帝》一文被逮捕并判刑；就连“在国内外的地位高，国民党自己有顾忌”的鲁迅，当年也曾被国民党当局诬为“拿着卢布就有四、五年之久”，后被“日本收买”，是“堕落文人”等，并下达通辑令；[2]而著名出版家邹韬奋也因主办的《生活》周刊于 1933 年 12 月被国民党政府以“言论反动、思维过激、毁谤党国”的罪名密令查封而被迫流亡国外。国民党当局针对文化、文艺界所施行的，可谓是最露骨的文化专制主义。

四

另一方面，国民党当局则积极扶持官方文艺团体，推行官方

1　夏衍:《懒寻旧梦》，三联书店 1985 年版，第 245 页。

2　见冯雪峰:《回忆鲁迅》,《雪峰文集（4）》，人民文学出版社 1985 年版；又见鲁迅:《且介亭杂文二集·后记》,《鲁迅全集》第 6 卷，人民文学出版社 1981 年版，第 461—463 页。

文艺政策。早在 1929 年 6 月，国民党全国宣传会议第三次会议便着手“确定本党之文艺政策”，议决：“一、创造三民主义的文学（如发扬民族精神，阐发民生建设等文艺作品）；二、取缔违反三民主义之一切文艺作品（如斫丧民族生命，反映封建思想，鼓吹阶级斗争等文艺作品）。”[1] 1930 年 3 月“左联”成立后，国民党政权更加紧了对“三民主义文艺”的提倡和扶持，其直接的行动是所谓“民族主义文艺运动”的推出。

1930 年 6 月 1 日，由国民党上海市党部、社会局、警备司令部的一些政客、军官、特务、御用文人，如潘公展、朱应鹏、范争波、傅彦长、叶秋原、黄震遐等组织成立了“六一社”，鼓吹所谓“民族主义文艺运动”，先后在上海发行了《前锋周报》《前锋月刊》《现代文学评论》等刊物，在南京发行了《文艺月刊》《开展月刊》《流露月刊》等，并在许多刊物上同时刊发了他们的《民族主义文艺运动宣言》。这个宣言虽然不过是“胡乱凑成的杂碎”[2]，但从内容看，却显示出宣言者试图确立文艺的“中心意识”的企图：它攻击无产阶级文艺运动使文坛陷入了“畸形的病态的发展过程”；提出要取消“多型的文艺意识”；要让文艺统一到国民党“中心意识”，即所谓的“民族主义意识”上来。在这以后，这批“民

1 《申报》1926 年 6 月 6 日。
2 鲁迅：《“民族主义文学”任务和运命》，《鲁迅全集》第 4 卷，人民文学出版社 1981 年版，第 313 页。

族主义文艺”提倡者们在他们的各种杂志上写了大堆的文章，对所谓的“民族主义文学”做了五花八门的种种阐释，有从“三民主义”定义出发所做的解释，也有从“忠孝仁爱、信义和平”等封建观念对“民族主义”下定义的，甚至还有从“法西斯主义”中找“民族主义”精髓的。[1]种种迹象表明，他们的目的只是借“民族主义”这一旗号来推行“三民主义”，以抵制阶级斗争学说和左翼文艺的影响，[2]而“民族主义”或“民族意识”只是一个他们借以利用的旗帜而已，正如傅彦长自己所表述的那样：“以民族意识为中心思想的文艺运动，在现代中国是最为需要的，思想不问其浅薄深奥，只要是可以利用的就是好的。我们中国人现在所需要的思想，只不过是可以利用的民族意识。”[3]这是再明确不过的了。

1930年，国民党中宣部在一份写给国民党中央的内部报告上，就曾很得意地呈报了他们在扶持官方文艺团体、推行官方文艺政策方面的功劳：“近来本党同志，以及一般有识之士，都感觉到共产党邪说盛行，将来对于人心向背，社会治安，国家前途，影响不浅，于是大家努力提倡三民主义的文艺及社会科学的运动，以谋真理基础的建设，抵制异端邪说之流行。”“现在本党同志和一

1　朱晓进：《从〈前锋月刊〉看民族主义文艺运动》，《南京师大学报》1986年第3期。

2　见潘公展《从三民主义的立场观察民族主义文艺运动》、朱大心《民族主义文艺运动的使命》、叶秋原《民族主义文艺之理论的基础》诸文，均发表于《前锋》周报、《现代文学评论》等刊物，后收入《民族文艺论文集》（杭州正中书局1934年8月印行）。

3　傅彦长：《以民族意识为中心的文艺运动》，《前锋月刊》第2期。

般爱好文艺的青年，纷纷组织阐扬三民主义文学的团体，在上海方面有《前锋月报》，南京方面有《文艺月刊》《开展》月刊及《流露》月刊、《橄榄》半月刊等等的发行，更把这乌烟瘴气，几被赤色笼罩了的中国文坛，弥漫着青白的曙光，使一般迷蒙歧途的青年，得走一条正确的出路，在三民主义旗帜之下向前努力。”[1]

1934年国民党召开了一次大规模的文艺宣传会议，这次会议的目的是配合军事“围剿”而策划对文艺界的进一步的文化“围剿”。陈立夫在发言中认为，在文艺形势方面，普罗文艺“霸占”了整个中国文坛，“表现出很大的力量”，而国民党则“似乎总取守势”。他明确表示要“如决定围剿计划的军事会议一样”来“共同决定对策”，来对待左翼文艺。[2]这次文艺宣传会上的报告、发言、提案，几乎都是从分析文艺界形势入手，并从“积极的建设”和“消极的控制”两个方面提出种种建议。所谓“消极的控制”，自然是指查禁书刊，审查删削书稿，破坏文艺团体和捕杀文艺界进步人士等手段；而所谓“积极的建设”则是指扶持官方文艺团体，确定官方文艺政策等。会议对1930年以来的民族主义文艺以充分肯定，并议决：“唯现时文艺政策，应侧重于民族文艺。”[3]会议上再次强调建立以“三民主义”为哲学基础的“文艺理论中

1 《出版史料》1990年第3期，第93、97页。

2 陈立夫的发言，《文艺会议录》，藏于南京图书馆旧期刊部，第102—204页。

3 《文艺宣传会议录》，藏于南京图书馆旧期刊部，第27—28页。

心”，并针对左翼文艺运动出现的新动向，做出了新的部署。例如，他们意识到“近年来所谓左翼文艺作家，正着手努力提倡所谓‘大众文艺’，以加强一般民众阶级斗争之意识”，[1]所以，此次会议上各地的“提案”中都有开展通俗文艺的打算，而实际上早在1932年国民党就曾提出过一个《通俗文艺运动计划》，通饬各省市党部推行，只是收效甚微；再如，此次会议上提出争取“中立作家”的口号，试图以“中立作家”来争取“对文艺作品有嗜好的普遍性的大多数青年学生群”[2]；等等。

上述，我们之所以不厌其烦地罗列资料，是为了强调，这些情况作为30年代的政治文化语境，应该得到特别的关注。离开了这种语境，孤立地研究30年代文学，其结果将会是使许多文学现象难以获得合理的解释。鲁迅在30年代就曾指出过，一些“前进的青年，似乎谁都没有注意到现在的对于言论的迫压，也很是令人觉得诧异的。我以为要论作家的作品，必须兼想到周围的情形”。[3]国民党的文化控制和文艺政策作为国民党“权力主体”推行的政治文化的一个重要组成部分，构成了30年代文学生成、生存和发展的一个重要生态环境。可以说，30年代各种文学现象基本上是在对这样一种生态环境的或顺应或违逆，或适应或不适

1 《文艺宣传会议录》，藏于南京图书馆旧期刊部，第28页。
2 《文艺宣传会议录》，藏于南京图书馆旧期刊部，第147页。
3 鲁迅:《且介亭杂文二集·后记》,《鲁迅全集》第6卷，人民文学出版社1981年版，第451—452页。

应，或谐调或不谐调的反应中而得以形成并呈现出种种态势的。这些将是我们研究 30 年代文学的一个重要的出发点。

第二节　20 世纪 30 年代政治文化环境下的文学氛围

一

从上述所示的大量资料中可以看出，国民党建立政权后，为巩固其权力主体的地位在推行与之相适应的权力政治文化方面所做的种种努力。但权力主体所推行的“政治文化作用于权力客体时，如果轻重缓急较为得当，会在一定时期内成为沟通权力主体与权力客体的良好中介力量，成为二者共处一体的‘黏合剂’”，但“政治文化如果严重失真、扭曲、偏离，将迅速被权力客体摈弃，而当作为权力保护伞的政治文化的作用一旦消失，权力本身也就危在旦夕”，而为了挽救这“权力枯竭”的状况，权力主体又总是进一步“添加政治文化‘添加剂’用以补充自身‘精神肌体’”。[1] 国民党在 30 年代实施文化控制和推进党化教育、党化文艺政策的情况也正是如此。

1　孙正甲：《政治文化》，北方文艺出版社 1992 年版，第 21—22 页。

我们前述的国民党所实行的种种文化控制方略和文艺政策，无疑是属于一种严重扭曲与偏离的政治文化，这不仅未起到国民党政权这个权力主体与广大人民群众这个权力客体之间的“黏合剂”的作用，反而造成了二者之间的严重疏离，因而必然地会造成包括文化界、文艺界人士在内的广大人民群众在最大程度上的不满情绪。因为“权力客体从来不是完完全全的被动体，它自发拥有‘反权力’政治文化，而‘权力政治文化’与‘反权力政治文化’刚好构成一对矛盾体”。[1]这种政治文化语境，就构成了30年代文化、文艺领域的特殊景观：一方面是国民党政权以控制宣传、教育等手段来推行自己的政治文化，压制不同的权力客体的不相谐和的声音；另一方面是来自权力客体的种种文化反弹，即同样以宣传、教育等途径来发泄对国民党政权的不满情绪和发布自己的政治见解和主张，从而构成了反国民党政权的“反权力政治文化”。由于书刊、文艺等宣传媒体在政治文化传播中的作用，该领域便成了双方进行激烈争夺的战场。

30年代，作为权力客体的持各种不同政治见解的文化群体和个人，不约而同地关注的重要问题之一，是出版和言论的自由。这当然都是针对国民党政权的限制思想自由和言论自由的文化控制手段而来的。

1　孙正甲：《政治文化》，北方文艺出版社1992年版，第21—22页。

左翼文化、文艺阵营作为最直接的“反权力政治文化群体”，最多地也是最长久地发着争取出版和言论自由的呼声。这在他们30年代的一系列纲领、宣言和其他文献中已构成了一个很重要的内容。成立于1930年2月的中国自由运动大同盟，主要就是针对“查禁书报，思想不能自由。检查新闻，言语不能自由。封闭学校，教育读书不能自由。一切群众组织，未经委派整理，便遭封闭，集会结社不能自由”的现状而发起的。[1] 1930年5月10日“左联”发表的《反对查封艺术剧社宣言》，其中心内容就是：“团结起来，坚决反抗当局摧残一切文化运动的手段。我们一致争取集会，言论，出版，演剧的自由！！”[2] 1931年“左联”发表的《中国左翼作家联盟为国民党屠杀大批革命作家宣言》中谴责了国民党“禁止书报，通缉作家、封闭书店”以及“收买流氓，侦探，堕落文人组织其民族主义文学运动”的行径，并明确提出“反对国民党摧残文化，压迫革命文化运动！反对封闭书店，垄断出版界，及压迫著作家思想家！”的口号。[3]“左联”在几乎同时发表的《为国民党屠杀同志致各国革命文学和文化团体及一切为人类进步而工作的著作家思想家书》中，在列举了国民党禁止“一切出版，公演，展览”，“暗杀革命作家”的事实后指出，“中国和

1 《中国自由运动大同盟宣言》，《萌芽月刊》第1卷第3期。
2 《拓荒者》1930年5月10日第4、5期合刊和《巴尔底山》1930年5月11日第1卷第4号。
3 《前哨》1931年4月25日第1卷第1期。

文化界目前正像死神踏过一般的枯萎了，刽子手和侦探正占据了出版界”，“连那些极和平的只因平日稍稍对国民党表示过不满的著作家思想家，日下也被国民党所压迫”。[1]

直到1935年，上海文化界在发表的“救国宣言”中所提八项主张之一，仍有“要求人民结社、集会、言论、出版之自由”。[2]1936年1月上海新闻记者更是直接发表了“为争取言论自由宣言”，指出，“言论自由、纪载自由，是中国国民应有的权利”，主张“反对新闻检查制度的继续存在”。[3]1936年6月成立的中国文艺家协会在“宣言”中仍将“言论自由，民众组织救国团体的自由”作为“坚决拥护”的“最低的基本要求”。[4]而在发表于1936年10月的标志两个口号论争结束和文艺界抗日统一战线初步形成的《文艺界同人为团结御侮与言论自由宣言》中，仍将“主张言论自由”视为“急应争取的权利”，“要求政府当局开放人民言论自由”，“废止”“妨碍人民言论之法规，如报纸检查刊物禁扣等”，并“吁请全国的学者、新闻记者、作者与读者，一致起而力争言论自由，促其早日实现”。[5]

在30年代，不仅是左翼文化、文艺界，而且在其他作为权力客体的文化、文艺群体或个人那儿，“争取言论自由、出版自由”，

---

1 《前哨》1931年4月25日第1卷第1期。
2 《大众生活》1935年12月12日第1卷第6期。
3 《大众生活》1936年1月11日第1卷第9期。
4 《光明》半月刊1936年6月10日创刊号。
5 《文学》1936年10月1日第7卷第9号。

事实上也始终是一个重要的斗争内容。就拿新月社来说，他们在这方面的有关言论，其言辞激烈程度，绝不亚于左翼作家。例如胡适早在1929年的《人权与约法》一文中，曾抨击过国民党当局“无论什么书报,只要贴上‘反动刊物’的字样,都在禁止之列”的“侵害自由”的行径。[1]罗隆基在《论人权》一文中则进一步指出，“取缔言论自由，所取缔的不止在言论，实在思想。不止在思想，实在个性与人格。取缔个性与人格，即系屠杀个人的生命，即系毁灭人群的生命”。[2]在《告压迫言论自由者》一文中，罗隆基更是引证古今中外的历史事实，正告“压迫言论自由者”:“凡压迫言论自由者，往往臻于灭亡！”[3]梁实秋在《思想自由》一文中，也曾抨击过“滥用威权，侵犯人民言论出版自由，不准人民批评，强迫人民信仰某一种主义”的“当局”。[4]此外，即使像沈从文这样被人视为“远离政治”的作家，也曾为争取言论、出版自由抗争过，他在1934年专门发表的《禁书问题》一文，曾对国民党官方滥用权力查禁书刊的政策提出严厉的批评,指出这是一种“愚蠢行为”，是对民族文化的摧残，近于秦始皇的“焚书坑儒”。[5]

在言论、出版自由问题上，权力客体与权力主体之间之所以构成如此尖锐的冲突，这完全是由30年代的政治背景所决定的。

1 胡适:《人权与约法》,《新月》第2卷第2期，新月书店1929年版。
2 罗隆基:《论人权》,《新月》第3卷第5期，新月书店1929年版。
3 罗隆基:《告压迫言论自由者》,《新月》第2卷第6、7期合刊。
4 梁实秋:《思想自由》,《新月》第2卷第11期。
5 沈从文:《禁书问题》,《国闻周刊》1934年第11卷第9期。

由于“受控制的传播媒介能成为培养政治信念的有力工具”，因而，代表不同利益的集团和政党自然会利用这种工具来推行自己的政治文化。[1]

二

由此来看30年代的许多文学或文化上的特别现象，也许我们能加深对其现象背后根源的认识。

例如30年代演剧活动特别兴盛，这其实并非是因为有广大的消费群体对戏剧这种艺术本身有了特别的欣赏需求，而是戏剧作为传媒的特殊功能使然。戏剧演出，既可以即时地、直接地传达出演出者所要灌输给观众的有关信息，同时，由于这种信息可以在感情化的背景中传播，因而可以通过煽动起观众情绪来达到演员与观众的某种共鸣。当时的左翼文化、文艺界对这一点是看得非常清楚的，他们不遗余力地大搞戏剧演出活动，“以各种手段争取在白色恐怖下公开上演的自由”，其目的非常明确，这便是“竭力充实主观力量与以文化的影响”，向广大工人和农民“从日常的各种斗争中指出政治的出路”，而与此相适应，“剧本内容

1 ［美］加布里尔·A.艾尔蒙：《当代比较政治》，（台）风云论坛出版社1992年版，第66页。

的配合以所参加的集会底特殊性质与环境来决定”。[1]在这里，戏剧艺术的独特的审美特性被搁置了起来，演戏活动被当作一次特殊的集会形式而被取用。例如，1930 年 1 月 6 日起，上海艺术剧社在虞洽卿路宁波同乡会礼堂举行了连续三天的首次公演，演出的剧目是罗曼·罗兰的《爱与死的角逐》、米尔顿的《炭坑夫》、辛克莱的《梁上君子》，演出活动的目的是为了给“准备在 1930 年成立的‘中国自由运动大同盟’和三月成立的‘左联’造声势”。这次公演，“表面上是场场客满，事实上票房售出的并不太多，绝大多数的戏票，都是经过党组织和赤色工会向学生群众和工厂中的工人推销的。由于这种关系，绝大部分观众都是进步分子，所以演出效果很好，台上演到暴露资产阶级丑恶的时候，台下会发出热烈的鼓掌和欢呼”。不过，就演剧水平而言，“尽管大家都很努力，戏，应该说演得并不好”。[2]

作为权力主体的国民党当局当然决不会容忍这种旨在激发起群众参与政治的热情的演剧活动，所以在 30 年代，进步戏剧团体屡遭国民党当局的查封。上海艺术剧社在第二次公演（演出剧目是冯乃超的《阿珍》和根据雷马克的小说改编的《西线无战事》）后不久（1930 年 4 月 28 日）就被上海市党部查封。艺术剧社被

1 《中国左翼戏剧作家联盟最近行动纲领》（1931 年 9 月通过），《文学导报》1931 年 10 月 23 日第 1 卷第 6、7 期合刊。
2 夏衍：《懒寻旧梦》，三联书店 1985 年版，第 161—162 页。

禁后，南国剧社也因演出田汉改编的《卡门》，先是被国民党当局以剧中“内容过激，揭露社会黑暗”为由而勒令停演，后是被国民党上海市党部宣布为“反动团体”而予以查封。进步文艺界一直做着殊死的搏斗，例如以上海戏剧运动联合会名义发表的《为艺术剧社被封告国人书》，提出了“我们要得到文化运动的自由，我们要得到戏剧运动的自由”的口号。[1]除了发表宣言表示各种抗议外，再有，就是不断变换方式建立各种戏剧团体，以及继续从事各种戏剧演出活动。30 年代演剧活动的兴盛，从其主要的方面来看，其根源绝不在于艺术自身。也就是说，在演剧、禁剧和反禁剧等的流程中，演剧活动实际上已经与艺术无关，纯粹成了一个政治问题。因此，对 30 年代演剧活动也唯有从政治、政治文化的角度才能对之做出合理的解释。

当政治斗争趋于激烈时，对传播媒介的争夺愈加剧烈。30 年代国民党政权依靠文化控制（包括控制文化传播媒介）来巩固自己的政权，将自己的政治文化灌输给权力客体，而权力客体自发拥有的各种“反权力政治文化”也必须通过传媒来扩大其影响，尤其是当权力客体处于没有政治自由的状况下，包括文学和艺术在内的传媒便成了他们重要的甚至也许是唯一的与权力主体进行抗争的手段。对于没有政治自由的人民，文学和演艺便是他们

1 《为艺术剧社被封告国人书》，《新地》月刊 1930 年 6 月 1 日。

唯一的论坛，人民希望在文学和演艺中听到自己愤怒的呐喊和良心的呼声。正是基于普遍的对包括戏剧演出在内的传媒的重要性的深刻认识，所以 30 年代“从出版界到银幕到剧场，从画家的调色板到无线电播音台，革命与反革命的斗争处处在决荡，在扩大”[1]。

三

1933 年到 1934 年曾被称作“杂志年”，这一现象的产生，与上述演剧活动的兴盛有着类似的原因，30 年代，各种杂志层出不穷，仅就 1933 年的上海而言，就出版了至少两百种杂志，而 1934 年，仅“文艺定期刊几乎平均每月有两种新的出世”。[2] 1934 年“自正月起，定期刊物愈出愈多。专售定期刊物的书店中国杂志公司也应运而生”。据估计，当时“全中国约有各种性质的定期刊三百余种，其中倒有百分之八十出版在上海”。[3] 这种 30 年代特有现象的产生，其背后有着深刻的政治文化的原因，而绝不是如某些研究者所认为的那样，仅仅是由于“价格低廉的杂志格外受读者青睐”，以及“经济的因素导致了杂志的病态性的繁荣”。[4]

---

1 《中国无产阶级革命文学的新任务》（1931 年 11 月中国左翼作家联盟执行委员会决议），《文学导报》1931 年 11 月 15 日第 1 卷第 8 期。

2 丙（茅盾）:《一年的回顾》,《文学》1934 年 12 月 1 日第 3 卷第 6 期。

3 兰（茅盾）:《所谓杂志年》,《文学》1934 年 8 月 1 日第 3 卷第 2 期。

4 《读书》1997 年第 9 期，第 29 页。

当时，就曾有人针对“有的帮闲文人将原因推为书籍定价高而刊物定价低”的论点指出，一方面刊物大盛，而另一方面则是“文艺书的单行本却少到几乎看不见”。[1]这是中国的“特别国情”造成的。这种“特别国情”当然首先是指“国民党反动派的禁书令和图书杂志审查法的推行”。[2]虽然，人们将30年代的1933—1934年称为“杂志年”，其实“出版界的现状，期刊多而专书少”，“这情景是由来已久的”，而到1934年“不过略有变迁，更加显著而已”。[3]由于国民党对书刊的严厉查禁和对图书杂志的苛刻审查，造成出版家营业上的无路可走，“好销的书不好出，好出的书不好销，于是只剩下‘杂志’一条路还可捞几个现钱”。[4]

在1930年底国民党中宣部向中央递交的审查出版物的“内部报告”中，就曾直言不讳、扬扬得意地讲述进步书籍的出版“渐次减少”的一个重要原因：“本部以前，对于此类书籍的发行，采取放任主义，少加查禁”，而“在国内一班青年，又多喜新务奇，争相购阅，以为时髦。而各小书店以其有利可图，乃皆相索从事于此种书籍之发行，故有风靡一时、汗牛充栋之况”。“但是最近数月以来，本部审查严密，极力取缔，各小书店已咸具戒心，不敢冒险，以亏血本了。”[5]出版家、书店怕“亏血本”，故转而以出

1　丙（茅盾）：《一年的回顾》，《文学》1934年12月1日第3卷第6期。
2　茅盾：《我走过的道路》（中），人民文学出版社1984年版，第250页。
3　鲁迅：《花边文学·零食》，《鲁迅全集》第5卷，人民文学出版社1981年版，第498页。
4　兰（茅盾）：《所谓杂志年》，《文学》1934年8月1日第3卷第2期。
5　《出版史料》1990年第3期。

版杂志为谋生之道。与书籍相比，杂志要相对灵活一些，在审查中书籍遭禁，出版者、书店便满盘全亏，而杂志则可以用临时撤换一些文章篇目的办法，保住整个杂志。正是出于这种考虑，30年代杂志便大盛起来，而也正因为1933—1934年，国民党当局的禁书和审查书刊的手段更加严厉，于是“杂志年”遂以形成。

其实，30年代的“办杂志”之受到重视，不仅是出于出版家为“保血本”的考虑，那时似乎还普遍有着办杂志的热情，确实是“想办杂志的人多”。[1] 这原因也正是在于杂志作为公众传播媒介对于各政治派别推行自己的政治文化具有的重要作用。当时就曾有人认为，在“想办杂志”的人中间，很有些是“想借办杂志扩大个人（或他那一派一系）的影响的”。[2] 这种借办杂志扩大影响的人中，自然也有的是“想借办杂志之名而行‘卖身’之实”的，也有的是“借杂志的名目企图和一些游离分子吊膀子的”，[3] 但也有更多的人是以杂志为武器，来传播“反权力政治文化”的。例如左翼文化、文艺界就是如此，他们正是通过办杂志来使自己的政治意识形态在当时的高压政治下得以最大程度地社会化的。

“左联”在“政治文化”上的成功，是与当时的办杂志分不开的。一方面，左翼作家们充分利用民族资产阶级和国民党的报纸来发

1　茅盾：《我走过的道路》（中），人民文学出版社1984年版，第250页。
2　茅盾：《我走过的道路》（中），人民文学出版社1984年版，第250页。
3　兰（茅盾）：《所谓杂志年》，《文学》1934年8月11日第3卷第2期。

表自己对政治、社会的种种见解，例如，他们抓住当时“中国报纸的一个重特点，即副刊的政治倾向性，往往可以有一定的独立性”，因此在包括《民报》《晨报》《中华日报》《时事新报》《大晚报》《申报》等在内的报纸的副刊上用化名写文章。[1]而另一方面，左翼作家们在30年代确实在自办杂志上也倾注了巨大的热情。胡风曾这样回忆起他们当年办《木屑文丛》的缘起：“记不起是哪一个左倾的青年弄到一点钱，要我出刊物。这是30年代常有的情形。都是出一二期或三四期，钱用完了，刊物也遭禁。”[2]

左翼作家们为办杂志，不仅要付出物质代价，而且还要时时面对国民党当局的查禁，例如，仅“左联”被国民党查禁的刊物就有《文化世界》《北斗》《十字街头》《文学》《文学月报》《萌芽》《新地》《拓荒者》《艺术月刊》《巴尔底山》《沙仑》月刊等等，为此，左翼作家们自然不能坐以待毙，他们想出了种种对策，来对付国民党对刊物的查禁，其中最常用的办法就是，当一种刊物被查禁后，立刻换一个刊名继续出版。例如《太阳月刊》被查禁后，于1928年10月改名为《时代文艺》继续出版，但仅出了一期，以后又改名为《新流月报》，1930年1月，该刊再改名为《拓荒者》继续出版。再如，“左联”机关刊物《萌芽月刊》1930年1月创刊，出刊五期便被查禁，第6期改名为《新地》，从第7期起改名为《文

1　舒湮：《电影的“轮回”——纪念左翼电影运动60周年》，《新文学史料》1994年第1期。
2　胡风：《关于30年代前期胡风和鲁迅有关的二十二条提问》，《新文学史料》1992年第4期。

学月报》。

不仅左翼刊物如此，其他各个书店、报刊社也是如此地与国民党当局的查禁令巧作周旋。例如“生活书店的刊物被禁后，便立即创办新刊，并用追踪推广宣传的办法，保持销路不衰。一种刊物被迫停刊，请读者结算订费余额的同时寄发新刊预定广告”。[1]据当事人回忆，当年“刊物之所以一而再再而三地改换名称，完全是出于不得已。因为在当时反动当局文化专制主义的高压下，只有这样才能转移、分散特务、暗探的注意，让刊物至少能够在一段时期内继续出版、发行下去。这也不妨称之为当年文化战线上的‘游击’或‘迂回’战术”。[2]如此这般，遭查禁的杂志越多，更名再出版的杂志也就越多。

因此，所谓“杂志年”，并非是杂志命运的真正亨通。正如茅盾早在1934年的《所谓杂志年》一文中就指出的那样，“杂志的‘发展’恐怕要一年胜似一年。不过有一点也可以预言：即此所谓‘发展’决不是读者人数的增加，而是杂志种数的增加”。[3]杂志是如此，其实书店也大体如此。据一些30年代的作家回忆，当时办书店，“是大革命失败后一个普遍现象”。[4]而且国民党当局查封书店的力度绝不亚于对杂志的查禁，仅1929—1931年被

1 赵晓恩：《30年代生活书店的推广宣传工作》，《出版史料》1988年第1期。
2 任钧：《关于太阳社》，《新文学史料》1979年第2期。
3 兰（茅盾）：《所谓杂志年》，《文学》1934年8月1日第3卷第2期。
4 沙汀：《辛垦书店》，《新文学史料》1989年第1期。

查封的书店有案可查的就有创造社出版部、平凡书店、华兴书局、北新书局、现代书局等，并捣毁许多书店的印刷所、门市部。在这种情况下，书店更名后再开张也便是常有的事。例如创造社被封后，他们原先出版的《新兴文化》（月刊）就改用“江南书店”的名义发行。如此这般，30 年代先后出现的书店“种数”便也相当可观。这同样并非是中国出版业命运的亨通，而仅是书店“种数”在统计上的增加而已。

第三节　特殊政治文化语境对文学的影响

一

30 年代特殊的政治文化语境，对理解 30 年代的文学现象乃至作家的心态，以及作品的生产状况都是十分重要的。

根据有关资料统计，30 年代国民党当局查禁的文学书籍有案可查的就达 450 多种，其中涉及作家百余人，可以说，30 年代的重要作家绝大部分均被涉及到了。例如，鲁迅、郭沫若、茅盾、蒋光慈、洪灵菲、钱杏邨、华汉、丁玲、巴金、张天翼、沙汀、沈端先、戴平万、魏金枝、叶圣陶、田汉、楼适夷、郑伯奇、蒲风、柔石、冯雪峰、杨骚、胡也频、孟超、柯仲平、孙席珍、蓬子、龚冰庐、白薇、李辉英、潘梓年、萧军、森堡、郁达夫、张资平、丰子恺、韩侍桁、胡秋原、苏汶、杨邨人、施蛰存、刘呐鸥、穆时英、戴望舒、沈从文、王独清、李白英、王统照、台静农、周全平、张庚等等。[1]这其中既有大批的左翼作家，也有许许多多是通常被称为“中间派作家”的。国民党查禁图书大抵有两种情况，一是因为书的内容，二是因为书的作者。凡是因为书的内容被查禁的，多是定为“言论反动”“诋毁本党”“普罗文艺”“宣传共产”“鼓吹阶级斗争”等罪名；而因为书的作者被查禁的，则只要冠之以“反动作家”“堕落文人”等，而不管其书的内容如何。例如郭沫若因发表了《请看今日之蒋介石》等文受到通缉，此间所发表作品几乎无一例外受到查禁，据统计，郭沫若一人被查禁的著译计达 35 部次，即使是《中国古代社会研究》《美术考古学发现史》等也莫能例外。[2]鲁迅、茅盾、蒋光慈、洪灵菲、钱杏邨、华汉等人，也都是在 30 年代被查禁书目极多的作家。

这种对文学书籍的查禁，既然涉及如此众多的重要作家，就不可能对 30 年代文学的整体状况不产生重要的影响。这是一个如鲁迅所说的“几条杂感，就可以送命”[3]的年代，作家办刊物、出著作和写文章，不能不处处有所顾忌，不能不时时提防不期而

1　上述主要依据:《第二次国内革命战争时期国民党政府查禁书刊编目（1927.8—1937.6）》,《出版史料》1984 年第 3 期。

2　萧斌如:《关于郭沫若著作被禁原由》,《出版史料》1984 年第 3 期。

3　鲁迅:《而已集 · 答有恒先生》,《鲁迅全集》第 3 卷，人民文学出版社 1981 年版，第 457 页。

至的灾祸。例如，陈子展曾一直在为《自由谈》以《蘧庐絮语》为题写杂感文，但在丁玲和潘梓年被捕的消息传出后，他便马上在《自由谈》的《蘧庐絮语》末尾附上了一则“编者通告”：“昨得子展先生来信，现以全力从事某项著作，无暇旁骛，《蘧庐絮语》就此完结。”[1]在如此心理压力下创作的作品，不可能完全真实地反映出作者的真实意图，更是难以发挥作家自身的文学才能。例如茅盾，就曾反复讲起过从事文学创作时，自己时时感到的这种政治压力。在《几句旧话》一文中，他讲到，武汉事变后，他曾想“试写小说”，“然而据说写了字的纸片常常会闯祸”，因此，在自己随身的“简单行李中”只能带一本英译西班牙小说，觉得“光景这是不会闯祸的”。当茅盾在《文学》上连载《牯岭之秋》时，原计划写九章，因五至八章关涉“不少当时禁违的东西，很难下笔”，所以匆匆将第九章充作第五章结束了这篇小说。[2]

这种多有顾忌的状况与 20 年代显然构成一种鲜明的对比。在 20 年代，作家可以“任意而谈，无所顾忌”，“那一位爱谈政治，便谈政治好了，那一位爱谈社会，便谈社会好了”。[3]可 30 年代却再不能如此潇洒，尽管他们也想“什么都谈，……大之对于宇宙的大道理，小之对于日常的杂件”，然而“什么都谈，只除了政治”。[4]

1　曹聚仁：《我与我的世界》，人民文学出版社 1983 年版，第 370 页。
2　茅盾：《我走过的道路》（中），人民文学出版社 1984 年版，第 208 页。
3　伏园：《〈语丝〉的文体》，《语丝》第 52 期。
4　西谛：《“随笔”前言》，《小说月报》第 20 卷第 1 期。

于是30年代大量出现了这样一些文章标题:《“今天天气好啊!”》(叶圣陶)、《论无话可说》(朱自清)、《读书作文安全法》(陈子展)、《嘿与谦》(阿英)、《谈风月》(岂凡)、《苟全性命法》(徐懋庸)、《“……”“□□□□□”论》(徐訏)等。从标题中不难看出30年代作家们在政治高压下无言论自由而产生的极度无奈的愤懑。

据当年专事文学编辑工作的赵家璧回忆,30年代许多作者在文学作品中常用“替代语”,例如“在文章中写日帝侵略军时,只能用‘穿黄呢制服的××军’来代替,写到国民党军队时,又改用‘穿灰衣裳的兵’,当时的出版界连起码的出版自由也没有”。[1]老舍也曾在1935年说起过,“有好几位朋友劝我再写《大明湖》,我打不起精神来”,其原因之一是,作品中“有一个是非常精明而有思想的人”,“由他口中说出许多现在应当用××画出来的话语”,“现在写出,必须用许多××与……”,所以觉得“犯不着了”。[2]可见,30年代搞创作的艰难,也正因为如此,在当时的文学作品中出现了为数不少的“代用词汇”,其性质与历史上的“避讳词”相类似,不过数量、种类之多,30年代绝不让于任何一个历史时期。

其实,在30年代岂止是作家创作多有顾忌,就是编书也很不容易,要编成一本书,非竭尽思虑以图“过关”不可,在鲁迅

1 赵家璧:《编辑忆旧》,三联书店1984年版,第260页。
2 老舍:《我怎样写〈大明湖〉》,《宇宙风》1935年11月16日第5期。

30年代的书信中就有多处留下这类记录。在一封致曹靖华的信中，鲁迅告诫说："书店一出左翼作者的东西，便逮捕店主或经理。上月湖风书店的经理被捉了，所以《北斗》不能再出。"[1]即使是在编辑《中国新文学大系·小说二集》这本20年代作品时，鲁迅仍然不得不做好对付国民党检查的准备，他在给赵家璧的信中说："其中，黎锦明和台静农两位和作品，是有被抽去的可能的，所以各人多选了一篇。如果竟不被抽去，那么，将来就目录上有×记号的自己除掉，每人各留四篇。""此外大约都没有危险。不过中国的事情很难说，如果还有通不过的，而字数上发生了问题，那就只好另选次等的来补充了。"[2]鲁迅在另一封给赵家璧的信中又说："序文的送检，我想还是等选本有了结果之后，以免他们（指国民党当局的书报检查官——引者注）去对照，虽然他们也未必这么精细，忠实，但也还是预防一点的好罢。"[3]书尚未出，就要考虑可能被禁、被删，这对作书、编书者来说是怎样的一种痛苦！

这种痛苦不只是作家有，出版家们的顾忌则更多。1930年鲁迅与冯雪峰计划编一套以介绍反映苏俄革命战争作品为主的《现代文艺丛书》，交神州国光社出版，该社亦因此类书好销而

1　鲁迅：《书信·3209911致曹靖华》，《鲁迅全集》第12卷，人民文学出版社1981年版，第107页。

2　鲁迅：《书信·350228致赵家璧》，《鲁迅全集》第13卷，人民文学出版社1981年版，第68页。

3　鲁迅：《书信·350308致赵家璧》，《鲁迅全集》第13卷，人民文学出版社1981年版，第73页。

同意出版，但1930年下半年起，国民党当局加紧了文化“围剿”，神州国光社也立即声明旧约作废。鲁迅对神州国光社的中途“毁约”有所不满，但并未归罪于书店，他说：“这并不是中国书店的胆子特别小，实在是中国官府的压迫特别凶。”[1]鲁迅还曾在1934年的有关书信中指出，“上海靠笔墨很难生活，近日禁书至百九十余种之多，……书局已因此不敢印书，一是怕出后被禁，二是虽不禁而无人要看，所以买卖就停顿起来了。杂志编辑也非常小心，轻易不收稿”。[2]有些小说“其实并无问题，而情形如此者，一则由于文氓借此作威作福，二则书店怕事，有事不如无事，所以索性不发卖了。去年书店，不折本的只有二三家”。[3]出版家们不仅要时时小心别出犯忌的书刊以免“血本无归”，甚至连出版部门在用什么人的问题上也不得不颇费踌躇。据《舒新城日记》记载，舒曾拟招邹韬奋来继任自己的中华书局编辑所长之职，是看中其才干。但对其政治倾向又不得不多加考虑。1936年1月8日记载：“夜间想到邹在才干外尚有两个问题，第一思想似乎稍左，第二现政府对之颇为不满。尚待与伯鸿详细研究也。”1936年1月12日记载：“去生活书店订《大众生活》一年，为研究邹韬奋

1　鲁迅：《〈铁流〉编校后记》，《鲁迅全集》第7卷，人民文学出版社1981年版，第366页。
2　鲁迅：《书信·340224致曹靖华》，《鲁迅全集》第12卷，人民文学出版社1981年版，第341页。
3　鲁迅：《书信·340327致曹靖华》，《鲁迅全集》第12卷，人民文学出版社1981年版，第362页。

之思想而然也。”[1]

由此可以看出，30 年代无论是作家，还是编辑和出版家，都无不承受着政治的压力，30 年代文学的生产就是在这样一种“多有顾忌”的普遍心态下进行的，这无疑是构成 30 年代文学发展独特性的一个重要因素。

二

在国民党当局施行的书刊检查制度下，“审查委员会”可以随意删改稿本，这使许多出版物被删削、阉割得不成样子，而且被删去的地方不许留空白，必须上下连接起来，使读者看不出检查删削的痕迹。这带来了 30 年代文学作品的又一特别之处，即许多作品包括不少名著，在出版时往往是残缺不全的。鲁迅就曾多次遇到文章被删的事。他的《集外集》初版时，“送去审查。结果有十篇不准印。最奇怪的是其中几篇系十年前的通信，那时不但并无现在之‘国民政府’，而且文字和政治也毫不相关”。[2] 他写于 1934 年的《病后杂谈》“约六千字，所讲是明末故事，引些古书，其中感慨之词，自不能免”，于是“被检查官删去四分

1 《舒新城日记》,《出版史料》1987 年第 2 期。
2 鲁迅:《书信 · 350207 致曹靖华》,《鲁迅全集》第 13 卷，人民文学出版社 1981 年版，第 47 页。

之三，只存开首一千余字”。[1]鲁迅曾在给友人的信中愤怒地说道：“这几天真有点闷气。检查官吏们公开的说，他们只看内容，不问作者是谁，即不和个人为难的意思。……其实他们是阴谋，遇见我的文章，就删削一通，使你不成样子，印出去时，读者不知底细，以为我发了昏了。如果只是些无关痛痒的话，那是通得过的，不过，这有什么意思呢？”[2]

正是这种任意被删削，使30年代许多作品往往发表出的并非作者真想说的话，而真想说的话又绝然难以问世。30年代遭此厄运的作家作品绝不在少数，例如茅盾的《子夜》《虹》《三人行》《春蚕》《野蔷薇》《宿莽》《茅盾自选集》等等，就都曾被删改过。其中，茅盾的《虹》与《野蔷薇》被要求抽去“序”和“跋”；《宿莽》中的《豹子头林冲》和《大泽乡》，因“颇多鼓吹阶级斗争意味”，被要求抽去；《茅盾自选集》中要求抽去《大泽乡》《骚动》两篇，《喜剧》一篇因为“有不满国民革命词句”，被要求“删改”；《春蚕》这部集子中的“《秋收》后半篇有抢米风潮之处”，被要求删改，而其中《光明到来的时候》一篇被认为“不妥”，要求“删去”。至于《子夜》，国民党书报检察官们的审查意见是：“二十万言长篇创作，描写帝国主义以重量资本操纵我国金融之情形。P97至

1　鲁迅：《书信·341225致赵家璧》，《鲁迅全集》第12卷，人民文学出版社1981年版，第618页。
2　鲁迅：《书信·341226致萧军萧红》，《鲁迅全集》第12卷，人民文学出版社1981年版，第621页。

P124 讽刺本党，应删去，十五章描写工潮，应删改。”“书店老板按照上述命令进行了删改”，其中《子夜》的第四、第十五章不得已而被抽去，“所以 1934 年再版的删改后的开明版《子夜》，就只有十七章了”。[1] 再如，王统照的长篇小说《山雨》共二十八章，初版发行于 1933 年 9 月，“当时国民党反动派的中央图书审查委员会谓其宣传阶级斗争，书出不久，即由国民党上海市党部勒令禁止。经删去第二十四至二十八章后，始得发行”。[2] 此外如郭沫若的《创造十年》、田汉的《田汉戏曲集》等作家作品都曾被删改过。[3] 即使是像沈从文这样的政治色彩不明显的作家，其作品也难免被删的命运，例如他的“小说《过岭者》，遭到体无完肤的删削，《记丁玲》也遭国民党检查机关的删节与腰斩”。[4]

这种文学作品被删的状况，直接影响到 30 年代文学的传播和接受。因为在许多情况下，读者所接触到的包括名著在内的作品，事实上是残缺不全的，这使得作家原本的创作意图、创作目的与读者的接受和所受实际影响之间可能会出现一些脱节。这对文学的发展及其文学整体面貌的影响，绝不是无关紧要的。

1　茅盾：《我走过的道路》（中），人民文学出版社 1984 年版，第 234 页。
2　唐弢：《晦庵书话·〈山雨〉》，三联书店 1980 年版，第 21 页。
3　茅盾：《我走过的道路》（中），人民文学出版社 1984 年版，第 234 页。
4　凌宇：《从边城走向世界》，三联书店 1985 年版，第 67 页。

三

国民党当局对文学书刊的查禁删削，就像给文坛罩上的一层文网，鲁迅当年就曾在谈到图书检查的情形时，希望有人能“编一部文网史”。[1]当然有“文网”，就会相应产生所谓的“钻网术”，而广大作家、出版家们为了生存，为了发展所采取的种种“钻网术”，给文学的生产所带来的结果是，自然地形成了 30 年代文学又一不同于其他任何时代的特点，即文学书刊版本的纷繁复杂。

我们前述的初版后遭查禁，然后经删削再次出版的书刊，就都有一个不同版本的问题。这样的例证很多。1930 年 10 月 16 日，北新书局出版的《现代文学》第 1 卷第 4 期发表了冯铿的反映革命根据地人民斗争生活、歌颂红军的《女同志马英的日记》，并且在《编辑后记》中向读者“特别介绍”这篇作品。该刊因此受到国民党警告，并将刊物没收。后来书局只得将《女同志马英的日记》抽去，补入页码相等的另外两篇文章。“这样我们看到的就有《现代文学》1 卷 4 期的两个版本，原版本有《女同志马英的日记》，而查禁改版后的则没有”。[2]1934 年良友公司四种小说（《竖琴》《一天的工作》《母亲》《一年》）遭禁，后开禁，但《竖琴》

1　唐弢：《晦庵书话 · 关于禁书之二》，三联书店 1980 年版，第 105 页。

2　丁景唐：《欢迎校正，相互切磋——兼谈冯铿烈士的〈红的日记〉的版本问题》，《出版史料》1987 年第 3 期。

的前记却被要求删去。而待到1935年审查会因“新生事件”被迫关门后，良友重印了一版《竖琴》，恢复了前记，使之以本来面目重新与读者见面。[1]不同版次的书刊，有的是遭删削过的残本，而有的则可能是侥幸“过关”的全本，如此反反复复，这样的作品和书刊绝不在少数。

而且，在30年代，面对国民党的书报审查制度，许多作家和出版者奋起抵制，他们想出种种办法，或改换笔名，或以种种伪装来重印遭到禁删的书刊，这更使许多文学书刊的版本呈现出纷繁复杂的状况。茅盾就曾讲过，他“每年要换一批笔名”，来对付国民党当局的检查。[2]沈端先翻译的高尔基的《母亲》，在开明出版后，遭到查禁，“开明想了个办法，把书名‘母亲’改为‘母’，译者沈端先改为‘沈瑞先’，这样就继续出版了”。[3]胡也频的小说《黑骨头》在《现代学生》1930年第2期上发表以后，国民党当局当即认定《黑骨头》是一篇煽动工人罢工的“反动小说”，扬言要将刊物停刊。后经疏通，《现代学生》第2期重印，抽去《黑骨头》，换上作者原名题作《浪花》的一篇，但题目还是顶用了《黑骨头》，署名则改作“野草”。因此，《现代学生》1930年第2期，“由于版本不同，有两种不同内容的《黑骨头》”。[4]

1 赵家璧：《编辑忆旧》，三联书店1984年版，第65页。
2 茅盾：《我走过的道路》（中），人民文学出版社1984年版，第249页。
3 王知伊：《开明书店记事》，《出版史料》1985年第4期。
4 丁景唐：《胡也频烈士的优秀小说〈黑骨头〉》，《学术月刊》1962年第6期。

改换书名重出遭禁删的文学书刊，这在30年代是较为普遍的现象。鲁迅的《二心集》被审查机构抽去大半后，所抽出部分另以《拾零集》的名目印行过；他的《伪自由书》遭查禁后，曾改名为《不三不四集》重新出版过。郭沫若的第一部自传《我的童年》出版，曾先后换过几次书名，最初叫《我的幼年》，查禁后改为《幼年时代》，再遭查禁后又改作《童年时代》；他的第二部自传《反正前后》遭查禁后，现代书局曾以《划时代的转变》为名再次出版，并在新版书扉页上若有其事地声明，该书“乃将内容修正一过，改易今名”，其实从头到尾，连一个字都没动，所谓“修正”，只是为了骗过检查官而已。[1]巴金的《萌芽》1933年初版两千册，未售完便被禁止，1934年作者重写了结尾，并换了几个重要人物的姓名，改书名为《雪》，自费印了一版，并在“前记”中伪称该小说是“在美国出版”，当然这也是在对检查官们施以障眼法。[2]郁达夫的《她是一个弱女子》，1932年后被国民党当局指为“普罗文艺”而被禁止发行，删改后曾改书名为《饶了她》于1933年重新出版。[3]如此等等，不一而足。

除了改换书名外，许多作家在出版书籍时，还有的采用了假托出版社的办法，以躲避检查，例如，鲁迅在审阅曹靖华的译作

1　唐弢：《若有其事的声明》，《晦庵书话》，三联书店1980年版，第125页。
2　唐弢：《在国外出版的书》，《晦庵书话》，三联书店1980年版，第129页。
3　唐弢：《饶了她》，《晦庵书话》，三联书店1980年版，第133—134页。

《共产党员的烟袋》等小说时，认为“内有几个名词似可碍”，“倘改去，又失了精神”，于是提议此书在上海印，“而仍说（北京的）未名社出版”，“如此，则此地既无法干涉，而倘京中有麻烦，也可以推说别人冒名，本社并不知道的”。[1]如果前述的用改换书名来再版禁书，尚属不得已的办法，那么这种假托出版社的做法则是一种防患于未然的办法了。这种防患于未然的自觉意识，有时还体现在把书刊伪装起来的做法上：“这种书刊封面名称与内容毫不相干，进步的政治内容，往往用了个一般的甚至是十分庸俗的名称。”[2]例如，《中国工人》用过《红拂夜奔》《南极仙翁》的名义；《少年先锋》用过《闺中丽影》《童话》等名义；《布尔什维克》用过《少女怀春》《中国文化史》《中国考古史》《虹》《金贵银贱之研究》《平民》等名义。不单是“许多期刊用过伪装，许多单行本也用过伪装”。[3]

当年五花八门的“钻网术”，造成了文学书刊版本的繁杂，这不仅仅给后来的文学史家们留下了令人眼花缭乱的版本课题，更重要的是这也正是30年代文学发展特点的某种标识，版本的繁杂作为当时的一种文学现实，给当时的广大文学读者层设置了某种阅读的障碍，使文学的实际影响作用多少会发生某种变异。

1　鲁迅：《书信·280226致李霁野》，《鲁迅全集》第11卷，人民文学出版社1981年版，第611页。

2　唐弢：《书刊的伪装》，《晦庵书话》，三联书店1980年版，第113—115页。

3　唐弢：《书刊的伪装》，《晦庵书话》，三联书店1980年版，第113—115页。

总而言之，30 年代特殊的政治文化语境，构成了特殊的文学氛围，它在很大程度上决定了文学的生存和生产状况，产生了一些特殊的文学现象，并由此形成了文学发展在总体上的一些重要的或基本的特点。

第二章　文学群体的“亚政治文化”形态

政治文化对 20 世纪 30 年代文学的影响，首先造成了作家群体的变化，即与 20 年代相比，文学群体的政治化趋向较为明显。30 年代文学群体基本上都呈明显的“亚政治文化”形态，或带有明显的“亚政治文化”特征，这是 30 年代文学特色的一个明显的标志。

第一节　文学群体的“亚政治文化”特征

我们所谓的文学群体呈明显的“亚政治文化”形态，或带有明显的“亚政治文化”特征，主要是依据这样一些标准来界定的：

其一，文学群体在重大的政治文化问题上，对统治者的主体政治文化始终取对立的或游离的态度。

阿尔蒙德认为，当社会成员对政治问题和政府的政治行为的“正当性问题的看法”产生疑问和分歧时，就会产生与主体政治文化相游离的各种“亚政治文化”（有时也译作“政治次文化”）的群体，他说：“在较具冲突性的政治文化中，在政府的正当性和解决问题的途径这两个问题上，公民间观点相互对立”，而“公民政治态度和价值上发生严重分歧的时候，就出现我们称之为‘政治次文化’（political subculture）的那种群体，它们……在一些基本问题和意识形态等问题方面都持有不同的看法”。[1]

30 年代是一个多头政治尖锐对立的时代，国民党在“四一二”后虽然掌握了政权，取得了统治地位，但他们施行的一整套政治文化方略却是失败的，他们的控制手段不仅未能调和权力主体与权力客体的关系，反而严重地疏离了二者的关系，因此权力客体各种自发拥有的“反权力政治文化”便在公众对于权力政治文化的普遍反感中迅速增长。又由于在这种文化控制压力下首当其冲的是文化界和文学界，因而各文化团体和文学团体对国民党的政治文化普遍持对立和游离的态度。30 年代的文学群体，无论政治思想如何，在对待国民党的文艺政策和书报检查制度等，乃至对待国民党所施行的一整套政治文化方略方面，都持强烈的反对态

---

1 ［美］加布里尔·A. 艾尔蒙（亦译作阿尔蒙德）：《当代比较政治》，龚文库译，（台）风云论坛出版社 1992 年版，第 76—77 页。

度，而且在诸如争取言论自由，争取作家人权等方面也与国民党的种种政治行为构成了一种尖锐对立。

其二，文学群体中的多数成员常常扮演着政治参与的角色，在其政治倾向上各文学群体都多少代表了各种不同的“政治利益”。

在政治尖锐对立的时代，政治的社会化程度也相对地大大提高了，各利益集团或政党，必然会在政治社会化中有意识地发挥着推波助澜的作用，他们努力引导着人们对重大政治问题的取向，鼓动起人们去扮演政治参与者的角色。在这样的政治文化环境之下，便会出现大量的、多种多样的政治利益表达渠道，而公众团体在这个时候往往呈现的首先是“利益”集团的特征。也就是说，公众团体在这个时候往往具有“亚政治文化”群体的性质，他们必然地代表不同的政治利益，而不代表任何政治利益的团体在这种环境下事实上是不存在的，即使是文学的团体也绝不会例外。

30 年代文学群体的“利益集团”特征是很明显的。我们在谈 20 年代文学群体时，常常难以直接用某种政治阶层或阶级的名号或以政治倾向性来给以冠名，例如最早的《新青年》群体，就是由诸如资产阶级知识分子、激进的小资产阶级知识分子和初具马克思主义思想的知识分子等多个社会阶层组成的。文学研究会也是如此，“它的分子之社会关系太复杂，中间至少可以分出十几个社会阶级层”。[1]创造社相对来说，成分单纯一些，但“内部便自然之间生出了对立”，“明白的说便是无产派和有产派的对立”，其结果是后期创造社多数的集体“剧变”。[2]30年代的文学群体在其性质上发生了很大的变化，这种变化是以文学研究会的解体和创造社的转向为其标志的，诚如茅盾早在1931年就指出的那样：“无产阶级的革命运动卷去了大多数的深受封建制度压迫的青年，他们固然不满于文学研究会的意识不明确的‘为人生而艺术’，同时也唾弃了创造社派的象牙塔中生活的‘为艺术的艺术’了。新的时代要求那表现着新的意识的文学。在阶级斗争日形尖锐化的新局面下，文学团体必然的要起变化，结果是文学研究会的无形解体，和创造社派的改变方向。”[3]

总而言之，20年代文学群体主要是以艺术追求的大致相同来加以聚合的。而30年代文学群体则主要是以其政治倾向的一致性为其标志的。对30年代的文学群体，人们习惯于以“左、中、右”来加以称呼，或以“无产阶级文学”“资产阶级文学”“小资产阶级文学”等加以冠名，这多少也可以看出文学群体的亚政治文化性质。

其三，文学群体多少具有某种封闭性、宗派性或党派性特征，

1 丙申（茅盾）：《“五四”运动的检讨》，原载《文学导报》1931年5月第1卷第2期。
2 麦克昂（郭沫若）：《文学革命之回顾》，原载《文艺讲座》1930年4月10日第1册。
3 丙申（茅盾）：《“五四”运动的检讨》，原载《文学导报》1931年5月第1卷第2期。

文学群体之间互不统属，各群体之间的成员较少重复会籍，有的甚至对其成员有较严密的组织性要求。

30 年代政治文化的总体特征，若按政治文化学的分类来看，应是属于一种“非整合模式政治文化”，这种非整合模式的政治文化是指，统治者在政治文化上试图压制“各亚政治文化的公开合法存在”，但“其效果往往适得其反”，各亚政治文化以更加组织化的行动进行抗争。而由于各亚政治文化群体的逐渐强大，使统治者的权力政治文化始终并未能成为被大多数社会成员所接受、认可的主流文化。于是“社会上无主流文化，各非主流文化又互不统属，并且作为各非主流文化载体的各社会集团思想差异极大，无法调和”。[1] 在这样的情势下，各“社会团体倾向于组织排他的没有重复会籍的社会和政治团体”，即使是“知识和文学团体及其他自愿的结社团体”也是如此，“在这些团体内，会员可能被灌输一种有关政府是……的观点”。[2]

30 年代各文学群体之间的情况就是如此，它们大体上是作为各非主流政治文化的载体而存在的。20 年代许多文学群体之间的边缘并不十分明确，许多作家们从多个文学群体中获取生存空间，因而他们的名字可以同时见列于多个文学群体的名表上，许多文学社团之间具有交叉性、渗透性。而 30 年代是以政治倾向的同

1　孙正甲：《政治文化》，北方文艺出版社 1992 年版，第 57 页。
2　罗森邦：《政治文化》，陈鸿瑜译，（台）桂冠图书股份有限公司 1984 年版，第 123 页。

一性来划分作家群体的，各群体内部统一性高，且具有组织性意识，所以30年代文学群体成员基本不具重复会籍，除非是同一群体不同下属团体。各文学群体之间界限比较分明，而且各文学群体大多具有宗派性质，甚至具有党派性质，即不管群体成员内部思想有何差异，对具体问题的种种见解有何不同，但在重要政治问题上往往是一致对外。有些文学群体甚至对其内部成员有较为明确的纪律约束，而对于不执行纪律约束者会施以某种组织处分等。30年代文学群体的这种宗派性、党派性和纪律性等方面的特点明显带有“亚政治文化”性质。

其四，每一文学群体内部，在重要的文学观念上大体相一致，而这种文学观念的形成又与他们针对当时的政治文化形势所采取的相应的文学策略有着密切的关系。

30年代各文学群体在表述自己的重要文学观念时，其内部成员显示出了空前的一致性，各文学群体成员为坚持自己的文学主张，在文学思想问题上和各种论争中，也往往是全伙上阵，而且在争论中充满了激情和意气，带有某种政治情绪化的特点。

这种情况在20年代是并不多见的。以跨越二三十年代的创造社为例，在20年代，他们主要是做纯艺术的追求，用他们自己的话说，是陷在一个“错误的深渊”里面，“把艺术当作了一个泥塑的菩萨，在所谓艺术至上主义的声浪中曾经作过无意义的膜拜”。[1]而30年代当他们集体转向后,立即宣称,他们办刊物“不再以纯文艺的杂志自称,却以战斗的阵营自负”。而在文学观念上,“我们的文学理论再不是玄妙不可理解的东西，而是战斗的‘指导理论’的文学理论”。[2]一口一个战斗，其政治情绪化的特点是极其鲜明的。

应该说，30年代的各文学群体都或多或少、或显或隐地具备了上述几个方面的特点。为了更清楚地说明这一点，这里拟就30年代一些重要的文学群体做一具体的分析。

第二节　左翼文学群体的“亚政治文化”性质

一

30年代最大的文学群体是以中国左翼作家联盟为中心的左翼文学群体。

在“左联”成立之前的后期创造社和太阳社,就已明显具有“亚政治文化”群体的特点。

前期创造社的性质是“主张个性，要有内在的要求”，“蔑视

1　王独清:《新的开场》,《创造月刊》1928年8月第2卷第1期。
2　《流沙·前言》,《流沙》半月刊1928年3月第1期。

传统，要有自由的组织"，该社成员的目的也仅在"新文学的建设上，新文学价值的确立上，新文学的地位的提高上"。"五卅"前后，"其实创造社大部分的份子，并未转换过来，即使是郭沫若的转换，也是自然发生性的，并没有十分清晰的目的意识"。但"到了 1928 年"，"创造社也就又来了一个'剧变'"，"以清醒的唯物辩证的意识划出了一个'文化批判'的时期"。[1] 后期创造社重要成员冯乃超曾回忆说："广大的知识分子阶层在大革命失败后，不能不在反共与拥共之间做出更明确的选择和表态，不管他们对马克思列宁主义有多少认识。"创造社由集体转向而进入"第三阶段"，他们积极提倡无产阶级文学，就是这样一种最明确的"选择和表态"。[2]

"太阳社成员蒋光慈、钱杏邨、孟超和杨邨人中后三人大革命时期在武汉的全国总工会宣传部编辑科任干事。蒋光慈提倡革命文学是得到中共中宣部长邓中夏、李立三鼓励和支持的，是在瞿秋白建议下，才决定创办一种以提倡无产阶级革命文学为中心任务的文艺刊物的"。"蒋光慈等筹建春野书店、出版《太阳月刊》以及此后组织太阳社，事先曾向当时担任党中央书记的瞿秋白同志做了请示报告，在获得了许可后才开始工作的"。[3] 而且"太阳

1　麦克昂：《文学革命之回顾》，原载《文艺讲座》1930 年 4 月 10 日第 1 册。
2　冯乃超：《鲁迅与创造社》，《新文学史料》1978 年第 1 辑。
3　陈梦熊：《太阳社与春野书店》，《出版史料》1987 年第 3 期。

社全部是党员，有自己的党组织，秋白同志还亲加指导”。[1]

很显然，后期创造社和太阳社是两个政治性极强的文学社团，他们的成员政治意识相对比较明确，政治参与的意识和内部组织性均较强，因此在重大的政治问题上能基本保持内部成员较一致的看法。而且，这两个文学社团由于在其政治态度、政治思想倾向上的一致性，使他们很容易组合成一个更大的带有“亚政治文化”性质的文学群体。

事实是，当他们在 1928 年共同提倡“无产阶级文学”时，他们已经在共同的政治旗帜下紧紧联合在一起了，此后，在一系列文学论争中，这种一致性更加明显：“太阳社同创造社之间确实也有宗派矛盾，但在攻击鲁迅的这一点上，两者是完全一致的，相互配合的。……从这种情况看，当时攻击鲁迅这件事，很可能是创造社和太阳社共同讨论过的，也许就在上海党闸北区第三街道支部——所说的文化支部讨论过。”[2] 也就是说，无产阶级革命文学论争中对鲁迅的批评是一种联合的有组织的行动。有资料这样表明：“1928 年 2 月，太阳社与创造社召开联席会议，成仿吾主持，蒋光慈、钱杏邨、杨邨人、冯乃超、彭康、朱镜我、王独清等参加。蒋光慈做了关于当前文艺运动的发言。两社开始联合

1 《阿英忆左联》，《新文学史料》1980 年第 1 期。
2 《冯雪峰谈左联》，《新文学史料》1980 年第 1 期。

批评鲁迅。”[1]这两个社团在这场争论中，完全以一个共同群体的恣态保持了高度的一致性。

如果说这两个文学团体就像共同群体一样，一致提倡“无产阶级文学”并在许多行动上保持高度一致，是由于它们背后有共同的政治信念、政治意识和政治态度，那么，正当无产阶级文学论争趋于白热化，当事人都已不免进入情绪化状态时，这一共同群体又能突然步调一致地停止了对鲁迅的批评，这一行动就更明显地是政治组织干预的结果了:“1928 年 7 月间党第六次代表大会之后，在 1928 年底或 1929 年上半年，上海党的领导人曾经对创造社等指出过他们攻击鲁迅是错误的”。[2]据钱杏邨回忆:“1929 年 4 月左右，党说服各文艺团体解散，与鲁迅合作，联合起来。太阳社、创造社都同意党的决定。”[3]

从创造社、太阳社解散到“左联”成立，这更是一种政治运作的产物。先是创造社、太阳社在“党的决定”下解散，并“对鲁迅检讨过，承认在论争中不应该用那种态度对待他”；后是“潘汉年等代表党中央去找鲁迅谈，鲁迅同意合作成立组织”；[4]再后来是党中央派冯雪峰“去同鲁迅商谈”，“说党中央希望创造社、太阳社和鲁迅及鲁迅影响下的人们联合起来，以这三方面人为基

1 《蒋光慈生平年表》,《蒋光慈研究资料》，宁夏人民出版社 1983 年版，第 10 页。
2 《冯雪峰谈左联》,《新文学史料》1980 年第 1 期。
3 《阿英忆左联》,《新文学史料》1980 年第 1 期。
4 《阿英忆左联》,《新文学史料》1980 年第 1 期。

础，成立一个革命文学团体”，“并说团体名称拟定为‘中国左翼作家联盟’”。在“鲁迅完全同意成立这样一个革命文学团体”，同时认可“左联”二字“比较明确，旗帜鲜明一些”后，“左联”终于得以成立。[1]

按照罗伯特·A. 达尔《现代政治分析》的观点，如果一个社团内部成员行动的依据是来自某种必须服从的权威，而且这种权威是以某种“政治关系”来实现的，“那么，这个社团就应被称为政治性的”。[2]从“左联”成立的这种过程看，“左联”完全是当时共产党在文化战线进行政治运作的一个产物，这就先天性地决定了“左联”明确的政治性质。

二

在“左联”成立后，继续沿着“政治性”方向发展。

第一，从“左联”所接受的领导来看：“党的组织领导的关系方面，‘左联’设有党团（即党组），由在‘左联’工作的党团员三至五人组成；党团直接受文委领导”。而“文委”就是“成立于 1929 年下半年”的“党内领导当时文化运动的一个机构，直

1 《冯雪峰谈左联》，《新文学史料》1980 年第 1 期。
2 ［美］罗伯特·A. 达尔：《现代政治分析》，王沪宁、陈峰译，上海译文出版社 1987 年版，第 16 页。

接受中宣部领导”。而“‘左联’党团的职权是：党的方针、政策和决定，经过文委下达到‘左联’，党团讨论执行”。[1]

第二，从“左联”的成员构成来看：“左联”筹备小组成员一共十二人，即鲁迅、郑伯奇、冯乃超、彭康、阳翰笙、钱杏邨、蒋光慈、戴平万、洪灵菲、柔石、冯雪峰和夏衍。“十二人中，除鲁迅和郑伯奇外，都是党员”，而郑伯奇“是创造社的元老之一，在政治思想上”与那十位党员“没有什么距离”。[2]“左联”成立后，在成员构成上也是“共产党员越来越多，群众越来越少”，“‘左联’的盟员小组和党员小组都只有纵的联系，没有横的联系”，“本来是一个群众组织”的“左联”，却在成员构成上，“成了第二党”。[3]

第三，从“左联”开展的主要活动来看：“‘左联’成立后不久，就建立了一个秘密机关”，“那时把‘左联’的工作主要是放在飞行集会，散传单，贴标语等事情上面”。[4]“写标语，散传单，参加飞行集会，是‘左联’盟员经常参加的宣传工作”，所谓“写标语”，就是“用棉花或烂布蘸墨汁”“在墙壁上刷”“大标语”；而“散传单有时是单独在马路上散发，有时是结合飞行集会散发。每逢‘五一’‘五七’‘五卅’‘九一八’等纪念日，事先约好时间地点，到时候讯号一发，人们迅速集中起来，有人演讲鼓动，

1 《冯雪峰谈左联》，《新文学史料》1980 年第 1 期。
2 夏衍：《懒寻旧梦》，三联书店 1985 年版，第 145—146 页。
3 林焕平：《从上海到东京——中国左翼作家联盟活动杂记》，《文学评论》1980 年第 2 期。
4 夏衍：《懒寻旧梦》，三联书店 1985 年版，第 145—146 页。

高呼口号，散发传单”。这完全是政治性的活动。“左联”也时常开会，而“开会时往往多是学习和讨论形势”。[1]“左联”“本来是个作家团体，可以更广泛一些，更公开一些，更多谈文学，但是后来专门谈政治，甚至游行、示威”。[2]难怪茅盾当时就“有了这样的感觉：‘左联’说它是文学团体，不如说更象个政党”。这个感觉在他“看到一九三〇年八月四日‘左联’执委会通过的决议《无产阶级文学运动新的情势及我们的任务》以后，又得到了加强”。[3]周扬也同样认为，“我们感到当时的‘左联’成了个第二党。为什么叫第二党呢？就是说它实际上跟共产党是一样的”。[4]从“左联”的主要活动来看，其性质，已远远超过一般的文学群体，而成了一个准政党性质的组织。

第四，从“左联”的组织原则来看：“左联”非常强调集体性的组织原则，即对组织成员，要求他们必须遵守较为严密的组织纪律，而对可能会给组织和高度凝聚力造成消解的“个人主义”是严加防犯的。在 1930 年 8 月 4 日“左联”执行委员会通过的题为《无产阶级文学运动新的情势及我们的任务》的决议中，特别强调了“集体生活”的重要性，把因“集体生活的习惯不够的关系”而形成的种种表现，如“积极的常犯超组织的活动，消极

1 林焕平：《从上海到东京——中国左翼作家联盟活动杂记》，《文学评论》1980 年第 2 期。
2 《周扬笑谈历史功过》，《新文学史料》1979 年第 2 辑。
3 茅盾：《我走过的道路》（中），人民文学出版社 1984 年版，第 56 页。
4 《周扬笑谈历史功过》，《新文学史料》1979 年第 2 辑。

的就表现怠工”等等，指为“是个人主义的残余”，并将它视为“左联”存在的“许多工作上的弱点和不好倾向”的重要方面之一。[1]政治，强调向心力，不能允许离心的观念和行为存在。“左联”对于向心力的强调，使之对一些稍有离心倾向的作家，不惜采取“组织”措施，例如就曾以“背叛左联”“无产阶级革命文学的叛徒”等名义先后将周全平、叶灵凤、周毓英等开除出“左联”。[2]

第五，从“左联”成员自觉的政治参与意识来看：当时“左联”的大部分作家都有明确的政治意识，他们自觉地与统治当局持对立的立场，甚至“平时纪年决不写‘民国’而用公元，需要指称祖国时，也只写中华民族而决不写中华民国”。[3]参加“左联”的绝大多数成员都是“抱着随时把生命献给革命的决心而参加斗争”的。[4]大家“是没有把自己看作什么左翼戏剧家、左翼作家的，不论是党员还是非党员，都是把这些活动当作革命工作，当作一个严肃的政治斗争，满腔热情，坚决执行的”。[5]许多在党的和非党的作家都曾在回忆中谈到过自己当年作为“左联”成员参与政治斗争的经历。例如，荒煤曾回忆说，他“曾经热情地参加过”“飞行集会”；[6]丁玲也曾说起过她当年参加过“左联贴标语的活动”，

1　原载《文化斗争》1930 年 8 月 15 日第 1 卷第 1 期。
2　《开除周全平、叶灵凤、周毓英的通告》，《文学导报》1931 年 5 月 5 日第 1 卷第 2 期。
3　楼适夷：《为了忘却，为了团结》，《延河》1980 年第 7 期。
4　林焕平：《从上海到东京——中国左翼作家联盟活动杂忆》，《文学评论》1980 年第 2 期。
5　荒煤：《伟大的历程和片断的回忆》，《人民文学》1980 年第 3 期。
6　荒煤：《伟大的历程和片断的回忆》，《人民文学》1980 年第 3 期。

还在“左联”参加过“到大学校去讲演”的活动，而当时的他们“把这当成了不起的事”；[1]田仲济也曾回忆说，他当年虽然只是参加了一个“左联”的外围组织“互济会”，但也常“参加飞行集会”，以及“夜间到马路上用粉笔写标语”的“粉笔运动”。[2]

三

从“左联”作家所持的主要文学观念来看，以“左联”作家的创作为主的30年代左翼文学，事实上仅是左翼政治文化的一个组成部分。

一般人很容易指出左翼文学观中片面夸大了文学的阶级的、政治的属性，夸大了它的政治功能。从文学的角度来看，左翼文学中的这种偏颇无疑是非常明显的，但问题是，这种片面性在当时能否完全避免？

“左联”就其性质而言就是一种典型的“亚政治文化”群体，因而他们的一切文学活动自然而然地成了对他们要推行的政治文化的诠释。事实上，也正由于“左联”文学的这种偏颇，才使得左翼文化在那样一个政治文化氛围极浓的时代“操了文坛的牛耳”。反之，若左翼作家没有了这种极强的政治文化意识，那么

1　丁玲：《关于左联的片断回忆》，《新文学史料》1980年第1期。
2　田仲济：《怀念张鹤眺同志》，《大众日报》1980年3月12日。

左翼文学就不会在这样的政治文化大潮中拥有自己的声音，占有自己的一席之地。

“左联”组织的政治化特性带来了左翼文学的政治化特征，这还不仅仅突出体现在那些出于明确的政治目的而从事的文学活动和提出的文学主张上，甚至还体现在那些表面上看似在纠正某种唯政治化的非艺术性倾向而采取的一些举措上，因为事实上这些举措并未摆脱政治心理和政治功利的驱使，其背后的政治目的依然十分明显。例如，左翼文坛在 1932 年发生了明显的“风气”的转变，即左翼作家们开始关注文学作品的艺术性，开始清算、批评左翼文学创作中公式主义、脸谱主义等等。这种转变，确实使左翼文学在创作上取得了许多不仅在思想上而且在艺术上能够真正立得住的成果。许多文学作品确实也表现出了与“左联”初期创作中那种过于政治化倾向有所不同的面貌。但这种文坛风气的转变，仍含有某种政治操作的成分:“左联”在“一九三二年‘一·二八’事变后，开始采取另一种方法，由‘左联’成员各自向中间地带开拓阵地，团结可以团结的进步力量，共同开展革命文化工作，用以反击国民党反动派的反革命‘围剿’”。[1]“左联”与国民党当局的政治文化直接交锋时，无艺术可言，也无须艺术性，而要能争取中间作家，就不能不换一种方式，就必须关注起

1　赵家璧:《我编的第一套成套书》，《编辑忆旧》，三联书店 1984 年版，第 47 页。

他们一直有所忽略的“艺术性”，因为这是与中间派作家联系的不可缺少的纽带。这里“艺术性”的问题，是出自争取中间作家的考虑而采取的手段之一。

另一方面，左翼文坛当时强调文学作品的“艺术性”，还来自他们对文艺之作为武器、工具的重新认识。鲁迅早就指出，文艺可以“用于革命，作为工具的一种”，但“革命之所以于口号，标语，布告，电报，教科书……之外，要用文艺者，就因为它是文艺”。[1]这里强调的是文艺作为武器、工具区别于他种武器、工具的特殊功能。茅盾也曾在批评《地泉》一类作品时指出，因为缺少艺术性，“至少写作此类作品的本来目的因而不能达到；不但不能达到，往往还会发生相反的不好的影响”。[2]这里仍是从传播左翼政治文化的功利目的出发的。诚如普列汉诺夫曾说过的那样，任何一个政权或政治性的组织，它“只要注意到艺术，自然就总是偏重于采取功利主义的艺术观。这也是可以理解的，因为它为了自己的利益就要使一切意识形态都为它自己所从事的事业服务”。[3]

无论从哪方面看，“左联”事实上已不是一个文艺性的团体，而是一个地地道道的政治文化团体。“左联”在30年代的主要政

1　鲁迅:《三闲集·文艺与革命》,《鲁迅全集》第4卷，人民文学出版社1981年版，第84页。
2　茅盾:《〈地泉〉读后感》,《茅盾论创作》，上海文艺出版社1980年版，第244—245页。
3　普列汉诺夫:《艺术与社会生活》,《普列汉诺夫美学论文集》，人民出版社1983年版，第830页。

治策略是，通过一系列政治活动和政治性文化批判，来创造出反权力政治的社会力量，以及反权力主体的政治文化。正是通过“左联”中广大左翼作家的这种努力，他们才在国民党当局与政客、军阀、帮忙和帮闲文人们所构成的政治秩序中，不断寻找突破的契机，最终在统治者的世界里促成了一种“亚政治文化”——左翼文化的发展，并使其成为30年代起支配性或主导性作用的文化，在严密的统治秩序中占据了文化的领导权。

第三节 “新月派”：依据政治立场定位的文学策略

一

在30年代，具有“亚政治文化”性质的群体绝非仅仅止于“左联”，“新月派”也是一个明显的例子。

徐志摩在《〈新月〉的态度》中曾说：“我们这几个朋友，没有什么组织除了这月刊本身，没有什么结合除了在文艺和学术上努力，没有什么一致除了几个共同的理想。”这似乎是强调他们不是一个“有组织”的文艺派别，而只是在文艺和学术上有所追求而已。但鲁迅当时就明确指出，“新月派”是一个“有组织”的资产阶级文艺“团体”。他认为，“新月社的声明中，虽说并无什么组织，在论文里，也似乎痛恶无产阶级式的‘组织’‘集团’这些话，但其实是有组织的，至少，关于政治的论文，这一本里都互相‘照应’”；即使是“关于文艺”的论文，也是与他们的政治论文相呼应的，且“颇有些‘多数’和‘集团’的气味”。[1]因此，鲁迅曾做这样的调侃：“假如在‘人性’的‘艺术之宫’里，向南面摆两把虎皮交椅，请梁实秋、钱杏邨两位先生并排坐下，一个右执‘新月’，一个左执‘太阳’，那情形可真是‘劳资’媲美。”[2]鲁迅在这里无非是想突出地强调，“新月派”是具有共同政治意识、共同文艺思想基础的，与左翼作家相并峙的一个资产阶级的文艺派别。

“新月派”成员1927年重新集合于上海，表面看来似乎是一种偶然的聚合，而实际上是当时政治斗争形势发生剧变这一背景造成的。这批资产阶级自由主义分子，在政治上既不甘心于依附北洋军阀，又回避和不满于当时种种革命的浪潮，但是他们在政治上并不甘于寂寞，于是啸聚上海，探测政治气候。据他们中许多人回忆，在那时的形势下，他们聚谈中国的问题，谈得最多的是政治问题，即中国的现状、中国社会的发展趋向与最终出路等问题。他们不断提出种种政治和文学主张，事实上想在这政治风

1　鲁迅：《二心集·“硬译”与“文学的阶级性”》，《鲁迅全集》第4卷，人民文学出版社1981年版，第195—197页。
2　鲁迅：《二心集·“硬译”与“文学的阶级性”》，《鲁迅全集》第4卷，人民文学出版社1981年版，第208页。

云变幻莫测的形势下，形成一股能够维护本阶级利益的政治力量。他们办新月书店和出版《新月》杂志，就是想有一个宣传他们见解的阵地，“想要一个发表文章的机关”。[1]

“新月派”无论从哪方面来看，都不是一个纯文艺的派别，尤其是 1928 年 3 月《新月》月刊创办以后。《新月》上发表的文章五花八门，绝不以文学创作和文学批评为限。1927 年以前的新月社俱乐部时期，新月文人多不主张干预政治，他们曾有过不成文的规定：剃头、洗澡、聊天什么都可以来得，但就是不能打牌和谈政治。“新月”同人的政治热情，严格意义上讲是在 1927 年以后才明显显示出来的，这与 30 年代政治文化氛围有关。虽然，他们早期也曾出于“一个知识分子对社会应有的责任”而采取了对政治“不感兴趣的兴趣”，[2] 但这种多少带有被动性的“兴趣”，只有到了 30 年代这样一个政治文化氛围中才能终于演化为一种自觉的政治热情。

《新月》第 1 卷，由徐志摩、闻一多、饶孟侃等编辑，尚不失其文学色彩，但同时也刊载有胡适、罗隆基、潘光旦、彭基相等人的政治、哲学、社会学等方面的文章。从第 2 卷第 2 期始，梁实秋、叶公超、潘光旦参加编辑，压低了文学的分量，把政治论文放在首要位置。在第 2 卷第 6、7 期上，甚至特意在《敬告

1 《敬告读者》，《新月》第 2 卷第 6、7 期。
2 《胡适自传》，《胡适研究资料》，十月文艺出版社 1989 年版。

读者》中申明，该刊“以后还要继续地谈‘政治’，每期都希望于原有的各种文章之外，再有一二篇关于时局或一般政治的文章”。从第3卷第2期起，由罗隆基主编，政治色彩更加浓厚，有几期中，政治论文占据了绝对多数。“《新月》成了讨论政治的著名论坛，这点在1929年和1930年表现得尤为突出”。[1] 此外，从新月书店出书情况看，也是一开始时出版文艺书籍较多，而后来文艺书籍所占比例逐年下降。在当时新月书店拟出版的《现代文学丛书》目录中显示，文学艺术书籍在总数中仅占七分之一左右，而政治经济与社会研究类书籍则占二分之一强。因此，割裂开“政治”的“新月”，单谈“文学”的“新月”，显然是片面的。

在一些重大的政治问题上，“新月派”对统治者的主体政治文化始终取对立或游离的态度。“新月派”以信奉“民主政治”为标榜，因此，他们对政治上的“党治”采取了坚决的否定，这当中，自然包括对国民党的一党专制，始终采取抵制和不合作的态度。罗隆基明确表示，“我们相信民主政治的人，很诚意的认定国民党的一党专制，不能把中国的政治引向常轨”。[2] 因此，在《新月》杂志上，也确曾发表过不少直指国民党及其政府的尖锐批评。胡适在《人权与约法》一文中曾尖锐指斥了国民党当局侵害自由、侵犯人权的行径：“无论什么人，只须贴上‘反动分子’‘土豪劣

---

1 ［美］格里德：《胡适与中国的文艺复兴》，鲁奇译，江苏人民出版社1995年版，第243页。
2 罗隆基：《中国的共产》，《新月》第3卷第10期。

绅’‘反革命’‘共党嫌疑’等等招牌，便没有人权的保障。身体可以受侮辱，自由可以完全被剥夺，财产可以任意宰割，都不是‘非法行为’了。无论什么书报，只须贴上‘反动刊物’的字样，都在禁止之列，都不算侵害自由了。无论什么学校，外国人办的只须贴上‘文化侵略’字样，中国人办的只须贴上‘学阀’‘反动势力’等等字样，也就都可以封禁没收，都不算非法侵害了。”为此，胡适对国民党统治者提出了责疑：“我们在这种种方面，有什么保障呢？”[1]罗隆基在《告压迫言论自由者》一文中，也正告“压迫言论自由”的统治者当局：“凡压迫言论自由者，往往臻于灭亡！”[2]

《新月》的言论，与国民党当局构成了政治上的冲突，国民党中央执委会曾通过教育部发布训令，指责胡适误解党义及总理学说，并加以警告；光华大学还奉命解聘了在该校任教的罗隆基。此后，“新月”与国民党当局的矛盾进一步加剧，国民党上海市党部斥责《新月》“诋毁本党，肆行反动”，查禁其第2卷第6、7期合刊；其后的《新月》第3卷第8期又曾被查禁，新月书店北平分店也被检查，店员被捕。从“新月”与国民党当局的这种政治冲突中可以看出“新月”作为一种游离于政治权力主体的“亚政治文化”群体的存在。

1　胡适：《人权与约法》，《新月》第2卷第2期。
2　罗隆基：《告压迫言论自由者》，《新月》第2卷第6、7期。

虽然“新月派”对国民党政治的不满，并不会导致他们的反抗和革命，这是他们与“左联”群体之间的本质性区别，但他们这种与政府的不合作行为和对政府推行的政治文化的批判，却显示出了他们作为“亚政治文化”群体在政治上的相对独立性。而这种独立性，也就构成了一种对统治者权力主体政治文化的分离和消解作用。政治，强调的是向心力，任何一个占统治地位的政治主体，事实上最不能允许的是离心的政治力量的存在，当时作为国民党统治者代言人的“民族主义文学”家们，就曾以“国民革命”的名义，从建立文艺的“中心意识”的要求，抨击过“新月派”，因为“新月派”作为“亚政治文化”势力的存在，对国民党在政治文化上施行的专制政策是极为不利的。

二

对“新月派”群体的政治立场，向来有不同的评价，但他们的“亚政治文化”群体的性质却是一个基本的事实，因此，将 30 年代“新月”概括为一个纯艺术的群体，是完全不符合实际的。

早在 1931 年，革命文学倡导者、“左联”成员之一的彭康就曾客观地评价过“新月”的政治性和政治作用。他认为，自从“胡适在《新月》上发表了一篇《人权与约法》以来，这个问题便引起了很多人的注意，而更证实了现在的统治阶级的确在加紧的压迫和剥削”。“在这种压迫和剥削之下，胡适等以新文化运动观点提出了几个讨论问题和对现在统治者的抗议。因此，这运动的扩大使新文化运动充实了内容而密切地与政治发生了联系，即新文化运动者转变为人权运动者了”。他还进而分析了“新月”文学群体政治化趋势的必然性：“文化运动与政治运动发生关系，这是必然的道理，因为文化斗争本来就是政治斗争的一部分，它一定要有政治的意义，一定要与政治运动取同一的步骤，它才能深入到广大群众的中间，才能有实际的作用。而且它既成了一种运动，定是这样性质的东西，所以《新月》的先生们开初尽管是回避政治，但现在也终于不得不讨论政治了，不，形成了一种政治运动——人权运动了。对于这点，我们不象有些人一样，说《新月》是离开了本来面目而走入歧途了，不，我们以为这是一个必然的发展，随着客观条件的深化所伴起的必然的发展。”[1]

“新月”群体的“政治化”，其根源首先可追溯到他们所持的五四新文化运动中的“自由与民主”的观念，胡适直到30年代仍在大声疾呼：“争你们个人的自由，便是为国家争自由！争你们自己的人格，便是为国家争人格！自由平等的国家不是一群奴才建造得起来的！”[2]但这种“争自由”“争人格”的口号到了30年代更具有直接针对性，即恰恰是针对了当时国民党的专制统治，

1 彭康：《新文化运动与人权运动》，《新思潮》1931年2月28日第4期。
2 胡适：《介绍我自己和思想》，《新月》第3卷第4期。

因而,“新月”与国民党的政治统治之间的对立,遂以构成。“新月”作家们因此也就难以避免遭到“现在的统治者的压迫”,他们“对现在统治者的抗议”也就是顺理成章的事。梁实秋就曾以愤激的口气,对他所办《自由评论》被国民党当局扣留一事发出过强烈的抗议:“我们愿正告各级政府当局:我们立在国民的立场,根据法律所赋予我们的言论出版自由的权利,怀着善意批评政治,研究学问,发表文艺,为什么硬给我们一个‘反动’的罪名?假如我们的刊物有干犯法纪的地方,为什么不给我们以公开的审判?为什么不给我们以辩护的机会?”[1]显然,“新月”群体在30年代特别地强调“自由”和“人权”,其现实根源是国民党的专制和暴政。正是因为“新月”成员对国民党政治统治产生了信任危机,才使他们试图以强调“自由”和“人权”来表述他们对于政治的期望。

这种信任危机促使他们对政治暴力做出了否定性的思考,而且还由此延伸到了对包括阶级斗争学说在内的暴力革命理论的价值的否定,于是,他们全部的政治理想就在于在此之外找一条改良社会的道路。这种反对一切暴力,将“自由”“人权”过于绝对化的结果,就使他们的政治主张在当时的30年代特殊政治文化背景下成了一把双刃剑,即他们在反对国民党的专制、暴政,要求结束训政,取消党治,建立宪法政府,保障民权的同时,对

1　梁实秋:《自由评论·编后记》,《自由评论》第37期。

共产党领导的武装革命和左翼文化运动也采取了反对的态度。

胡适就曾不分是非地抨击过“暴力革命”，他说：“武力暴动不是革命方法的一种，而在纷乱的中国却成了革命唯一的方法，于是，你打我叫做革命，我打你也叫做革命。……于是人人自居于革命，而革命永远是‘尚未成功’，而一切兴利除弊的改革却搁起来不做不办。……中国今日需要的，不是那用暴力专制而制革命的革命，也不是那用暴力推翻暴力的革命，也不是那悬空捏造革命对象因而用来鼓吹革命的革命。……因为这种种革命都只能浪费精力，煽动盲动残忍的劣根性，扰乱社会国家的安宁，种下相残害相屠杀的根苗。”[1]罗隆基更是在否定国民党“一党专政”的同时，明确表示：“在我们爱护自由、崇敬平等、坚信民主政治的人，对国共两党的党政，最少是一视同仁，无所偏爱。”[2]梁实秋也曾将国民党当局者与左翼文化运动者一并归为妨碍“思想自由”者之列：“妨碍人民思想自由的有两种人：一种是当局者，滥用威权，侵犯人民言论出版自由，不准人民批评，强迫人民信仰某一种主义；还有一种是狂热的宣传家，用谩骂的文字攻击异己，用诬蔑的手段陷害异己，夸大的宣传自己的主张。”[3]

对于“新月派”的这种政治态度和政治主张，从不同的政治

1　胡适：《我们走哪条路？》，《中国问题》，新月书店1930年版，第14页。
2　罗隆基：《中国的共产》，《新月》第3卷第10期。
3　梁实秋：《思想自由》，《新月》第2卷第11期。

立场出发，自然会有不同的评价。但不管对之做任何政治评价，“新月”作为一股相对独立的政治力量的存在，却是一个明确的事实。1931年上海《民报》发表了汪常有的谈及“新月”政治地位的文章，“说中国目前三个思想鼎足而立：一、共产；二、‘新月派’；三、三民主义”。这是“新月派”政治家们所向往的，为此，罗隆基在给胡适的信中十分高兴地说：“想不到《新月》有这样重要。”[1]也就是说，当时事实上有人是将“新月”同人与共产党、国民党相提并论的，足见其已成为一种重要的不可忽视的政治力量。

三

“新月”成员的政治意识大都比较浓厚，这不仅在胡适、罗隆基、梁实秋等人身上显得非常强烈，而且在向来被人们视为艺术至上主义者的徐志摩身上，也有非常明显的体现。

茅盾就曾指出过，徐志摩“是一个诗人，但是他的政治意识非常浓烈”。茅盾认为，徐志摩的后期作品，即1929年以后结集的《翡冷翠的一夜》和《猛虎集》中，已经没有了他早期诗歌的“对于人生的单纯信仰”，而是表现出了“他对于社会的大变动抱

1　中国社会科学院近代史研究所中华民国史组编：《胡适来往书信选》（中册），中华书局1979年版，第64页。

着不可解的怀疑”。[1]

其实不仅是诗歌，就是在徐志摩的平时书信中，他也时常流露出对现实政治的不满。徐志摩 1928 年 12 月 23 日在陇海线上淮北河南一带旅途中写给陆小曼的信中，这样表述过自己的感受：“此一带老百姓生活之苦，正不可以言语形容。同车有熟知民间苦况者，为言民生之难堪；如此天时，左近乡村中之死于冻饿者，正不知有多少。即在车上望去，见土屋墙壁破碎，有覆盖席子作顶，聊蔽风雨者。人民都面有菜色，镶手寒战，看了真是难受。”[2]

如果说，这类陈述还是徐志摩从现实感受中生发出的一点对社会不满情绪的话，那么，他在 1929 年 3 月 5 日致恩厚之的信中已有了他思考现实政治所得的结论：“一头是那些无心肝的统治者，另一头是那些默然受苦的民众。”[3]在 1930 年、1931 年写给海外的刘海粟的几封信中，徐志摩更是直接表示了自己对国内政治的看法，他将国内政治环境比作“阿鼻地狱”；[4]他深深感到了环境的压迫，认为“这样生活如再过一年二年”，自己“即使有一二分灵机都快要到汩灭尽净的光景了，真是言之可惨”；他直言“国内事无从说起，文艺界并皆消沉到极点”，并明确表示：“我们新月同人也算奋斗了一下，但压迫已快上身，如果有封门一类

1　茅盾：《徐志摩论》，《现代》1933 年 2 月第 2 卷第 4 期。
2　徐志摩：《徐志摩文集（五）》，商务印书馆 1983 年版，第 83—84 页。
3　徐志摩：《徐志摩文集（五）》，商务印书馆 1983 年版，第 59 页。
4　徐志摩：《徐志摩文集（五）》，商务印书馆 1983 年版，第 144 页。

事发生，我很希望海外的同志来仗义执言。”[1]

与20年代相比，30年代的徐志摩政治参与意识明显加强。据茅盾回忆，他第一次会见A.史沫特莱，竟是因了徐志摩：当时徐志摩从开明书店打听到了茅盾的新居，便带了史沫特莱找茅盾，并明确告诉茅盾，史沫特莱是因在北平有共产党嫌疑而避到上海的。[2]从这件事可以看出，徐志摩远非那种躲避政治是非的人。事实上，他身上时常会迸发出政治参与的热情，例如，他曾经和恩厚之商议过要进行建设中国农村的试验，他向恩厚之说起过一些计划，自己也曾做过一些调查。[3]也就是说，徐志摩曾想将自己的有关政治思考付诸实际的行动。徐志摩的政治参与意识由此可见一斑。

徐志摩对现实政治的参与，在“光华大学事件”中显得更加突出。光华大学是一所私人集资创办的民办大学，国民党当局蓄意将之纳入自己的势力范围，指使特务学生杨树春带头掀起学潮。当时正在光华任教的徐志摩在这场学潮中立场鲜明、大义凛然，被推为七人校务执行委员会委员之一，支持校长将杨树春开除。后来国民党政府直接出面干预，徐志摩又出于义愤，写信给他的朋友、时任教育部次长的郭有守，指出“此事以党绝对干涉教育，

1 徐志摩：《徐志摩文集（五）》，商务印书馆1983年版，第146—147页。
2 茅盾：《我走过的道路》（中），人民文学出版社1984年版，第54页。
3 参见陆耀东：《徐志摩评传》，陕西人民出版社1986年版，第98页。

关系甚大”。[1]通过这一事件，徐志摩进一步认识到：“从小小的学潮也反映了国民党和共产党的斗争越来越激烈，这次事例，已充分说明斗争的激浪已冲湿我们的衣履，到了无法躲藏或隐蔽的地步。”[2]

徐志摩身上的“政治性”虽不像其他“新月”成员如胡适、罗隆基、梁实秋等人那么显得剑拔弩张，但在他身上显示出的政治意识愈来愈浓烈的趋向，恰好也标示出了新月社由20年代向30年代发展的总体趋向。30年代的“新月”群体在政治文化上越来越明显地扮演了中国资产阶级利益集团代言者的角色，而作为“新月”重要作家的徐志摩自然也未能例外，诚如钱杏邨在1929年就曾指出的那样：“我们的徐志摩先生彻头彻尾的是中国的资产阶级的进步分子的代言者，他是彻头彻尾的一个进步的资产阶级作家。”[3]茅盾也曾指出，在30年代，“凡有良心的资产阶级学者，对于社会大变动的怀疑，是普遍的，是一种社会现象”。[4]而徐志摩则是其中“坦白的天真的热情的”“肯放声大叫”的一个。[5]

1 徐志摩：《徐志摩全集（五）》，商务印书馆1983年版，第161页。
2 赵家璧：《编辑忆旧》，三联书店1984年版，第329—330页。
3 钱杏邨：《徐志摩先生的画像》，《海风》周报1929年第6、7号合刊。
4 茅盾：《我走过的道路》（中），人民文学出版社1984年版，第177页。
5 茅盾：《徐志摩论》，《现代》1933年2月第2卷第4期。

四

“新月”群体在文学主张上与“左联”群体的文学观念相去较远，二者甚至在文学倾向上显示出一种相对立的态势。但实际上这两派势力在文学主张的提出上，却有其内在的同一性，即他们主要或重要的文学观念的形成，与他们在面对30年代高压政治文化氛围时所做出的特殊的反应有关，都是他们针对国民党的“文化专制”而采取的一种文化战略和文学策略，尽管这种策略本身有着很大的不同。

“新月派”作家在30年代大谈“言论出版自由”，而在20年代却几乎未对此有多少涉及，这一现象本身，就是30年代政治文化在文学中的一种显现。争自由者，当然首先、主要地是向统治者争自由，即如胡适所言明的，“在思想言论自由的这一点上，我们不能不说国民政府所代表的国民党是反动的”。[1]大谈“言论出版自由”应视为“新月派”成员对国民党专制政治的一种抗争，是面对国民党高压政治而采取的一种文学策略。

从政治文化学的角度来看，“‘亚政治’文化团体的数量过少，则它在政治上不太具有重要性，但数量很多，特别是人数集中在特定地区……才具有更大的重要性”。[2]由此来看“新月派”，他

1　胡适:《新文化运动与国民党》,《新月》第2卷第6期。
2　罗森邦:《政治文化》,（台）桂冠图书股份有限公司1984年版，第185页。

们的存在，在决定30年代各派政治力量的格局，尤其是在造成反权力政治文化的力量的“数量”上，绝不是无足轻重的。我们可以从反“专制文化”的成功程度上去评价“左联”和“新月”这二者的得与失，但却不应该忽略二者在营构消解统治者主体政治文化的“亚政治文化”气氛，从而达到反“专制文化”的目的方面所具有的共同的积极作用。

“新月派”的文学观念以其主要文学理论家梁实秋的文学观为代表。《新月》创刊号上的《新月的态度》虽为徐志摩所撰，但只要将其与梁实秋的文章加以对照，就会发现，其基本观点是脱胎于梁实秋的理论。徐志摩本人未能就文学观问题写更多的理论文章，因而就文学观念而言，梁实秋几乎成了“新月派”文学观念的主要发言人。梁实秋的文学观，在大革命前后是有明显变化的。在大革命前，他一直主张所谓文学的“常态”，反对文学“型类的混杂”等等。在发表于1926年的著名论文《现代中国文学之浪漫的趋势》中，他曾对浪漫主义所鼓励的艺术“个性”和艺术“独创”提出非议，他认为，“独创便是‘和别人不同’。其实人性常态究竟是相同的，浪漫主义者专要寻出个人的不同处，势必将自己的怪僻的变态极力扩展，以为光荣，实则脱离了人性的中心”。[1]但大革命后，他却主张文学表现要不失

1　梁实秋：《现代中国文学之浪漫的趋势》，《晨报副刊》1926年3月31日。

个性，他说："文学家不接受任谁的命令，除了他自己的内心的命令，文学家没有任何使命，除了他自己内心对于真善美的要求的使命。故此在革命期中，……他还是天才，他还是领袖者，他还是不失掉他的个性。"[1]

梁实秋并不否认文学与"革命"的关系，他认为，"伟大的文学家永远立在时代的前面，凡是在革命的时期中，他的眼光也是清晰的向上的"，"伟大的文学家亦足以启发革命运动"。但同时他又认为，文学家不能"在革命的时代便被狂热的潮流挟以俱去，不自持"，而应保持自己的独立的"个性"。[2]梁实秋由反对文学表现个性到"抬升"文学家和文学表现的"个性"，这种转变，其机运在哪里呢？显然，这种"转变"中，包孕着梁实秋针对那样一个特殊的时期——"革命期"而采取的一种文学策略在内。梁实秋在《新月》上曾发表了不少理论文章，如《论思想统一》《孙中山先生论自由》《所谓"文艺政策"者》等。他以"争自由"为旗帜，反对国民党的思想统制，认为思想是不能统一，也不必统一的。他明确反对国民党全国宣传会议提出的"三民主义文学"的主张，要求让文学"自由"地发展。可以说，30年代梁实秋文学观中对所谓人性、个性和超阶级的强调，显示出了一种与统治者主体政治文化相游离的姿态。

---

1 梁实秋：《文学与革命》，《新月》第1卷第4期。
2 梁实秋：《文学与革命》，《新月》第1卷第4期。

当然，梁实秋等人在强调人性、个性和超阶级性时，在矛头指向国民党独裁政策的同时也不时地将火力指向“普罗文艺”的“阶级论”，这体现了他们的资产阶级自由主义知识分子的立场。但他们的文学观念在许多方面与左翼文学的思路是有着内在的相近之处的。例如，在涉及文学的社会功用方面，梁实秋曾在强调文学的独立性的同时，肯定文学反映社会政治的现状和大众生活的作用。他说：“民间的痛苦，社会的窳败，政治的黑暗，道德的虚伪，没有人比文学家更首先的感觉到，更深刻的感觉到”。“文学家永远是民众的非正式的代表，不自觉的代表民众的切身的痛苦与快乐，情思与倾向。尤其是在苦痛的时代，文学家所受的刺激格外的亲切，所以惨痛的呼声也就分外的动人”。[1]不管怎么说，这里梁实秋承认了文学与民众疾苦、与社会政治之间的必然关系，这与左翼文学观念在思路上多少有相近之处。再如，在文学技巧与文学思想内容之间的关系问题上，梁实秋承认“思想”比“技巧”更重要。他说：“文学是一种极重要的工作”[2]，而一些“不严重”的文学得以产生，其“不严重的根源是有技巧而无思想，注意技巧而不着重思想”。“漂亮的字句，和漂亮的衣裳一样，那算不得什么，粗糙的字句包涵着有力量的思想，比奇丽的字句而没有重

1　梁实秋：《文学与革命》，《新月》第1卷第4期。
2　梁实秋：《文学与纪律》，《新月》第1卷第1期。

要意义，还要好些”。[1]这种文学倾向，在其内在理路上与左翼文学确有相同之处。

事实上，梁实秋自己也曾在文学追求的某些方面对左翼文学表示过认同。他曾明确表示：“所谓‘普罗文学’者，我已屡次的加以论列，我觉得它的理论是不健全的，它的作品也是不成功的，但是有一点我以为是‘普罗文学家’之可称赞的地方，——他们的态度是严重的。”“有史以来，凡是健全的文学家没有不把人生与艺术联系在一起的，只有堕落的颓废的文人才创造出那‘为艺术而艺术’的谬说！所以近来‘普罗文学家’之攻击以艺术为娱乐的主张，我以为凡是主张文学的‘尊严与健康’的人都应该在这一点上表示赞成，虽然是站在不同的立场上。”[2]

不同的文学社群“立场”上尖锐对立，而其内在思路上却有某种相通或相近，这正是30年代文学的一个重要特点。梁实秋30年代曾在《所谓“文艺政策”者》一文中指出，“过去的各种文学主义，乃是文艺范围以内的事，现在我所了解的文艺政策，乃是站在文艺范围之外而谋如何利用管理文艺的一种企图”。既然30年代与“过去”所面临的文艺处境不同，故所能采取的文学策略自然就不一样，“文艺范围以内的事”，可以作为纯艺术问题来讨论，而“文艺范围之外”的问题则不能不以非艺术的态度

1　梁实秋：《文学的严重性》，《新月》第3卷第4期。
2　梁实秋：《文学的严重性》，《新月》第3卷第4期。

来对待。左翼作家也罢，“新月派”作家也罢，他们面临的文艺处境是相类似的，因而在其采取相应的文学策略时在思路上有相通或相近处是不足为奇的。

综上所述，“新月”文学群体，无论从其内在的组织性、内在政治观的同一性上来看，还是从其成员在政治观念上与主体政治文化的对立和游离、其文学主张和文学策略对统治者主体政治文化的针对性上来看，其“亚政治文化”群体的特征都是可以得到确认的。

第四节 “自由人”“第三种人”：“文艺自由”背后的政治文化意识

一

在30年代独特的政治文化氛围下，其他文学团体事实上也都或多或少、或显或隐地呈现出“亚政治文化”形态，虽然它们也许并不像“左联”和“新月”这两个群体那么典型。这对30年代自称为“自由人”和“第三种人”的文学群体来说，也未能例外。

“自由人”“第三种人”虽然反对政治对文学的干涉，主张文艺自由，但从其政治观念来看却是明确为“派”的，他们明确祭起了“小资产阶级”文学的旗帜，其政治特性是明显的。这一群体在形式上并没有确实的组织建构，甚至就在杨邨人要“扎住”“第三种人”的阵营，号召“以为是‘第三种人’”的“作家和青年们”，摆开阵势与左翼文坛分庭抗礼之时，[1]《现代》杂志的“编者按”中却做了声明：“杨先生似乎在企图着一种文艺上的新组织，而我们却显得这种组织非但没有必要，而且在某种意义上也许还是一种有害的东西”。[2]但从政治文化学的角度来看，一个群体，不管它是否有明确的组织和团体的形式，而只要这个群体的成员有“确定”“坚定”的“同质价值观念”，就会“形成某一特质的群体意识”，同时也就“会产生政治价值取向的规范化”。这种“政治价值的规范化”正是某一群体具有政治的向心力的依据。[3]所谓“自由人”“第三种人”群体的情况也正是如此，他们虽无形式上的组织与团体，甚至对“组织”“团体”抱有某种回避的态度，但这并不妨碍他们在共同的政治价值取向的规范下，事实上在政治上显示出“群”或“派”的特征。这一群体的成员，不仅相互之间个人关系密切，而且在政治问题上立场大体一致，政治观念相同，在针对主体政治文化而采取的文学策略上具有相对共同的态

1 杨邨人：《揭起小资产阶级革命文学之旗》，《现代》第2卷第4期。
2 《现代》第2卷第4期“编者按”。
3 孙正甲：《政治文化》，北方文艺出版社1992年版，第53页。

度，甚至公开地明确地打出代表某一特定阶级和阶层的政治利益的旗帜，这一切都无不显示了这一群体的“亚政治文化”性质。

这个群体独立的政治面貌的显现，有一段过程，最先是胡秋原以“自由人”的身份树起“文艺创作自由论”的大旗，继而是苏汶（杜衡）以“第三种人”的身份对其主张、观点进行声援，其后是韩侍桁、杨邨人等人的加盟。他们在一系列的文学论争，尤其是在针对左翼作家和右翼的民族主义作家的论战中，保持了惊人的一致的步调。直到后期的 1935 年，苏汶、杨邨人、韩侍桁组织了星火社，这多少标志着“第三种人”进入了有具体组织的阶段。除上述人员外，围绕《现代》月刊的一批编者和主要作者，如施蛰存、戴望舒、刘呐鸥、穆时英等人亦可算在这一群体中，他们相互间无论在个人关系还是在政治态度、文学观念上均有相通之处。

这个群体中的许多成员是从革命作家或“左联”作家群体中分离出来的，如杜衡、韩侍桁、杨邨人、戴望舒等都曾加入过“左联”，其他作家虽未在组织上加入“左联”，但在政治上也多数曾一度左倾。他们之脱离左翼革命作家群体，其原因是多方面的。大革命失败的阴影、国民党的政治高压等等，使他们对“政治”产生畏惧和厌倦情绪，是其原因之一。例如戴望舒、施蛰存、杜衡曾在 1926 年秋同时加入共青团，戴并担任团支部的负责人。1927 年 2 月，戴、杜曾因参加一次会议而被租界巡捕逮捕，后被保释。“四一二”事变后，知道“革命不是浪漫主义的行动”，而且也“多少还有封建主义的家庭顾虑”，所以终未在组织上恢复与革命的关系。[1]戴望舒和杜衡虽曾又加入过“左联”，但1931年以后，“左联”受压迫摧残日益严重时，他们便开始与革命文学多少有些疏远。又如胡秋原也曾于1925年加入共青团，但在1927年脱离了青年团；杨邨人还曾一度是中共党员、“左联”成员，但在1932年也自认为“受不了蹲在政党生活的战壕里头的内心上的矛盾和交战的痛苦”，而公开宣布脱党。[2]再如穆时英，他也是因为“对革命变革失掉信心而转入悲观失望”，最终“从左翼背叛出来”的。[3]

这种对社会现状所持的悲观失望的情绪和对“政治”“革命”所抱有的恐惧心理，的确是造成这一群体中许多成员从左翼革命作家群体中分离出来的重要原因。但这还不是最主要最根本的原因，最主要最根本的原因在于他们在政治目标和文学思想倾向上与“左联”作家群体的不相一致。

与“左联”多数核心成员相比，“第三种人”群体的多数作家缺少的是那种政治上的明确的目标感，也不像“左联”多数核心成员那样能自觉地接受政治组织的约束。虽然这群作家中的一

1 施蛰存:《最后一个老朋友——冯雪峰》,《新文学史料》1983年第2期，第203页。
2 杨邨人:《离开政党生活和战壕》,《读书杂志》1933年第3卷第1期。
3 尼姆·威尔斯:《活的中国·附录之一：现代中国文学运动》,《新文学史料》1978年第1辑。

些成员，“在大革命高潮时期也曾经相当激进”，但“大革命失败后却处于苦闷、彷徨之中，他们尽管同情革命，不甘沉沦，但在政治上和文艺思想上并没有明确的方向”。[1] 1928 年夏，戴望舒、施蛰存、刘呐鸥等人组成水沫社，并将书店取名为“第一线书店”，似有跻身于斗争第一线的意思，但同年 9 月 10 日创刊《无轨列车》，表达的“意思是刊物的方向内容没有一定的轨道”。[2] 这多少代表了这批人的状况：既要前进，又没有一定的方向。当年左翼评论家阿英就曾这样评价过穆时英的创作：“在 1931 年，《南北极》的发现，使读者感到新人穆时英的存在”，但“穆时英完全从流氓无产阶级意识出发，反映在作者笔下的是一个‘个人英雄主义’，……作者的前途基于他以后能否改变他的观点和态度。横在他面前的是资产阶级代言人与无产阶级代言人的两条路，走哪一条路都有可能”。[3]

这种政治上的不确定性，也体现在他们的代表性刊物《现代》的办刊方略上，《现代》上所发文章，既有自由主义作家的，也有左翼作家的，这说明了他们对左翼革命文学的“同情”态度。但他们办刊却没有明确的政治目标和方向，当有读者来信要求《现代》提示一个领导青年的目标时，编辑者却只能“觉得很惭愧”，

1 严家炎：《中国现代小说流派史》，人民文学出版社 1989 年版，第 125 页。
2 施蛰存：《最后一个老朋友——冯雪峰》，《新文学史料》1983 年第 2 期。
3 阿英：《一九三一年中国文坛的回顾》，《北斗》第 2 卷第 1 期，湖风书店 1932 年 1 月版。

只能含糊其词地表示，“对于一般安于逸乐，昧于危亡，没有看见中国社会种种黑暗，没落，残颓的景象的有希望的青年，我们愿以《现代》为一面镜子，使他们多少得些刺激和兴奋，因而坚固了他的革命的信仰，这就是我们的目的了”。[1]

“第三种人”群体的作家们虽曾一度与左翼革命作家们站在一起，并也曾在政治上和文艺思想上一度左倾，但就其根本而言，他们多数是“消极地”“被动地”卷入政治的作家。一般来说，“自觉地”“积极地”介入政治旋涡的作家，最起码在感觉上都有很明确的目标感、方向感，而“被动”地卷入政治的作家，虽然在事实上并不缺乏对政治进行评价的明确准则，但在政治目标和政治方向的追寻上，却有可能是迷失的，这势必使他们在行动上多少缺少坚定性。

这一作家群体无论在当时，还是在其后，都曾被看作是“左联”的“同路人”。施蛰存自己也曾说过，他们这批人，对革命有所“顾虑”，而“在文艺活动方面，也还想保留一些自由主义，不愿受被动的政治约束”，因而成了左翼革命作家“政治上的同路人，私交上的朋友”。[2]这批作家中，有许多人曾对苏联“同路人”作品感兴趣，胡秋原、戴望舒、韩侍桁等人都曾译介过“同路人”作品，这绝不是偶然的。鲁迅曾指出，1928 年以后“同

1 《社中座谈》，《现代》第 3 卷第 4 期。
2 施蛰存：《最后一个朋友——冯雪峰》，《新文学史料》1983 年第 2 期。

路人”作品大量被译介进来，其原因之一“恐怕也还是这种没有立场的立场，反而易得介绍者的赏识之故了，虽然他自以为是‘革命文学者’”。[1]这种评价是可以用在“第三种人”作家群体身上的。这群作家虽然在政治上可以是而且事实上也是左翼革命文学阵营的“同路人”，但能够“同路”却未必能够共体。由于终极政治目标的不一致，由于在政治和文学的一些根本问题上看法的不一致，其分手是必然的。

二

与30年代的多数作家一样，“第三种人”作家群体的成员，也都有着某种政治的热情，尽管他们可能会因一时的环境原因而一度消沉，但一旦有适宜的机会，政治热情很快又会被鼓起来。

他们中的许多人，在大革命失败后虽曾一度产生过忧郁、消沉和苦闷的情绪，但很快又在革命文学高潮时恢复了政治热情。1928年戴望舒、施蛰存、刘呐鸥等人组织了水沫书社，并在其所办书店挂出了“第一线书店”的招牌，该招牌多少隐含了“革命”“战斗”的意思。该书店曾计划系统译介国外的革命文学作品和马克思主义文艺理论著作，这批作家先后参与了这一工作，

1　鲁迅：《南腔北调集·〈竖琴〉前记》，《鲁迅全集》第4卷，人民文学出版社1981年版，第435页。

例如，杜衡翻译出版了波格丹诺夫的《新艺术论》、刘呐鸥翻译出版了弗里契的《艺术社会学》、戴望舒翻译出版了伊可维兹的《唯物史观文学论》（而几乎是同时，胡秋原也将上述两本著作翻译出来，另由神州国光出版社出版）。同年，他们创刊《无轨列车》杂志，虽显示了他们政治方向的“无轨道”，但杂志上仍发了许多“新兴文学”的作品和理论，而且还曾发表了杜衡以工人斗争和罢工为题材的小说《黑寡妇街》《机器沉默的时候》，戴望舒的以哀悼革命烈士为内容的诗歌《断指》等。《无轨列车》出版到第八期就被国民党当局以“赤化”罪名而禁止，水沫书店也被警告停业。

其后“左联”成立，他们的政治热情再度被鼓舞起来，他们中有的参加“左联”，有的一度表示了对左翼革命文学的拥护。戴望舒曾发表《流水》《我的母亲》等诗，抒发了他对“左联”成立的喜悦和展望，发表这两首诗的《新文艺》的编者曾将之称为“新兴诗坛上难得的收获”。[1]这种政治热情，后来虽因他们从左翼革命文学分离出来而有所减弱，但事实上他们始终并未脱离政治。

他们自称“自由人”“第三种人”，而所谓“自由人”或“第三种人”这种称谓，本身就是一种政治立场的界分，而非“文学性”

1 《新文艺》1930年3月15日第2卷第1期《编者的话》。

的界分。胡秋原在30年代就曾说过，“所谓‘第三种人’，原指所谓‘作家之群’，然而这名称马上变为用以指那既非南京的‘民族文学家’又非普罗作家的‘中间群’了。……我们应该承认，这一种‘第三种人’是存在的”。[1]如果说，当这一群体尚处于寄身于左翼文化阵营时，其独立的“亚政治文化”形态还不明显，那么，当他们公开打出“自由人”“第三种人”的旗号时，则其独立的“亚政治文化”的特征就日渐鲜明了。

作为相对独立的具有“亚政治文化”特征的群体，“第三种人”文学群体首先表现出了与统治者主体政治文化的疏离和对立的姿态。“自由人”“第三种人”竖起独立大旗的标志是胡秋原在1931年12月25日出版的《文化评论》创刊号上发表的《阿狗文艺论》和其后发表的《勿侵略文艺》。这两篇文章，矛头所向虽被当时以及以后的一些评论认为涉及了左翼文艺运动，但主要是批判国民党扶持的“民族主义文学”运动的。他所提出的“文艺自由论”，在当时应该说主要是针对“民族主义文学”家们所谓要以统治当局的“中心意识”来统一文学的论调的。胡秋原明确指出，“伟大的艺术，都具有伟大的情思。而伟大的艺术家，常是被压迫者，苦难者的朋友。自然，这并不是说艺术家都不是统治阶级的代言人，然而，他即令表现上层阶级之理想与意识，

1 时夫（胡秋原）:《论“第三种人”》，刊1936年3月20日巴黎《救国时报》“救国谈”栏。

常是无意识的，如果有意识为特权阶级辨护，那艺术没有不失败的”。[1]他怒斥“民族主义文学”是“法西斯蒂文学，是特权者文化上的‘前锋’，是最丑陋的警犬，他巡视思想上的异端，摧残思想的自由，阻碍文艺这自由的创造”。为此他才提出“文学与艺术，至死也是自由的，民主的。因此，所谓民族文艺，是应该使一切真正爱护文艺的人贱视的”。[2]他还指出，“文艺与艺术之发展，全靠各种意识互相竞争，才有万华缭乱之趣，……用一种中心意识，独裁文坛，结果，只有奴才奉命执笔而已”。[3]这段话曾颇遭误解，但联系上下文看，这也是直接针对民族主义文艺运动宣言中关于“整个文艺运动中缺乏中心意识”之语而发的。

从上述观点来看，这无疑是站在权力客体的立场上向统治者的权力主体的政治文化提出的质疑和挑战，显示出了一种与权力主体政治文化尖锐对立的政治情绪。这种对立情绪，就是在他因“文艺自由”问题与左翼文艺阵营发生论争时，也并没有丝毫减弱。他在其后的《推背图·国际公约·国难会议》一文中，直接讽刺了国民党的不抵抗主义和对外屈膝投降，对内全力“剿共”的反动政策。[4]在《第三种人及其他》一文中，更是直接斥骂了“出卖我们最后的血，吃我们最后的肉，葬送我们最后的灵魂”的国民

1　胡秋原：《阿狗文艺论》，《文化评论》创刊号1931年12月25日版。
2　胡秋原：《阿狗文艺论》，《文化评论》创刊号1931年12月25日版。
3　胡秋原：《阿狗文艺论》，《文化评论》创刊号1931年12月25日版。
4　胡秋原：《推背图·国际公约·国难会议》，《文化评论》第4期，1932年4月20日版。

党“卖国部长院长和杀人总司令”们，并提出要以“笔墨以上的抗议”来“阻止这谋杀”。[1]他在《钱杏邨理论之清算与民族主义文学理论之批判》一文中，继续对“民族主义文学”穷追猛打。他指出，国民党政权是实行的“买办金融阶级、军阀豪绅、流氓三位一体的政治。黄金与枪炮是政权的两大支柱”。但“要完成这政权之统一”，势必要“肃清思想界”与主体文化相悖逆或不谐和的各种“势力”，而“民族主义文学”便是为承担这一任务而产生的，因此，“随着暴君主义之盛衰而升沉的民族文艺派之‘理论’与‘创作’”，是中国文艺界“最大的丑恶”。[2]

“第三种人”的其他成员在对待国民党政权的主体政治文化方面，立场也大体是如此，他们在与“左联”“同路”时，其与国民党的各种文化政策和对“民族主义文学”的尖锐对立的政治态度和政治情绪自不待言，即使是在与“左联”发生剧烈论争之后，他们在很长一段时期内对国民党的高压政策、对所谓的“民族主义文学”仍然表示着极大的义愤，做过一定程度的批判。

杜衡在《论文学上的干涉主义》一文中，在“说明政治为什么要来干涉文学”和“说到政治干涉文学的种种方式”时，首先将矛头指向历代统治者，认为他们为巩固自己的政权，必然“在文化上”拒绝“一切异种的意识形态”，于是，便产生了“政治

1　胡秋原：《第三种人及其他》，《读书杂志》第3卷第7期。
2　胡秋原：《钱杏邨理论之清算与民族主义文学理论之批判》，《读书杂志》第2卷第1期。

对于文学的干涉”。他“断然地反对那种无条件的当政治的留声机的文学理论”，虽然他“明知道像这样的主张一定会受到官方批评家们的非难”。但与此同时，他又认为“干涉在某一个时候也是必要的，这就是在前进的政治势力或阶级的敌人也利用了文学来做留声机的时候。做前进的政治势力的留声机的文学，纵然未必能完成文学的永久的任务，然而多少还有它存在的必要”，而“至于那种做反动政治势力和留声机的文学，我们相信它断然只有造谣中伤，断然是虚伪而不是真实，因此我们无论站在政治的立场上，或真实的立场上都应当坚决地反对它，甚至在可能的范围内消灭它的存在”。[1]韩侍桁在批判“民族主义文学”方面也不手软，他曾毫不留情地指出，“上海的一般民族主义的文学作家——其实并非作家，根本是一些不懂文学的乌合之众而已”。他对“民族主义文学家”们“竟利用现政治的势力，任己之所欲摧残文艺界”表示了极大的义愤，指斥他们造成了“文艺界的空前的浩劫”。[2]

与“自由人”胡秋原一样，“第三种人”与统治阶级权力政治文化相对立的政治立场和政治热情是非常鲜明的。

1　苏汶（杜衡）:《论文学上的干涉主义》,《现代》第 2 卷第 1 期。
2　韩侍桁:《关于文坛的倾向的考察》,《大陆杂志》1932 年 12 月第 1 卷第 6 期。

三

“自由人”“第三种人”的“文艺自由论”，对国民党在文学上的政治干涉无疑是有针对性的。但“文艺自由论”在此同时引起了来自左翼革命阵营的批评。引起这种批评的原因是多方面的，其中来自左翼文艺队伍中所存在的“左”的文艺思想的影响固然是存在的，但另一方面，在当时的政治文化语境中，“文艺自由论”也确实是一把双刃剑，它对左翼作家所力倡的文艺的阶级论也无疑是一种损伤。

在胡秋原写出《阿狗文艺论》后，就有人跟他说过，他的观点“固然是否定了民族文艺，同时也否定了普罗文艺”。对此，他的回答是：“我固然不否认文艺与政治意识之结合，但是：1. 那种政治主张，应该是高尚的，合乎时代最大多数民众之需要的，……2. 那种政治主张不可主观地过剩，破坏了艺术之形式；因为艺术不是宣传，描写不是议论。”[1] 这种“回答”其实也多少表明，他们对左翼文学群体以“过剩”的政治观念来支配文学的做法，确有微辞。但他们在事实上与左翼文学群体已分属两类不同性质的“亚政治文化”群体，这种文学观上的分歧就不足为奇了。

这里要强调的是，“自由人”“第三种人”作为一个站在统治

1　胡秋原：《勿侵略文艺》，《文化评论》第 4 期。

者权力政治文化对立面的带“亚政治文化”性质的文学群体，他们的主要目标是统治者当局的权力政治文化，这当是无疑的。事实上他们提出“文艺自由”的初衷，也并非针对左翼的。正如他们后来反复申明的那样，“无论‘自由人’也好，‘第三种人’也好，对于左翼敬而远之者，至少大多数决非存心攻击”。[1]而且一再提醒人们，他们所提出的所谓“文艺至死也是自由的民主的”，“也许，我这话过火一点也未可知，但不要忘记我是在反对民族文艺时所说的话”。[2]并多次表示：“对于真正的革命家思想家，我从来就尊敬，对于整个普罗文学运动也只有无限同情”，“也从来就没有反对普罗文学运动”，“中国左翼文坛是一天一天向比较正确的路线上走，我也是承认的”。[3]撇开“第三种人”后来的“转向”不谈，起码在“文艺自由”问题的论辩中，他们与左翼并非对着干的（起码在主观上并不想对着干）。但二者之所以构成尖锐冲突，其关键仍在于二者立于不同的“亚政治文化”立场，对统治者权力主体政治文化所采取的文学策略的差异上。如果说，和左翼文化阵营采取的与统治者权力政治文化进行积极斗争的立场相一致，左翼文化阵营采取相应的文学策略也就是要以文学为直接的斗争武器，为此他们特别强调文学的阶级性和政治属性，强调文学与政

1 胡秋原：《浪费的论争》，《现代》第2卷第2期。
2 胡秋原：《浪费的论争》，《现代》第2卷第2期。
3 胡秋原：《浪费的论争》，《现代》第2卷第2期。

治斗争的直接关联性；那么，“第三种人”则主要是出于与统治者权力政治文化进行消极斗争的立场，因而在文学上采取的也是间接迂回的策略，即通过强调文学与政治、与斗争分离，强调文学的“自由”，来消极地对抗国民党统治者权力主体政治文化对文学的干预。一为积极，一为消极，策略不同，而目标却并不反悖。诚如冯雪峰在当时就曾指出的：“我们对于苏汶先生等的理解，固然需要全面的注意，但我们首先注意那对于革命有利的一面。即苏汶先生等现在至少已经消极反对着地主资产阶级及其文学。”[1]

说到底，“自由人”“第三种人”提出的“文艺自由论”，是针对统治者权力政治文化而采取的一种文学策略，而并不是从非关政治的角度提出的“纯艺术”的文学主张。“自由人”“第三种人”试图通过主张“文艺自由”来争取自身（文学工作者）在“政治上”的自由，这本身的举动在当时就是一种针对统治当局的“政治行为”。因此，不能片面地将“自由人”“第三种人”的“文艺自由论”仅仅归结为一种“纯艺术”的“文学本体论”，它只能是当时特定的政治文化语境的产物。身处其时的政治文化氛围中，“自由人”“第三种人”与多数中国作家一样，深感其言论和文学的不自由，即如胡秋原所说，“国民政府一面说保障言论自由，但你一‘言论自由’，他们又说是‘反动’……‘党国’箝人之口

1　冯雪峰：《论“第三种文学”的倾向和理论》，《现代》1932 年 11 月 26 日第 2 卷第 3 期。

的时候,必定科以‘颠覆国体’的罪名”。[1]在事实上,包括胡秋原、苏汶、韩侍桁、杨邨人、施蛰存、戴望舒、刘呐鸥、穆时英等人在内，他们都曾有译、著或所编刊物被国民党当局列为禁书而横遭查禁。[2]在这样的现状之下，大谈“文艺自由论”，其目的并不在于文学本体问题的探讨，是显而易见的。“文艺自由论”之作为对付国民党政治文化的一种文学策略，他们自己也曾反复言明过：主张“勿侵略文艺”,“是对所谓民 X 文学、民 Y 文学而言的”（民 X 文学、民 Y 文学系指民族主义文学、三民主义文学——引者注），是“反对下流的政派侵略强奸文学”的。[3]“当反动的阶级公开强奸文艺作压迫的工具的时候,谁出来大叫‘勿侵略文艺’，是要在文学上解除反动阶级的武装，至少是有利于一切真正文学（普罗文学当然在内）之发展的”。[4]非常明确，在“自由人”“第三种人”那儿，“文艺自由论”在那个特殊的政治文化语境中其实也只是作为一种可供运用的政治工具而被提出来的，这里面隐含着“政治”的运作。

30 年代“自由人”“第三种人”文学群体所呈现出的“亚政治文化”特征再次说明了在 30 年代特殊政治文化语境中，文学组织或文学群体的政治化趋向的不可避免性。即使是那些口口声

1　胡秋原:《浪费的论争》,《现代》第 2 卷第 2 期。
2　《第二次国内革命战争时期国民党政府查禁书刊编目（1927.8—1937.6）》,《出版史料》第 3 辑（1984 年）。
3　胡秋原:《浪费的论争》,《现代》第 2 卷第 2 期。
4　胡秋原:《浪费的论争》,《现代》第 2 卷第 2 期。

声表明要让文学远离政治干涉，要让文学免受政治侵入的作家群体，事实上在选择文学策略时亦难以真正摆脱政治化的趋向。

第五节　远离政治："京派"等作家针对政治的一种文学姿态

一

在谈论30年代文学群体必然会或隐或显、或多或少地呈现出"亚政治文化"形态或带有"亚政治文化"的特征时，有人也许会举出一个特例，这就是"京派"作家群体。那么，向来被人们称之为"远离政治"的"京派"等作家群体是否就构成了特例了呢？

在许多评论者笔下，或在许多人的观念或印象中，以沈从文为代表的"京派"在30年代似乎是一个可以称得上追求纯艺术的作家群体。早在30年代尼姆·威尔斯为斯诺编译的《活的中国》一书撰写附录《现代中国文学运动》时，就曾论及"几个超政治的中立作家"："在当前革命的大动荡中，纯风格作家和'为艺术而艺术'派是不合时宜，没有多少读者的。他们中间唯一重要的作家是沈从文……其他还有废名、李健吾、凌叔华、苏梅女士……”[1]这里，尼姆·威尔斯也是指称以沈从文为代表的北方文学群体为“超政治的”“纯风格”的“为艺术而艺术”派。

“京派”并不是一个严格意义上的文学团体，事实上无论当事人还是后来的研究者们，对所谓“京派”的内涵和外延都缺少一个统一的说法。虽然有人从小说创作的风格追求上能确证有这么一个可以被称为“京派”的小说流派，但在多数场合它是被用来泛指北方“左联”作家之外的主要活动于京津一带的作家。在论述文学群体的“亚政治文化”特征时，这样一个不成团体（或群体）的群体，似不在我们论述的范围之内，但谈30年代政治文化语境对作家影响的普遍性以及作家们对权力政治文化的反应，自然也不能无视这批作家的存在。这群作家不仅在“群体性”上与我们上述的各文学群体相比要相对弱一些，而且各作家个体在政治态度上也不像上述各种群体的内部成员那么显得具有一致性。例如，同是被称为“京派”作家的师陀，自“四一二”事变之后，就被“血淋淋的事实”逼成了“普罗文学的热心读者”，并曾写了《请愿正篇》与《请愿外篇》，“用芦焚的笔名投寄给上海出版的《北斗》。芦焚是英文的音译，意译则是‘暴徒’”。他还参加了反帝大同盟，并做过当时盟员所必须做的诸如“写粉笔标语”“请愿游行”和“到工厂宣传”等事情。他在30年代给自

1　尼姆·威尔斯:《活的中国·附录之一：现代中国文学运动》,《新文学史料》1978年第1辑。

己写稿投稿定下的“原则”是,“决不给国民党官办报刊写文章”。[1] 当然,像师陀这样政治倾向比较鲜明的作家在“京派”中并不多见。况且师陀一直不承认自己是“京派”作家。[2]就多数被称为“京派”的作家而言，他们与我们前述的几个文学群体相比，确有特别之处，即他们的确不像前述几个文学群体中的成员那样总是自觉或不自觉地从政治的维度来谈论文学或提出文学主张。

这种差异的形成，首先是由地缘政治造成的，这里，应受到关注的是作家所处的生存空间。自北伐战争以后，中国的政治文化中心南移，国民党定都南京后，上海因其经济、文化上的战略地位而成了国民党政府政治统治的中心地带，同时也成了各政治派别较量的是非之地。而当时的北京，因远离南京、上海等政治文化中心，而且国民党建立南京政权以后，虽有多次对北方的军事讨伐，但都成效不大，北方军阀虽承认国民政府的领导，但蒋介石始终未能在政治、军事上真正控制京津等都市，相比而言，在京津一带国民党的政治控制相对薄弱。因此，与当时处于政治文化中心的上海等南方城市的作家相比，身处京、津的“京派”作家所受的政治压力则相对要小。他们由于并非身处政治涡漩中，亦不必急于参与政治团体和对极为敏感的政治问题表态，这就使他们在政治态度上相对缓和一些。

1　师陀:《两次去北平》,《新文学史料》1988 年第 2 期。
2　见杨义:《〈中国现代小说史〉书简录》,《新文学史料》1991 年第 1 期。

曾有人设想:“如若把他们放在南方，他们很可能会变换一副面目，又是社会性又是政治性的；要是他们处身的环境充满政治的火药味，他们亦不可能那样悠游自得了。”[1]这颇有道理。早在30年代,鲁迅就曾针对当时一些作家追求文学的“静穆”和“幽雅”,发表过这样的看法：追求“雅”，“要想到适可而止”，“‘采菊东篱下，悠然见南山’是渊明的好句，但我们在上海学起来可就难了”。[2]在“京派”与“海派”发生文学论争时，当时就曾有人著文指出,这场争论“只是因为南北生活环境的不同而引出来的”。[3]这一评价虽失之简单，但有其合理的成分，置身于不同的生存环境，心态自然会有所不同。师陀曾明确指出，“‘京’‘海’两派看起来是写作态度问题，骨子里却含政治问题”。[4]说到底，由于身处远离政治涡漩的非政治中心地带，“京派”作家们对“政治”表现出了相对超然的态度。但问题是,这种“超然”到底能走多远?在30年代整体的政治文化语境和文学氛围中，“京派”能否真的成为一个可以与政治无缘的特例？“京派”作家群体自身的作为，其实已经回答了这个问题。

1　见刘峰杰:《论京派批评观》,《文学评论》1994年第4期。

2　鲁迅:《且介亭杂文·病后杂谈》,《鲁迅全集》第6卷，人民文学出版社1981年版，第164页。

3　杨晋豪:《本年度的中国文艺论战·京海派之争》,《1934年度中国文艺年鉴》，现代书局1934年版，第12页。

4　见杨义:《〈中国现代小说史〉书简录》,《新文学史料》1991年第1期。

二

沈从文虽然在人们的印象中是一个远离政治的纯文学作家，但事实上就整个 30 年代而言，他并未摆脱与政治的干系，而且无论是在其言论还是在其创作中，都时时会有极强的政治意识显露出来。金介甫在《沈从文传》中曾明确指出，大革命后“沈从文作品中的政治意识逐渐浓厚”，[1]这确是一个事实。以其小说创作为例，诸如《大城市中的小事情》《石子船》《若墨医生》《王谢子弟》《平凡故事》《大小阮》《呆官日记》《一个女剧员的生活》等篇，其内容就涉及劳资矛盾、阶级对抗、批判剥削者、讽刺国民党的白色恐怖、统治阶级的内部分化等方面，就其主题和题材而言，与当时主流的中国左翼文学并无太大距离。沈从文作品中政治意识逐渐浓厚的直接原因是，“1927 年国共合作破裂后，他的许多朋友都被押上刑场，连沈本人也被警察机关折腾过，因为他有同情共产党嫌疑”。[2]也就是说，不管沈从文主观上是否愿意，他事实上已被卷入了政治的涡漩之中。这诚如罗伯特 · A. 达尔所说的那样，在政治化的时代，“我们不可能真正逃避政治，尽管我们或许试图漠视政治”。[3]

1　金介甫:《沈从文传》，湖南文艺出版社 1992 年版，第 99 页。
2　金介甫:《沈从文传》，湖南文艺出版社 1992 年版，第 99 页。
3　［美］罗伯特 · A. 达尔:《现代政治分析》，上海译文出版社 1987 年版，第 5 页。

综观沈从文30年代的言行，很难得出他超脱现实政治的结论。身处当时特殊的政治文化语境之中，即使是沈从文，也难以对一些敏感的政治文化问题视而不见、避而不谈。

例如，在国民党当局严厉镇压革命作家的问题上，他就曾严辞加以谴责，他曾愤怒地指出："政府对于共产党的处置，几年来有其一贯的政策。为党，为国，为民族，不管用什么名义去说明，采用非常手段去消灭它，残酷到何种程度，仿佛皆不足惊"。在这种"极愚蠢的政策下"，那些"果能自强不息，知对现状有所不满，敢为未来有所憧憬的作家，皆如此一去无踪"，"从这种党治摧残艺术的政策来看，实在不敢称赞。象这种方法行为，不过给国际间有识之士一个齿冷的机会，给国内年轻人一个极坏的印象，此外就是那政策播一片'愚蠢与不高明'的种子于一切人的记忆而已"。[1] 当他的朋友胡也频、丁玲被国民党逮捕后，他挺身而出，仗义直言，愤怒抗议，并告诫人们不要忘记，"这两个作家，是在中华民国党治独裁的政体下，因个人政治思想与政府相左，两年内先后突然宣告失踪的"。他由两个作家的遭遇提醒人们注意，"一个稍有生气的作家，在商人与政府两方面的摧残中，他们不是饿死便是杀死，这些现象在中国的今日是很平常的"。他高度赞扬了革命者们的牺牲精神："他们的努力，只是为了'这个民族不甘灭亡'

1　沈从文：《丁玲女士被捕》，《独立评论》1933年6月4日第52—53期。

的努力，他们的希望，也只是‘使你们不作奴隶’的希望，他们死的陆续在沉默中死掉了，不死的还仍然准备继续死去。他们应死的皆很勇敢的就死，不死的却并不气馁畏缩。”[1]为此，沈从文写下了《记丁玲》等文，明确向读者表明：“我的意思，却是要你们从这个人的遭遇中，明白你们自己所在的国家，是个什么样胡涂愚昧的国家。活到这种国家中，年青人不止感到死亡无时的可怕，也应感到晏然而活的可羞。你们若知道沉默是你们的耻辱，你们就应当用各种抗议方法，来否认这个现象。”[2]其言辞慷慨激昂，充满了一种强烈的政治义愤，矛头直指国民党当局的“党治”。

再如，对国民党当局查禁书刊的问题，他也没有回避，当然也无法回避，因为他的作品《过岭者》和《记丁玲》等就曾遭到过国民党当局的查禁。他曾专门发表《禁书问题》一文，指责国民党的禁书政策是一种“愚蠢行为”，是对民族文化的摧残，近于秦始皇的“焚书坑儒”；他从作家的立场出发，指出，政府若真为民族着想，就不应该对作品加以压迫和摧残。[3]尽管这也许是沈从文出于自身的遭遇而对当局提出的一种抗议，但从客观上讲，这已是站到了与当局的权力政治文化相对立的立场上。所以，论文一发表，便遭到国民党反动报纸《社会新闻》的攻击（大骂

1 沈从文：《〈记丁玲〉跋》，《沈从文文集》第11卷，花城出版社1984年版，第29页。
2 沈从文：《〈记丁玲〉跋》，《沈从文文集》第11卷，花城出版社1984年版，第30页。
3 沈从文：《禁书问题》，《国闻周刊》1934年第11卷第9期。

沈从文是“站在反革命的立场”），也就不足为奇了。

沈从文事实上在许多问题上都是站在与当局的权力政治文化相对立的立场上。沈从文不仅反对政府从政治上管制文学，也反对政府在教育上对青年进行政治管束，他在《论读经》一文中把矛头直指蒋介石所倡导的所谓“新生活运动”宣扬的四维八德，指摘何键在湖南提倡各学校课程中一律实行读经的做法。他认为，“在这种时代实行读经即近于民族自杀”，“显得我们原来还活在中古时代，而且历史还在倒退”，让学生读那些古书不仅耗费了青年人的时间，而且也害了他们，使他们缺乏应付时局艰难的能力。他还在写给别人的信中指出，“决定一个民族的命运，是能用思索的人就目前环境重新去打算重新去安排，不是仅仅保守那点尊王复古的感情弄得好的”，“与其把大部分信仰力量倾心到过去不再存在的制度上去，不如用到一个崭新的希望上去”。他勉励年轻人“不要因为在你眼前的小小牺牲，就胆气弄小了。去掉旧的，换上新的，要杀死许多人，饿死许多人，这数目应当很大很大！综合成一篇用血写成的吓人的账目，才会稍有头绪”。[1]这里，沈从文与当局的权力政治文化相对立的政治倾向和政治情绪是极其鲜明的。

在文学观上，沈从文确实提出过文学的独立性的问题，但

1 沈从文：《一周间给五个人的信摘录》，《现代》第1卷第5期。

这也并非是远离政治。人们批评较多的是沈从文在 1936 年底到 1937 年初所发表的关于“差不多”问题的看法，这些看法中确实包含了沈从文对部分青年左翼作家中过于关注“时代”，“只知道时髦”而缺少“真信仰”，“缺少独立识见”，以至于使文学“作品失去了自己的见解，自己的匠心”，不“成个什么东西”等现状的指责，[1] 但这也并不能得出沈从文要让文学摆脱政治的结论。这里有两点是值得注意的，一是关于“差不多”问题的争论是发生在 1936 年底、1937 年初，即我们通常称为“30 年代”的末尾，此间的言论并不能说明沈从文整个 30 年代的文学观念；二是沈从文此间提出的希望文学能独立，能自由的观点，不但不是希望文学脱离政治，相反，这种观点的提出本身就是一种“政治”的姿态。沈从文在发表于 1937 年的《一封信》中说过：“我赞同文艺的自由发展，正因为在目前的中国，它要从政府的裁判和另一种‘一尊独占’的趋势里解放出来，它才能够向各方面滋长繁荣，拘束越少可试验的路也越多。”[2] 这里的“另一种‘一尊独占’”可能系指左翼文坛，却未明说，但说得明明白白的是要摆脱政府的裁判，这显然是以与当局权力政治文化相对立的态势来谈文艺的，因此其“自由”之说，自然也就在有意无意之间成了一种有政治针对性的策略。

---

1 炯之（沈从文）：《再谈差不多》，《文学杂志》1937 年 2 月 27 日第 1 卷第 4 期。
2 炯之（沈从文）：《一封信》，《大公报 · 文艺》1937 年 2 月 21 日。

其实，这种反对独裁的政治姿态，在沈从文那儿应该说是贯穿于30年代的，他早在1934年就对“在多数愚人心目中，皆希望一个奇迹：来一个领袖、来一个英雄，把全国民族命运皆交给这样一个人”的“领袖崇拜”表示了神圣的蔑视。正是“在这样情形下”沈从文才提出“我们实在需要”“有独立思想的作家”。[1]因此，可以说，他所提出的文艺要自由发展，文艺要表现独立识见，包含了他的反独裁的政治意识。

沈从文从来就没有明确主张文学要回避政治，相反他在30年代曾写过许多文章批评当时的一些时事评论和一些小品文，他认为这些作品“份量上单薄，政治也不够大胆，远远离开当前的文化任务，成为电影明星消遣的闲谈”，他指认“这些人当然主张维持现状”。[2]他其实是很看重文学在当时特定时期的社会政治中的功用和应该承担的社会责任的，他认为，“当全民族非振作无以自存的时节，还各装模作样，以高雅自居，或写点都市文明浮面的光色，或填小词造谣言以寄托其下流感情”，以及“阳光清流，以文学作消遣，于政府官办各种刊物中，各看手段之修短，从党的文艺政策下会计手中攫取稿费若干，无事便聚一堂，高谈希腊罗马以送长日”的种种所谓作家，其实是“一群庸鄙自熹之徒”。[3]

1　沈从文：《元旦日致〈文艺〉读者》，《大公报・文艺》1934年1月1日。
2　金介甫：《沈从文传》，湖南文艺出版社1992年版，第186页。
3　沈从文：《丁玲女士被捕》，《独立评论》1933年6月4日第52—53期。

他不满于林语堂等人提倡的幽默小品文，他认为“讽刺与诙谐，使许多作品用小丑神气存在”，这是“时代一种不幸的事情”。他把这种文学态度称之为“白相文学态度”，继而指出“由于白相文学态度产生的作品，不能完美，缺少健康，走入邪路，那是无可否认的”。[1] 他批评了产生于北方的“以趣味作‘写作自由’的护身衣甲”的《骆驼草》，和在南方的“有些时髦刊物”，指出了“这趣味的刊物旋即消灭，使人忘记”的必然结局。[2]

他赞扬的是那种能“同诙谐渐渐离远了”的创作的“新的趋势”。他列入这种“新趋势”的作家基本上都是积极反映现实政治斗争的左翼作家，例如他指出，“茅盾作品不诙谐”“丁玲作品不诙谐”“巴金作品不诙谐”，而“因社会意识严肃了自己的心情，写了一些新作品的胡也频君，作品到近年来为最可注意的一个”。他认为“上述诸人作品的影响，纠正了无数读者对文学作品的不庄重观念，同时也就给一些新的无名作家一点启示，给他们引出一条适宜于创作的道路”。[3]

这一褒一贬，基于他对当时文学发展趋势的认识：“以文学附丽于‘生存斗争’和‘民族意识’上，使创作摆脱了肤浅的讽刺，拘束到‘不儿戏’情形中，成为必然的要求了。”[4] 沈从文显然是

1 沈从文:《〈雪〉序》,《沈从文文集》第 11 卷，花城出版社 1984 年版，第 13 页。
2 沈从文:《〈雪〉序》,《沈从文文集》第 11 卷，花城出版社 1984 年版，第 14 页。
3 沈从文:《〈雪〉序》,《沈从文文集》第 11 卷，花城出版社 1984 年版，第 14 页。
4 沈从文:《〈雪〉序》,《沈从文文集》第 11 卷，花城出版社 1984 年版，第 14 页。

认同这种文学的必然要求的。

由此看来，沈从文在30年代事实上并未能超脱政治。虽然沈从文“总是想避开政治斗争的旋涡，以一个作家身份独立发言。然而，在政治冲突波及各个领域的现代中国，这只是一厢情愿，他总是时不时地被卷入与政治相关的一些事件中去”。[1]而且有时愈卷愈深，甚至在主观上时常产生一些政治的冲动。在30年代特殊的政治文化语境中，作家的文学选择、文学观念常常离不开对于政治环境的考虑，他们的文学观念往往首先是一种生存策略，即他们自身因构不成政治实体，而又不愿意认同权力政治文化，因此试图通过包括文学在内的手段来消解来自权力政治文化“中心”的压力，以求获得自身生存的政治空间。这在沈从文那儿也并未能例外。

三

当然，“京派”的其他作家并未像师陀、沈从文那样有意无意地被直接卷入与政治相关的事件中去，但这也并不意味着30年代政治文化语境对他们没有影响。

按照政治文化学的观点，政治影响力是指权力政治文化主体

1　参见凌宇：《从边城走向世界》，三联书店1986年版，第78页。

所必然引起的权力客体的反应。在升平时代或政治矛盾相对舒缓的时代，这种反应并不会“必然”地产生，而在政治化的时代，在政治矛盾尖锐复杂的态势下，作为权力客体总会以不同的方式“必然”地做出种种反应。当然，这种反应所体现的政治影响力有“‘暗含的影响力’与‘明显的影响力’的区别”。[1] 如果说，我们上述的作家群体和“京派”的沈从文、师陀等对权力政治文化的积极抗争表现出一种明显的政治影响力的话，那么，“京派”的其他作家甚至包括“京派”之外的（例如林语堂等）一些作家对权力政治文化的反应则表现出一种暗含的政治影响力。

阿英曾分析过在高压政治之下，文学家可能走的三种道路，第一是“打硬仗主义”，即对着黑暗现实迎头痛击，敢于与之尖锐对立，甚至不惜牺牲生命；第二是“逃避主义”，这类作家因对现实失望，感觉无事可做，无话可说，也不想做什么，说什么，于是谈些草木虫鱼啊，自然人性啊等等；第三类是“幽默主义”，这类作家缺少向黑暗硬战的勇气，完全逃避又心有不甘，讽刺未免露骨，说无意思的笑话又似觉得无聊，其结果就走向了“幽默”。[2] 如果说左翼作家是属于第一类，那么“京派”中有许多作家就颇像第二类，而林语堂则是属于第三类无疑。

---

1 ［美］罗伯特·A. 达尔：《现代政治分析》，上海译文出版社 1987 年版，第 54—55 页。

2 阿英：《林语堂小品序》，《现代十六家小品》，天津古籍出版社 1990 年影印本，第 465—466 页。

“京派”许多作家都自觉地打出与政治保持距离的旗帜。周作人就明确说过，“唯凡奉行文艺政策以文学作政治的手段，无论新派旧派，都是一类，则于我为隔教”；[1] 老舍在当时也曾“武断地以为”，“搞政治，就都不清高”，他所表现出的是“不关心政治”“轻视政治”的态度；[2] 而朱光潜在当时则认为，应以“纯粹审美的态度来观照社会人生，而不应该直接卷入社会人生中的纷繁矛盾冲突之中”，[3] 主张追求“纯正的文学趣味”。[4] 这种与政治保持距离的做法，其实也是对政治的一种反应方式，或者说是一种他们对并不认同的主流政治的一种反抗策略。

对“政治”的逃避，尤其是有意识的、自觉的逃避，这本身就是一种政治的态度，或者干脆说是一种政治性的表态。按照政治文化学的解释，在某个时期中，但求独善其身的人越多，要求远离政治的人越多，也就说明觉得无从参与国家事务，对政治的关心并无实质意义的人越多，这同时也就反映整个社会对国家权威缺乏政治信任。中国 30 年代的情况正是如此。“京派”的许多作家都是由对政治的失望而导向淡漠政治、远离政治的。老舍就曾讲过自己当时“因为对政治的黑暗而失望”，对“党争”的反感，才“温情主义多于积极的斗争”，“幽默冲淡了正义感”。[5]

1　周作人：《〈苦竹杂记〉后记》，《苦竹杂记》，良友图书公司 1936 年 2 月初版，第 310 页。
2　老舍：《悼念罗常培先生》，《中国语文》1959 年第 1 期。
3　见《朱光潜谈鲁迅对他的批评》，《鲁迅研究月刊》1993 年第 8 期。
4　见朱光潜《谈读诗与趣味的培养》《谈趣味》等文。
5　老舍：《老舍自选集 · 自序》，开明书店 1951 年版。

其实这也适宜于用来说明“京派”之外的其他一些宣称远离政治的作家的状况。例如曹聚仁，在清党之后，看到了政治的黑暗和卑鄙，于是“立志不再接近政治，不参加任何党派”，甚至“觉得政治不是人干的！”[1]当然，远离政治作为一种姿态，一种政治表态，并不影响他们事实上以政治文化的方式仍然或多或少地涉猎政治，曹聚仁写的《中山大道》直接讽刺了国民党对孙中山的背叛，而他在《申报·自由谈》上发表的《生背痈的人》，因“有影射之嫌”，受国民党中央电令查办。[2]

再如林语堂，他在30年代的政治态度，更可看出当时政治文化语境对作家的影响力。1927年，林语堂是一位政治色彩很浓的作家，他那时甚至认为新月社的文人以不谈政治为规则是一个怪现象，他草拟的复兴民族精神的六个条件中有一条就是“必谈政治”。在大革命高潮中，他又曾满腔热情奔赴武汉，并出任革命外交部英文秘书。他也是在大革命后因为看透了“政治”而深感失望的，他带着“对革命深感厌倦”的疲惫心态重新回到文坛，尽管他觉得著述是人世间最“乏味”的事业，但在“著作生活中”既“不致于被学校革除”，又“不与警察发生纠纷”，出于一种逃避政治的“安全感”，促使他最终选择了“著作家”的职业。[3]包

1　曹聚仁:《我与我的世界》，人民文学出版社1983年版，第539页。
2　曹聚仁:《我与我的世界》，人民文学出版社1983年版，第374—375页。
3　刘志学主编:《林语堂自传》，河北人民出版社1991年版，第3页。

括他的文学选择，由载道派转为言志派，由激进而变为退隐，实是不得已的事，用他自己的话说，“我们无心隐居，而迫成隐士”，[1]一个“迫”字，可谓道出了林语堂的苦衷。他曾在《思孔子》一文中说，“孔子之所以温温无所试，而成其幽默之态度，乃因理想与现实相离太远，不得用世”。[2]这可谓夫子自道。

但事实上林语堂也并未能真与“政治”绝缘，只要一有适当机遇，他还是会以种种方式“介入”政治，这是当时普遍的政治心态使然。1932 年底至 1933 年夏，林语堂曾参加了由宋庆龄、蔡元培等发起领导的中国民权保障同盟，被选为全国执行委员，并做过一些事关“政治”的工作，只是 1933 年 6 月 18 日民权保障同盟总干事杨杏佛遭特务暗杀后，才又退出了直接的政治活动。

在文学上，林语堂虽然主张文学艺术“是自由的，不受拘束的”，并认为“政治化的艺术一定会毁灭了艺术的创造”，为“备受贬评的‘为艺术而艺术’的观念”鸣不平，[3]但他的文学活动却在事实上也并未能与政治脱净干系。他试图走一条不介入政治斗争双方的中间道路，即他所谓“东家是个普罗，西家是个法西，洒家则看不上这些玩意儿，一定要说什么主义，咱只会说是想做人罢”。[4]他“不偏不倚”地棒打两头：“今日，文学受着政治阴影的笼罩，

1 林语堂：《论语》半月刊《创刊缘起》。
2 林语堂：《思孔子》，《论语》半月刊第 58 期。
3 林语堂：《生活的艺术》，上海欧风社 1941 年版，第 319 页。
4 林语堂：《有不为斋丛书序》，《有不为斋随笔》，（台）北德华出版社 1986 年版，第 3 页。

而作家分成两大营垒，一方面捧出法西斯主义，一方面捧出共产主义，两方面都想把自家的信仰当作医治一切社会病态的万应药膏，而其思想之缺乏真实性独立性，大致无益于古老的中国。”[1]在这种对政治双方的评价态度中，其实已包含了林语堂的政治价值观，并且也透露出他品评“政治”的浓厚兴趣。他自认为超然于两派政治势力之上，便可以脱开“政治”的干系，殊不知，这已在事实上“介入”了“政治”，因此，左派和右派都对林语堂为首的论语派表示出愤怒与不满，右派说《论语》“以笑消沉民族意识”，而左派则说《论语》“以笑麻醉大众的觉醒意识”。自认为精明的林语堂，一不小心便在事实上卷入了政治论争的旋涡。

上述，从“京派”作家群旁及到“京派”外部分作家，意思无非是为了说明，在30年代特殊的政治文化语境之下，无论是文学群体还是作家个人，不管其主观上打出怎样的超脱政治的旗号，提出文学远离政治的主张，但在事实上这种旗号和主张都在某种意义上成了一种政治的表态，这是对国家政治缺少信任的表示，同时也是一种对社会政治黑暗的谴责方式。而且，在30年代政治的影响下，他们事实上也不可能真正做到与政治无涉，诚如罗伯特·A. 达尔指出过的那样：在一个政治化的时代，“无论一个人是否喜欢，实际上都不能完全置身于某种政治体系之外”，

1　林语堂：《吾国与吾民》，新世界出版社2015年版，第284—285页。

“每个人都在某一时期以某种方式卷入某种政治体系”，“不论他们的价值观和关注的是什么，人们都不可避免地会陷入政治体系的网中，不管他们是否喜欢，甚至是否注意到这一事实”。[1]这段话是可以在“京派”群体作家和其他所谓“远离政治”的作家身上得到应验的。

1 ［美］罗伯特·A. 达尔:《现代政治分析》，上海译文出版社 1987 年版，第 5、129 页。

第三章　文学论争和文学批评的政治文化特征

由于 20 世纪 30 年代各文学派别的文学观念，在某种意义上可以说是并非出于文学的或学术的思考，而常常是从自身的政治立场、政治态度出发，针对自身对当时政治文化形势的理解而采取的某种文学策略，因此，在 30 年代的一系列重要的文学论争中都无不显示出浓烈的政治文化色彩。

第一节　在政治层面上对话的文学论争和文学批评

一

在 30 年代的种种文学论争和文学批评的一个显著的特点是，

论争和批评的起因往往是来自非文艺的因素，即论争和批评的出发点首先不是出自文艺自身的考虑，而是一种作为政治层面的对话。

这种状况的产生，当然与 30 年代特定的政治文化背景有着密不可分的关系。周恩来早在 1929 年 10 月就曾指出，“在革命失败之后，必然有许多失败的情绪，引起许多争论的问题。俄国在一九〇五年后，德国在革命失败后，都有过这样的情形。中国大革命失败后，亦是如此”。[1] 他这里主要是用来说明关于中国社会性质问题论战的背景的，但也完全适合于 30 年代文艺问题的论战或论争。

30 年代的第一场文学论争——无产阶级革命文学论争，其起因就源于同样的政治背景。无产阶级革命文学的倡导者由两部分人组成，一部分是一些共产党人和革命知识分子，他们在大革命失败后，怀着对蒋介石叛变革命的愤懑、激愤的情绪投入文艺战线继续斗争，这种激愤的政治情绪使他们在面对“文艺”问题时，事实上不可能冷静地从“文艺”自身的立场出发，其绝对化片面性是不可避免的。另一部分是从日本回国的激进的青年，他们一方面多少受了日本共产党福本主义及苏联“拉普”派文艺思想的影响，对“文艺”的观念，其“政治”倾向性是其主导的内容；

1 《周恩来选集》（上卷），人民出版社 1980 年版，第 45 页。

另一方面，一回国，面对的是文坛经过十年整合已大致形成的格局，为了争得自己的地位，就必须打出新的旗帜，也势必会对此前文坛做较多的否定，而这种“否定”从“艺术”自身出发显然是困难的。

无产阶级文学论争，由尖锐对立、剑拔弩张，到论争双方很快实行“团结”，其主导的原因则更是“政治”化的。由于国民党政府的文化围剿开始逐步加紧，创造社、太阳社先后被查封；由于受到了来自“新月派”这一不同阵营的攻击；由于共产党组织出面，要求党员作家与鲁迅等人团结，并指示冯乃超等人三次登门访问鲁迅等等；更由于论争双方在总的政治目标上的大体一致，即如鲁迅所说：“联合战线是以有共同目的为必要条件的。……如果目的都在工农大众，那当然战线也就统一了。”[1]无产阶级文学论战起于“政治”的考虑，休战亦出于政治的原因和考虑，这其中“文学”本身的考虑几乎是可以忽略不计的。

值得注意的是，这场无产阶级文学论争的发生，所具有的不可避免性。“四一二”事件之后，鲁迅与郭沫若相继从广东回到上海，郭沫若后来在《眼中钉》一文中说“当一九二七年末，那时鲁迅先生在上海，我也从广东回到上海。伯奇、光慈诸人打算恢复《创造周报》，请鲁迅先生合作，这个提议我是首先赞成的。

1　鲁迅：《二心集·对于左翼作家联盟的意见》，《鲁迅全集》第4卷，人民文学出版社1981年版，第237—238页。

记得在报上还登过启事，以鲁迅先生为首名。我当时并曾对伯奇不止说过一次，有机会时很想和鲁迅先生面谈，但不久我病了，所以这件事情竟没有实现”。[1] 有研究者对于“这件事情竟没有实现”感到婉惜，认为此事若实现了，或许会避免创造社、太阳社与鲁迅等人之间的关于无产阶级文学的论战。这种理解，其实是忽略了当时特定的政治文化氛围给这场论战带来的某种必然性。这场论战的实质并不是一种简单的个人恩怨。夏衍就曾指出，持这种看法的人“未免把问题看得太简单了。首先要看到，本世纪20年代末到30年代初，不仅在中国，而且在苏联、欧洲、日本都处于极左思潮泛滥之中，苏联文艺界有一个‘拉普’，日本文艺界有一个‘纳普’，后期创造社同人和我们这些刚从日本回来，或多或少地都受过一些‘左’倾机会主义的福本主义的影响，而中国的知识分子则由于对国民党屠杀政策的仇恨和对陈独秀投降主义的愤怒而加强起来的小资产阶级革命急性病，也反映到党内，使党内的‘左’倾情绪也很快发展起来了。……因此，在文艺界发生这场‘激战’，我看是要想避免也难避免的”。[2] 事实上，“这一场论战，从三七年秋创造社恢复活动，筹备出版《文化批判》的时候已经有了酝酿，到二八年二月，冯乃超在《文化批判》创刊号上发表了《艺术与社会生活》，点名批评了鲁迅、叶圣陶、

1　郭沫若:《眼中钉》,《拓荒者》1930年5月10日第4、5期合刊。
2　夏衍:《懒寻旧梦》，三联书店1985年版，第137页。

郁达夫、张资平，接着，钱杏邨在《创造月刊》三号发表了《死去的阿 Q 时代》之后，这场论战才公开爆发了”[1]，这就是说，无产阶级文学的论战，不仅事出必然，是早“已经有了酝酿”，绝非个人恩怨使然，而且更重要的是它的国际国内的政治文化背景非常深厚，绝非个别人的意志所能左右。

中国 30 年代无产阶级文学论战的直接的国际政治文化背景是当时风行的国际无产阶级文学运动。30 年代中国的无产阶级文学论战，其双方在理论观念、文化态度上的对立，可以溯源到国际无产阶级文学运动内部的不同派系。“国际无产阶级文学运动派系庞杂，基本上可以分为两大派。一派是‘决定论’派，认为文学决定于经济基础，又决定于作为上层建筑核心部分的政治；文学反映现实，但对现实的作用毕竟是有限的。而且文学对于现实的反映又必须遵循本身的规律”。作为中国 30 年代无产阶级文学论战中一方的“鲁迅、茅盾以及一部分‘语丝’派作家，在坚持继承‘五四’现实主义传统的同时，则比较倾向于‘决定论’”。[2] 早在无产阶级文学论战之前，鲁迅就明确表达过他对文学之于现实作用的有限的看法。他说：“中国现在的社会情状，止有实地的革命战争，一首诗吓不走孙传芳，一炮就把孙传芳轰走了。自然也有人以为文学于革命是有伟力的，但我个人总觉得怀

1 夏衍：《懒寻旧梦》，三联书店 1985 年版，第 138 页。
2 温儒敏：《新文学现实主义的流变》，北京大学出版社 1988 年版，第 99 页。

疑，……”[1]叶圣陶也“曾经说过这样的话，‘你说作宣传文字的，士兵本身的行为的宣传力量比文字强千万倍呢’”。[2]在认识到文学对现实作用有限的同时，鲁迅、茅盾等人对遵循文学本身规律的坚守，也是很明确的。在无产阶级文学论战中，鲁迅对于“革命文学”的倡导，原则上是支持的，但仍特别强调文艺特征的不可忽视，他指出：“但我以为一切文艺固是宣传，而一切宣传却并非全是文艺。”“革命之所以于口号，标语，布告，电报，教科书……之外，要用文艺者，就因为它是文艺。”他要求革命文学“当先求内容的充实和技巧的上达”。[3]茅盾也曾指出了“革命文学”倡导者们是“有革命热情而忽略于文艺的本质，或把文艺也视为宣传工具——狭义的”，因而“走入了‘标语口号文学’的绝路”。[4]如此等等的观点，可以看出，鲁迅、茅盾等人从普列汉诺夫、托洛斯基、沃隆斯基等“决定论”者的理论中汲取过有益的成分。

国际无产阶级文学运动的“另一派是‘自动论’派，特别着重文学的认识功能和宣传功能，认为文学可以直接左右和改变现实”。“在‘革命文学’论争这二年，创造社、太阳社主要接受‘自动论’一派影响，理论来源主要是苏联‘无产阶级文化派’及其

1　鲁迅：《而已集·革命时代的文学》，《鲁迅全集》第3卷，人民文学出版社1981年版，第423页。
2　叶圣陶：《随便谈谈我的小说》，《创作的经验》，上海书店1933年版，第74页。
3　鲁迅：《三闲集·文艺与革命》，《鲁迅全集》第4卷，人民文学出版社1981年版，第84页。
4　茅盾：《从牯岭到东京》，原载《小说月报》1928年10月第19卷。

后起的‘拉普’，其中以波格丹诺夫‘组织生活’论影响最大”。[1]创造社、太阳社成员在无产阶级文学论战中，夸大地强调文学之于现实、革命的作用，偏激地强调文学的宣传功能，以及片面地把公式化、概念化、标语口号化作为一种美学目标来追求等等，可以由此找到源头。

由此可见，中国30年代无产阶级文学论战的发生，绝非简单的个人恩怨，甚至也不完全是宗派主义的问题，而是源自不同的政治理论体系而产生的不同文艺观念的冲突。这种并非出自“文学”自身的考虑而引发的文学论战，如果不从其政治文化背景来加以考察，的确难以对此做出合理的解释。

二

其实，不仅仅是“无产阶级文学”的论战，在30年代发生的几乎所有的文学论争，几乎都有着深厚的政治文化根源，或者说其背后都有着政治文化的潜因。

关于“左翼文学”阵营与“民族主义文学”运动阵营之间的论战，其政治文化性质自是不必多说了。“民族主义文学”运动并不仅仅是30年代的文艺现象，它首先是或主要是政治现象，

1　温儒敏：《新文学现实主义的流变》，北京大学出版社1988年版，第99页。

它是国民党政权的所谓“国策”在文艺上的直接延伸。也正因为如此，30 年代左翼作家在与“民族主义文学”者论战时，主要集中于对其理论和创作内容做政治上的揭露。

而鲁迅和“革命文学”作家们与“新月派”的论战，说到底其实也并不是围绕文学本体的问题来展开的。二者之间根本性的分歧到底在哪里呢？在我看来，这其实是当时面对同样的现实政治状况而采取的不同的政治方略的分野。

“新月”群体在 30 年代特别强调“自由”和“人权”，其现实根源是国民党的专制和暴政。“新月派”成员因对国民党政治统治产生了信任危机，故以强调“自由”和“人权”来表达他们对于政治的期望。这种信任危机促使他们对政治暴力做出了否定性的思考，而且还由此延伸到了对包括阶级斗争学说在内的暴力革命理论的价值的否定。[1]这种政治观念延用到文学上，“新月派”坚持认为“在文学上讲，‘革命的文学’这个名词根本就不能成立”，“伟大的文学乃是基于固定的普遍的人性”，“人性是测量文学的唯一的标准”。[2]

鲁迅和创造社、太阳社等“革命文学”作家之间在政治观和文学观上虽有分歧，但政治目标总体上的一致性，使他们对“新月派”的文学观采取了共同的批判的态度。鲁迅针锋相对地指出：

1　参见朱晓进：《“新月派”的文学策略》，《中国现代文学研究丛刊》1999 年第 3 期。
2　梁实秋：《文学与革命》，《新月》月刊 1928 年 6 月 10 日第 1 卷第 4 号。

“斗争呢，我倒以为是对的。人被压迫了，为什么不斗争？”因此也就有了“革命文学”。[1]文学要表现人，“在阶级社会里，即断不能免掉所属的阶级性”，“无产者就因为是无产阶级，所以要做无产文学”，无产阶级革命文学是“为解放本阶级并及一切阶级而斗争的一翼”。[2]创造社、太阳社等“革命文学”作家同样尖锐地指出：“在现在正要因斗争而获得思想和言论自由的时候”，“对于敌对的阶级一定要‘仇恨’，要斗争。”[3]“民众正在‘水深火热’的压迫里面挣扎着的当今，又得了多次的革命行动的实际经验。他们有反抗的感情，求解放的欲念，如荼如火的革命的思想。把这些感情，欲念，思想以具体的形象表现出来的就是艺术——文学——的任务，也是主张革命文学家的任务”。[4]从上述对“新月派”文学观所进行的批判来看，也分明带有“革命文学”阵营的政治观念的印记。这场有关文学的“阶级性”与“人性”问题的论战，确实很难将之归结为文学自身的本体问题，说到底，这只是双方政治文化观念的一场交锋。

左翼作家与“自由人”“第三种人”的论争，也是如此。左翼作家们对“自由人”“第三种人”的指责，主要也是来自政治上的考虑，或者说在很大程度上是从一种政治情绪出发的。当时

1　鲁迅：《三闲集·文艺与革命》，《鲁迅全集》第4卷，人民文学出版社1981年版，第83页。
2　鲁迅：《二心集·“硬译”与“文学的阶级性”》，《鲁迅全集》第4卷，人民文学出版社1981年版，第204—208页。
3　彭康：《什么是健康与尊严》，《创造月刊》1928年第1卷第12期。
4　冯乃超：《冷静的头脑》，《创造月刊》1928年8月10日第2卷第1期。

处于阶级斗争和政治斗争旋涡中的左翼作家们，确实很难冷静地去深入思考一些有关文学自身的理论问题，在看待文学问题时也难免其政治上的敏感。在特殊的政治文化语境中，人们对任何事件的反应，首先是“政治性”的。面对胡秋原、苏汶的“文艺自由论”和“第三种文学”论，左翼作家首先是从政治方面看问题，他们认为在政治斗争异常剧烈、无产阶级迫切需要文学配合革命的时候，“自由人”“第三种人”过多地站在一边指责“普罗文学”的“政治化”倾向“限制了个人创作自由”，这就是站到了与无产阶级对立的立场讲话，因而指责其是资产阶级的代言人。尽管“第三种人”中后来有政治立场发生质变的，但“自由人”“第三种人”在最初的论争中所提出的问题，事实上也确实是文学层面存在的问题。胡秋原强调自己“并不否认文学和政治意识的结合”，他只是希望“政治主张不可主观地过剩，破坏了艺术形式”，他坚持认为“艺术不是宣传，描写不是议论”，[1]反对“将艺术堕落到一种政治的留声机”。[2]这种观点所具有的片面性和不合时宜性，自然是存在的，而左翼作家在批评“文艺自由论”和“第三种文学”论时的简单化也较明显，即如茅盾所说的“通过与‘第三种人’的这场论争，也暴露了左翼文艺批评界的贫弱”。[3]

1　胡秋原：《勿侵略文艺》，《文化评论》第4期。
2　胡秋原：《阿狗文艺论》，《文化评论》创刊号。
3　茅盾：《我走过的道路》（中），人民出版社1984年版，第143页。

在这里，我们不只是关注论争双方的正确与错误的评价问题，要特别指出的是这种论争主要是起因于政治的层面，即不是从学理的层面出发的。“自由人”“第三种人”虽然试图在“不否认文学与政治意识结合”的前提下从文学的层面来提出一些问题，但左翼作家们却因紧迫的革命斗争要求而只将注意力摆在政治层面上，他们认定“文艺本身就是政治的一定形式”，[1]因而这场“文学”论争便只能是在政治层面上的对话。所以，说到底，左翼作家与“自由人”“第三种人”的论争，仍然只是一场政治文化观念的交锋。

三

在30年代特定的政治文化氛围中，不仅是许多由明显对垒的论战双方构成的重要的文学论战或论争，其起因或根源均来自政治的因素，而且事实上即使是并非由对垒双方构成的，而是由大家共同关心的艺术问题引发的一些讨论，最终也几乎都归结到了政治问题上。

即如创作方法问题，这本是一个“艺术”的问题，但在30年代却总是被归结为政治的、世界观的问题。例如，30年代左翼

1　绮影（周扬）:《自由人文学理论检讨》,《文学月报》1932年第1卷第5、6期合刊。

文学内部在反对左的“革命的浪漫蒂克”时，提出的是“唯物辩证法创作方法”。这一创作方法的核心，就是强调确立辩证唯物主义世界观。在一些左翼理论家们看来，只有解决了世界观的问题，才能从“世界观方面”去克服“革命浪漫蒂克”。这样，艺术的问题就被归结成了一个政治的问题。

最明显的例子是 1934 年出现的一次关于“为什么没有伟大的作品产生”这样的艺术问题的探讨，其基本的思路却不是从艺术自身出发的。问题的提出本身，对国民党的文化专制、文化围剿就有针对性。当时人们的思考不约而同地集中在从政治上找原因，“多数意见还是把伟大作品不能产生的原因归结为‘环境的恶劣’和‘作家的不争气’”。[1] 所谓“环境的恶劣”多有所指，但主要还是集中在政治、经济、社会的压迫。而所谓“作家的不争气”，则是指作家的不能“自拔于‘环境’”。在特定的政治文化氛围中，面对“没有伟大作品产生”这样的艺术问题，不仅作家不可能静下心来从艺术层面上来探讨问题，而且事实上问题的解决也不可能从艺术层面上来单独地获得。所以，这样的讨论，基本上是毫无结果的。即如茅盾当时就指出，到底是“环境”“糟蹋”或“连累”了作家，还是作家不能自拔于“环境”，“这笔账难以算清”。[2]

1　茅盾：《我走过的道路》（中），人民文学出版社 1984 年版，第 251 页。
2　茅盾：《伟大的作品产生的条件与不产生的原因》，《文学》1934 年 7 月 1 日第 3 卷第 1 号。

早在1933年，《北斗》杂志就曾组织过“关于创作不振之原因及其出路”的讨论，有二十多位作家著文讨论，原因找了许多，例如国民党文化专制主义扼杀等等，但结果也是不了了之。对这类讨论，鲁迅的评价是：“中国现今没有好作品，早已使批评家或胡评家不满，前些时还曾经探究过它的所以没有的原因。结果是没有结果。”[1]一些事实上在当时不可能有结果的问题，仍一再地被提出来；问题由艺术层面上引发，而人们探究的思路却又不在艺术层面，只在政治层面。那么，这类艺术问题的提出，也就成了人们谈论、品评政治的一种契机。人们谈论、品评政治的热情在以“艺术问题”为由头的探讨中得到发挥，人们的政治情绪在以“艺术问题”为由头的探讨中得到宣泄，这也许正是30年代特定政治文化语境之中的必然产物。

同样的情况在30年代历时较长的文艺大众化讨论中展现得更充分。文艺大众化问题，从表面看是一个形式问题，但讨论中人们的兴趣似乎并不在形式层面，人们的话题，关注的重心其实是政治层面的东西。文艺大众化问题的第一次讨论是在1930年，由“左联”大众文艺委员会出版的《大众文艺》编辑部组织，参与者均为“左联”成员。讨论伊始，目的就很明确：既然文学战线“是解放斗争的一部分，那么文学的大众化问题，就是怎样使

1　鲁迅：《花边文学·商贾的批评》，《鲁迅全集》第5卷，人民文学出版社1981年版，第562页。

我们的文学深入群众的问题”。[1] 其更加直截了当的表述是：所谓文艺的大众化，“就是无产阶级文艺的通俗化，通俗到不成文艺都可以”。[2] 在当时的历史条件下，文学的真正大众化实非易事，用鲁迅的话说，文艺的“全部大众化，只是空谈”。[3] 加之，当时大众化的提倡者们的兴趣只是由大众化问题的政治性质所激发，而真正实行大众化的有关技术性问题却很少有人去关注，因此“对于这一问题缺乏深刻的理解和切实的工作布置，结果‘大众化’的成绩，在实际上也差不多等于一张白纸”。[4]

虽然如此，大众化问题仍因其所具有的政治意义而一再地引起人们讨论的热情。1931 年“左联”执委会通过的决议《中国无产阶级革命文学的新任务》中规定：“为完成当前迫切的任务，中国无产阶级革命文学必须确定新的路线。首先第一个重大的问题，就是文学的大众化。”1932 年 3 月“左联”通过的《关于“左联”目前具体工作的决议》指出：“首先，‘左联’应当‘向着群众’！应当努力实行转变——实行‘文艺大众化’这目前最为紧要的任务。”[5] 这样，很快又有了文艺大众化的第二次讨论。虽然第二次讨论的重点是文艺如何做到大众化，也多少涉及了文艺作品的语

---

1 冯乃超：《大众化的问题》，《大众文艺》1930 年第 2 卷第 3 期。
2 郭沫若：《新兴大众文艺的认识》，《大众文艺》1930 年第 2 卷第 3 期。
3 鲁迅：《集外集拾遗 · 文艺的大众化》，《鲁迅全集》第 7 卷，人民文学出版社 1981 年版，第 349 页。
4 寒生：《文艺大众化与大众文艺》，《北斗》第 2 卷第 3、4 期合刊。
5 《秘书处消息》第 1 期，“左联”秘书处出版。

言、形式、体裁、内容和描写技巧等方面，但所有问题最后仍归结到了政治的层面。例如，在观念上，要求“写一切题材，都要从无产阶级观点去反映现实的人生”；[1]在形式上，要求“采用国际普罗文学的新的大众形式”，如报告文学、群众朗读剧等；在文艺内容上，要求主要去描写大众的斗争生活，而且作家应该是“实际斗争的积极参加者”等等。[2]好像注意到了形式本身的问题，但归根到底其出发点以及关注的重心还是当时的政治需要。

1934年出现了第三次文艺大众化问题的讨论。这次的讨论，其直接的背景则更明显地带有政治色彩。1934年国民党政府的文化“围剿”其势更烈，他们一方面迫害进步文化界，查禁进步书刊，另一方面提倡以封建道统为中心的“新生活运动”。蒋介石在《新生活运动要义》中推行“四维”“八德”，提倡尊孔读经，掀起了全国性的复古逆流；国民党教育部汪懋祖则鼓吹复兴文言文。“左联”以此为契机，在报刊上开展对“复古”言论的批判，并最终发展成白话文与大众语以及拉丁化的论争。

总之，“文艺大众化”问题，虽然涉及的艺术本身与艺术形式等方面的问题甚多，例如“什么是大众文艺，大众文艺的内容与形式及其相互关系，语言问题，艺术价值问题，作家与大众的关系问题，以及怎样推进大众文艺运动等等问题”，但在当时特

---

1 瞿秋白：《论文学的大众化》，《文学月报》创刊号。
2 起应（周杨）：《关于文学大众化》，《北斗》第2卷第3、4期合刊。

定的历史条件和政治文化氛围中，这些问题事实上都难以真正深入探讨下去，很难真正着手去加以解决。在当时的政治文化语境中，“大家对于大众化问题都十分重视”，但这种重视也只是“因为它关系到无产阶级革命文艺的方向问题”，因而在讨论和实施过程中，“对大众文艺偏重从组织上解决问题，即强调开展所谓工农兵通信员运动，不重视作家们的作用”。[1] 也就是说，“文艺大众化”问题，就问题本身而言，本应更多地涉及艺术问题、艺术形式问题，但当时人们却更多地从“政治”出发提出问题，而在实际的探讨过程中，最终几乎被归结成了政治问题。

第二节　文学论争和文学批评的政治化角度

一

“五四”新文学在观念上是以反“载道”为其开端的，尽管有文学上的“为人生”与“为艺术”派的分野，但其反封建旧文学的目标却是一致的。在谈论“文学”的同时，尽管有观念上的“新”“旧”之分，但基本上还是属于站在文学圈子内看文学。文

1　茅盾：《我走过的道路》（中），人民文学出版社 1984 年版，第 148 页。

学本身的尝试、追求是许多从事文学者努力的目标，从“文学”自身的完善出发，是文学界较为普遍的看待文学的态度。而到了30年代，人们对于文学，忽然变换了看问题的角度。跳出文学圈外看文学，成为一种普遍的视角。文学不再具有独立意义和价值，而只是一种为了成全其他事业、其他工作、其他追求的一种工具和手段，正因为如此，文学的“功用”问题，几乎成了30年代文学论争的焦点。

围绕着文学的“功用”问题，“革命”文学、“左翼文学”阵营内部的论争，重在争如何将其“功能”发挥得更好：一方认为，文艺只有成为“文艺家对于现实社会的一定的见解，及最期望的态度的宣传机关”[1]时，即文学成为革命之最直接的可用工具时，文学服务于革命的功能才能发挥得最好；而另一方则认为，“革命之所以于标语，布告，电报，教科书……之外，要用文艺者，就因为它是文艺”[2]，即文学应坚守其自身的长处，才会发挥出其服务于革命的他物所难以取代的更独特的功能。虽然一方是强调“革命”文艺，另一方是强调革命“文艺”，置重有所不同，但“革命”与“文艺”的总体组合却是一致的。同样是围绕文学的“功用”问题，“左翼”文学阵营与其他文学阵营的论争，则重在争文学的功用到底是什么。于是，其分野就有：“文艺表现阶级性”——

1 彭康：《革命文艺与大众文艺》，《创造月刊》1928年11月10日第2期。
2 鲁迅：《三闲集·文艺与革命》，《鲁迅全集》第4卷，人民文学出版社1981年版，第84页。

“文艺表现人性”;“文学革命论”——“文学自由论”;“文学社会性”——“文学的闲适、消遣性”;等等。争论来,争论去,其关注的是文学的属性。通常出现的“革命文学”“自由主义文学”等等,其关注重心是“文学”前面的冠词。所有论争的出发点和最终的归结,都不是文学本身。

也就是说,在30年代特殊的政治文化语境中,人们看文艺、谈文学,其基本的角度在事实上都难以超出政治文化视角的范围。如前所说,1933年“左联”《北斗》杂志在组织“关于创作不振原因及其出路”的讨论时,虽参与者很多,原因找出了许多,但却很少有人去关注当时那些真正亟待解决的课题,诸如需要摆脱“左”倾机械论的束缚,需要克服创作上的概念化、公式化,需要充分发挥作家的创作个性等方面。在讨论“中国为什么没有伟大作品产生”这样的问题时,艺术上的修养本是题中应有之义,但在当时却很少有人从艺术修养的角度来看问题,即便是茅盾,在当时也坚持认为:“至于艺术上的专门修养,实在不是主要的条件。”[1]由此可见,当时看待文学问题的独特角度,目光所及,只能是在看清某个问题的某些方面的同时,而又不得不忽略另一些方面。当然,这也可以说是一个政治立场问题,即站在什么政治立场上来看待文艺的得失与成败。

1　茅盾:《伟大的作品产生的条件与不产生的原因》,《文学》1934年7月1日第3卷第1号。

30 年代文学界曾有过对“五四”传统的反思，这种反思中的种种分歧，种种观点，恰好是清晰地表明了各自从政治角度看问题的特点。鲁迅作为“五四”文学代表者的地位是公认的，因此，30 年代对“五四”文学传统的最初的否定，是从对鲁迅的批评开始的。不仅是创造社、太阳社，就是被认为从未写文章批评过鲁迅的冯雪峰，事实上在《革命与智识阶级》一文中，一方面批评了创造社、太阳社，另一方面也从“政治”“无产阶级”等角度说鲁迅“在艺术上是一个冷酷的感伤主义者”，在政治上“常以‘不胜辽远’似的眼光对无产阶级”，“在批评上，对无产阶级只是一个在旁边的说话者”。[1] 而钱杏邨则是更明显地以“阿 Q 时代”已经死去这样的论题，来否定以鲁迅为代表的“五四”文学传统。他认为:“阿 Q 是不能放在‘五四’时代的, 也不能放在‘五卅’时代的，更不能放到现在的大革命时代的。现在的中国农民第一是不象阿 Q 时代的幼稚，他们大都有了严密的组织，而且对政治也有了相当的认识；第二是中国农民的革命性已经充分的表现出来。”[2] 这里实际上标示的是从什么角度看农民。这里显示出了“五四”时期与 30 年代人们考察问题的不同思路。

“五四”思路与 30 年代思路, 是两种范式理论的对峙。“五四”思路对探讨思想问题有独特的深刻之处，而在处理社会政治问题

1　画室（冯雪峰）:《革命与智识阶级》,《无轨列车》1928 年 9 月 25 日。
2　钱杏邨:《死去了的阿 Q 时代》,《太阳月刊》1928 年 3 月号。

时也不免有时捉襟见肘。30年代思路对解释制度背后的思想文化问题固然显得力不从心，但它对社会现实的变革具有直接有效性。“五四”思路与30年代思路的根本标志可用鲁迅的话来表示：“五四”是“人性觉醒”，从人性、个性主义解释一切问题；30年代是“阶级意识觉醒”，一切以阶级性解释问题。20年代是从“人性觉醒”这样的思想革命的角度看农民，30年代则是从政治角度看农民，这样的差异就体现在对农民身上的弱点或革命性哪一方面予以关注的问题上。从“人性觉醒”的角度看到的自然是农民身上的属于人性不健全的精神病弱，而从政治革命、政治斗争的需要看，农民作为深受阶级压迫的受害者，其革命性正是需要去加以发现和肯定的。30年代“革命文学”作家对“五四”文学传统忽略乃至否定，其根本的原因也正是在于30年代看问题的角度的转换，即注重从“政治化”“阶级性”“政治革命”的角度来看问题。

这样的“政治化”的角度，使得“左联”成立之后，对“五四”文学传统做了更多的否定。茅盾在1929年写的《读〈倪焕之〉》一文中，还回顾了“高高地堆在那里的这个伟大的‘五四’的骸骨”，虽也指出了“五四”文学的种种不足，但还是肯定了“五四”的历史功绩，并提醒人们不要忘记了历史，割断了历史。[1]但“左

1 茅盾：《读〈倪焕之〉》，《文学周报》1929年5月第8卷第20期。

联”成立后不久，茅盾便在“左联”的理论机关刊物《文学导报》上发表了《“五四”运动的检讨》一文。该文的副标题为“马克思主义文艺理论研究报告”，文中茅盾对“五四”做了全新的思考，也得出了全新的结论。在《读〈倪焕之〉》一文中，茅盾还很坚决地认为：“我们亦不能不承认，活跃于‘五四’前后的人物在精神上虽然迈过了‘五四’而前进，却也未始不是‘五四’产儿中的最勇敢的几个。没有了‘五四’，未必会有‘五卅’罢。同样地会未必有现在之所谓‘第四期的前夜’罢。历史是这样命定了的！”[1]但在《“五四”运动的检讨》一文中却宣称，“‘五四’这时期并不能以北京学生烧赵家楼那一天的‘五四’算起，也不能把它延长到‘五卅’运动发生时为止。这应该从火烧赵家楼的前二年或三年算起到后二年或三年为止”。这种时间上的界定，目的很明确，实际上就是要将“五四”时代与其后的社会革命时代区分开来，将“五四”的传统定位在思想革命范围内，并用以证明现时代对于“五四”的超越：“‘五四’是中国资产阶级争取政权时对于封建势力的一种意识形态的斗争。换一句话，‘五四’是封建思想成为中国资产阶级发展上的障碍时所必然要爆发的斗争。……然而这以后，无产阶级运动崛起，时代走上了新的机运，‘五四’埋葬在历史的坟墓里了。”茅盾给“五四”

1 茅盾：《读〈倪焕之〉》，《文学周报》1929年5月第8卷第20期。

的定位是:“资产阶级的‘五四’”。这样从无产阶级的角度出发,对“五四”就自然有否定的必要,“甚至尚有‘五四’的正统派以新的形式依然在那里活动,例如‘新月派’。这一些,在现今只有反革命的作用。扫除这些残存的‘五四’,也是目今革命工作内的一项课程”。[1]

茅盾的上述观点,代表了“左联”对“五四”的基本看法。据茅盾自己讲,自己这篇文章是“遵照瞿秋白的建议”写的,并且在“文章写作之前我都与秋白交换过意见,其中有的观点也就是他的观点”。“30 年代初期,人们(包括瞿秋白和我)却普遍认为‘五四’运动是中国新兴资产阶级的革命,这个革命是先天不足的,短命的,到‘五卅’运动时,它就退出了历史舞台,让位于新崛起的无产阶级革命运动。我的这篇报告就是按照这样的理论来展开的,因此,对于‘五四’运动的历史作用,评论必然偏低”。尽管如此,“这认识在当时还被认为是温和的,保守的”。[2] 瞿秋白作为“左联”的理论家,其对于“五四”的表述则更为明确:“五四时期的反对理教的斗争只限于智识分子,这是一个资产阶级的自由主义启蒙主义的文学运动。我们要有一个无产阶级的‘五四’。”[3]而当“自由人”胡秋原提出“要继续完成五四之遗

1 丙生(茅盾):《“五四”运动的检讨》,《文学报》第 1 期。
2 茅盾:《我走过的道路》(中),人民文学出版社 1984 年版,第 75—76 页。
3 史铁儿(瞿秋白):《普洛大众文艺的现实问题》,《文学》1932 年第 1 卷第 1 期。

业，以新的科学的方法，彻底清算，再批判封建意识形态之残骸与变种”时，瞿秋白则认为，“再批判意识形态”是分散反对日本帝国主义的战斗“火力”，并要求他们“脱弃‘五四’的衣衫”。[1]而冯雪峰更是认为，胡秋原对“五四遗业”的坚守是“反革命派别的政治主张之在文艺理论上的反映”。[2]

综上，可以看出，在30年代对“五四”文学传统是舍弃还是坚守，事实上已成了一种政治立场的问题，这是从政治角度看问题的必然结果。

二

30年代政治文化形态是属于典型的非整合模式，即社会成员对官方政治概念、政治价值取向以及操作方式普遍缺乏认同感；权力主体与权力客体之间关系的紧张，造成了各政治派别相互之间的严重疏离。这种状况下，民众的政治取向是多头的。由于各权力客体之间因其代表不同的政治利益集团或利益群体、阶层，他们所持的政治见解也相去较远，因而，各派纷纷利用文学来表达自己的政治意愿，阐释自己的政治价值观。30年代的文学论争和文学批评，事实上往往是各政治派别表达自己的政治意愿，阐

1　瞿秋白：《请脱弃“五四”的衣衫》，《文艺新闻》1932年1月18日第45号。
2　洛阳（冯雪峰）：《并非浪费的论争》，《现代》第2卷第3期。

释自己政治价值观的一个窗口。也正因为如此，30 年代的几乎所有的文学论争，都有着鲜明的政治文化背景、政治文化潜因，人们在文学论争中看问题的角度也首先是政治的角度，而非纯文学的角度。

因为在论争者看来，文学问题事实上已非关于文学本身，而关系到自己政治意愿的表达和政治见解的阐释。因此，参与论争，是获得政治发言权的极其重要的也许是唯一的机会。30 年代文学论争中人们所表现出的巨大的热情和兴趣也可以由此获得解释。这种文学论争中表现出的热情和兴趣，其中有很大的成分是政治的热情和政治的兴趣。但是，当文学的目的完全政治化，文学的言说一旦被系统化为政治话语，就成为一个具有意识形态排他性与专一性的系统。这个系统被用来阐发或攻击某种政治权力的合法性或用来阐发或反对某种政治理想的合法性。因此，在 30 年代的许多文学论争，事实上都明显表现为各派政治势力之间争夺借文学表达政治意愿的话语权的斗争。

在这种争夺话语权的过程中，排他性是其重要特征之一。例如，在“无产阶级革命文学”倡导之初，创造社一方曾有过联系鲁迅的意向。根据当事人回忆，1927 年下半年郭沫若、成仿吾、郑伯奇等人恢复创造社及其刊物时，曾想联合鲁迅来写文章，郑伯奇还去找过鲁迅，并在广告上也登出鲁迅的名字。但正在这时，创造社新进的人们，即李初梨等从日本回国了，他们不赞成联合鲁迅，并且认为成仿吾等人当时的态度也不够革命，并且决定把鲁迅作为批判的主要目标。那么，为什么这几个年轻人要反对鲁迅？为什么几个年轻人能左右整个创造社（包括创造社的许多元老）？这里的原因当然是很复杂的，但为争夺文坛话语权而必然导致的排他性是其重要原因之一。许多刚从日本回国的激进青年，面对的是国内经过十年整合已成格局的文坛，他们最担心的是自己稚嫩的声音会淹没在诸多文坛宿将们耀眼的声名之下，他们要获取独立的话语权，要使自己的声音成为众声喧哗中的最强音，就不能不以攻击文坛话语的权威为其开端。鲁迅因其文学、思想上的业绩使他在“五四”以来的文坛上的地位得到了普遍的确认，诚如冯雪峰在《革命与智识阶级》一文中所说，“在艺术上鲁迅抓着了攻击国民性与人间的普遍的‘黑暗方面’，在文明批评方面，鲁迅不遗余力地攻击传统的思想——在‘五四’期间，智识阶级中，以个人论，做工做得最好的是鲁迅”。鲁迅的这种公认的文坛地位，就使他成了创造社成员，尤其是年轻成员们首选的要踏倒并跨越的对象。“创造社改方向”后“没有改变向来的狭小的团体主义精神”，“一本大杂志有半本是攻击鲁迅的文章，在别的许多地方是大书着‘创造社’的字样，而这只是为要抬出创造社来”。[1] 很明显，创造社倡导“无产阶级革命文学”时，首先拿鲁迅开刀，

1　画室（冯雪峰）：《革命与智识阶级》，《无轨列车》1928 年 9 月 25 日。

其中无疑包含着取代鲁迅文坛霸主的地位，使自己的言论成为文坛强势话语的策略性考虑。

争夺话语权，其目的是为了更好地获得表达自己的政治意愿，阐释自己的政治价值观的权利。在新时代来临之际，谁拥有了更多的话语权，谁就能引领甚至拥有这个时代。这一点，30 年代的各派政治力量都是非常明白的。

国民党政府在获得政权以后，并没有忘记对这种政治话语权的控制。他们先是提倡“三民主义文学”，但由于“四一二”之使“三民主义”蒙羞，“三民主义文学”几乎没有产生什么社会影响。面对日盛的“普罗文学”的声浪，他们又抬出了“民族主义文学”的口号，试图用“民族意识”“民族精神”抵抗来自左翼文坛的“阶级论”话语。“民族主义文学”者们为现实政治权力做辩护，理所当然地要向传统的政治经典中找寻合适的政治语言，这是因为中国传统的政治经典中所充斥的内容基本上是立足于阐述既成政治权力之合法性的政治语言。直到 1934 年的所谓“新生活运动”，作为统治者话语的中心内容仍是传统的“四维”“八德”。与此针锋相对，左翼文坛再次掀起大众语的讨论。大众语的讨论，规模之大，时间之长，是 30 年代文学论争中不多见的。国民党以正统自居，故思想、语言要复古，左翼以劳动阶级、广大群众为旗帜，故语言要大众化，这其中所隐含的就是争夺话语权的斗争。“大众”一词，在一段时期内成了最时髦的、出现频率最高的词语。例如

“左联”的外国刊物之一的《文艺新闻》，在1931年3月的创刊号发刊词中说道：“新闻是为大众属于大众的。《文艺新闻》即本着这个主旨，而为工作的态度，……凡属于大众的，为大众所需要的，皆为《文艺新闻》工作的对象。文化主人是大众，《文艺新闻》的主人亦是大众。”[1]短短数语用了六个“大众”。“大众化”的讨论，不仅成了左翼文坛针对统治者的话语武器，而且也使得左翼文坛因此而得以靠着“大众”“群体”的力量，引领了整个时代。

但这种对话语的争夺，很容易演化成一种政治心理的定势，即在争取自己自由言说的机会和权利的同时，容易忽略别人言说的机会和权利。在30年代文学论争中，这种情况是普遍存在的。例如许多左翼之外的作家在与左翼作家进行文学论争时，都分明是多多少少感觉到了来自左翼作家的某种话语霸权的压力。“新月派”的梁实秋曾在论争中说：“我看他们近来在文学方面的宣传文字，他们似乎是有组织的有联系的，一方面宣传他们的无产阶级的文学理论，一方面攻击他们所认为的‘资产阶级文学’。”无产阶级“唯一的报复的工具就是靠了人多势众！‘多数’、‘群众’、‘集团’，这是无产阶级的暴动的武器”，“集团的观念是无产阶级革命家所最宝贵的一件东西，无产阶级的暴动注重的就是组织，

1 《文艺新闻之发刊》，《文艺新闻》（周刊）1931年3月创刊号。

没有组织就没有力量，所以号称无产文学者也就竭力宣传这一点，竭力抑止个人的情绪的表现，竭力鼓吹整个阶级的意识”。[1]这里，梁实秋多少是感觉到了“无产阶级革命文学”作家们因其背后的有组织性、因其“人多势众”而形成的强势话语的压力。对此，几十年后他仍耿耿于怀，他认为“‘普罗文学运动’之兴起，情形很特别”，“平地一声春雷，就爆发出来了。而且无数的大大小小的刊物，齐声呐喊，若干不三不四的书店也同时开张，嚣张之气不可向迩，真可以说其兴也暴”。“我发现所谓普罗文学运动，不是一种文学运动，是利用文学做武器的一种政治运动”。后来“撤消”了“‘普罗文学’这一名义，实质的想在文学领域争取领导位置的运动仍旧进行，换一个方式进行到另一个阶段罢了”。[2]梁实秋的话的确是指出了“无产阶级革命文学”者们争夺文坛领导权的政治意图，但他的这种对于“革命文学”即将形成的强势话语压力感，又从反面昭示了他本人对话语霸权的看重。因为这场争论的开始，是缘于他们难以忍受“思想上有了绝对的自由，结果是无政府的凌乱”，[3]他们要以文坛正统派的姿态来“纠正时尚”，捍卫文坛的“尊严和健康”。[4]他们在“无产阶级革命文学”者的强大阵势面前，不仅难以以自己的意愿来重整文坛，而且也不能

1 梁实秋:《文学是有阶级性的吗？》,《新月》月刊 1929 年第 6 卷第 6、7 期合刊。
2 转引自尹雪曼:《中华民国文艺史》，台湾中华书局 1980 年印行，第 51—52 页。
3 徐志摩:《“新月”的态度》《新月》1928 年第 1 卷第 1 期。
4 梁实秋:《〈新月〉前后》、见《梁实秋文学回忆录》，岳麓书社 1989 年版，第 126 页。

不感到将要淹没在“革命文学”强势话语中的恐惧。他们的压力多少包含了自己难以获得文坛霸主的地位、难以获得话语霸权的遗憾感和失落感。

“自由人”胡秋原在与左翼作家的论争中，也曾感觉到了一种强势话语的压力。他在《勿侵略文艺》一文中认为，“普罗文艺”中有“主观地过剩”的“政治主张”。[1]胡秋原根据自己对马克思主义理论的研究，对文坛提出自己的批评意见，但没有想到遭到了左翼作家的猛烈攻击。令他不解的是，为什么对“左翼自己就已都认为错误的若干谬点”的批评，就变成了“攻击左翼文坛”；对某个人的批评，被视为对整个左翼文坛的侵犯。从中，他感觉到了左翼作家中一些人的“自负”“专横可笑”，以及“真是怕人”的“文过主义”“泼妇主义”。[2]胡秋原曾一再声称，并不反对普罗文学，“承认普罗文学存在的权利”。而二者之间之所以发生论争，其中很重要的原因之一是争夺话语权。虽然胡秋原打出的也是“拥护马克思主义文艺理论”的旗号，并在事实上也是力求以自己的理解，用马克思主义来分析社会文化和文学。他甚至主张“一切真正的马克思主义者联合起来，强化统一马克思主义文化战线”，“克服马克思主义阵营一切左右偏曲倾向”。[3]但这都得不

1 胡秋原：《勿侵略文艺》，《文化评论》第 4 期。
2 胡秋原：《浪费的论争》，《读书杂志》第 3 卷第 2 期。
3 胡秋原：《为反帝国主义文化而斗争》，《文化评论》创刊号。

到同样以马克思主义者自谓的左翼作家的认可，左翼作家为了获得政治文化上的强势话语权，特别重视理论阐释的优先权，而排斥其他的阐释。难怪苏汶称胡秋原与左翼作家之间“两种马克思主义是愈趋愈远，几乎背道而驰了”。[1]

这种情况，此前在“无产阶级革命文学”论争中就曾出现过。同是“无产阶级文学”倡导者、发起者的创造社和太阳社之间，也曾为谁最先提出“革命文学”的口号而争执过。争夺理论阐释的优先权，争夺重要话语的发明权，争夺重要口号的命名权，实际上是争的话语的霸权，争的是文坛盟主的地位。此后的“两个口号”的论争中，这种情况又再次出现。“国防文学”“民族革命战争的大众文学”这两个口号，原本可以并存，可以互补。但当时却发生了一场声势浩大的论争。“两个口号”的论争虽然其主要原因是由于革命作家对于文艺如何适应抗日新形势需要产生了不同的认识，但不可忽视的依然是一种争夺理论阐释优先权、重要口号命名权的政治心理定势在其中起了一定的作用。争的还是文坛的正宗地位和话语的权威性。

在 30 年代的诸多文学论争中，许多人都曾作为论争的一方，感到了来自左翼文坛的强势话语的压力。例如苏汶，他就曾认为，左翼文坛把无产阶级文学的内容限制到“无可伸缩的地步”，“中

1　苏汶：《关于〈文新〉与胡秋原的文艺论辩》，《现代》1932 年 7 月第 1 卷第 3 期。

立的作品”受到拒绝；左翼文坛常常“借革命来压服人”，“曲解别人的话”，等等。[1]“他们不开口便罢，一开口便‘狗’啦‘羊’啦一大批。这不仅蛮横，实在是一种手段”。[2]再如，沈从文在“反差不多”论争中，认为左翼文坛的一些作家“有了一支笔在手上，就天真烂漫的以为只有他是在‘爱国’，而又保有‘真理’”，并认为，文艺只有从“政府的裁判和另一种‘一尊独占’的趋势里解放出来，它才能够向各方面滋长，繁荣”。而“另一种‘一尊独占’”，显然是指左翼文坛。[3]又如，林语堂在小品文论争中，面对来自左翼文坛的强势批评，表示了这样的不满情绪：“《人间世》提倡小品文，也不过提倡小品文，于众笔调之中，看重一种笔调而已，何关救国？”[4]“现在明明提倡小品文，又无端被人加以夺取‘文学正宗’的罪名”。[5]

毋庸置疑，上述左翼文坛的论争对手们的种种抱怨其实都带有某种政治情绪，其言论未必公允，未必正确。但这些言论却道出了一个事实，即左翼文坛事实上在当时的几乎所有论争中，都牢牢控制了话语权，对论争对手构成了强势话语的压力。这里用

1　苏汶：《“第三种人”的出路——论作家的不自由并答复易嘉先生》，《现代》第1卷第6期。
2　苏汶：《关于“文新”与胡秋原的文艺论辩》，《现代》第1卷第3期。
3　沈从文：《一封信》，《大公报·文艺》1937年2月21日。
4　林语堂：《今文八弊》，《人间世》第27、29期。
5　林语堂：《方巾气研究》，《申报·自由谈》1934年4月28、30日及5月31日。

语义政治学的述语来表述，就是左翼文坛获得了“权力话语”。[1]正是这种“权力话语”的获得，才使左翼文坛牢牢雄踞于霸主地位。也正因为如此，才使得30年代“在中国，无产阶级的革命的文艺运动，其实就是惟一的文艺运动”。[2]

在时过境迁的今天，我也许可以更公允地来评价30年代的一场场文学论争和文学批评的是非功过，但我们却不应该忘记，在30年代特殊的历史条件下，特殊的政治文化语境中，如果没有对于获得话语权的自觉意识，没有一种对于营构强势话语的潜在政治欲望与能力，其结果，很可能是在国民党的白色恐怖和文化专制之下的万马齐喑。左翼文坛，依靠营构成自己的权力话语，获得了文坛霸主地位。这固然对其他论争对手构成了某种压力，这或许对许多论争对手来说不太公平，但左翼群体站在权力客体位置上对权力主体构成的威慑力量，为同处于权力客体的其他“亚政治文化”群体争得了更多的生存空间。应该说，营构成自己的权力话语，获得文化上的主导地位，这正是左翼文学获得成功的重要条件之一。

1　根据语义政治学理论对“权力话语”的解释，所谓话语，是指语言在特定社会历史条件下的群体表现形式。而所谓权力话语则是在特定历史条件和社会环境下，具有一种“控制、占有并以自己为中心统一其他”的潜在欲望与能力的话语。

2　鲁迅：《二心集·黑暗中国的文艺界的现状》，《鲁迅全集》第4卷，人民文学出版社1981年版，第285页。

三

30 年代是一个文学批评很盛的时期，这里所谓的“盛”是指 30 年代几乎所有的文学理论家、作家甚至是文学圈外的都在操文学批评之业。30 年代文学界的一个重要现象是，批评文字在总量上并不少于文学创作。在 30 年代，作家们写批评文章的热情和读者对批评文字的兴趣都是空前的，这明显带有 30 年代特殊的“政治文化”的印记。

文学批评在 30 年代的政治文化传播中起了重要的作用。“革命文学”倡导时期，“普罗文学”的观念和无产阶级革命意识得以广泛传播，当时的铺天盖地的文学批评文字功不可没。当时关于“革命文学”论争的文章几乎覆盖了所有的文坛刊物。查阅那一两年的理论批评文字，不管是哪一派的，不涉及普罗文学者，是少有的例外。因此，文学批评作为 30 年代的一种重要的“政治影响力”，是不容忽视的。

“影响力是行动者之间的这样一种关系：一个或更多行动者的需要、愿望倾向或意图影响另一个或其他更多行动者的行动，或行动倾向”。[1] 30 年代许多作家包括一些文学青年，他们的政治信念和政治价值观的形成，在许多情况下与自己的直接经验是有

1 ［美］罗伯特 · A. 达尔:《现代政治分析》，上海译文出版社 1987 年版，第 37 页。

关的，即他们所经受的社会的变动和影响了大多数人的政治文化事件，这些变动和事件给他们的政治取向留下了深刻的印象。但在许多情况下，政治信念和政治价值观的形成，在很大程度上是靠个人从各类传播媒介的渠道获得。30 年代文学批评的文字正是在一定程度上起了这种启示和引导人们（包括作家在内）的政治信念和政治价值观的作用。

30 年代有许多作家，就在文学批评的影响力或者说在某种压力下，不断改变着自身。丁玲就是一个最好的例子。丁玲在写出《莎菲女士的日记》并因此而成名后，便有一些文学批评的文字指出了她作品的不合时宜，认为“中国文坛上要求着比《莎菲女士的日记》更深刻更有社会意义的创作”。[1] 而当她写出《一九三〇年春上海》《水》等作品时，她受到了文学批评界的高度赞扬和充分肯定。这种批评界的态度便左右了她文学创作中政治价值观的基本走向。丁玲自己在 1933 年就曾说过，自己写小说，开始只是“因为寂寞”，因为“对社会的不满”，所以想以笔来“说出”自己的“牢骚”。对于来自批评界对自己早期小说中“染上一层伤感”的批评，她是由“有点不服”到“反省之后也就承认”，“之后，在写作态度上，读者也看得出我是逐渐在变化”。她并没有明确意识到自己此后在写“革命小说”，甚至曾对自己的作品被当作“普

---

1 《女作家丁玲》，载《文艺月报》1933 年 7 月 15 日第 2 期。

罗文学”而“觉得冤枉”，但同时她又不得不承认，自己在不知不觉中“陷入恋爱与革命的冲突的光赤式的阱里去了”。[1]在30年代的许多作家那里都有类似于丁玲的这种经历。

30年代的文学批评，在某种定义上可以说是一种政治化的文学批评，它在很大程度上对被批评者和读者传递乃至灌输着政治观念和政治信息。批评者在文学批评中提倡什么，反对什么，对读者起着重要的政治导向作用。

30年代开始，从政治角度评价作家成为一种风气。创造社、太阳社的作家在革命文学论争中，对鲁迅20年代文学创作的否定，就是从政治的角度出发的，他们认为，阿Q形象在30年代政治形势下已经落伍，因为“现在的中国农民第一是不象阿Q时代的幼稚，他们大都有了严密的组织，而且对政治也有了相当的认识；第二是中国农民的革命性已经充分的表现出来”。[2]而后来瞿秋白对鲁迅的肯定，也是从政治的角度来做出评价的，他肯定鲁迅“从进化论到阶级论，从绅士阶级的逆子二臣进到无产阶级和劳动群众的真正的友人，以至于战士”。[3]

取政治评判的角度，以政治眼光品评作家，在当时许多著名的批评家的批评文字中是比较普遍的。例如茅盾的《徐志摩论》，

1　丁玲：《我的创作生活》，《创作的经验》，天马书店1933年版，第23—25页。

2　钱杏邨：《死去了的阿Q时代》，《太阳月刊》1928年3月号。

3　瞿秋白：《鲁迅杂感选集·序言》，《瞿秋白文集》（文学编）第3卷，人民文学出版社1989年版，第115页。

就是从其阶级地位、政治态度来评价其创作道路的。而鲁迅为白莽、柔石、萧军、萧红作品所作的序，在很大程度上也都是从政治上加以评价。尤其是在《白莽作〈孩儿塔〉序》中，更是从政治意义上肯定其作品“属于别一世界”。周扬在《论〈雷雨〉和〈日出〉》中，通篇都是从政治的视角切入，无论是分析戏剧人物还是分析戏剧结构，都是从“政治”上找原因，或以“政治”来加以解释。人物的个性和命运以及丰富的情感世界往往被政治概括所代替；而结构上的特点也被视为作者政治局限的产物。[1]

在当时的批评文字中，出现频率最高的词汇主要有“革命”“阶级”“时代”“政治”“意识”“大众”“把握”等等。文学话语中充满了政治性词汇，这的确是30年代文学批评的一个重要景观。这里略举几例对茅盾创作的《春蚕》等作品的批评文字：

（《春蚕》）“写着最近的事情的，而且还把握住了鲜明的一九三二年中国农村社会的大恐慌而写出了，……茅盾能把握住这个当前的重要题材来写作，已是胜人一筹的地方，……所以我们看来竟似乎是一篇最成功而完好的作品了。……然而我们看，茅盾所写的老通宝和他周围的人物是无时代性的……”[2]

（《春蚕》）“应用着积极敏锐的观察，把握着积极的主题，……

1　周扬：《论〈雷雨〉和〈日出〉》，《周扬文集》第1卷，人民文学出版社1984年版，第201—203页。

2　朱明：《茅盾的春蚕》，《现代出版界》1933年1月第8期。

这他是成功了的，无论在意识上面或者技艺方面。……因为暴露，他是尽了责任，但是指示，他还嫌不够。……”[1]

“这社会科学的确定不移的理论，又在茅盾的《春蚕》和《秋收》里，得到完全的证实。当然，意识上是很正确的。……（但）这里的阶级意识，也是写得非常淡薄，非常微弱，非常模糊的。”（《林家铺子》）“在取材上，我们不能不说这是百分之百把握住了现实，意识上也是非常正确的。……当然，假如我们要‘吹毛求疵’来寻求缺点时，也并不是没有的。例如全篇阶级意识的模糊，斗争情绪的不够，林先生走投无路逼得携着女儿逃了，但究竟小市民阶级的出路在哪里？著者一些也未昭示出来。”[2]

从上述举例中我们可以窥见30年代文学批评政治化风格之一斑。茅盾就曾说过，看30年代的许多批评文字，“观其词汇，动辄言‘把握’”，可以猜想作者“是社会科学的研究者”，因为“这在当时是马克思主义的代用词”。[3]我们不能说上述作者都是“社会科学的研究者”，但起码可以看出当时批评家多数是在使用社会政治的批评尺度，和好用社会科学的述语。就连被茅盾称赞为“文章没有一句什么意识呀，什么唯物辩证法呀，但是，他的分析作品的深入却胜过”其他人的王蔼心的《春蚕的描写方法》一

1 丁宁：《评春蚕》，转引自茅盾：《我走过的道路》（中），人民文学出版社1984年版，第138—139页。

2 罗浮：《评春蚕》，《文学月报》1933年7月第1卷第2期。

3 茅盾：《我走过的道路》（中），人民文学出版社1984年版，第120页。

文，事实上也是从描写“农村崩溃”“动乱”的角度来评价作品的，并且文中也充斥着“民族走向复兴”“转向光明”等字眼。[1]

过于注重从社会政治的角度看问题，使当时的多数文学批评文章很少关注艺术自身的东西，批评家们似乎也缺少那样一种艺术的兴趣，这多少形成了许多文学批评文字过于空疏、过于宏观和过于原则的弊病。据茅盾回忆，“在一九三二～三三年顷，曾出现过所谓文艺批评的‘危机’，作家们和批评家之间的关系有点紧张”，其“危机”主要表现在当时许多文学批评文字“每每是‘从大处落墨’的空泛论断，什么‘没有把握时代的精神’，‘无视了许多伟大的斗争’，‘没有写出新时代的英雄’，等等，却很少见到作具体分析的评论，也很少听到对作家创作的甘苦表示体恤的”。[2]

其实，关键的问题并不在于批评家能不能“体恤”“作家创作的甘苦”，而在于当时批评家们写批评文字的目的。由于写批评文字的目的旨在传达政治信息，向观众灌输政治价值观，为读者做政治的导向，那么，作家创作的文学作品也仅是批评家借以发言的一个“因由”，而批评绝不会止于“因由”，必经“生发开去”。当“因由”作为“引子”将批评和所要阐发的话题引出后，作家创作本身也许并不那么重要了。“当文学作品被不同的读者

1　茅盾：《我走过的道路》（中），人民文学出版社1984年版，第139—140页。
2　茅盾：《我走过的道路》（中），人民文学出版社1984年版，第143页。

出于不同的需要而加以利用时，其真正的面目就被发掘、改造、曲解”。“作者的原意被一些假设的、符合新读者需要的新意图所取代”。“这一机制”在文学社会学中被称为“创造性背叛”。[1] 30年代，文学批评在对作家创作的“阅读”中，普遍存在着这种“创造性背叛”。

这种阅读中的“创造性背叛”说白了就是一种“误读”，而在30年代文学批评中，对文学作品常常构成的正是“政治性的误读”。茅盾就曾说到当年许多批评文章在评论他的《春蚕》《秋收》《残冬》《子夜》等作品时，往往先将其定位在阶级、革命斗争方面，然后再从批评家要求的这一主旨对作品的得失加以批评，全然不从作品的实际出发。例如凤吾（钱杏邨）就批评茅盾的这些作品“还没有很好地从杂多的现实中，去寻出革命的契机，而把它描写为革命的主题，发挥主题的积极性，以完成其前进作家必须担负起的任务”。“作者非辨证的超阶级的纯客观主义的态度，是不断地妨害了作者。对于事件的更深入的理解……”因此要求作者“能艰苦地学习辩证唯物论”。[2]这种批评的内容，与作品确实很隔，一点没有对作家创作的“体恤”，而是以批评者主观对作品的政治期待来理解作品、批评作家。在30年代这种批评的尺度有时

1 ［法］罗·埃斯卡皮：《文学社会学》，王美华、于沛译，安徽文艺出版社1987年版，第55、139页。
2 茅盾：《我走过的道路》（中），人民文学出版社1984年版，第140—141页。

不仅用于评论作家作品，甚至用来评论学术研究著作。例如阿英在《小说三谈》一文中，对鲁迅《中国小说史略》中论晚清小说的一章提出批评，认为鲁迅先生未能首先重视其政治影响，及在当时社会上所起的亦有利于革命的作用，使论断更为准确，未免是一个遗憾。以自己对学术研究的政治预设来评价别人的研究成果，其思路也正是当时文学批评普遍的政治风气之下的产物。

从30年代文学批评与政治文化关系的状况，可以见出当时政治文化氛围对于文学批评的制约作用。而这种政治化了的文学批评又构成了文学语境的重要组成部分，对读者的阅读眼光和阅读需求起着引领作用，并共同对作家的创作产生着影响。

第三节　文学论争和文学批评中的政治化思维

一

在中国20世纪文学的发展中，30年代是一个重要的转折时期，20世纪文学发展过程中的许多问题、许多症结可以从30年代找到源头。在其后的相当长的一段历史时期内，我们从文学论争、文学讨论乃至文学批评中，都能发现30年代文学论争和文学批评中所形式的一系列特点的遗存。因此，有必要对30年代文学论争中形式的一系列思维、习惯、做法等进行研究，这对加深理解整个20世纪文学的发展也是有着重要意义的。

30年代的许多作家，尤其是革命文学的作家，可说是在人格上完全政治化了，在他们身上，唯政治化的色彩非常浓厚。在他们看来，唯有充满政治的热情，才能在文学中表现出这个时代，“只有具着狂风暴雨的革命精神的作家才能表现出来，只有忠实诚恳情绪在全身燃烧，对于政治有亲切认识自己站在革命的前线的作家才能表现出来！”[1]在30年代文学论争中的一个非常突出的现象，就是文学家人格的政治化。许多作家，他们从事的是文学的事业，但却对政治非常投入，或者说在自觉不自觉中总是以“政治”考虑来决定自己的行为，这自然与当时特定的政治文化氛围有关，身处这样的环境，政治心理的积存越来越丰厚，在政治心理的潜在支配下进行行动，久而久之便成了一种自觉的行为。“政治文化的一大功能是把‘文化人’塑造成‘政治文化人’”[2]，此之谓也。

从30年代文学论争和文学批评中的表现来看，多数作家未能避免成为“政治文化人”，许多作家在一系列的文学论争中，其政治意识不断加强，甚至对自己的文学见解等也表现出一种“今是而昨非”的态度，以不断适应政治形势发展的需要。这方面就

1　钱杏邨：《死去了的阿Q时代》，《太阳月刊》1928年3月号。
2　孙正甲：《政治文化》，北方文艺出版社1992年版，第24页。

连茅盾、鲁迅也不例外。例如茅盾，他在与创造社、太阳社进行论争中坚持的许多具有真知灼见的观点，在其后的一些论争中不仅不再坚持，反而给予了相当程度的否定。在对待“五四”的评价上，观点明显发生变化，其中就可以看出其政治意识的迅速加强，《“五四”运动的检讨》，是向“左联”的“马克思主义文艺理论研究会”提交的一份报告。这是一份政治性很强的报告，无论是从政治理论的运用、鲜明的政治见解的阐释，还是从政治角度发言的口吻，都可以看出作者对于政治的投入。

类似的情况在鲁迅身上也有，例如在与创造社、太阳社的论争中，鲁迅对受到的“围攻”，曾产生非常愤激的不满情绪，认为创造社、太阳社作家们“摆着一种极左倾的凶恶面貌，好似革命一到，一切非革命者就得死，令人对革命只抱着恐怖”。[1] 尽管如此，鲁迅多年之后却是从政治、革命的高度来认识这场论争的，他说：“革命者为达目的，可用任何手段的话，我是以为不错的，所以即使因为我罪孽深重，革命文学的第一步，必须拿我来开刀，我也敢于咬着牙关忍受。”[2] 这种态度、这种认识表明的是一种政治文化人的胸襟。早在无产阶级革命文学的论争之前，鲁迅就提

1　鲁迅：《二心集 · 上海文艺界之一瞥》，《鲁迅全集》第 4 卷，人民文学出版社 1981 年版，第 297 页。

2　鲁迅：《南腔北调集 · 答杨邨人先生公开信的公开信》，《鲁迅全集》第 4 卷，人民文学出版社 1981 年版，第 628 页。

出了一个重要的命题:“革命人做出东西来，才是革命文学”，[1]“根本的问题是作者可是一个‘革命人’，倘若是，无论写的是什么事件，用的是什么材料，即都是‘革命文学’。从喷泉里出来的都是水，从血管出来的都是血”。[2] 鲁迅衷心拥护“革命文学”，此后的言行表明,他也一直自觉地努力使自己成为一个“革命人”。在 30 年代的一系列论争中，我们也明显感觉到鲁迅的许多见解是出于政治的考虑来加以表述的，这种出于政治考虑的成分越来越重。

例如关于大众化问题的几次讨论中，鲁迅就有一个由担心大众化“容易流为迎合大众，媚悦大众”，到终于完全站在大众文艺立场上的过程,最终甚至不惜拔高一些通俗文艺形式的意义（如连环画等等)。尤其是在“两个口号”的论争中，鲁迅坚持在“国防文学”口号之外再提出“民族革命战争的大众文学”，更表明了他敏锐的政治眼光，与“国防文学”口号相比，“民族革命战争的大众文学”的口号，在关注民族矛盾的同时也注意到了阶级矛盾，这里包含了对抗日统一战线中无产阶级领导权的重视。当年在革命文学论争中，对“无产阶级”旗号表现出了激进的政治热情的许多文化人,在“两个口号”的论争中,围坐在“国防文学”

1 鲁迅:《而已集 · 革命时代的文学》,《鲁迅全集》第 3 卷，人民文学出版社 1981 年版，第 418 页。
2 鲁迅:《而已集 · 革命文学》,《鲁迅全集》第 3 卷，人民文学出版社 1981 年版，第 544 页。

的口号下，对统一战线中“无产阶级”领导权问题缺乏足够的认识，而此时，更显出鲁迅作为政治文化人的政治远见。

二

“政治文化人”的特点，首先体现为思维的政治化。普遍的政治化思维弥漫在30年代的一系列文学论争和文学批评中，这是30年代文学论争和文学批评的政治化色彩的显著标志。

政治化思维的表现形式之一是，论争中的实用主义。借用霍布豪斯的话来说，那些实现一场革命的人，“他们需要一种社会理论，……理论来自他们感觉到的实际需要，故而容易赋予仅仅有暂时性价值的思想以永恒真理的性质”。[1]也就是说，为了政治的需要，往往将相对真理当作绝对真理。30年代论争中，双方所依据的常常是自己的政治价值观，而不是追求通过论争将问题背后的道理弄清楚。可以说，没有一次论争最后是哪一方通过讲清道理，以其自身理论的真理性使对手真正心服口服的。事实上，双方论争时所追求的，也并不是这样一种学理的结果，原本论争并不抱说服对手的目的，仅在表达自己的政治意愿和阐释自己的政治价值观，因而不去找寻，也不可能寻找到大家普遍接受的那

1 ［英］霍布豪斯：《自由主义》，朱曾汶译，商务印书馆1996年版，第25页。

样一种真理。这样，每有论争，其兴也暴，而结果却总是不了了之。

更值得注意的是，论争的兴起、结束，大家所依据、所服从的也不是某种真理，而是政治的需要。创造社、太阳社与鲁迅在“革命文学”论争中，双方用语之激、情绪之烈，并不亚于后来“革命文学”作家与政治上的反对派（如“新月派”）的论争，但很快二者之间的对峙便又平息下来，并终而成了同一战壕的战友。这一结果，并非来自论争中大家找到了共同的真理，即不是通常所谓的真理愈辩愈明。如前所述，双方的开战，从创造社、太阳社联合提倡“无产阶级革命文学”，到联合对鲁迅的批评，是一种有组织的政治行动。[1] 双方的最终握手，也是服从了共同的政治目标，服从了政治的需要。从斗争的战略与策略考虑，共产党组织要求创造社、太阳社停止围攻鲁迅。据冯乃超讲，“为什么停止围攻鲁迅，好像听潘汉年讲，李立三（当时中央宣传部长）转达过党的意见，不同意攻击鲁迅”。[2] 也就是说论争的当事人不管在论争中表现如何，使用什么样的言词，有什么理论的阐发，但决定论争进程和结果的，并不是论争的内容和理论探讨的深度，也不在于谁真正完全掌握了绝对的真理，而在于背后的政治目的甚至政治的操作。人们论争中业已形成的政治化思维使他们心甘

1　参见朱晓进：《30 年代文学群体的“亚政治文化”特征——以“左联”的政治文化性质为例》，《求是学刊》2002 年第 2 期。

2　冯乃超：《左联成立前后的一些情况》，《冯乃超文集》（上卷），中山大学出版社 1986 年版，第 379 页。

情愿地循着政治理路，而不是学理的理路。这种状况借用福柯的名言来表述，就是："你以为自己在说话，其实是话在说你"，"一个人不可能随时随地、随心所欲地说明一切"。[1]

总之，30 年代的文学论争中，包含了政治权力运作的机制，当然，也体现出了论争中人们思维中的实用主义。左翼作家与"第三种人"的论争，与当年创造社、太阳社与鲁迅的论争有类似的情况，当论争刚进入白热化的时候，是因为张闻天化名哥特发表了《文艺战线上的关门主义》，文中对左翼文坛排斥"同路人"的"关门主义"错误进行了批评。此文一出，左翼文坛的调子便马上翻转过来，多数言论立即从团结"同路人"的角度来重新看待"第三种人"，直到"第三种人"正式"揭起小资产阶级革命文学之旗"之前，左翼文坛与"第三种人"的论争其实已接近收场。这一论争的发展过程，同样可以看出，论争的走向，并不是依据是非观点的是否明确，不在于理论探讨的进展，而在于其背后的政治。与理论的正确与否相比，当时的人们也许更相信、更愿意服从的是政治权威，是人们政治化思维中的政治实用主义支配着人们在论争中的行为。

1　转引自胡学常：《文学话语与权力话语》，浙江人民出版社 2000 年版，第 31 页。

三

对党派性特别重视，是30年代文学论争中政治化思维的又一表现形式。30年代的文学论争往往是或主要是发生在不同的文学群体之间。而30年代文学群体是以政治倾向的同一性来划分的，各群体内部统一性高，且具有较强的组织性意识，因而各文学群体大多具有宗派性质甚至党派性质，即不管群体成员内部思想有何差异，对具体问题的种种见解有何不同，但在重大问题上，尤其是涉及政治的问题上，往往一致对外。这种党派性意识沉积在文学论争的思维中，就使得30年代各群体成员在对外论争中往往是全夥上阵，处处以本群体为是，以非本群体为非。

夏衍就曾谈起过自己在“无产阶级革命文学”论争中的党派性意识：“我没有参加过任何文艺社团”，但这“并不等于中立，无可讳言，由于思想作风上和组织上的大原因，我是站在创造社、太阳社这一边的”。[1]也就是说，这种党派性意识并不依据形式上是否参加某个社团，而是依据政治上的倾向，自觉地给自己划线，决定政治立场上的归属。

对党派性的强调，在左翼作家群体中显得最为突出。“左联”1930年8月通过的《无产阶级文学运动新的情势及我们的

1　夏衍：《懒寻旧梦》，三联书店1985年版，第141页。

任务》中，否认“左联”是“作家的同业组合组织”，批评了一些成员仅仅把“左联”当作作家组织的“狭窄观念”“自限于作品行动的偏狭见解”等等。这里很明显地是提醒群体成员要从政治组织的角度来理解“左联”群体和任务。在 30 年代的许多论争中，左翼群体的确一直非常强调从党派性上来看问题。在与“自由人”的论争中，左翼文坛对“自由人”展开批判，很重要的因素是来自左翼群体的党派性考虑。胡秋原多次表明自己的所谓“自由人”的政治立场：“我们所谓‘自由人’者是指一种态度而言，且是在文艺或哲学的领域，根据马克思主义理论来研究，但不一定在政党的领导之下，根据党的当前政纲和迫切的需要来判断一切。”[1]“如果是一个进步的作家，也应该不闭目于时代斗争，应该获得马克思主义概念，该从时代解放运动中丰富其灵感。”[2]可以说，就其思想倾向来说，他与左翼群体有许多共同之处，他虽不是一个马克思主义者，但还是试图用马克思主义去研究、解释社会和文艺的问题的。而左翼群体之所以会以胡秋原为攻击的对象，根源在于胡秋原的不在组织上认同左翼群体：他公然声称“不一定在政党领导之下”，这构成了对左翼文坛党派性质的消解。正因为如此，当胡秋原发表文章批评钱杏邨的文艺理论的错误时，[3]

1　胡秋原：《浪费的论争》，《现代》第 2 卷第 2 期。
2　胡秋原：《一年来文艺论争书后》，《读书杂志》第 3 卷第 2 期。
3　胡秋原：《钱杏邨理论之清算与民族主义文学理论之批判——马克思主义文艺理论之拥护》，《读书杂志》第 2 卷第 1 期。

立即被左翼文坛敏感地认为他是“为了反普罗革命文学而攻击钱杏邨”，“公开地向普罗文学运动进攻”。[1]“胡秋原是攻击左翼文坛的”，“根本否认普洛文学的存在”。[2]胡秋原批评钱杏邨的错误，却被看成对钱杏邨所在群体的挑战，胡秋原曾辩解道：“我除了批评钱杏邨君以外，就没有碰过左翼文坛，然而钱杏邨先生是否可以代表左翼文坛？一谈到连左翼文坛自己都认为错误的若干谬点，即大声疾呼，这就是‘攻击左翼文坛’，难道诸公就这样神圣不可侵犯？”[3]陈望道当时也曾客观地指出：“我们不应把这对于理论或理论家的不满，扩大作为对中国左翼文坛不满，甚至扩大作为对于无产阶级文学不满，把理论家向来不切实不尽职的地方暗暗地躲藏了不批判，而将来还是那一套，以至理论永无进展。”[4]

在习惯的政治化思维中，作为政治性很强的群体内部，是一荣俱荣，一损俱损的。某个人的错误在群体内部可以展开批评，那是“内部矛盾”，但是容不得处于“外部”（组织外）的人指手画脚。任何来自外部的批评，哪怕是针对某个人的（尽管这个人也许确实存在可指责的错处），也将被视为对这个个人所在群体的挑战。因此，上述出自胡秋原的辩解和出自陈望道的辩护都不能扭转左翼文坛多数人的基本看法。直到论争的最后，冯雪峰、

1　洛扬（冯雪峰）：《“阿狗文艺”论者的丑脸谱》，《文艺新闻》1932 年 6 月第 58 号。
2　周起应：《自由人文学理论检讨》，《文学月报》1932 年 12 月第 1 卷第 5、6 号合刊。
3　胡秋原：《浪费的论争》，《读书杂志》第 2 卷第 2 期。
4　陈雪帆（陈望道）：《关于理论家的任务速写》，《现代》第 2 卷第 1 期。

瞿秋白等人仍坚持认为胡秋原“已经是敌人的冲锋里的一个了”。[1]

这种唯党派性的政治化思维，在30年代的许多论争中都有体现。例如，在与“第三种人”论争时，苏汶曾批评左翼作家说：“他们现在没有功夫来讨论什么真理不真理，他们只看目前的需要，是一种目前主义。”[2]对此，周扬的辩驳是：“我们承认客观真理的存在，但我们反对超党派的客观主义。”[3]这里，意见的分歧仍是党派性问题。对党派性过于看重，由其党派性来判定言论的是非，而不是依据真理性来判别言论的正确与否，说到底就是一种宗派主义，而宗派主义在整个30年代文学论争中始终起着相当大的决定作用。茅盾就曾指出过“左联”内部的这种宗派主义，“‘唯我最正确’，‘非我族类，群体而诛之’的现象，以及把‘左联’办成政党的做法”。[4]在“两个口号”的论争中，连鲁迅也明显感到，他因主张“民族革命战争大众文学”的口号而遭到的非议，其根源可能还是党派性（宗派主义）在作祟：“正因为不入协会（指文艺协会——著者按），群仙就大布围剿阵，徐懋庸也明知我不久之前，病得要死，却雄赳赳首先打上门来也。”“其实，写这信的虽是他一个，却代表着某一群，试一细读，看那口气，却可了然。因此我以为更有公开答复之必要，倘是我们彼此个人间事，无关

1　洛阳（冯雪峰）：《并非浪费的论争》，《现代》第2卷第3期。
2　苏汶：《关于“文新”与瞿秋白的文艺论辩》，《现代》第1卷第3期。
3　周起应：《到底是谁不要真理，不要文艺》，《现代》第1卷第6期。
4　茅盾：《我走过的道路》（中），人民文学出版社1984年版，第309页。

大局，则何必在刊物上喋喋哉。”[1]

可见，30 年代在群体之间发生论争时，事实上却不被看作具体参与论争的个人的事，而是整个群体的事。入不入群体，事关重要，入了群体，自家人好说话，有错误也是“内部矛盾”；不入群体，那言论的正确与否已无关紧要，紧要的是作为异己力量就首先要遭到排斥、遭到攻击。这正是 30 年代文学论争中政治化思维的重要表现形式之一。

对党派性的刻意追求，极容易带来情绪化的结果。30 年代文学论争中，宗派主义情绪常常在起着潜在的支配作用。宗派主义情绪是伴随着政治情绪而来的。政治观念表达的情绪化，在 30 年代的难以避免，其原因很多，但其中很重要的原因之一是政治理论的不成熟。30 年代的各派理论家们，就根本上而言，都缺少政治理论的系统性，缺少应有的本土政治实践的基础。说到底，他们的政治观点和主张多是从外接受而来的，而这种接受又常常是支离破碎的。因而，以这种政治理论作为支撑进行论争，必然缺少了应有的从容。理论基础不坚实，浮躁的情绪化的冲动，就成为必然。夸大的方式、极端的心态常常成了企望中的对待相异观点并战而胜之的法宝。例如，创造社提倡“革命文学”时，就特别注重对感情和情绪的渲染。他们喊出的是“革命时代的希求，

1　鲁迅:《书信 · 360828 致杨霁云》,《鲁迅全集》第 13 卷，人民文学出版社 1981 年版，第 416 页。

革命的感情”“最强烈普遍的一种团体感情”的口号。[1]

如果在论争中过分强调情感和情绪而忽略理性，偏激和叫骂的行为就不可避免。在“革命文学”倡导时期，就有人公开为叫骂正名，宣称要提倡“新流氓主义”。认为“现在凡是感到被束缚，被压迫，被愚弄，被欺侮……的青年，假如要反抗一切，非信仰流氓 ism 不行。新流氓主义没有口号，没有信条，最主要的就是自己认为不满意的就反抗”。“骂是争斗的开始，人类生存最后的意识，也不过是争斗，所以我们不认为斗争的开始——骂，是有伤道德。”[2] 后期创造社青年作家们的论争风格，与采取这种“新流氓主义”不无关系。而激进化、情绪化等，在 30 年代文学论争中一直存在着。鲁迅曾指出，“分裂，高谈，故作激烈等，四五年前也曾有过这现象，左联起来，将这压下去了，但病根未除，又添了新分子，于是现在老毛病就复发”。[3] 论争的群体性情绪化，是 30 年代文学论争的一个显性特征。

四

30 年代文学论争和文学批评中的政治化思维有时还表现为政

1　郭沫若：《革命文学》，《创造月刊》1926 年 5 月第 1 卷第 3 期。
2　潘汉年：《新流氓主义》，《幻洲》半月刊 1928 年 1 月第 2 卷第 8 期。
3　鲁迅：《鲁迅书信集》，人民文学出版社 1976 年版，第 685 页。

治上的过度敏感，即有很强的政治防范意识。

“自由人”对“民族主义文学”进行的批判，表明其政治立场与“左联”趋近，但他们在批判“民族主义文学”时所说的有些话却遭到了左翼文坛的误解。例如他提出：“文学与艺术，至死也是自由的”，这段话是明显针对“民族主义文学”“摧残思想的自由，阻碍文艺这自由的创造”，“用一种中心意识，独裁文坛”而来的。[1]胡秋原此后一再强调他所谓的“文艺至死也是自由的民主的”，“也许，我这话过火一点也未可知，但不要忘记我是在反对民族文艺时所说的话”。[2]胡秋原关于“文艺自由”的话，之所以遭误解，这与当时的政治文化氛围中，左翼文坛政治上的过度敏感是有关系的。在左翼文坛看来，这种“文艺自由论”固然是对“民族主义文学”以及国民党的文化专制的一种批判，但它对左翼文坛所力倡的文艺的阶级论、文艺的党派性等也将起一种消解的作用。这种政治上的过度敏感，就使许多左翼作家将胡秋原的“文艺自由论”置于一种敌对观点的位置上加以抨击。

30年代曾发生的一场关于“善于调和”的论争，也可以说是由这种政治敏感引起的。一位署名“绍伯”的人在《大晚报·火炬》上发表《调和——读〈社会月报〉八月号》一文。作者仅因为看到《社会月报》八月号同时发表鲁迅和杨邨人的文章，便指

1　胡秋原：《阿狗文艺论》，《文化评论》1931年12月25日创刊号。
2　胡秋原：《浪费的论争》，《现代》第2卷第2期。

摘鲁迅"善于调和","使人疑心思想上的争斗也渐渐没有原则了"。这引起了鲁迅的愤怒，他不得不声明："我并无此种权力，可以禁止别人将我的信件在刊物上发表，而且另外还有谁的文章，更无从事先知道。"[1]这位"绍伯"，鲁迅认为是"田汉"，尽管田汉并不承认，但可以肯定这是一位左翼群体中的、明显带有过度政治敏感的作家。

过度的政治敏感带来一种政治上的防范意识，在30年代随处可见。例如周扬在1933年11月发表了《关于"社会主义现实主义"与革命的浪漫主义》一文。该文向中国文学界传输和介绍苏联社会主义现实主义的创作方法，对纠正当时文坛上的"左"倾机械论和"唯物辩证法创作方法"的消极影响起了重要作用。但就是这样的文章，周扬在一开头就特别指出，提倡社会主义现实主义的口号，要防止"取消主义的歪曲"；纠正"唯物辩证法创作方法"，也要警惕"自由主义的人们"的"嘲笑"。[2]虽是谈论文学的创作方法问题，但思路却是典型的政治化思维。

应该说，这种过度的政治敏感是那个特殊的政治文化时代的产物，它不仅存在于左翼作家身上，也同样存在于非左翼作家身上。例如，鲁迅将之划分在"京派文人"里的钱玄同，在30年

1　鲁迅:《答〈戏〉周刊编者信》,《鲁迅全集》第6卷，人民文学出版社1981年版，第148页。
2　周起应:《关于"社会主义的现实主义与革命的浪漫主义"》,《现代》1933年11月第4卷第1期。

代应算是一位政治色彩较淡的作家。但据史料记载，“30 年代初，苏联莫斯科大学和列宁格勒大学派来两位教授，在北平要求见钱玄同，想了解文字改革的拉丁化问题。钱拒而不见”。他不见的理由最主要的一条是:“主义不同！”[1] 要谈学术，先鉴定政治身份；因政治身份得不到认同，所以学术问题也就免谈，这种过度的政治敏感，在 30 年代特殊的政治文化氛围下，应该是可以理解的。

这种政治上的过度敏感，有时很容易导致政治上的猜疑。例如，左翼文坛在与“自由人”论争时，就有左翼作家一再称“自由人”是社会民主党或托派，[2] 是“红萝卜”式的反动人物。[3] 而胡秋原称:“我和我的朋友当时根本没有社会民主党的组织，当时在中国，也根本没有这种组织”[4]；而至于政治上的观点，事实上也与“托派”相去较远。[5] 这种政治上的猜疑在 30 年代的论争中时有出现，例如在两个口号论争中，一些左翼作家因胡风在中山文化教育馆发行的杂志《时事类编》上发表翻译文章，而称他在“中山文化教育馆领津贴”，并猜疑他为国民党的特务。

“领津贴”，在 30 年代是一个重要的政治猜疑的内容，这种政治猜疑内容在论争中屡屡被使用。在“革命文学”的论争中，

1　姜德明:《鲁迅与钱玄同》,《新文学史料》1979 年第 3 辑。
2　洛阳（冯雪峰）:《“阿狗文艺”论者的丑脸谱》,《文艺新闻》第 58 号。
3　司马今（瞿秋白）:《财神还是反财神》,《北斗》第 2 卷第 3、4 期合刊。
4　胡秋原:《关于一九三二年文艺自由论辩》,《鲁迅研究动态》1988 年第 12 期。
5　胡秋原:《亚细亚生产方式与专制主义》,《读书杂志》第 2 卷第 7、8 期合刊。

杨邨人就曾说鲁迅“领到当今国民政府教育部大学院的奖金”。[1]在与“新月派”的论争中，鲁迅曾断言，“《新月》忽而大起劲，这是将代《现代评论》而起，为政府作‘诤友’，因为《现代》曾为老段诤友，不能再露面也”。[2]鲁迅曾揭过《现代评论》派接受过段祺瑞的“一千元津贴”的老底，并曾在国民党夺取政权后质问过他们：“今年可曾幡然变计，另外运动，收了新的胜利者的津贴没有？”[3]而其后，“新月派”的梁实秋在与革命文学作家论辩时，便称左翼作家“到 × 党去领卢布”。[4]“三民主义文学”“民族主义文学”作家在与左翼作家论战时，也一再诽谤左翼作家是“籍了卢布的作用”，“领了卢布的津贴”。[5]上述所谓的拿了谁的“津贴”，有些确实是属于政治上的猜疑，当然也不乏其造谣和诽谤，以此作为一种谄害对手的手段。这里“津贴”一词实际上成了一种政治的标签，贴上这种标签就是暗指其投靠了某一政治势力。指称论争对手拿了谁的“津贴”，成了一种陷论敌于不利的境地的政治手段：或者是通过造谣，借统治者的政治势力来剪除异己，即“借刀杀人”“借头示众”；或者是通过这种猜疑或暗示，借民

---

1 文坛小卒（杨邨人）:《鲁迅大开汤饼会》,《白话小报》1930 年第 1 期。
2 鲁迅:《书信 · 290817 致章适谦》,《鲁迅全集》第 11 卷，人民文学出版社 1981 年版，第 682 页。
3 鲁迅:《而已集 · “公理”之所在》,《鲁迅全集》第 6 卷，人民文学出版社 1981 年版，第 493 页。
4 梁实秋:《资本家的走狗》,《新月》1929 年 11 月 10 日第 2 卷第 9 期。
5 林振镛:《什么是三民主义文学》,《民族文艺论文集》，杭州正中书局 1934 年版，第 208、215 页。

众对统治者的厌恶来将论争对手“政治上搞臭”。另外，通过将论争对手挂靠到某一政治势力的实体上，将对手推上政治的极端，目的也在于引起与之敌对力量的“敌忾”，引起己方同道们“全夥”的政治义愤。

造政治谣言，借政治势力之手剪除论争对手，这已不仅仅是简单的文化人的政治化思维了，而是堕入政客一流，完全是政客手段了。但在30年代文坛上，善造政治谣言的的确不少。例如在左翼作家批判张资平的三角恋爱小说后，《申报·自由谈》按照读者意见停刊了张资平的连载小说《时代与爱的歧路》，这使张资平恼羞成怒，于1933年7月6日在《时事新报》上刊登张资平启事，造谣说《申报·自由谈》主编黎烈文以资本家为援，以姊妹嫁给商人为妾，以谋得一编辑为自豪。造此谣言的目的，一是想羞辱黎烈文，另一方面也想挑起“无产阶级”文学者们的敌忾。而上海的一些无聊小报和反动刊物也乘机造谣，说《申报·自由谈》已经赤化，“左翼文化运动”已经“抬头”；[1]说鲁迅、沈雁冰等左翼作家要以《自由谈》为地盘“复兴他们的文化运动”，并且“已到组织团体的火候了”。[2]这种造谣，则明显是在向国民党统治者示警，欲借政治势力剪除异己了。

上述种种“政治上的猜疑”，甚至是政治上的造谣诽谤等政

1　水手：《左翼文化运动的抬头》，《社会新闻》1933年3月24日。
2　农：《左翼文化运动的抬头》，《社会新闻》1933年5月6日。

治的、政客的手段的见用于文学论争，更使 30 年代文学论争充满了政治化的色彩。

五

政治化思维还特别强烈地表现为论争中的独断性和绝对化。在 30 年代的文学论争和文学批评中，论争者或批评者往往是以其自己认定的文学观念和评价标准来衡量一切，来制定文学的是非，而否定其他文学观念和评价标准存在的合理性与可行性，显示出一种独断性。

例如，在“革命文学”论争中，无产阶级文学倡导者们在提出文学主张时一开始就呈现出唯我独尊的独断性思路：“我们不惟应该把我们对于文学的见解，与有产者的对立起来，而且非把有产者文学论克服，实无从建设我们的革命文学。”[1] 这种唯我独尊的独断性思路，也是导致无产阶级文学倡导者们与鲁迅、茅盾等人之间发生论战的重要因素：他们“认为老的作家都不行了，只有把老的统统打倒，才能建立新的普罗文艺”。[2]

与这种独断性紧密相连的是绝对化，即看问题时，往往采用

1　李初梨:《怎样地建设革命文学》,《文化批判》1928 年 2 月 15 日第 2 号。
2　《郑伯奇谈“创造社”、“左联”的一些情况（节录）》,《蒋光慈研究资料》，宁夏人民出版社 1983 年版，第 90 页。

的是一种简单的二元对峙，非此即彼的思路。“革命”与“反革命”成了一种绝对的存在，偏于一极，第三条道路在尖锐的政治对峙面前是不被认可的。“反革命”固然难以被容忍，“不革命”也同样被视为一种对革命的挑衅而不被认可，诚如成仿吾直接宣称的那样：“谁也不许站在中间。你到这边来。或者到那边去！”[1]

在革命文学论争时期，创造社、太阳社成员中基本上都是持一种偏执的、绝对化的政治化思路。他们对于“同路人”的否定就是其具体体现。郭沫若在《桌子的跳舞》一文中，虽没有对卢那察尔斯基有关允许“同路人”文学存在的观点表示反对意见，但仍认为“不革命的作家们”只有具备“艺术的，天才的作品才行”，“要有托尔斯泰或者陀斯妥耶夫斯基那样的‘天才的小说’才行”。这就是说，一般的“不革命”的文学作家是不被允许存在的。在该文中，他在文学观念的表述上也无不体现出绝对化的思维的特点。例如，他认为：“文艺是阶级的勇猛的斗士之一员，而且是先锋。他只有愤怒，没有感伤。他只有叫喊，没有呻吟。他只有冲锋前进，没有低回。他只有手榴弹，没有绣花针。他只有流血，没有眼泪。”[2]这里的“只有”“没有”是一种典型的否认事物的矛盾性、多样性、复杂性的绝对化的思路。

“左联”作家在与“第三种人”的论争中，也明显地显示出

1 成仿吾：《从文学革命到革命文学》，《创造月刊》1928 年 2 月第 1 卷第 9 期。
2 麦克昂（郭沫若）：《桌子的跳舞》，《创造月刊》1928 年 5 月第 1 卷第 11 期。

了看问题过于绝对化的特点。他们也是从“革命”“反革命”二元对峙，非此即彼的思路来看待“第三种人”的，因而他们从一开始就否认“第三种人”存在的可能性:“每一个文学家，不论他们是有意的，无意的，不论他是在动笔，或者是沉默着，他始终不是某一个阶级的意识形态的代表。在这天罗地网的阶级社会里，你逃不到什么地方去，也就做不成什么‘第三种人’。”[1]鲁迅在《论“第三种人”》《又论“第三种人”》中也否定了“第三种人”存在的可能性。这种判定都多少显示出了30年代左翼阵营看问题的绝对化思路的印记。事实上，在“革命”与“反革命”之间，客观上是存在着大批的中间派作家的。左翼作家反对中间派作家存在的可能性，认为其不革命便是反革命，的确是过于绝对化了。对此，冯雪峰就曾在《关于“第三种文学”的倾向与理论》一文中指出，在这个问题上“我们不能否认我们——左翼批评家往往犯了机械论的（理论上）和左倾宗派的（策略上）错误”。[2]

其实，这种独断性和绝对化的思路不仅存在于左翼作家身上。在30年代特殊的政治文化语境中，事实上多数作家作为文化人都或多或少地带有“政治文化人”的特点。30年代不同政治观念、不同思想倾向的作家，他们的政治态度虽相去较远，但就其思想方法、思维方式都往往有某种一致性。

---

1 易嘉（瞿秋白）:《文艺的自由和文学家的不自由》,《现代》1932年10月第1卷第6期。
2 丹仁（冯雪峰）:《关于“第三种文学”的倾向与理论》,《现代》1933年1月第2卷第3期。

以独断性、绝对化思路言之，许多左翼之外的作家是对左翼作家的一种反“模仿”。例如，左翼作家强调文学的阶级性，并在一定程度上将文学的阶级性推向极端，甚至将阶级性视为文学的全部内容。而一些自由主义作家则强调文学的人性，同样将文学的人性推向极端，否认一切阶级性。左翼作家强调文学的政治功能，主张文学为革命服务，并将此功能视为唯一，而一些自由主义作家则否认文学的任何政治功能，主张文学的绝对自由，以“自由”为唯一，这实际上是另一种意义上的独断。自由主义作家们在否定文学政治功能，否定文学为任何政治服务时，也将自己的文学主张推向了极端，显示出了思维的绝对化的特征。例如梁实秋，他试图建立起“普遍的文学标准”，他认为，“纯正之‘人性’乃文学批评唯一之标准”。而“‘人性’之所以是固定的普遍的，正以其有理性的纪律为基础”。[1] 在这样的“文学标准”下，他自然不能容忍革命文学。

以自己的文学标准为唯一，是典型的独断性和绝对化的思路。再如沈从文，他在反对将文学作为政治的工具、武器的同时，也常常把问题绝对化，在他看来，当文学“与国内政治不分，成为在朝在野政治工具之一部”时，“它的堕落是必然的，不可避免的”。[2] 并认为，文学“被政治看中，企图用它作工具（在野的则

1　梁实秋：《文学批评辩》，《晨报·副刊》1926 年 10 月 27、28 日。

2　沈从文：《新文学运动和新的文学观》，《烛虚》，上海文化生活出版社 1940 年版，第 60 页。

当武器，在朝的则当点缀物)”，这便是“政治方面的歪缠”。[1]这里否定了文学与一切政治的结缘，否定了一切政治，多少也是走向了绝对化和片面性。

总之，在30年代的文学论争中，独断性、绝对化是论争双方普遍存在的思维方式之一，这正是特定的政治文化氛围下的必然的产物。

第四节　基于政治文化立场的文学论争和文学批评

一

在30年代特殊政治文化语境下，任何文学问题的讨论都不可能是立场中立的纯文学的讨论，它必然无法摆脱某种至少是效果性的政治化的色彩，这种效果既是由理论和知识的特定运用环境所决定的，也是持有政治意识的文学讨论者在事实上或多或少地有意为之的。30年代文学论争和文学批评中，持论各方所依据的常常就是自己的政治文化立场，所使用的理论和知识也是为其政治立场服务的。论争和批评各方所特别关注的也许不是对方使

1　沈从文:《短篇小说》,《国文月刊》1942年第18期。

用的理论和知识的正确性，而主要是说话人所持的政治态度，即站在什么立场上讲话。

30 年代论争和批评因其主要是在政治的框架内展开的，因而相对立的持论各方，对对方话语中的丰富内涵几乎是忽略的，关注的只是其话语的政治指向，即真理性、正确性服从于对说话人属于“敌”或“友”的关系的判断，大家算的是政治账。例如，左翼文坛对“自由人”胡秋原的批判、讨伐，就是建立在这样一个基础上的。“左联”许多成员一开始就“确认”胡秋原是“托派”，是所谓的“社会民主党”成员。这就将其在政治上定位于敌对的阵营中了。因而，尽管胡秋原对国民党统治者扶持的“民族主义文学”进行了猛烈的抨击，尽管他也试图以马克思主义的观点来批评各种文化和文学现象，尽管他在许多理论观点上与左翼文坛不仅不相违背，而且比较一致，但是，他的所有的言论均因其被“确认”的政治定位而被视为是站在敌对立场上对左翼作家的攻击。

在 30 年代，对作家政治立场的定性，常常左右着论争和批评的进程、决定着论争和批评的结果。例如左翼作家与“第三种人”的论争，“论争的中心问题，依旧是文艺与政治的关系；革命文艺家对小资产阶级作家的态度问题”。“这场论争的实质可以说是 1928—1929 年那场论争的延续，所以论争开始时，鲁迅、茅盾都没有参加。”[1]直到1932年11月，鲁迅才发表《论“第三种人”》，而在文章的一开始就将胡秋原和苏汶区别开来，指胡秋原为别有用心的“论客”，而将苏汶视为是可以“同走几步的‘同路人’”。文中虽也批评“第三种人”“生在有阶级社会里，而要做超阶级的作家，生在战斗的时代要离开战斗而存在，生在现在，而要做给与将来的作品”，这只不过是“一个心造的幻影”。但也肯定了苏汶所谓的“与其欺骗，与其做冒牌货，倒还不如努力去创作”，“定要有自信的勇气，才会有工作的勇气”等言论是正确的。[2]全文态度是严肃而诚恳的，其语调也与《“硬译”与“文学的阶级性”》《“民族主义文学”的任务和运命》等针对“新月派”“民族主义文学”的论文完全不同。这是因为，在许多左翼作家那里，对苏汶等“第三种人”的政治定位还是认为他们当时“在阶级斗争中动摇着，但未能抱住任何一种政治”，虽然他“要使文学也同样地脱离无产阶级而自由”，但他“至少已经消极地反对着地主资产阶级及其文学了”。[3]也就是说就当时“第三种人”的政治立场而言，还无法将其在政治上定性为“敌人”。因而，在张闻天以哥特笔名于党刊《斗争》上发表了《文艺战线上的关门主义》之后，左翼阵营对其的批判还曾一度缓解。

1　夏衍：《懒寻旧梦》，三联书店1985年版，第209—210页。

2　鲁迅：《南腔北调集·论“第三种人”》，《鲁迅全集》第4卷，人民文学出版社1981年版，第440—441页。

3　冯雪峰：《关于“第三种文学”的倾向与理论》，《现代》1932年11月26日第2卷第3期。

最终促使这场论争发生质的变化的，是“第三种人”的“转向”。1933 年以后，先是发生了杨邨人的脱党并宣称“愿意作‘第三种人’”；[1] 继而要“揭起小资产阶级革命文学之旗”，摆出了与左翼文学对阵的架势。[2] 接着又发生了 1933 年底的“献策”事件：“官和出版家及书店编辑”开会商量禁书问题，“由施蛰存说出仿检查新闻例，先检杂志稿，次又由赵景深补足仿日本例，加以删改，或用 ×× 代之。他们也知道禁绝左倾刊物，书店只好关门，所以左翼作家的东西，还是要出的，而拔去其骨骼，但以渔利”。鲁迅估计他们可能“还要联合‘第三种人’，发表一种反对检查出版物的宣言”，“以掩盖其献策的秘密”。[3] 加之韩侍桁、苏汶等人连续不断地与左翼阵营相对抗的文章，“第三种人”发展至此，引发了左翼文学阵营对其重新进行政治定性。左翼作家们认为，“对于‘第三种人’的讨论，还极有从新提起和展开的必要”。因为这是为了“将营垒分清，拔出了从背后射来的毒箭！”[4] 因此，包括鲁迅在内的许多左翼作家都写文章对“第三种人”进行了新一轮的批判，态度之严厉、文章语调之激烈，都明显要甚于前阶段。尤其是鲁迅，写了《又论“第三种人”》《脸谱臆测》《中国文坛

1　杨邨人：《离开政党生活的战壕》，《读书杂志》第 3 卷第 1 期。

2　杨邨人：《揭起小资产阶级革命文学之旗》，《现代》第 2 卷第 4 期。

3　鲁迅：《书信・331105 致姚克》，《鲁迅全集》第 12 卷，人民文学出版社 1981 年版，第 255 页。

4　鲁迅：《南腔北调集・又论“第三种人”》，《鲁迅全集》第 4 卷，人民文学出版社 1981 年版，第 535 页。

上的鬼魅》等文章，揭露“反对文学和政治相关的‘第三种人’们，也都坐上了检查官的椅子”，[1]指称“第三种人”“终于显了白鼻子来了”。[2]从左翼作家与“第三种人”论争的前后态度的变化可以看出，对论争进程和论争结果起着关键作用的是论争对手的政治态度和所持的政治立场。

文学论争和文学批评各方往往是站在自身的政治文化立场上，非议站在其他立场言说的对手，并以对方的政治文化立场作为评判其言说正确与否的标准，这在30年代是一种普遍的现象。随着论争对手政治立场的变化，对其文学观点的评价标准也随之发生变化，这是其一。有时还会出现另一种情况，即论争主体自身立场的变迁，也会导致对论争对手的评价标准的变化。

例如1927—1928年创造社内部发生在郁达夫与郭沫若、成仿吾等人之间的一场论争，就是如此。1927年初，郁达夫发表了《广州事情》《无产阶级专政和无产阶级的文学》《在方向转换的途中》和《诉诸日本无产阶级文艺界同志》等等。这些文章中以较敏锐的政治意识，揭露了国民革命队伍中右派势力对革命带来的危害。文中激烈的言辞和犀利的见解，遭到了创造社内部的郭沫若、成仿吾等人的强烈指责，认为其“倾向太坏”。这些指责使郁达夫

---

1 鲁迅：《且介亭杂文·中国文坛上的鬼魅》，《鲁迅全集》第6卷，人民文学出版社1981年版，第157页。

2 鲁迅：《且介亭杂文·脸谱臆测》，《鲁迅全集》第6卷，人民文学出版社1981年版，第134页。

感觉到郭、成等人“要为右派所笼络”，因而在心理上做出了与他们“要分道而驰的”准备。[1] 1927年7月创造社出版部遭国民党查封后，创造社同人却认为这是由于郁达夫过于激进的文章招致的祸患。成仿吾曾当面指责郁达夫，说是因为郁达夫“做了那种文章，致使创造社受了这样的惊慌和损失！那些纸上的空文有什么用处呢？以后还是不做的好！”[2] 从这阶段的分歧看，显然是郭沫若、成仿吾等人对郁达夫的政治上的激进立场持否定态度。但自1928年起，包括郭沫若、成仿吾在内的创造社的同人，因其自身的政治立场日趋激进，他们反过来看待郁达夫时，则把郁达夫与鲁迅、叶圣陶等人看作时代的落伍者而加以抨击。[3] 把郁达夫早先曾被视为激进的有关无产阶级文艺的看法视为“反革命宣传”。[4] 显然，创造社成员对郁达夫评价的标准的变化，主要源于他们自身政治立场的变化。

二

在30年代，基于政治文化立场进行文学论争和文学批评，是特殊政治文化语境中的一种必然的存在，就连鲁迅也不例外。

---

1 郁达夫:《穷冬日记》,《郁达夫文集》第9卷，花城出版社1982年版，第73页。
2 郁达夫:《对于社会的态度》,《郁达夫文集》第6卷，花城出版社1982年版，第6页。
3 冯乃超:《艺术与社会生活》,《文化批判》1928年1月25日第1期。
4 郭沫若:《英雄树》,《创造月刊》1928年1月1日第1卷第8期。

早在与创造社进行有关革命文学问题的论争时，鲁迅就充分认识到政治对于文艺的绝对支配作用；而在30年代的大众化问题讨论中，鲁迅更是从政治的立场来看待这一问题，他认为：文艺大众化的最终实现，“就必须政治之力的帮助”，仅靠文艺这“一条腿是走不成路的”。[1]可以看出，在30年代，鲁迅其实是很习惯从“政治”的立场来看问题的。

当然，从政治立场来看文学，决非革命作家和左翼作家们的专利，非左翼作家们在看待问题时，在文学论争中，事实上也未能避开这一方式。“第三种人”苏汶在与左翼作家论辩时，这样看待左翼的理论界：“人们与其把他们的主张当作学者式的理论，却还不如把它当作政治家式的策略，当作行动；而且这策略，这行动实际上也就是理论。”[2]撇开这段话的情绪色彩，就其内容而言，有一定的道理。但问题是，“自由人”“第三种人”事实上未能避开从一定的政治立场来看待文学问题。胡秋原“要继续完成五四之遗业”，其出发点也是政治化的，他并非是重新回到“五四”时期通行的以思想解决问题的思路上去，而是充分注意到了30年代新的政治形势所带来的新的任务。他给“再批判封建意识形态”确立的前提条件是“以新的科学方法，彻底清算”。

1　鲁迅：《集外集拾遗·文艺的大众化》，《鲁迅全集》第7卷，人民文学出版社1981年版，第350页。

2　苏汶：《关于〈文新〉与胡秋原的文艺论辩》，《现代》1932年7月1日第1卷第3期。

而且明确其批判是因为“统治阶级要利用封建势力巩固其统治”，“帝国主义也要利用封建势力维持其势力”。他在提出批判封建意识形态的同时，也强调“要以新的方法，分析批判各种帝国主义时代的意识形态”，“更必须彻底批判这思想之武装与法西斯蒂的倾向”，“不仅在理论上作严正的批判，同时还要努力作社会上的一般实际腐败现象的批判与暴露”。[1]可以看出，胡秋原是把反封建与反帝联系起来，与现实的社会斗争联系起来的。这里，胡秋原显然也是从一定的政治立场来看问题的。所谓“继续完成五四之遗业”，在这里事实上也是一种“政治策略”，一种现实斗争的“行动”。

“自由人”“第三种人”并不反对文学的政治目的，他们与左翼作家从政治角度看问题的思路有一致之处，但根本的分歧是在政治策略的不同，而这种策略的不同最根本的原因，还在于政治立场的不同。苏汶曾对胡秋原与左翼作家们的分歧做过这样的表述：“从这里，人们看出两个绝对不同的立场了。一方面重实践，另一方面只要书本；一方面负着政治的使命，另一方面却背着真理的招牌。于是，两种马克斯主义只愈趋愈远，几乎背道而驰了。”[2]这种表述对双方并不完全准确也并不完全公允，但指出其政治立场的差异则是符合实际的。苏汶本人也曾明确说过：“我当然不反

---

1 胡秋原：《真理之檄》，《文化评论》创刊号。
2 苏汶：《关于〈文新〉与胡秋原的文艺论辩》，《现代》1932 年 7 月 1 日第 1 卷第 3 期。

对文学作品有政治目的”，但“重要的是，这政治目的要出于作者自身的生活的认识和体验，而不是出于指导大纲”。他反对“官方批评家好用意识正确不正确这论点来评衡一般的作品”，“反对那种无条件的当政治留声机的文学理论，反对干涉主义”。[1] 这里表明，“第三种人”苏汶并不回避从政治角度看文学，并不反对文学有政治目的，但他所持的自由主义立场与左翼作家坚持的“无产阶级革命”立场之间显然是有分歧的。

这种政治立场的不同，就使尽管都不回避从政治角度看文学的二者之间在一系列问题上，哪怕是一些很细小的文学问题上，都会产生对立的观点。例如，在大众化问题的讨论中左翼作家提出，可以而且应当利用包括连环画在内的大众文艺的旧形式，“普罗文艺所要写的东西应当是旧式体裁的故事小说、歌曲小调、歌剧和对话剧等，因为识字人数极端稀少，还应当运用连环画这一形式”。[2] 提出运用连环画这一形式，目的很明确，是给识字稀少的人看的，这牵扯不到文学的大是大非问题，但在“第三种人”那儿，尖锐对立的观点马上就出现了，苏汶认为，“这样低级的形式”产生不出“好作品”，“连环画是产生不出托尔斯泰，产生不出弗罗培尔的”，并指责说，“终于文学不再是文学，变成连环

1　苏汶：《论文学上的干涉主义》，《现代》1932 年第 2 卷第 1 期。
2　史铁儿（瞿秋白）：《普洛大众文艺的现实问题》，《文学》1932 年 4 月 25 日第 1 卷第 1 期。

画之类，而作者不再是作家，变成煽动家之类”。[1] 左翼作家原本也并没有说要将连环画弄成艺术品，只不过作为启发教育民众的工具，但当苏汶以能否成为艺术品来非难左翼作家时，茅盾等左翼作家便索性在坚持认为连环画“是最厉害最普遍的‘民众教育’的工具”的同时，坚称“连环画这一种形式，如果巧妙地应用起来，一定能够成为大众文艺最有力的作品”。而且“无论在图画方面，在那文学方面，都可以演进成为艺术品！而且不妨说比之德国的连环画还要好些”。[2]

鲁迅在大众化问题讨论初期，对于“设法俯就”，“迎合大众化，媚悦大众”的做法原是有所警惕的，[3] 但在与“第三种人”发生有关连环画问题的论争时，他分明意识到了，一种哪怕是微不足道的具体的通俗文艺形式，肯定与否定的背后是一个政治立场的问题，即站在无产阶级“大众文学”的立场说话，还是站在资产阶级“艺术至上”的立场上说话的大是大非问题。自鲁迅参加“左联”以后，鲁迅的政治立场始终是站在左翼革命作家一边的，他的言说也往往融入到了 30 年代左翼强势话语众声部之中。他对连环画问题发表了很明确的意见：连环画“可以产生出密开朗该罗，达尔文那样伟大的画手。而且我相信，从唱本说书里是可以

1 苏汶：《关于〈文新〉与胡秋原的文艺论辩》，《现代》第 1 卷第 3 期。
2 茅盾：《连环画小说》，《文学月报》1932 年 11 月第 1 卷第 5—6 期。
3 鲁迅：《集外集拾遗 · 文艺的大众化》，《鲁迅全集》第 7 卷，人民文学出版社 1981 年版，第 349 页。

产生托尔斯泰，弗罗培尔的”。[1]

茅盾、鲁迅上述对一种具体的通俗文艺形式的看法，表明了一种政治立场，也很像是一种政治的表态。左翼作家与“第三种人”双方在一种小小的文艺形式上观点的对峙，明显包含了基于各自的政治立场而产生的政治情绪在内。“第三种人”的这种与“无产阶级文学”分庭抗礼的政治立场，终于使他们此后明确打出了“小资产阶级革命文学之旗”。以反“政治化”为开端的“自由人”“第三种人”，最终在论争中显示出了更明确的政治化色彩。

三

政治立场之重要，在30年代文学论争中是显而易见的，而对“立场”的定性，有时却又显得简单化。

当时左翼作家在给论争对手做政治立场的定性时，一条重要的依据就是其与“官方”的关系。王平陵曾说：“鲁迅先生惯用一句刻毒的评语，就是骂人是代表官方说话。”[2]这是针对鲁迅在《官话而已》一文中指称王平陵“但看他投稿的地方，立论的腔调，

1　鲁迅：《南腔北调集·论“第三种人”》，《鲁迅全集》第4卷，人民文学出版社1981年版，第441页。

2　王平陵：《骂人与自供》，转引自鲁迅：《准风月谈·后记》，《鲁迅全集》第5卷，人民文学出版社1981年版，第409—410页。

就明白是属于‘官方’的”。[1]王平陵对此很敏感,且认为“刻毒”,是因为他深知其背后的政治定性。事实上,是否代表“官方”,这在当时,确已成为鲁迅等左翼作家划分论争对手政治性质的一条界限标准。这种标准,其实质,就是看论争对手的政治立场,然后由其政治立场来评判其言论的对与错。

30年代的一些笔墨官司,似乎可以从这方面找到某种解释。例如,当时左翼阵营对施蛰存《文学之贫困》一文的责难,据施蛰存讲,他在30年代并未提倡“纯文学”,而只是在《文学之贫困》一文中认为,“‘文学’的范畴应当宽一点,不要以为只有小说、诗、戏剧才是文学,因为当时文学青年的文学观念太狭小,所见所读的面不广,当时的责难,其实是因为我这篇文章发表在国民党办的《文艺先锋》,倒并不重在该文的内容”。[2]也就是说,在“官方”的刊物上发表文章,被看成了一种政治表态,其“立场”被视为站到了“官方”。

又如,当时鲁迅对赵景深翻译理论的批评,据赵景深讲,他当时“并不是反对鲁迅所译的科学文艺理论”,相反,他“在《文学概论》和《文学概论讲话》中都大量引用过鲁迅译蒲力汗诺夫的《艺术论》”。赵景深认为,“恐怕鲁迅不仅仅是由于翻译问题

1　鲁迅:《伪自由书·不通两种》,《鲁迅全集》第5卷,人民文学出版社1981年版,第22—23页。

2　杨义:《〈中国现代小说史〉书简录》,《新文学史料》1991年第4期。

而批评我，而是由于我有一次在国民党政府的一个宴会上说错了话而批评我”。[1]也就是说，鲁迅批评赵景深的“翻译”理论，其背后是在于其站在“官方”立场上讲话。施蛰存、赵景深这两位当事人对当年一些论争的分析，也许并不全面，但这也不失为一种可供参考的解释。

同样简单化的思维，类似的情况，在左翼外作家那里也存在着。例如，梁实秋批评鲁迅的“硬译”，其背后包含着对鲁迅翻译“普罗文学”理论的不满。梁实秋在《文学是有阶级性的吗？》里明白表示了他“现在批评所谓无产文学理论”的立场，故而，他对译介无产文学理论的文字的反感也就变得好理解了。鲁迅一针见血地指出，梁实秋的不满是在于“梁先生以为无产者文学理论的错误，是‘在把阶级的束缚加在文学上面’”，这与他“文学就是表现这最基本的人性的艺术”的观点是相对立的。[2]鲁迅的翻译历史非常久远，梁实秋此前并未对鲁迅的翻译文字进行过任何批评，而当鲁迅30年代初将翻译重点放在“普罗文学”理论上时，梁实秋的指责便随之而来，梁实秋在《论鲁迅先生的“硬译”》一文中说：“鲁迅先生前些年翻译的文学，例如厨川白村的《苦闷的象征》，还不是令人看不懂的东西，但是最近翻译的书似乎

1　赵景深：《鲁迅给我的指导、教育和支持》，《新文学史料》1978年第1辑。

2　鲁迅：《二心集·“硬译”与“文学的阶级性”》，《鲁迅全集》第4卷，人民文学出版社1981年版，第203页。

改变风格了”。所谓“改变风格”，是指鲁迅译了一些“比天书还难”的无产文学理论，如卢那卡尔斯基的《艺术论》《文艺与批评》等俄苏理论著作。这才是问题的实质。鲁迅就曾针对这一点表示，“我的译《苦闷的象征》，也和现在一样，是按板规逐句，甚而至于逐字译的”，即前后并未“改变风格”。[1] 梁实秋指认鲁迅翻译风格改变，并对这种“硬译”风格的指责，其实是针对鲁迅翻译的内容以及这种内容选择所体现的政治立场的变化而来的。

如此来看30年代文学论争中的评价标准，其相对性、不确定性的特征是显而易见的。评价标准的不确定性常常表现为因时而异和因人而异。所谓因时而异，主要是指人们评价事情对与错的标准常常是按形势发展的需要来确定的。同样的事情，在不同时间里，有可能得到不同的评价。例如，1933年9月，施蛰存应《大晚报》的编辑之约，向文学青年推荐《庄子》与《文选》，“为青年文学修养之助”。而当时在当局的推波助澜下，社会上正涌动着一股复古的逆流，正因为如此，施蛰存的做法理所当然地遭到了鲁迅、茅盾、曹聚仁等左翼作家的批评，被指责为是守旧行为。对这些批评，施蛰存曾认识到：“因为当局者正在运动这反动潮流，故对于我在这时候介绍这两本书表示不满，这意见我是诚心接受

1　鲁迅：《二心集·“硬译”与“文学的阶级性”》，《鲁迅全集》第4卷，人民文学出版社1981年版，第200页。

的。”[1]但当1935年郑振铎将《庄子》与《颜氏家训》列为《世界文库·中国之部》的书目时，施蛰存又发表了《“不得不读”的〈庄子〉与〈颜氏家训〉》一文，发牢骚道：“去年在我这里倒了霉的《庄子》与《颜氏家训》，今年倒在别人家里走起红运来，成为‘不得不读之重要名著’了。”[2]施蛰存的牢骚包含了他自认为的委曲，但他忽略了这样一个事实：同样的问题因其提出的时机的不同，可能会带来效果上的本质性差异。因时而异的评价标准，其根源在于那样一个政治形势多变的时代环境。

所谓论争中评价标准的因人而异，则主要是指，相同或类似的观点，因不同人的提出，所得的评价也会不同。例如，有关文学写什么的问题，梁实秋在发表于1928年的《文学与革命》一文中说道：“在革命的时代不见得人人都有革命经验（精神方面的生活也是经验），我们决不能强制没有革命经验的人写‘革命文学’。文学的创作经不得丝毫的勉强。”[3]几年以后，苏汶在《“第三种人”的出路——论作家的不自由并答复易嘉先生》一文中说道：“武器的文学虽然是现在最需要的东西，但如担当不起的话，那便可以担任次要的工作”，“只要作者是表现了社会的真实，没有粉饰的真实，那便即使毫无煽动的意义也都决不会是对于新兴阶级的发

1　施蛰存：《〈庄子〉与〈文选〉》，《申报·自由谈》1934年10月8日。
2　刘炎生：《中国现代文学论争史》，广东人民出版社1999年版，第369页。
3　梁实秋：《文学与革命》，《新月》月刊1928年6月10日第1卷第4号。

展有害的，它必然地呈现了旧社会的矛盾的状态，而且必然地暗示了解决这矛盾的出路在于旧社会的毁灭，因为这才是唯一的真实”。[1]这两段话就其基本观点而言，无疑是正确的。但二人的这些观点在当时并未得到应有的关注和肯定。同样的意思，鲁迅也曾在多处谈到过。鲁迅曾发表过许多类似的见解。鲁迅曾说过，作家创作，“能写什么就写什么，不必趋时”。与其去写自己不熟悉的、缺少情感体验的“大时代冲击圈内”的生活，“把一些虚构的人物使其翻一个身就革起命来”，还不如就写自己所“熟悉的小资产阶级的青年”的生活，揭示小资产阶级青年“在现时代所显现和潜伏的一般弱点”，对于大时代同样是重要的。[2]文学作品表现“义勇军打仗，学生请愿示威”等等，“这当然是最好的”，作为文学作品的题材，“但不应这样狭窄”，而应该更“广泛到包括描写现在中国各种生活和斗争的意识的一切文学”。[3]应该看各个作家的具体条件，作家“倘不在什么旋涡中，那么，只表现些所见的平常的社会状态也好”[4]，“其实只要写出实情，即于中国有益”[5]。鲁迅的这些观点和见解与上述梁实秋、苏汶的观点和见解非常相似，

1　苏汶：《“第三种人”的出路——论作家的不自由并答复易嘉先生》，《现代》第1卷第6期。

2　鲁迅：《二心集·关于小说题材的通信》，《鲁迅全集》第4卷，人民文学出版社1981年版，第367—369页。

3　鲁迅：《且介亭杂文末编·论现在我们的文学运动》，《鲁迅全集》第6卷，人民文学出版社1981年版，第591页。

4　鲁迅：《书信·350204致李桦》，《鲁迅全集》第13卷，人民文学出版社1981年版，第45页。

5　鲁迅：《书信·340125致姚克》，《鲁迅全集》第12卷，人民文学出版社1981年版，第328页。

虽然鲁迅说得比他们更深刻、更透彻，但由于出自不同作家，鲁迅的这些见解，并未遭到任何非议，相反，得到了许多左翼作家的首肯与认同。相比之下，梁实秋、苏汶在表述上述观点时，非但未得到左翼作家的肯定，反而被一些左翼作家指认其动机是反对革命文学、反对文学作为无产阶级的工具等等。

这种因人而异的评价标准之所以会出现，关键还在于文学论争和文学批评者们，在评判一些具体文学观点时，其关注的重心常常不是观点本身的正确与否，更重视的是说话人整体的政治态度和政治文化立场。

30 年代文学与政治文化之关系，最显性地反映在文学论争和文学批评中。与其他许多年代的文学论争和批评相比，30 年代文学论争和批评的最显著的特点也许正在于这种政治文化色彩，即在 30 年代的文学论争和批评中，各派所依据的常常是其政治文化立场，而文学自身的要求则往往被隐去了。其间，倍受重视的是说话人的政治态度，站在何种立场上讲话，是论争和批评各方最为关注的。这里，我们通过分析 30 年代重要文学论争和批评中各方的政治态度、政治情绪和成为某种惯性的政治化思维，以及这些因素到底在多大程度上，到底以什么方式，最终支配着文学论争各方的行为以及导致了论争的过程和结果，由此不仅突现了 30 年代文学论争的一些基本的和重要的特征，而且多少找到了这些特征得以形成的重要根源。

第四章　普遍的政治文化心理对文学的导向

政治文化虽然不同于明确的政治理念，也不同于现实的政治决策，但政治理念和现实政治决策在人们心里的投影，以及由之而形成的某种社会文化心理，却是政治文化的重要内容之一，它深藏在人们心中，并潜移默化地支配着人们的行为方式。就文学言之，这种社会文化心理如何左右、支配着人们对待文学的态度，并制约了文学特点的形成，是我们研究文学与政治文化之关系时所必须给以关注的重要方面。

第一节　政治文化心理导致的特殊的阅读需求

一

20 世纪 30 年代是多头政治尖锐对立、冲突的时代，国民党虽然在“四一二”后掌握了政权，取得了统治地位，但由于他们在事实上并未能调合权力主体与权力客体的关系，各种“反权力政治文化”在公众对于权力政治文化的普遍不满中迅速增长。因此，从政治文化的角度看，30 年代“政治文化的社会形态模式”，应是属于“非整合模式”。“非整合模式指同一政治体系下的社会成员对官方政治概念、政治价值取向以及政治操作方式普遍缺乏认同感”，而且“由于腐败是社会固有的和普遍的现象，又由于普通民众付出代价过高，因此下层对上层充满了报复心理，并且一遇机会就会付诸行动”。“国家虽然极力用暴力手段压服民众的反抗，或以‘恩威并重’的手段分化民众，涣散他们的斗志，但效果并不显著，社会成员的精神共识、国家观念、整体思想仍是异常淡漠”，与之相反，“他们的政治取向多倾注于次级国家组织”及“亚政治文化”团体的“认同”上。[1] 而 30 年代最主要的“次级国家组织”当推中国共产党，30 年代最主要的“亚政治文化”

1　孙正甲：《政治文化》，北方文艺出版社 1992 年版，第 55—56 页。

团体当推包括“左联”在内的左翼文化群体，因此，在30年代共产党能获得民众的普遍同情，左翼各文化群体能获得民众的普遍支持，绝不是偶然的。这种政治取向与其说是一种明确的政治理念，不如说是由对政府的失望而导致的一种政治情绪。

30年代许多文学青年最初都是源于对“大革命”失败后的政治形势而形成了特殊的政治心理，并最终导致在观念上接受无产阶级意识、接受革命文学的观念。虽然政治心理仍然是人的非理性意识，仍是非规则性思维领域，它充斥着盲点、盲动、冲动、下意识。但在这种心理支配下，它就有可能耐心接受客观世界各种政治观念信息，从而使自己的心理由无序走向有序，由非理性政治心理化作理性的观念形态。这也许正是30年代左翼文学创作和文学批评文字得以盛行的重要的政治文化基础。

“大革命”后，在民众中，尤其是在许多的青年中普遍产生了一种不满的情绪，或者说是一种“政治焦虑”，一种政治的郁积。这种焦虑或郁积总要找寻某种释放和排解的渠道，而进步书籍尤其是进步文艺作品就在很大程度上承担起了这种渠道的作用。

“语言、声音、文字，在它们作为一般抽象物的时候，并无政治文化意义，但当他们与某种特定的政治心理联系在一起的时候，就会成为政治文化的外延”，人们“以内心评判、内心体验等隐含形态存在的政治情感内涵”，来“操作着不同的语言、声音、文字”，“迫使它们沿着特定的‘思维峡谷’行走，以致形成特定的思维外在表现形式”。[1]而30年代，左翼的、进步的书籍和文艺作品在很大程度上就是这种与某种政治心理联系在一起的语言文字，它以其内含的政治情感赢得了30年代公众，尤其是青年的共鸣，而备受青睐。人们心中普遍蕴蓄的“政治焦虑”在对左翼和进步文艺作品的共鸣性阅读中得到了“审美性置换”。

正因为如此，30年代民众，尤其是青年，对进步文艺的关注，便几乎是空前的。30年代普遍的文学期待是与当时特定政治文化语境下人们的政治心理紧紧联系在一起的。普遍的政治文化心理正是以普遍的文学期待和阅读需求的形式对文学的生成和发展起着制约和导向的作用的。

二

30年代的文学阅读，很大程度上是普遍的政治文化心理在起着支配作用。30年代民众的政治取向，尤其是知识青年们的政治取向，通过他们对书籍的阅读状况是可以窥其一斑的。

1934年一位叫大卫·威拉德·莱昂的外国人曾对中国人的读书习惯做了一个调查，他把1934年北京图书馆借阅得最多的外国作品译本做了统计，最后发现，“在十一种借阅最多的一般书

1　孙正甲：《政治文化》，北方文艺出版社1992年版，第84—85页。

籍中，有六部是关于共产主义理论的，其中包括布哈林、恩格斯、马克思及研究俄国五年计划的著作，其他五种为：CF. 安德鲁《甘地传》，M. 比尔《古代社会斗争》，《国际联盟李顿调查委员会报告书》，《十九人委员会关于中日纠纷调查报告》及《田中奏折》”。[1]而从文学的阅读来看，当时“许多人都要读新一代俄罗斯作家作品，尽管这种作品大部分被查禁，只能在朋友之间偷偷传阅一些残旧的本子。奥格涅夫的《一本共产党学生的日记》和柯伦太夫人的《赤恋》同革拉特柯夫的《士敏土》以及伊凡诺夫和皮涅克的作品流行得最为广泛。1928—1929 年间，在左翼文艺运动正式开始的时候，大约有一百种俄罗斯作品被译成中文。普列汉诺夫和卢那察尔斯基是在中国最有影响的文艺批评家”。[2]

上述虽然仅是对外国译本阅读的调查，但也多少能说明一定的问题。这种阅读偏爱中无疑包含了读者们的政治关怀和政治价值取向。

30 年代左翼革命文学之受到最广泛的欢迎，是一个不争的事实。据一位 30 年代的读者回忆：“正当我耽读俄罗斯和其他外国作家的作品时，也受到了左翼文艺运动的猛烈冲击。”“鲁迅主编的《萌芽》和蒋光慈、钱杏邨主编的《拓荒者》”以及“一大批发表革命文学作品的刊物，如《北斗》《大众文艺》《文学月刊》等”

1　尼姆·威尔斯：《活的中国·附录一：现代中国文学运动》，《新文学史料》1978 年第 1 辑。
2　尼姆·威尔斯：《活的中国·附录一：现代中国文学运动》，《新文学史料》1978 年第 1 辑。

都是很受欢迎的。而“一些出自革命作家手笔的作品，……在青年学生中简直风靡一时”。“至于《子夜》，听说因为登了出版预告，正式发售那天，读者一大早就在上海开明书店门前排起长队”，“盼望尽早买到它的焦灼心情，使我一连好几天都去跑那家熟悉的书店，终于买到手了，就在深夜里趁同寝室的同学都入睡了，才独自起床，悄悄地靠着走廊的一根柱子，凑近一盏路灯的微光，贪馋地读着，读着，的确是一种如饥似渴的样子”。[1]类似这样的阅读偏好，在30年代的读者中是比较普遍的，还有一位30年代的读者这样回忆：“现在我不得不承认，我那时对于国内新作家，只爱看鲁迅、茅盾、蒋光慈等人的小说。”[2]

像鲁迅、茅盾这样的大作家的作品受欢迎的程度自不必说了。例如，鲁迅曾在给友人的信中谈起自己的作品《准风月谈》的销路情况，该书最初“是几个小伙计私印的”，但很快“一千本已将卖完”；[3]“新出的一本，在书店的已售完，来问者尚多”；[4]于是又在“三四天内”“印好”“再版”本。[5]鲁迅的《二心集》也是如此，“出版后，得到读者欢迎，旋即告罄。同年十一月再版，又销售一空。

1 王西彦：《船儿摇出大江》，《新文学史料》1984年第2辑。
2 马宁：《左联五烈士别记》，《新文学史料》1980年第1期。
3 鲁迅：《书信·350126致曹靖华》，《鲁迅全集》第13卷，人民文学出版社1981年版，第32页。
4 鲁迅：《书信·350312致费慎祥》，《鲁迅全集》第13卷，人民文学出版社1981年版，第77页。
5 鲁迅：《书信·350319致萧军》，《鲁迅全集》第13卷，人民文学出版社1981年版，第86页。

翌年一月又出第三版，八月又出第四版”。[1] 由此可见鲁迅作品热销之一斑。茅盾的《子夜》，其“热”的情况也是一样，瞿秋白曾在《子夜与国货年》一文中把 1933 年称为“子夜年”。“《子夜》出版后三个月内，重版四次；初版三千部，此后重版各为五千部；此在当时，实为少见”。[2]

鲁迅、茅盾作品的盛行，自然是由于其内容和艺术的双重原因，但在 30 年代，事实上即使是在艺术上并不高明，而只要在思想上激进的革命文学的作品，也能大为流行。例如蒋光慈等人的作品，在艺术上说不上有多少高明之处，但其流行程度不亚于鲁迅、茅盾。据郁达夫 1933 年所说，“在 1928，1929 以后，普罗文学就执了中国文坛的牛耳，光慈的读者崇拜者，也在这两年里突然增加了起来”，“同时他那部《冲出云围的月亮》在出版的当年，就重版到了六次”，“蒋光慈的小说，接连又出了五六种之多，销路的迅速，依旧和 1929 年末期一样”。[3] 郁达夫早在 1928 年 2 月 13 日的《日记》中，就曾谈起过当时读最初的革命文学作品的感想：“回来把杨邨人的小说集《战线上》读了。虽系幼稚得很的作品，但一种新的革命气氛，却很有力的逼上读者的心来，和钱杏邨的《革命的故事》一样，有时代的价值的……幼稚病不足

1 周国伟：《略述鲁迅与书局（店）的关系》，《出版史料》1987 年第 7 期。
2 茅盾：《我走过的道路》（中），人民文学出版社 1984 年版，第 122 页。
3 郁达夫：《光慈的晚年》，《现代》1933 年 5 月第 3 卷第 1 期。

为他们的病，至少他们已经摸着了革命文学及内部暴露的路了。”[1] 在20年代末、30年代初出现的一大批革命文学作品，其中多数在艺术上显得幼稚，但却因为广大读者欢迎，所以能屡次重印，成为风靡一时的畅销书。

由此可见，左翼革命文学受到读者热烈欢迎，主要是由于其普遍的政治文化心理导致的文学需求所造成的，而艺术并不是最重要的原因。普列汉诺夫曾经在谈起法国大革命时期的文学需求时说过，“当时的理想是要求公民为了公共的利益不断地努力工作，以致真正的审美的需要不可能在他们的精神需要总和中占很大的地位。这个伟大的时代，公民最赞美的是行动的诗，是公民的勋业美。这种情况有时候使法国‘爱国者’的审美判断具有相当独特的性质”，“这就是说，当时的公民”，“对于那些不是以他们所珍视的某种政治思想为基础的艺术作品是漠不关心的，或者差不多是漠不关心的”。[2] 这段话也部分地适用于中国30年代的文学需求。30年代左翼革命文学之所以受欢迎，就是因为它们较多地表达了“公众所珍视的政治思想”，在最大程度上顺应了公众的政治取向以及由此形成的社会心理。

30年代许多读者从作品中所要求得到的主要不是审美的享受，而更多的是一种政治情绪的宣泄，而这种要求，他们在左翼

---

1 转引自《东海》1979年第3期。
2 《普列汉诺夫美学论文集》第1卷，人民出版社1983年版，第494—495页。

革命文学中也确实得到了。一位30年代的青年读者这样说起过蒋光慈等革命作家的作品对他的吸引:“大革命失败后，我经历这样一个猛烈的转折，真是说不出迷茫的郁闷”，“因为一个偶然的原因，认识了一位同学的哥哥。他在邮局工作，经常把邮局扣押下来的一些上海出版的杂志和书籍悄悄带回家来，主要是创造社的杂志和蒋光慈、郭沫若……的一些作品。我就从他那里借了一些，整天埋头读了起来。这时，我才开始发现了一个文学的新大陆”，“蒋光慈的《少年漂泊者》使我感动得落下泪来”。[1]还有一位30年代的读者谈起过《山雨》《子夜》“受到广大读者的热烈欢迎”的原因，是“在我们眼睛里，这两部作品都是足以显示30年代初期革命文艺运动的创作成果的”，它们因“反映当时农村和城市的斗争生活”而“成为我们一些青年读者议论的中心”。[2]

读者的普遍政治心理，在30年代的文学阅读中起了一种支配性的作用，这大大便利了左翼革命文学作品的广泛传播，造成了左翼革命文学的盛行。

三

不能小看读者的阅读需求对文学发展的制约作用。尤其是30

1 荒煤:《伟大的历程和片断的回忆》,《人民文学》1980年第3期。
2 王西彦:《回忆王统照先生》,《新文学史料》1979年第3辑。

年代，在特殊的政治文化语境之下，文学在传播政治文化中有着特殊的作用，统治者当局势必以种种文艺政策来对之加以管制，而正是由于这种文艺政策与普遍的阅读需求相去甚远，因而在事实上它的效力大大受到了削弱。

30年代，国民党当局曾以大量人力和物力的投入，扶持官方文艺团体和文学运动，其直接的结果是“民族主义文艺运动”的推出。“民族主义文艺运动”曾以雄厚的官方资金投入为后盾，在短短的时间内出了一大批印刷、装帧都不可谓不精良的刊物。然而“民族主义文艺”的命运却并不佳，其重要原因之一是广大读者的态度，用鲁迅的话说，“盖官样文章，究不能令人自动购读也”。[1] 尽管“民族主义文艺”在开张时大轰大烈、颇具声势，但因其不是以读者“所珍视的政治思想为基础”的，故而广大读者对其的态度是“漠不关心，或差不多是漠不关心的”。其结果是，才一年多的时间，“民族主义文艺”便偃旗息鼓了。

与此相反，左翼革命文学虽然遭到了国民党当局的严厉查禁，但因为广大读者对左翼革命文学作品的偏爱，国民党的查禁令的效力往往因此而得到消解，所以左翼文学是屡禁而不止，诚如茅盾所说：“国民党反动派对左翼文艺的大举‘围剿’，其结果与他

1　鲁迅：《书信·310123致李小峰》，《鲁迅全集》第12卷，人民文学出版社1981年版，第34页。

们的愿望正相反，革命文艺更加深入人心了！”[1]

过去，我们在论及30年代反文化“围剿”取得成功的原因时，往往忽略了读者需求这一重要因素。何以国民党统治当局对左翼文艺的“围剿”，反而成了“革命文艺更加深入人心”的契机？这当然与当时读者的普遍的阅读心理有关。

这种心理主要体现在两个方面，一是逆反心理，二是猎奇心理。所谓逆反心理，主要是指人们普遍存在着对国民党统治当局的不满情绪，这就使他们在面对国民党统治当局施行的一切方针、政策和政府行为时采取一种抵触、对立和违逆的态度，当局以为是的，他们往往以为非，而当局以为非的，他们倒往往反而以为是。这体现在文学作品的阅读上，便是国民党当局支持的“民族主义文学”作品，人们偏偏不读，而国民党严令查禁的左翼革命文学的作品，人们反倒偏要找来看一看。施蛰存就曾指出过，“一切文学作品，越是被禁止的，青年人就越要千方百计找来看”。[2]

这种逆反心理还体现在读者对被国民党当局通辑、拘捕的作家所持的特别兴趣上。例如丁玲的《母亲》，原计划写成三部曲，仅完成了第一部，便被国民党当局逮捕，第一部只写了“她母亲从大家庭里走出来完成她的学习”，但当良友图书公司“将这部未完成稿编入《良友文学丛书》出版”后，“立即成为《良友文

1　茅盾：《我走过的道路》（中），人民文学出版社1984年版，第235页。
2　施蛰存：《戴望舒译诗集·序》，《戴望舒译诗集》，湖南人民出版社1983年版，第2页。

学丛书》中的最畅销书。第一版印四千册，一个月销光，十月和十二月各再版二千册，这在当时书业界简直是个奇迹”。而这奇迹出现的原因正是“社会上都知道作者已失踪被捕”。[1]这种读者在文学阅读中普遍存在的逆反心理，无疑给高压之下的左翼革命文学助了一臂之力。

而所谓猎奇心理，则主要是指人们对那些不易读到的出版物所持的特有的好奇心，越是不易读到，便越是想弄来读一读。茅盾曾经指出过，“中国历史上的记载：中国人有喜读禁书，偷读禁书，千方百计购买、传抄禁书的传统。只要这禁书是说出了大家心中的话，文网虽严而且密，亦无奈禁书何”。[2]30 年代国民党当局对进步书刊的查禁，在某种意义上可以说是促成了许多读者这种好奇心的产生，同时也在无形中为这类书籍做了广告。

正是由于普遍的逆反心理和猎奇心理，造成了公众对被禁左翼革命文学的旺盛的阅读需求，国民党当局的任何严厉的查禁在这种阅读需求面前都只能是显得软弱无力，这是连国民党当局也不得不承认的客观事实。国民党中央宣传委员会 1934 年召开了全国文艺宣传会议，在其《文艺宣传会议录》中，他们不得不承认，禁书的结果是“愈禁愈多”，“而本会之禁令，反成为反动文艺书

1　赵家璧：《重见丁玲话当年——〈母亲〉出版的前前后后》，《编辑忆旧》，三联书店 1984 年版，第 87 页。

2　茅盾：《我走过的道路》（中），人民文学出版社 1984 年版，第 26 页。

刊最有力量的广告，言之殊为痛心”。[1]

当然，他们不可能也不愿意去真正了解其中的原因，倒是蒋梦麟曾在谈到30年代文艺为左翼所左右的状况时说过一些耐人寻味的话：“我国文艺发展到这种趋势，政府方面因不懂得本国社会日趋没落的背景和国际巧妙精密的阴谋，故只用两个简单的办法去应付：一个办法是禁封书局、抓人。结果愈禁，人家愈要看……，另一个办法是自己来创造文艺，但这种作品，由于政府自己对社会上各种问题负有责任，病者讳疾，而且和广大的民众脱了节，对于社会不满的情绪，知之不深，觉之不切。因此，我们的文艺作品都是些不痛不痒的东西。”[2]

四

由于公众对遭禁的左翼革命书籍有着旺盛的阅读要求，因此，在30年代便出现了盗印、翻版被禁革命文学书籍非常盛行的现象。据华通书局出版的《中国新书月报》第二卷上统计，1932年调查所得的翻版书就有二百零一种之多。其中有为数不少为国民党当局查禁的书籍，其中鲁迅、茅盾、蒋光慈等人的作品为最多。

翻版书就其本质而言，是一些书商出于赢利目的而盗印、翻

1 《文艺宣传会议录》（藏于南京图书馆旧期刊部），第99页。
2 蒋梦麟：《谈中国新文艺运动》，转引自刘心皇：《现代中国文学史话》，台湾正中书局印行。

版已经正式出版的畅销书，这对作者和出版人的合法权益构成了侵犯。而且有些是属于“恶意”翻版，即为了牟利，不惜欺骗读者，将许多书刊挂上蒋光慈、鲁迅等进步作家的名字做招牌，或将原书随意删节，或张冠李戴拼凑成书。[1]但也有许多翻版在很多情况下是可以称为“善意”翻版的。在30年代特殊的政治文化语境之下，这种翻印左翼作家被查禁的书刊的行为，首先在最大程度上满足了广大读者喜读禁书的阅读需求，客观上消解了国民党当局的查禁令，从而在事实上为传播左翼革命文学起到了积极的作用。因此，许多革命作家对这种翻版、盗印的行为不仅不反感，反而在有意无意中持欢迎的态度。

鲁迅曾在给友人的信中多次高兴地说起自己著作被翻印的情况：“《准风月谈》一定是翻印的，只要错字少，于流通上倒也好；《南腔北调集》也有翻版。”[2]“《南北集》翻本，静兄已寄我一本，是照相石印的，所以略无错字，纸虽坏，定价却廉，当此买书不易之时，对于读者也是一种功德，而且足见有些文字，是不能用强力遏止的。”[3]

茅盾也说起过，《子夜》遭删后，便有进步华侨以“救国出版社”的名义，“特搜求未遭删削的《子夜》原本，从新翻印”，并公开

1　参见唐弢：《晦庵书话》一书中《翻版书》《再谈翻版书》等篇，三联书店1980年版。
2　鲁迅：《书信·350207致曹靖华》，《鲁迅全集》第13卷，人民文学出版社1981年版，第46页。
3　鲁迅：《书信·340619致曹靖华》，《鲁迅全集》第12卷，人民文学出版社1981年版，第460—461页。

在正文前加了一篇《翻版序言》，宣称，“天才的作品，是人类的光荣成绩，我们为保卫这个成绩而翻印本书，想为尊崇文艺、欲窥此书全豹的读者们所欢迎的罢”。[1]这种翻版，其出发点或许已经不完全是出于商业的考虑了。

因此，30年代，不管出于什么考虑，翻版遭禁的左翼革命文学书籍，从客观上讲，对广大的读者而言，都无疑是一件功德无量的事。因此，与通常版权页上所印的“版权所有，翻印必究”等语相反，有作家干脆在书籍的版权页上印上“有人翻印，功德无量”八个字。[2]翻版书客观上在反对国民党当局对左翼革命文学的“围剿”方面有积极的意义，说到底，翻版书得以存在并能盛行，最终仍是读者普遍的政治文化心理的导向，以及由之形成的倾向明显的阅读要求在起着支撑的作用。

30年代左翼革命文学之所以能主宰文坛，固然有所谓“红色的三十年”这一国际背景，但这种读者层中由普遍的政治文化心理的导向而形成的阅读需求却是最根本的原因。诚如鲁迅曾反复指出的那样:“革命文学之所以旺盛起来，自然是因为由于社会的背景，一般的群众，青年有了这样的要求”；革命文学“实在具有社会的基础”。[3]虽然革命文学遭到了国民党当局的查禁和迫

1　茅盾:《我走过的道路》(中)，人民文学出版社1984年版，第234—235页。

2　唐弢:《晦庵书话》，三联书店1980年版，第86页。

3　鲁迅:《二心集·上海文艺一瞥》,《鲁迅全集》第4卷，人民文学出版社1981年版，第296—297页。

害，“但一大部分革命的青年，却无论如何，仍在非常热烈地要求，拥护，发展左翼文艺”。[1]

第二节 政治化阅读需求对创作和办刊的导向作用

一

文学作为一种特殊的商品，它也是由生产、流通和消费三个要素构成的。就生产而言，它的主体是作家的创作；就流通而言，它的主体是出版商的经营操作；就消费而言，它的主体是读者的阅读。正如一切商品的命运都最终取决于消费一样，文学的能否发展，能否盛行也取决于读者的阅读需求。30 年代，在普遍的政治文化心理影响之下所形成的读者的阅读需求，确实对文学的发展起了重要的导向作用，这种作用突出体现在对作家的影响和制约上。

“广大的读者，他们虽然不能把自己的意志强加给作家，但正是在他们中间，作家的作品通过阅读”而得以“流传出去”。[2]

1 鲁迅:《二心集 · 黑暗中国的文艺界的现状》,《鲁迅全集》第 4 卷，人民文学出版社 1981 年版，第 288 页。
2 ［法］罗 · 埃斯卡皮:《文学社会学》，王美华、于沛译，安徽文艺出版社 1987 年版，第 132 页。

因此，任何一个作家，他都不能真正无视读者的存在。30 年代就曾有作家认为，“这年头，专门作一个文学家是太不容易了，尤其是在中国。物质方面，你得受尽出版者的剥削，思想方面，你得受统治者和读书界的双重支配。你时常会感到生活的困苦和精神的不自由。生活的需要使你不得不搜尽枯肠，尽量地写作，同时你得时时顾虑到出版者要什么货色，时时顾到读者的脾胃，有时还得顾虑到什么是不犯官禁的”。[1] 不管作家如何评价读者对于作家影响的意义，但在当时，大多数作家分明还是感到了来自读者的压力。而这种压力在事实上会对作家的文学选择或多或少地起着制约作用。

诚如杰弗里·巴勒克拉夫所指出的那样，“没有谁会否认个人有选择某些行为方式的自由。但是，事实也证明，这种选择的自由是有条件的，受到外部具体环境和固有的态度和价值观念的制约”。[2] 30 年代文学选择之受读者态度和价值观念制约的事实，连一贯以为文学乃是少数人的事情的梁实秋也不能不承认，他指出,“民众虽不能估定作品的价值,但却能规定文学作品的市价”。[3] 一个作家虽然可以有自己独立的艺术追求，可以在作品中旁若无人地尽情地说自己想说的东西，但如果他要以写作为生，要求得

1　张友松:《我的小说的译作的经验与理解》，郑振铎、傅东华编:《我与文学》，生活书店 1934 年版，第 292 页。

2　[英]杰弗里·巴勒克拉夫:《当代史学主要趋势》，杨豫译，上海译文出版社 1987 年版，第 83 页。

3　梁实秋:《文学批评辨》,《古典的与浪漫的》，台北 1965 年版，第 108 页。

生存，他就不得不兼顾文学作品的生产与流通的关系，不得不关注能决定作品“市价”的社会心理和读者的阅读需求，他必须在艺术和读者之间找寻一条通道，有时即使“牺牲”艺术，也在所不惜。事实上在30年代就曾有人明确表示过，“我们宁可抛弃艺术，不可脱离大众”。[1]

不可低估30年代普遍政治文化心理之下形成的阅读需求对作家和作品的制约。30年代左翼革命文学正是在公众和青年们普遍的偏爱中形成“巨潮”的，而许多作家便在这种巨潮中开始了创作上的转变方向。施蛰存在30年代曾这样谈起自己的“创作生活之历程”：当他自办《新文艺月刊》之时，“普罗文学运动的巨潮震撼了中国文坛，大多数作家，大概都是为了不甘落伍的缘故，都‘转变’了。《新文艺月刊》也转变了。于是我也——我不好说是不是，转变了”。于是“写了《阿秀》、《花》这两个短篇”。[2]许杰、许钦文也曾在有关回忆中谈到，他们当时并非“左联”成员，但在革命文学的巨潮中，事实上是以“左联”为旗帜来确立自己的文学活动的。[3]

作家在创作上的改变方向，一方面是由于作者自身思想的进步，但另一方面与读者的阅读需求的制约分不开。读者的兴趣若

1　麦克昂：《普罗文艺的大众化》，《艺术月刊》1930年3月第1卷第1期。
2　施蛰存：《我的创作生活之历程》，《创作的经验》，天马书店1933年版，第81页。
3　许杰：《我与左联》、许钦文：《由于左联的感受》，均载于《新文学史料》1980年第1期。

不在政治，文学作品中大谈政治会引起读者的反感，而若是读者普遍具有很浓厚的政治兴趣，则作品中全然回避政治反会有违读者的期待视野，从而遭到读者的批评和冷落。例如邵洵美等当时所办《狮吼》《金屋》等唯美性质的杂志，就曾遭到批评和非难，而且其批评和非难并非仅仅来自进步阵营的读者。《苦茶》上就曾载有读者批评邵洵美《花一般的罪恶》的文章，指责其追求“唯美”倾向，“完全走的是一条错路”。[1]

因此，30 年代作家创作态度普遍“左”倾及作品内容趋向政治（革命）化，与读者阅读需求的导向有着很大关系。田汉也是这方面明显的例子。1928—1929 年，田汉的新作《古潭里的声音》《湖上的悲剧》上演后，许多读者对这两部剧中流露出感伤情调和脱离现实斗争的描写提出了批评，说“你的作品是多么背着时代的要求啊”，“我们被饥寒所迫的大众等待着你们更壮烈的艺术”。[2]这对推动田汉戏剧政治化倾向的加强起了重要作用。《古潭里的声音》最初多少带有一种艺术至上的唯美追求，在南京公演期间，有观众指出，“我们衣不蔽体、食不充饥的人们何须乎这避开现实去救灵魂的东西”，这一来自读者观众的声音惊醒了作者“低迷在脑筋里的艺术至上主义的残梦”，在后来发表的剧本中，田汉做了修改，使“古潭里的声音”中寄寓了更“繁复”

1 邵洵美：《关于〈花一般的罪恶〉的批评》，《狮吼》半月刊复合号第 1 期。
2 田汉：《我们的自己批判》，《南国月刊》1930 年第 2 卷第 1 期。

的深意，多少去除了原先的“神秘莫测”。[1] 1929年7月，南国社第二次赴宁公演期间，田汉曾在南京的一些大学发表过《民众与戏剧》的演讲，恳切地表示：“今后来宁当设法无条件地给予公众以精神上的安慰，使他们娱乐，使他们取得暗示——对未来更光明的社会的暗示！”[2] 在离宁回沪途中，南国社在无锡演出了田汉创作的象征统治者崩溃与新世界诞生的独幕话剧《一致》，回到上海后又创作并公演了反映工人痛苦生活和反抗斗争的新编三幕话剧《火之跳舞》等，这表明他在进步读者的推进下创作态度有了鲜明的变化。

这种变化在丁玲身上也有较充分的体现。丁玲是以《莎菲女士的日记》而闻名文坛的，但此类作品在30年代却难以为继，其原因正如当时一篇评论中所指出的那样：“那时中国文坛上要求着比《沙菲女士的日记》更深刻更有社会意义的创作。”[3] 于是她后来写了《韦护》《一九三〇年春上海》《田家冲》《水》等著名革命小说。据丁玲回忆，她当时所办《北斗》杂志，经常收到读者来信，来信内容多是给《北斗》提出改进意见，诸如指出编者“对于革命的认识，是一个小资产阶级的认识”，希望编者“用很大的力量研究社会学”；批评杂志所登载的“在内容和形式方面

1 《田汉戏曲集》第5集，上海现代书局1930年版。
2 《南国的戏剧》，上海萌芽书店1929年版，第15页。
3 《女作家丁玲》，载《文艺月报》1933年7月15日第2号。

都是很坏的作品”；肯定编者“否定了过去而采取一条新途径这是对的”；建议编者在取材正确的基础上还要多“考虑”“观点正确不正确”，“能不能给读者一种宣传熏染的力量”；等等。[1]这些来自读者的声音在很大程度上对作者的文学选择起了一种潜移默化的导向作用。丁玲在1933年就曾说起，自己之写小说，开始的出发点只是“因为寂寞”，因为“对社会的不满”，所以想以笔来“说出”自己的“牢骚”。对于来自读者包括批评家(特殊的读者)对自己早期小说中“染上一层伤感”的批评，她是由“有点不服”到“反省之后也就承认”，“之后，在写作态度上，读者也看得出我是逐渐在变化”。她并没有明确意识到自己在写“革命小说”，甚至曾对自己的作品被当作“普罗文学”而“觉得冤枉”，但同时她又不得不承认，自己在不知不觉中“陷入恋爱与革命的冲突的光赤式的陷阱里去了”。[2]

关于“光赤式的陷阱”的形成，有学者从社会、时代的角度和作家自身的思想矛盾等方面做了精到的分析，[3]但同时，我们还可以从当时普遍的阅读需求来看这种“革命加恋爱”模式的流行。一位30年代的青年读者曾这样说起过蒋光慈作品吸引他的原因：“说实话，对那些革命文学所宣传的所谓无产阶级的革命，我并

1 《写给丁玲的四封信》，《新文学史料》1980年第1期。
2 丁玲：《我的创作生活》，《创作的经验》，天马书店1933年版，第24—25页。
3 许志英：《“光赤式的陷阱”——革命加恋爱》，《江海学刊》1988年第1期。

不懂。但是又朦朦胧胧似乎懂得四个字，那就是‘革命’和‘爱情’。‘革命’是打着悲惨的烙印已将消逝的，又重新被召唤回来的热情的字眼，显得更加神秘和崇敬”；“‘爱情’这两个字眼也很神秘，它是在感到寂寞的心底悄悄生长出来的一棵嫩芽”。“这种革命加爱情的作品也就恰好一箭双雕，正中下怀”。[1]正是由于蒋光慈作品中的“革命加爱情”对青年普遍的社会心理“恰好一箭双雕”地“正中下怀”，所以获得了很大的成功。当时“一些出自革命作家手笔的作品，如蒋光慈继《少年漂泊者》以后的《鸭绿江上》《短裤党》和《冲出云围的月亮》，在青年学生中简直风靡一时”。[2]

“某一类书籍如在读者中间获得成功”，“这类作品”就会“不知疲倦地一再”被生产出来，这一方面是由于许多作者受读者需求的刺激，自觉不自觉地起而仿效，另一方面则是由出版商根据在读者中获得成功的“经过考验的模式”去组织作家创作。[3]30年代“革命加恋爱”的公式化与模式化的创作之所以盛行一时，事实上也正是与普遍阅读需求的牵引分不开的。

1　荒煤：《伟大的历程和片断的回忆》，《人民文学》1980年第3期。
2　王西彦：《船儿摇出大江》，《新文学史料》1984年第2辑。
3　［法］罗·埃斯卡皮：《文学社会学》，王美华、于沛译，安徽文艺出版社1987年版，第89、112页。

二

30 年代普遍的政治文化心理及其由之形成的特殊的阅读需求对文学的导向作用，还突出地表现在对文学杂志刊载内容的制约上。30 年代初，在“革命文学”普遍受到读者欢迎时，许多新出刊物纷纷打出“革命文学”的旗帜，例如王统照和友人于 1929 年 9 月在青岛创刊文学刊物《青湖月刊》时，就因受当时“无产阶级革命文学”影响和推动，为追随时代，除在该刊登载从日文译介的无产阶级作品外，还自己创作了许多描写劳动人民痛苦生活的作品；再如荒煤编《时代日报》副刊时，也“是高举‘普罗文学’的旗帜的”，“尽管自己水平不高，选稿还是很严的，而且很左”。[1]

不仅是新出刊物，就是一些老刊物也纷纷开始转向，以谈“革命文学”、载“革命文学”作品为时尚。例如《泰东》月刊就曾在其 1928 年 4 月的第 1 卷第 8 期上刊出“九期刷新征文启示”，声称“本期从下期起，决计一变过去芜杂柔弱的现象，重新获得我们的新生命”，同时明确表示要“尽量登载并且征求”“代表无产阶级苦痛的作品”“代表时代反抗精神的作品”和“代表新旧势力的冲突及其支配下现象的作品”；而且要使“个人主义的，

1 荒煤:《我与副刊》,《战地》1980 年第 6 期。

温情的，享乐的，厌世的”作品“绝迹于本刊”。果然在第 9 期上便出现了钱杏邨等“革命文学”作家的作品。再如《现代小说》最初登载作品多写小资产阶级青年的生活、爱情和苦闷，但从 1929 年 10 月的第 3 卷第 1 期开始有所变化，不仅在《编辑随笔》中表示要努力介绍国内外新兴文学，而且杂志中登载了郭沫若、沈端先、钱杏邨、冯乃超等当时“革命文学”的“当红”作家的作品。鲁迅曾在 30 年代初一封给友人的信中说道，“近来颇流行无产文学，出版物不立此为旗帜，世间便以为落伍”，当时杂志中“销行颇多者，为《拓荒者》《现代小说》《大众文艺》《萌芽》等”。[1]

杂志的销路与读者的阅读需求直接相关联，因此杂志刊载内容能否得到读者的认可，便直接关系到杂志的能否生存。在 30 年代，不带任何政治倾向的杂志其实是很难存活的。例如《文学时代》创刊之始就声称其办刊方针为“在文艺上的立场和理解，除了对文艺本身忠实这一点之外，我们没更大的苛求”，但这种无倾向性杂志终于因无固定读者群而难以支撑下去，仅出六期便不得不向读者“告辞”。

作家办文学杂志，在其创刊之初，都可能有一整套自己的想法和计划，但刊物办出后，就必须面对广大读者，必须伴随着对

1　鲁迅:《书信 · 300503 致李秉中》,《鲁迅全集》第 12 卷，人民文学出版社 1981 年版，第 15 页。

读者需求的理解，刊物总得不断做调整才能真正生存下去、兴旺发达。茅盾曾经说过，“开始‘人办杂志’的时候，各种计划、建议都很美妙，等到真正办起来了，就变成了‘杂志办人’”。[1]当然，由“人办杂志”变为“杂志办人”，其原因是多方面的，但来自读者方面的制约是其中重要原因之一。茅盾曾谈到他们办《文学》杂志时，就特别重视读者的阅读期待，因此“极受读者界欢迎，销行至为畅广”。而为了对付国民党当局在审查该刊时的大砍大削，《文学》以连出专号的对策权为应付，于是读者便特别关心《文学》的“内容是否与前完全不同”，为此《文学》立即登载“启事”，表明“本刊自始即以促进文学建设为职志”，“自当不辞艰险，奋斗图存，非至万不得已时决不停刊”，“读者有目共睹，无待声辩”，等等，算是及时向读者进行的一种表态。[2]

30年代是一个杂志蜂起的时代，因此杂志本身就面临一个竞争生存的问题，而能否生存也就是看谁能顺应读者的普遍的阅读需求。正因为如此，许多文学杂志主办者争取读者的考虑往往超越了他们对同人性质的追求。例如施蛰存、杜衡、戴望舒等人筹备创刊《现代》杂志，三人无论在思想倾向还是在艺术旨趣上都有其一致性，该刊原本是有可能办成一个同人性质的刊物的，但在具体编稿中，他们并未向“同人杂志”的方向发展，而是较多

1 茅盾:《我走过的道路》(中)，人民文学出版社1984年版，第199—200页。
2 茅盾:《我走过的道路》(中)，人民文学出版社1984年版，第222—224页。

地争取一些进步作家的稿件支持，以至于连国民党检查机关也看出《现代》的背景是“半普罗”的。[1]也正因为如此，《现代》杂志才成为30年代的销量较大、颇有影响的杂志。

再如，《大公报》的《文艺》副刊。该刊本来政治色彩很淡，其报馆老板为了让《大公报》扩大销路，于是放手让《文艺》副刊去争取青年读者，包括用一些观点与官方对立的文章“来把报纸打扮得‘民间’色彩一些”，虽因此也曾有当局的“‘警告’，‘传票’给他带来过不便，可是带来更多的却是好处”，即报纸销售量的增加。当时的共产党员左翼作家杨刚也正是因老板的这种心理而得以被请进报社当编辑的。[2]

又如《申报·自由谈》是一个有较长历史、较有影响的副刊，在20年代至30年代初，该刊注重趣味主义，多发表鸳鸯蝴蝶派作家的作品。但进入30年代后，其固有的办刊方针与最普遍的阅读需求渐生距离。为了“调和读者兴趣”，于是决定进行改革，拟“时常举行有兴趣的民意测验或悬赏征文，务以不违时代潮流与大众化为原则”。[3]革新后的《自由谈》，以“描写实际生活之文字，或含有深意之随笔杂感等”为主，这很快得到了许多读者的拥护。编辑部“每天接到了许多来信”，对该刊的努力“赞许备至”，这

1　《上海市党部宣传工作报告》，见《左翼文艺运动史料》，南京大学学报编辑部1980年版，第319页。
2　萧乾：《鱼饵·论谈·阵地——记〈大众报·文艺〉，1935—1939》，《新文学史料》1979年第2期。
3　《本报六十周年纪念宣言》，《申报》1931年9月1日。

使编者“又惭愧，又感激”，从而更坚定了新的办刊立场：“我们以后当益加奋勉，务使本刊的内容更为充实成为一种站在时代面前的副刊，决不敢以‘茶余酒后消遣之资’的‘报屁股’自限。”[1]《自由谈》曾连载张资平的长篇小说《时代与爱的歧路》，已连刊一百零一次，但因“接读者来信，表示倦意”，《自由谈》编辑“为尊重读者意见起见”，毅然“停止刊载”，[2]竟成轰动一时的“腰斩张资平”的文案。为了顺应读者的阅读心理，《自由谈》约请了包括鲁迅、茅盾在内的一批左翼作家为其撰稿，以至于国民党官办杂志《社会新闻》连连发表文章，称“鲁迅和沈雁冰，现在成了《自由谈》的两大台柱子了”，刊物“也完全在左翼作家手中”，“书局老板现在竟靠他们吃饭了”。[3]并说改革后的“《自由谈》之论调，为之一变，而执笔为文者，亦由《星社》、《礼拜六》之旧式文人，易为左翼普罗作家”，[4]“自从鲁迅与沈雁冰等以《申报·自由谈》为地盘，……居然又能吸引群众，取得满意的收获”，等等。[5]《自由谈》很快受到了来自当局的压力，不得不在《编辑室启事》中“吁请海内文豪，从兹多谈风月，少发牢骚”，[6]但又怕失去读者，仍继续采用鲁迅等左翼作家的稿件。

1　1932年12月12日《申报·自由谈》:《编辑室启事》(一)。
2　1933年4月22日《申报·自由谈》:《编辑室启事》。
3　水手:《左翼文化运动的抬头》,《社会新闻》1933年3月3日第2卷第21期。
4　逸:《黎烈文未入文总》,《社会新闻》1933年3月24日第2卷第28期。
5　农:《鲁迅与沈雁冰的雄图》,《社会新闻》1933年5月6日第3卷第13期。
6　1933年5月25日《申报·自由谈》:《编辑室启事》。

上述诸例可以充分说明，报纸也好，杂志也好，决定它们的信誉和销路的，归根到底还是广大的读者。这一点，就连当时的一些官办“民族主义文学”刊物也看得非常明白，它们为了挽救无人购读其杂志的状况，有时也不得不尽可能采用具中间色彩的作家的作品，甚至发表一些左翼知名作家的作品来招徕读者。例如“中国文艺社”的《文艺月刊》，其负责人是王平陵，该刊接受国民党中央宣传部资助，鼓吹三民主义文艺。但为了广泛吸引读者，所以尽可能显示出一种中间色彩，并也不时地发表一些“左联”作家如何家槐、洪深、黎锦明、石灵等人，以及进步作家如巴金、鲁彦等人的作品。这样做的结果，确实使该刊吸引了不少读者，但其结果是这一杂志的“民族主义文学”性质也被消解了。

30 年代读者的普遍阅读需求在很大程度上决定和左右了办刊者的办刊方针和用稿选择。读者的阅读需求正是通过对文学报刊的制约，直接或间接地对 30 年代文学的产生和发展起了一种导向作用。

第三节　政治化阅读和创作对文学出版构成的制约

一

同样的情况还体现在30年代文学书籍的出版方面。普遍的政治文化心理对于文学的导向作用，还常常通过读者大众的阅读期待和阅读需求对出版者、编辑们的制约来实现。

据徐懋庸回忆，“一九二七年‘四一二’反革命政变后，国民党反动派虽然夺取了政权，对共产党进行了残酷的镇压，……但全国广大人民群众，是拥共反蒋的，尤其在青年知识分子中间大部分倾向马克思主义，国民党反动派办了许多宣传‘三民主义’的书刊，却很少人予以理会，而只要带点‘赤色’的书刊，却大受欢迎”。正因为如此，“上海的出版机构”不管其自身政治立场如何，都或多或少受到这种阅读倾向的驱导，纷纷出版进步书刊。[1]这种出版进步书刊的书店大致可细分为三类，一是“真正同情共产党，而出版进步书刊的，如生活书店、读书生活出版社、新知书店”；二是“商人为了投机牟利，而出版进步书刊的，如光华书店、光明书店之类”；三是“国民党反动派，企图以伪装进步，先把读者争取过去，然后施以反动影响的，这是走曲线的道路，

1　《徐懋庸回忆录》，人民文学出版社1982年版，第64—65页。

新生命书局即属于此类”。[1]

其实，不管属于哪一种类型，他们不约而同把出版的注意力摆到进步书刊上，这正说明了进步书刊所具有的广泛的读者市场，正是这种市场的制约作用使出版者、编辑者或主动或被动，或情愿或不情愿地不得不做出出版进步书刊的选择，或起码表示出一种出进步书刊的恣态，以争取读者。鲁迅曾指出，当时“许多书店为了在表面上显示自己前进起见，大概都愿意印几本这一类书；这种风气，竟也打动了一向专出碑版书画的神州国光社，肯出一种收罗新俄文艺作品的丛书了”。[2]

出版者和编辑所处的是文学作品创作和文学阅读消费这两者的中介的位置，他们出版行为的主要依据只能是来自作者和读者。巴金曾经说过，“我过去搞出版，编丛书，就依靠两种人：作者和读者。得罪了作家我拿不到稿子；读者不买我编的书，我就无法编下去”。[3]这就是说，出版者介于作家和读者之间，必须找到一条调适二者的途径，但由于读者大众的消费将最终决定文学这一特殊商品，因此出版者“不会只限于”在作者和读者间“起调解人的消极作用”。事实上，出版者总是“试图以读者大众的名义对作者们施加影响”，而这种“施加影响”的方式主要是“挑选”

1 《徐懋庸回忆录》，人民文学出版社 1982 年版，第 64—65 页。
2 鲁迅:《〈铁流〉编校后记》,《鲁迅全集》第 7 卷，人民文学出版社 1981 年版，第 365 页。
3 巴金:《上海文艺出版社三十年》,《随想录》，生活·读书·新知三联书店 1987 年版，第 488 页。

和“稿约”。

“文学作品的被出版”，在很大程度上是出版者“挑选”的结果，即出版者（包括编辑）首先“对可能存在的大众想看的书和将购买的书做出事实性的判断”，然后“在呈交到他面前的大量作品中挑选出最符合这些读者大众的消费需求的作品”来付诸出版。[1] 出版者对作者的重视，其前提条件是这些作者是能够写出符合读者消费需求的作品的，而对于这样的作者，出版者是以“稿约”的方式，不断敦促他们源源不断地按照既往获得成功的路数创作出相同类型的作品。以上述两种方式“施加影响”的结果是，某一种类型的作家的作品在全部文学书籍中占了绝对的比重。

30年代左翼文学和进步文学的书籍之所以能在当时文学出版物中占主流地位，应该说，是与当时多数出版者们的出版行为分不开的，是他们受制于读者的阅读需求而采取的有偏向的“选择”和“稿约”的方式，最终导致了这样的结果。

二

曾在30年代担任良友图书公司编辑的赵家璧当年编辑有关丛书的经历是很能说明问题的。他在编《一角丛书》时，“第一

1 ［法］罗·埃斯卡皮：《文学社会学》，王美华、于沛译，安徽文艺出版社1987年版，第88页。

批书目十二种，包括陈梦家和穆时英的创作小说两种”，但“放在门市部的书简直无人问津，外地书商反应冷淡”，他通过“细细检查第一批十二种选题和作者队伍，才发觉……这样内容的丛书是没有生命力的。不考虑到时代的和群众的呼声，不闯向社会去找读者中有威信的作家，编辑工作势必面临失败之一途”。

那么，什么是“读者中有威信”的作家呢？他“最先找到的是进步政论家胡愈之”，“不到一星期，他写的《东北事变之国际观》手稿寄来了”，出版后成了“轰动全国的畅销书”。此后，他便约“大批‘左联’‘社联’‘剧联’的作家，陆续给丛书写稿。一九三二年下半年续出三十种，总数销到五十万册；一九三三年又续出三十种”。[1] 良友图书公司这样一个政治上本属于中间性质的以盈利为目的的出版机构，因在出版《一角丛书》时，其中左翼作家的作品销路好，深受读者欢迎，大大赚了一笔，于是很快便又策划出版一套《中篇创作新集》丛书，作者清一色为“左联”青年作家。这套丛书拟出 12 种，包括蒋牧良的《旱》、奚如的《忏悔》、白尘的《泥腿子》、欧阳山的《鬼巢》、舒群的《老兵》、艾芜的《在天堂里》（后改名为《春天》出版）、周文的《在白森镇》、罗烽的《归来》、葛琴的《窑场》、草明的《绝地》、荒煤的《灾难》、

1　赵家璧：《我编的第一部成套书》，《编辑忆旧》，三联书店 1984 年版，第 27—28 页。

沙汀的《父亲》，后来正式出版的有前10种。[1]

其实不只是良友图书公司，其他许多出版公司、书店也都是因出版进步书刊而得以盈利，得以发展的。例如生活书店，“在一无资金，二无后台的状况下，何以能造成从无到有，自小到大的发展”，其“重要的一面是书店的业务顺应了时代的潮流”，在较大程度上满足了“人民要求获得进步文化和革命文化”的阅读愿望，因而“书店的出版物都为广大读者欢迎的畅销书”，“在读者群众中更树立起生活书店是传播进步文化中心的形象”。“书店在读者群中取得的精神的支持力看来是无形的，但是这却是书店在艰难环境中得到长足发展的主要因素”。[2]

在30年代，许多书店、出版社都是因出版左翼作家和进步作家的作品而尝到了甜头后，又转而热心于主动向左翼革命作家组稿的。因此，30年代凡稍有点名气的出版公司和书店，在他们的出版目录上，左翼作家或进步作家的书籍都会占有一定比重。仅以30年代几套著名的文学丛书为例，不论丛书主编者的政治态度和文学立场如何，都无一不对左翼革命作家的书籍采取“门户”开放政策：

《新文艺丛书》，徐志摩主编，中华书局出版，所收左翼作家

1　赵家璧:《30年代革命新苗——专为左联青年作家编印的〈中篇创作新集〉》,《编辑忆旧》,三联书店1984年版，第245—250页。

2　许觉民:《新型的出版家——徐伯昕同志传略（上）》,《出版史料》1990年第4期。

或进步作家的作品有：胡也频的《一幕悲剧的写实》、郭子雄的《口供》、丁玲的《一个女人》、陈楚怀的《金丝笼》、蹇先艾的《还乡记》等；

《新文学丛书》，徐志摩主编，上海大东书局出版，收入的左翼作家和进步作家的作品有：陈白尘的《风雨之夜》、曹雪松的《心的惨泣》、彭家煌的《平淡的事》、陈学昭的《败絮集》等；

《良友文学丛书》，赵家璧主编，良友图书公司出版，丛书所收几乎全是左翼作家的作品和译作；

《湖风创作集》，湖风出版社出版，仅出三种：林箐（阳翰笙）的《义勇军》、李辉英的《万宝山》、铁池翰（张天翼）的《齿轮》（后改名为《时代的跳动》）；

《文艺创作丛书》，湖风出版社出版，收有魏金枝、张天翼、白鸥、白薇、蒋光慈、适夷、胡也频、田汉、华汉、阳翰笙等左翼作家的作品；

《现代文学丛刊》，中华书局出版，收有李劼人、钱歌川、熊佛西、谷剑尘、予且等进步作家的作品；

《现代创作丛刊》，《现代》杂志出版社出版，收有张天翼、丁玲、黑炎、巴金、靳以、魏金枝、黎锦明、鲁彦、彭家煌等左翼或进步作家的作品；

《开明文学新刊》，开明书店出版，收有茅盾、夏丏尊、张天翼、巴金、叶绍钧、蹇先艾、周文、陈白尘、王统照、芦焚、端木蕻良等左翼或进步作家的作品；

《创作文库》，傅东华主编，生活书店出版，收有张天翼、吴组缃、郑振铎、靳以、巴金、王统照、鲁彦、欧阳山、征农、艾芜等左翼或进步作家的作品；

《文学丛刊》，巴金主编，文化生活出版社出版，收有周文、茅盾、艾芜、丽尼、吴组缃、鲁迅、蒋牧良、萧军、张天翼、陈白尘、荒煤、胡风、沙汀、鲁彦、萧红、端木蕻良、曹葆华、罗淑、王统照、舒群、杨刚、艾青等左翼或进步作家的作品。[1]

30年代文学书籍的总体状况从上述丛书中作家构成情况可窥其一斑。可以说，出版者、编辑们的出版行为，无疑为30年代左翼革命文学的兴盛起了推波助澜的重要作用。

三

尽管出版左翼或进步作家的作品在30年代要冒一定的风险，但在逃避这种风险与获得经济利益之间，许多出版者还是选择了后者。为此，许多书店、出版部门使出了浑身解数，与国民党当局斗智斗勇。

例如“1935年生活书店出版《文艺日记》，因日记选刊了有

1　上述内容是根据《新文学史料》1993年第4期、1994年第1期、1995年第3期上所载有关史料，进行统计、梳理而成的。

进步内容的格言”，他们“估计到国民党市党部图书审查机构难以通过”，但若将这些内容抽去又会失去大批读者，最后他们采取了“将语录分批送审”的办法，“审查机构分批审读，未加重视，每批都得到通过。到《文艺日记》出版后，他们看后大为吃惊，不顾已经审查而蛮横地要强行查禁，但外地销售的《文艺日记》大部分已寄出，本市的也在门市发售完毕，他们见事已如此也就无可奈何了”。[1]

在白色恐怖之下，许多书店“虽然明知用一些作者的真名出版书籍是要冒查禁的风险的，但只有真名出现，书的销路才更好”。例如生活书店就是如此，他们“采用真名出书、少印勤印的办法，有的书连续再版十次以上。如果被查禁了某次所印的书，损失也不大。而且书一旦被禁，反而地下销售的渠道更旺”，“读者对这些书的需求反更加迫切，在他们心目中，越是查禁的书价值越高，千方百计寻求得到它”。[2]

许多书店和出版社都注意利用这种读者的心理，甘冒一定风险，故意利用国民党当局的“查禁”令来大做文章。例如现代书局出版的郁达夫的《她是一个弱女子》被查禁后，立即改版易名为《饶了她》，并在扉页上大张旗鼓地声明：“本书原名‘她是一个弱女子’，奉内政部第四三三号批令修正改名业经遵令删改呈

1 许觉民：《新型的出版家——徐伯昕同志传略（上）》，《出版史料》1990年第4期。
2 赵晓恩：《30年代生活书店的推广宣传工作》，《出版史料》1988年第1期。

部注册准予发行在案”,这种“声明”可以看作一种出版商的噱头,所起的是吸引读者的“广告”作用。生活书店也是如此,他们“在发行方法上抓住读者的心理,在广告上正面文章反面做,把查禁书照样列入整套丛书的书目中,只是书名下面加上‘禁售’二字,聪明的读者可以通过秘密发行渠道弄到手。这样表面上服从‘禁令’,实际上给读者提供信息”。[1]

许多书店、出版社不仅是甘冒风险,而且是主动出击,利用读者的政治文化心理,对一些遭禁作家的书籍进行炒作。例如良友图书公司出版丁玲的《母亲》时,丁玲已经被捕。公司认为“社会上都知道作者已失踪被捕,现在发售作者签名本,肯定会大大轰动”,于是他们决定跟当局“开个玩笑”,用丁玲被捕前预先签上名字的空白纸,作为封衬页,裱在书的封面背后,制成“作者签名本”,然后接连在《时事新报》和《申报》上“刊登大幅广告”。售书之日,“读者蜂拥而入,签名本一抢而光”,连同非签名本一下子销售了许多。[2]

其实在30年代不止是出版商们为迎合读者获取利润而甘冒政治风险,有许多演出公司、电影公司也是如此。例如30年代最有名的明星电影公司,就老板们的政治倾向而言,“是中间偏

1 赵晓恩:《30年代生活书店的推广宣传工作》,《出版史料》1988年第1期。
2 赵家璧:《重见丁玲话当年——〈母亲〉出版的前前后后》,《编辑忆旧》,三联书店1984年版,第87页。

右分子”，但由于读者（观众）对他们那种“老一套的武打片、伦理片失去了兴趣”，他们便暗中“聘请几个左派人士来当顾问，帮他们出点新的主意”，他们一方面“担保不暴露”这些左翼作家的“政治面貌”，另一方面在希望左翼作家创作剧本时暗示他们，不必担心国民党当局检查通不过：“工部局也好，市党部也好，只要有熟人，必要的时候‘烧点香’，问题还是可以解决的”。此后左翼作家们在剧本中不断“渗入”“意识形态上”的“新意”，公司老板们“不仅不觉得可怕，而且认为拍这样的片子可以得到观众和影评人的赞许”。[1]

出版商（包括演出商）们为了迎合读者（观众）以便获取利润，他们开动了商人经商的精明的大脑，与国民党当局的查禁令巧作周旋，这成了 30 年代文化发展史上的一种景观。出版商们发明了一系列的对付国民党查禁书刊的办法，我们前述中所涉及的就有：“改头换面”（即当一种书刊被查禁后，改换书名和作者名继续出版）、“化整为零”（即送审时分期分批，作品隐含的政治倾向不易被发现）、“偷梁换柱”（即送审时将作品中有碍处先行删去，审查后出版时再加上去）、“阳奉阴违”（即书籍被当局要求删改时，出版时在前言或后记中佯称已作删改，实际一字未动）、“少印多版”（即对一些进步书籍每版只印少量，销完再版，即使其中某

1　夏衍：《懒寻旧梦》，三联书店 1985 年版，第 225—230 页。

版遭禁损失也不大)、“翻版、偷印”(即书刊被查禁后，以原版再暗中翻印、偷印，从地下渠道发行)、“烧香”“贿赂”(即利用国民党官员的腐败，找熟人说情，再出点钱贿赂一些书刊检查官，以使一些进步书稿得以审查通过)、“反做广告”(即故意暴露书籍被查禁的“身份”，以做广告，招徕读者)等等，这些虽然主要是出版者们出于商业盈利的考虑不得已而采取的办法，但它在客观上为左翼“革命文学”书籍的大量出版问世做出了贡献。这对 30 年代文学发展态势的形成意义重大。

从上述内容可以看出，30 年代出版者们的出版行为，归根到底仍是受广大读者普遍的政治文化心理及其所形成的普遍阅读需求的制约的结果，或者可以说，是广大读者普遍的阅读需求使 30 年代的出版界无形之中成了一种消解国民党当局权力政治文化的重要力量。30 年代普遍的政治文化心理对文学的导向作用就是这样在文学的“消费”和“生产”这一流程中完完整整地显现出来的。

第五章　政治文化与作家的文学选择

在20世纪30年代政治文化氛围和特殊的文学语境的制约下，诸多作家主观上的政治意识的加强或是为数不少的作家们为环境所迫而导致的对“政治”问题的关注，形成了30年代文学创作的一系列新的变化，这种变化最为明显地体现在作家创作动机、创作目的上历史使命感的加强。这带来了30年代作家文学选择的一系列新的特点。与20年代相比，文学创作题材的转换是一个非常明显的文学趋向，这体现了30年代作家在文学题材选择上的政治价值取向。而作家们对题材进行处理的独特角度和独特方式更标示出了作家们的政治眼光。

第一节　作家思想意识的政治化趋向

一

30年代政治文化氛围和文学的特殊语境对作家们起了重要的制约作用。就作家自身的思想状况而言，与20年代相比，其阶级意识、政治意识明显加强。胡秋原70年代在台湾曾经谈到过，30年代作家中百分之九十以上是信仰社会主义的，此说不一定准确，但有一定道理。创造社的集体转向和大批作家思想的向左转，是30年代重要的文学现象。正如尼姆·威尔斯在1936年就曾指出的那样:“现代中国文学运动紧跟着政治上革命运动的变迁”,“随着一九二七年国民党政派的政变”,“文艺运动的富有生命力的主体急遽地向左转了，它痛切地表现出对中产阶级的软弱及反动所感到的失望，对下层酝酿的大众革命表示了信念。从一九二八年到现在，左翼革命文学一直是主流”[1]，大批作家思想的左转，是“革命文学”能够成为主流的重要原因。

在左翼作家中，有一部分是从实际革命斗争中转入文学活动的，在他们身上，其文学活动与政治意识密不可分。茅盾曾在回答“为什么当了作家”的提问时，“简单而直率地回答‘那是因

1　尼姆·威尔斯:《活的中国·附录之一：现代中国文学运动》,《新文学史料》1978年第1期。

为我没有做成革命者，所以就做成了作家’。接着他又解释道‘我先是做革命实际工作的，但因为这方面成绩不大，所以就当了作家’”。[1]也就是说，作家生涯只是革命生涯的一种补充，文学活动只是革命的另一种存在形式。

当时有一大批原就从事文学工作或喜爱文学，且有一定的文学素养，后来投笔从戎，大革命失败后，复又重操旧业，以文学为武器继续战斗的作家，如郭沫若、茅盾、成仿吾、郑伯奇、李一氓、阳翰笙、钱杏邨、蒋光慈、孟超等。另有一批先后从日本归国，在日本受到马克思主义和国际左翼文艺影响的作家，如夏衍、冯乃超、李初梨、彭康、朱镜我等。这些作家构成了左翼作家的中坚力量，并由他们营构成了最初的“革命文学”的氛围。

此后，又有大量的青年作家受他们的影响，走上“革命文学”的道路。阿英早在1931年就指出，蒋光慈等人“开始了中国文艺运动最先的路”，“在广大的青年读者之中，是发生了巨大的作用。许多的青年，因着他的创作的鼓动，获得了对于革命的理解，走向革命”。[2]黄药眠也曾讲过，“感谢创造社的向左转，在这一时期，我读了好些英译的马克思主义的著作，如《反杜林论》等”，“于是我决心把自己的命运紧紧地系在无产阶级的车轮上”。[3]

1　苏珊娜·贝尔纳：《走访茅盾》，《新文学史料》1999年第3期。

2　方英（阿英）：《在发展的浪潮中生长，在发展的浪潮中灭亡》，《文艺新闻》第27期，1931年9月15日“追悼蒋光慈专号”。

3　黄药眠：《大时代中一个小人物的侧影》，《新文学史料》1979年第2期。

二

诚如鲁迅所说:“左翼作家并不是从天上掉下来的神兵，或国外杀进来的仇敌。”[1]特定的政治文化氛围成为一种知识分子向左转的土壤。许多作家虽可能难以明确说出到底是受谁的影响，但或多或少地在政治上向左转却是不争的事实。

例如田汉，他作为创造社成员之一，虽没有与后期创造社成员一道成为最早的旗帜鲜明的“革命文学”作家，但最终的转变却是不可避免的。这个转变，最初是通过戏剧来表达的，例如1929年，他写的《一致》中通过剧中人之口高呼:“一切被压迫的人集合起来……，一致建设新的光明，新的光明是从底下来的。”到1930年，他公开发表了轰动当时文坛的《我们的自我批判》，这可以视为田汉对自我过去的批评，“表明他彻底和过去诀别”。[2]不只是一个田汉，在当时普遍的向左转的政治形势下，南国社内部成员开始分流，部分左转的作家另成立摩登社。田汉的左转是势所必然。

剧作家洪深也是如此，1930年2月，上海大光明电影院放映丑化中国人形象的美国影片《不怕死》，引起了在场的洪深和

1　鲁迅:《南腔北调集·论“第三种人”》，《鲁迅全集》第4卷，人民文学出版社1981年版，第439页。

2　夏衍:《懒寻旧梦》，三联书店1985年版，第167—168页。

许多戏剧界同人的强烈抗议，洪深等人因此而被捕，后在左翼作家和广大群众抗议下获释，这引发了洪深的左转，此后加入了中国自由运动大同盟和“左联”。洪深的左转从表面看是突发事件引发，但其内在的思想转变和当时普遍的政治氛围是其深层的原因。

田汉、洪深的“向左转，直接影响了戏剧界的一大片”。上海戏剧运动联合会于3月中旬成立。3月15日上海《民国日报》“戏剧周刊”发表了这个联合会的成立宣言，表示“戏剧运动要跳出‘唯美’的圈子，担负在时代的使命和社会责任，向群众艺术的路线迈进”。[1]

演艺界朱穰丞的左转，更印证了这种普遍的政治化趋向。朱穰丞原先只是一个话剧爱好者，曾领导辛酉剧社做“爱美”和“提高话剧艺术水平”的追求。“奇怪的是，一九二九年底到一九三〇年，他思想上起了很大变化，不仅参加了左翼戏剧家联盟，而且在一九三一年上海白色恐怖最严重的时候”，“提出决定自费经欧洲到苏联进修。不久，他就离开了美满的家庭，自费到了德国，经过千辛万苦，于一九三二年以一个德国马戏团的丑角的身份进入了苏联”。[2]类似的情况，不胜枚举，大批作家向左转，这在30年代确实成为一种普遍的文学现象。

1 夏衍:《懒寻旧梦》，三联书店1985年版，第164—166页。
2 夏衍:《懒寻旧梦》，三联书店1985年版，第173页。

在30年代，以文学为战斗的武器，带着政治的激情去从事文学活动的不限于左翼作家。有大批作家虽未在组织上加入“左联”，但其思想政治倾向和艺术追求上往往与“左联”作家趋于一致。例如巴金，他就曾说过：“我在30年代就常常说我不是艺术家，最近又几次声明自己不是文学家。有人怀疑我‘假意地谦虚’。我却始终认为我在讲真话。……我在生活，我在战斗。”[1]王统照在1929年“普罗文学”运动兴起后，也在痛苦中看到了希望，情绪为之震动。1929年8月写成的短诗《这时代》就标示了他已向大革命失败后的沉闷忧郁告别，转向大声疾呼。在诗中，他暗示了革命斗争的火焰将遍地燃烧。即使像罗淑这样的“许多人说她是一个贤妻良母型的女性”，事实上也只是“把她的热情隐藏在温厚的外表下”，而在根本上是一个“社会革命的斗士”。[2]

三

普遍的政治意识的觉醒和思想的政治化趋向，使大量中间派作家的“中间立场”难以“中立”，这更能说明30年代政治文化氛围和特殊的语境对作家们所起的重要制约作用。

曹聚仁在1927年曾表示不问政治，后来办《涛声》也表示

1　巴金:《关于〈激流〉》,《新文学史料》1981年第2期。
2　巴金:《纪念一个友人》,《文丛》1938年6月第2卷第2号。

持“理性主义”，不发政治主张。但在社会政治面前，事实上谁也难以回避对其做出自己的思考。曹聚仁曾有这样的感慨：“社会斗争这一列车向我们正面驶来，终于到了我们的眼前，在我们身边驶过，我们的感受如何呢？”他看到周围的人对于革命和政治的态度，有“激进的”，也有“出而行其道”的，还有“看革命的”，“只要不把自己卷进去，就让它从身边滚过去再说”。曹聚仁显然也是想做一个“看革命的”，但他又不能不承认，“对于革命，我们都曾讴歌过，宣传过，不管我们和革命关系的深浅如何，我们的思想多少受过这一革命潮流的洗礼”。树欲静而风不止，他想不问政治，政治却不肯远他而去。他在《申报·自由谈》上发表的《生背痈的人》因被视为有影射之嫌，而受汪精卫电令查办。[1]

被曹聚仁划为“看革命”类的叶圣陶，事实上并没有像他所说的那样，不让自己“卷进去”，让革命“从身边滚过去”。就叶圣陶而言，他虽曾在“革命文学”论争中受到过“革命文学家”们的批判，但他在主编的《小说月报》上却不避政治风险，不回避“红色犯禁”，发表了许多革命作家的非常激进的“革命文学”作品。他甚至“在经济上不断给拮据中的一些党内作家以照顾”。[2]而就叶圣陶的文学创作而言，他事实上也从“革命文学”中汲取了营养。朱自清1928年二三月间发表的《近来的几篇小说》一

1　曹聚仁：《我与我的世界》，人民文学出版社1983年版，第374—375、456页。
2　商金林：《叶圣陶传论》，安徽教育出版社1995年版，第318页。

文在评价到叶圣陶的小说《夜》等作品时，认为“以这时代的生活为题材”的小说，开创了现代文学发展的“一种新趋势”。这种新趋势，其实就是当时许多“革命文学”描写题材的趋势。而叶圣陶在创作小说《冥世别》时，其创作动机的政治性就更明显了。他曾明确表示，他写作《冥世别》是出于对“几位自以为正直之士的老先生，不责备反动派之残暴，而斥青年之无知罔识，自遭其殃”一事的反感。[1]

向来被视为较少政治色彩的作家老舍，情况也是如此。他事实上并未能避开政治化语境的裹挟。虽然老舍一再表示过对政治的厌恶，但他却难以避开在作品中对政治的思考。诚如许多学者指出的那样，他在小说《猫城记》中，就表达了他对政治革命和政治问题的独特思考。他回国后，当时革命、政治给他的印象是：愚昧的政治、革命，不但不能解救人民，而且杀掉独裁者的同时又成了培植新独裁者的温床。他试图用知识与人格的改造作为治理腐败政治的良药。不管这种思考有多大局限，但他与多数知识分子一样，在当时其实并没有真正去回避对政治和革命问题的思考。具体到对当时盛行的无产阶级革命文学运动的看法上，老舍的认识虽失之片面，例如他于1930年在山东齐鲁大学任教期间作的《文学概论讲义》第三、六、十一讲中表现了他对“普罗文

1　见吕剑：《叶圣陶先生印象记》，载《战地》1980年第6期。

学”运动和用唯物主义观点分析文学现象等问题理解的片面性，他对“革命文艺”理论和“普罗文学”实践有所指摘，但老舍的创作事实上又未能避开“革命文学”的影响，而这一点，他自己也曾明确承认。他曾讲过，他创作的《黑白李》能“说明我怎样受了革命文学理论的影响”。多年后他说道：“在今天看来，《黑白李》是篇可笑的，甚至是荒唐的作品。可是在当时，那确足以证明我在思想上有了些变动。诚然，在内容上，我没敢形容白李怎样地加入组织，怎样地指导劳苦大众，和怎样地去领导斗争，而只用传奇的笔法，去描写黑李的死”，“不管怎么说吧，我总比当时那些诬蔑前进的战士的人，说他们虽然帮助洋车夫造反，却在车夫跑得不快的时候踢他两脚的，稍微强一点了。而且，当时的文学检查也使我不愿露骨地形容，免得既未参加革命，而又戴上一顶‘红帽子’”。[1] 老舍的创作受“革命文学”影响，《黑白李》绝不仅是孤立的个案，沿着当时“革命文学”的通常思路，老舍还继续写了一些作品，用老舍自己的话说：“到了《上任》与《月牙儿》，我的态度已由消极地否定黑李，改为积极地描写受压迫的人了。在《月牙儿》的前身《大明湖》里，我居然描写了一位共产党员，他是《月牙儿》中的女主角的继父。”虽然这些作品缺乏“文艺应有的煽动力”，但“能够相当巧妙地，深入浅出地，

1 老舍：《〈老舍自选集〉自序》，《老舍自选集》，开明书店 1951 年 8 月版。

用人物语言等掩护思想，使作品偷渡过检查的税卡子”。[1]

从以上的陈述中可以看出30年代作家政治意识的普遍加强，作家们不管是自觉的或是不自觉，其思想意识的政治化已成为一种趋向。

第二节 作家的政治诉求与创作题材的选择

一

30年代诸多作家主观上政治意识的加强，或是为数不少的作家们为环境所迫而导致的对“政治”问题的关注，形成了30年代文学创作的一系列新的变化。这种变化最为明显地体现在作家创作动机、创作目的上，这便是历史使命感的加强。钱杏邨1928年初就指出，“在最近的中国文坛上有一种可喜的现象，就是很多的作家认清了文学的社会使命，在创作中把整个的时代色彩表现了出来”。[2]

“革命文学”作家从一开始，就是以其明确的社会使命感作为文学创作动力的。创造社1928年1月创刊的《文化批判》，其

1 老舍:《〈老舍自选集〉自序》,《老舍自选集》，开明书店1951年8月版。
2 钱杏邨:《幻灭》,《太阳月报》1928年3月。

创刊号的《祝词》中就明确表示：《文化批判》要“负起它的历史的任务。它将从事资本主义社会的合理的批判，它将描出近代资本主义的行乐图，它将解答我们‘干什么’的问题，指导我们从那里干起”。1933年7月创刊的《文学》杂志，虽不以左翼色彩为标榜，但因其实际上是左翼作家进步作家的文化阵地，因此在其创刊号的发刊词中也明确表示其办刊宗旨是要以批评、创作、考证作手段，诅咒阻碍“光明之路”的“仇敌”。

与20年代相比，30年代作家在创作中，其社会使命感的确是明显地得到了强化。最早的“革命文学”作家们自不待言，他们中的许多人，甚至直接将文艺看作“文艺家对于现实社会的一定见解及最期望的态度之宣传机关”；[1]认为文学家“为完成他阶级的历史使命，不是以观照的——表现的态度，而是以无产阶级的意识，产生出一种斗争的文学”。[2]这些都是对文学的政治使命和社会使命的一种极而言之。

强烈的政治使命感和社会使命感带来的是创作追求中政治目标的明晰性，对此，许多作家都曾在不同的场合有过鲜明的表述。

田汉曾在30年代这样说起过自己的“创作经验”：“我也算是生活了，和五四以来的文学青年一道生活了，不断地和他们一道，不断地迷惘，傍徨，不断地追求摸索，也终于和他们一道多

1　彭康：《革命文艺与大众文艺》，《创造月刊》1928年11月10日第2卷第4期。
2　李初梨：《怎样建设革命文学》，《文化批判》1928年2月15日第2期。

少认清了时代的症结和自己的任务，因此渐渐能更意识地根据客观的需要去竭尽自己在所关系的文化部门的最美的力量。——这也许就是值得一说的创作经验”。[1]

王统照也曾谈起过与20年代相比，自己在创作上所发生的这种变化。他说，20年代“那时的青年构成一个空洞而美丽的希望寄存在未来的乐园中，然而现实的剧变使大家的梦境打破了，除却作生的挣扎外一切空虚的花与光似都消没于黑暗中去”。“虽然并没有几年的间隔，而对人生痛苦的尖刺愈来愈觉得锋利，对解决社会困难的希求也愈来愈迫切”，这反映到创作上，“与民国十年左右的空想的作品相比虽然是感伤，我却已经切实地尝试到人间的苦味了”。[2]而这种变化，终于导致王统照在30年代创作出了《山雨》那样的政治意识、阶级意识非常详明的作品。

这种创作上的变化，在30年代作家中是非常普遍的，以丁玲为例，她一开始所写的《梦珂》《莎菲女士的日记》虽仍是沿袭“五四”文学的思路，但很快便在环境的驱使下对自己做了调整，即如她自己所谓的不知不觉中“陷入”“光赤式的阱里去了”。[3]丁玲后来反复谈起过自己30年代创作与时代政治的关系，她说，“我原来并不想当作家，而是迫不得已的”，“中国社会使我受不

1　田汉：《创作经验谈》，《创作的经验》，上海天马书店1933年版，第60页。
2　王统照：《霜痕·序言》，《霜痕》，新中国书店1932年版，第1—3页。
3　丁玲：《我的创作生活》，《创作的经验》，天马书店1933年版，第23—25页。

了”，“我于是在无任何出路之下，开始写小说，所以根本不是什么‘为文艺而文艺’，也不是为当作家而出名，只是要一吐为快，为造反和革命”。[1] 正是从 30 年代起，丁玲将自己的创作生涯与政治生涯紧紧缠在了一起，直到 80 年代，她还明确认为：“作家是政治化了的人”。[2]

不管作家们是否在主观上明晰地意识到这种文学选择、创作追求的变化及其意义，但 30 年代作家在当时的政治文化氛围中，其创作不可能不顺应或完全避开这种变化的趋向。用张天翼的话说就是，“无论躲到什么地方，总还是在这现实世界里”。[3] 30 年代整体的政治文化氛围，对所有的作家而言，构成了一种政治文化学上所谓的“政治熔炉”。“政治熔炉的意义在于：个人在政治共同体中必然要这样或那样地形成政治自我，构成社会政治文化的载体”。[4]

特定的社会要求和社会历史条件，决定了当时读者对特殊题材、特殊社会诉求的文学作品的特殊要求，“普罗文学”作家适应这种要求，实现了创作的预期，欣赏者的要求和作家创作心理的预期的统一，促成了“普罗文学”的繁荣。当时，“普罗文学”创作广为流传，一些“革命文学”代表作家的小说数月内可以一

1　丁玲：《我的生平与创作》，四川人民出版社 1982 年版，第 13—14 页。
2　丁玲：《丁玲文集》第 6 卷，湖南文艺出版社 1984 年版，第 230 页。
3　张天翼：《创作的故事》，《创作的经验》，天马书店 1933 年版，第 33 页。
4　孙正甲：《政治文化》，北方文艺出版社 1992 年版，第 106 页。

版再版。出版“普罗文学”，阅读“普罗文学”，成为时尚。在这样的氛围下，任何作家要想不受一点点影响，都是不可能的，不管这种影响对作家来讲是自觉的，还是不自觉的。

沈从文对此种状况虽曾有过批评，他认为，这种创作使“作者有成为某一种说明者的独占优势，而且在独占情形中，初期的幼稚作品得到了不相称的批评者最大的估价”，但他同时也不能不承认，这是一种文学的新变化，且影响广泛。他认识到：“时代的演变，国内混战的继续，维持在旧有生产关系下而存在的使人憧憬的世界，皆在为新的日子所消灭。农村所保持的和平静穆，在天灾人祸贫穷变乱中，慢慢地也会毁去了。使文学在一个新的希望上努力，向健康发展，在不可知的完全中，各人创作，皆应成为未来光明的歌颂之一页，这是新兴文学所提出的一点主张。”[1] 受其影响，沈从文对文学作品的社会使命的认识也日渐明晰，他表示，“一切作品皆应植根在‘人事’上面。一切伟大的作品皆必然贴近血肉人生”。[2]

二

在这样一种“政治熔炉”中，多数作家的创作自觉不自觉地

---

1 沈从文：《沫沫集·论冯文炳》，上海大东书局 1934 年版，第 10—11 页。

2 沈从文：《论穆时英》，《大公报》1935 年 9 月 9 日。

表达了不同的政治诉求，或多或少地成了当时盛行的政治文化的载体。除了大家熟知的最早的“普罗文学”作家蒋光慈、洪灵菲、华汉、胡也频、戴平万、楼适夷等作家创作出了最早一批反映工农斗争和革命内容的著作外，受其影响，许多作家均在反映革命的题材上做了尝试，例如艾芜的《在太原船上》、沙汀的《法律外的航线》等就间接反映了或歌颂了红色政权；草明的《绝地》歌颂了工人的艰苦顽强的斗争精神，间接写到了工人罢工斗争；许杰的《七十六岁的祥福》直接取材于他所熟悉的1928年浙江宁海县亭旁乡的一次农民暴动。

左翼作家的创作自不待言，我们还可举出许多“中间派”的或政治色彩较淡的作家，从他们的创作中也多少可以看出其受文学氛围的影响而造成的对社会使命感的注重。沈从文的小说《大小阮》、郁达夫的小说《出奔》是如此，甚至冰心写于1931年的小说《分》和《冬儿姑娘》也能反映出作者对问题观察的“新思路”。茅盾就认为，冰心的《分》和《冬儿姑娘》对人生有新的观察，“新的起点”，贫富对立是其在20年代创作中未曾加以关注的，而这种新的思路显然与当时的政治文化语境有关。[1]

陈梦家1931年在《〈新月诗选〉序》中虽一再强调他们写诗，是“因为有着不可忍受的激动，灵感的跳跃挑拨我们的心”，而

1　茅盾：《我走过的道路》（中），人民文学出版社1984年版，第259页。

“不计较这诗所给予人的究竟是什么”，他们反对将诗“注定在那一种特定的意义（或用义上）”，反复申明自己的“感情不容强迫”，要“始终忠实于自己”。但在那样一个特定的文化氛围中，他也不能不承认要做一个纯粹的听凭一己感情的诗人的不易，他不得不表示“当我们生活在别样的空气中，别样的情感煽动我们，我们也承受”。他还明确地表白：“我们时刻不曾忘掉自己的血，踩着的地土，并这时间的罡风，我们的情绪决不是无依凭的从天空掉下的。”[1] 由此可以看出，虽然“新月”诗人们面对时代风雨的侵袭时，所采用的策略是强调“严正”的“德性上的矜持”，但对其所处的特定的政治文化氛围却不可能是毫无反应。早在1929年秋，徐志摩就在《诗刊·序语》中申述了《诗刊》同人的“共同的信念”：“共信诗是一个时代最不可错误的声音，由此我们可以听出民族精神的充实抑空虚，华贵抑卑琐，旺盛抑销沉。”“一支不经意的歌曲，竟许可以开成千百万人热情的鲜花，绽出瑰丽的英雄的果实。”这里充分体现出他们对文学之于时代、民族和社会的“载体”意义的认识。

相比之下“第三种人”的作家们对政治文化氛围的反应以及以文学为政治文化载体表达自己的政治诉求、表现政治现实的社会使命感则更为强烈、更为鲜明一些。杜衡在1933年谈自己的

1 陈梦家：《〈新月诗选〉序》，《新月诗选》，上海科学技术文献出版社2014年版，第17—19页。

创作时曾说过，只要一提笔，就不得不面对一个“为什么写”的问题。“我是再也不甘心于只写供青年男女消遣的作品，而不得不把文学底社会意义来郑重地考量。第一步，我要求自己作品里要有真实的人生；更进一步，又要求政治的意义”。在这种随文化环境而“变动”的“写作态度”的驱驶下，“到一九二八年夏季，我下了除有积极的意义的东西之外一概不写的决心。当下我写了一篇《黑寡妇街》，以工人斗争为题材。……这以后又写了一篇以罢工为题材的《机器沉默的时候》”。[1] 杜衡还曾讲过：“本来我写工人生活的小说，是带勉强性的。所见本属有限，除一些群众运动底场面尚可说有相当的体验外，其余材料都像林琴南翻译西文一样，用耳朵代替眼睛；耳朵不足，继之以想像，想像不到，则以文学底魔术来掩饰”，“这种理智地写法使我底作品极端地机械化”，“有时候也想，什么都管他妈，自己写自己的；但同时我很明白，假如放纵自己底感情一写，由于当时生活上的苦闷，定然是些牢骚抑郁之作，于是每一次创作欲底萌动，都被理智硬生生地克服下去，这样把我闷了三年之久”。[2] 这里，在特定环境下，作家创作“身不由己”的感受可谓是溢于言表。

其他如施蛰存、穆时英等作家，在创作上也都没有能真正避

---

1 杜衡：《在理智与感情的冲突中的十年》，《创作的经验》，上海天马书店 1933 年版，第 133—134 页。
2 杜衡：《在理智与感情的冲突中的十年》，《创作的经验》，上海天马书店 1933 年版，第 134—136 页。

开政治文化氛围这一“熔炉”的影响，自觉不自觉地在文学中表达着某种社会政治的诉求。例如施蛰存 1928 年就曾模拟苏联革命小说的手法写了有关上海工人武装起义的小说《追》，作品中讲述了革命加恋爱的故事，写了阶级斗争的内容。这与当时盛行的“普罗文学”的创作路数是完全一致的。30 年代许多中间派作家似乎都有一种“人在‘熔炉’中，身不由己”的感觉。施蛰存就曾讲过，“我一直深知政治归政治，文学归文学”，但“事实上，文学时常不知不觉地在为政治服务的，一个作家是无法逃离政治氛围的”，“30 年代到了后期……我们这一批人的文学，被政治的需要、抗战的需要压住了”。[1] 虽然他们的创作，在充当“社会政治文化的载体”时常常感到力不从心，甚至构成了“理智与情感的冲突”，但又总是难以从环境中超脱出来。穆时英虽平时“闭口不谈政治”，但他除了创作一些反映 30 年代都市社会现实生活的作品外，受当时整个文学氛围的影响，他甚至曾仿效左翼作家大规模剖析社会状况的创作思路和方法，试图着手创作题为《中国：一九三一》的长篇小说。其构想便是“雄心勃勃地想描绘一幅 1931 年中国的横断面：军阀混点、农村破产、水灾、匪患；在都市里，经济萧条、灯红酒绿、失业、抢劫……”。“可是，穆时英从事这样的小说创作，毕竟力不从心，只写了很少部分就搁

1　施蛰存:《沙上的脚印》，辽宁教育出版社 1995 年版，第 171 页。

笔了”。[1]明知自己“力不从心”，却还要去尝试，这很可以看出当时政治文化氛围对作家创作活动的驱动作用。

由此可见，30年代作家们在创作中，不管是主动改变其创作的路径还是被动做出自己的文学选择，都是受当时政治文化氛围的制约的必然结果。这种制约导致的作家创作的最显著的变化，就是社会使命感的加强。所谓社会使命感的加强，主要表现在作家在创作中自觉探求国家和民众的命运与出路、努力表达某种政治诉求等，左翼作家是如此，曹禺、老舍、巴金这些民主主义作家是如此，而沈从文等一批中间派作家也是如此。这成了30年代文学创作的一种总的趋向。这一新的变化，带来了30年代文学创作中的一系列新的特点。

三

作家的政治意识与其文学的选择之间有着密切的关系，这首先体现在对创作题材的选择上。虽然，按照通常的观点来看，文学创作，其关键不在写什么，而在怎样写，但在30年代，写什么的确也能构成一个重要的问题。众多作家在创作题材上的趋同，既具有历史时代的特殊原因，也有作家对时代的回应问题。这里，

1 黑婴:《我见到的穆时英》,《新文学史料》1989年第3期。

我们关注的是，作家的政治意识、政治价值观的或明显或潜隐的趋导，如何决定了作家们选取文学创作题材的眼光。

作家思想意识的政治化，和作家创作历史使命感的强化，势必带来文学创作题材的转换。30 年代与 20 年代相比，文学创作题材的转换是一个非常明显的文学趋向。“左联”执委会 1931 年 11 月的决议《中国无产阶级革命文学的新任务》中明确就作家创作题材问题做出规定，要求作家必须抛弃“身边琐事”“恋爱和革命的冲突”等题材，抓取反帝国主义题材、反对军阀地主资本家政权以及军阀混战的题材、工人对资本家的斗争、描写农村经济的动摇和变化等现实生活题材。刘呐鸥、施蛰存等人主编的《新文艺杂志》，早在 1930 年的第 2 卷第 1 期的《编辑的话》中，也正面肯定了描写劳动人民生活的创作，批评了国内文坛“三角恋爱一类的玩意儿”，并表示，“我们是决不愿意把自己限止在青年革命家和青年女革命家的恋爱奇遇中的”。这里有着与后来“左联”决议的内容相似的方面。

“左联”的决议，主要是对左翼作家提出的要求，但在这种要求发出之前，文坛上的创作题材事实上已经呈现出向工农革命、农村破产、反帝爱国等有限的重要题材领域集中的趋向，而“左联”的提倡，则更推进了这种趋向。钱杏邨在发表于 1932 年 1 月的《一九三一年中国文坛的回顾》一文中指出，作家政治意识的普遍强化，其结果，就“是左翼文化运动的政治化与深刻化”，左翼的文学运动“更加与政治合流起来”。这种作家主观方面的政治取向与当时中国的社会政治现状的相互引发，就造成了创作题材的相对集中。他认为，当时突出的社会政治问题，是四个方面：“第一，是全国经济的更加破产，失业的恐慌，农村的破灭，金融界危机的深伏”；“第二，是洪水的灾难，这一年的水灾，灾区达十六省的地域，死亡的人数达二十余万，流离失所的农民更不知多少，在政治上，经济上，都将给中国以及世界以巨大的影响”；“第三，是东三省问题，日本帝国主义对东三省侵略的军事行动”；“第四，是统治阶级统治力量的破产，在三次围剿共产军的失败”。而这四个方面也正是当时左翼作家们的最主要的创作题材。[1]

以 1931 年左翼作家的创作为例，当时较有影响的，反映中国洪水灾难题材的主要作品就有丁玲的小说《水》、田汉的五幕剧《洪水》等；反映反帝爱国题材的主要作品有田汉的剧作《扫射》《暴风雨中的七个女性》《乱钟》和史铁儿（瞿秋白）的《东洋人出兵》《言词争执歌》，以及突如的《劳勃生路》等；而适夷的独幕剧《活路》更是兼及洪水灾难与日帝入侵这两大题材。关于“三次围剿”，囿于生活局限，该题材的作品产生不多，但仍有耶林的《一场小景》等作品。而至于反映经济破产，农村衰败等方面题材的作品则更是占了主要的地位。

---

1 钱杏邨：《一九三一年中国文坛的回顾》，《北斗》第 2 卷第 1 期，湖风社 1932 年版。

这种创作题材相对集中在几个领域的状况，其实不仅仅体现在左翼作家的创作中，而是体现在整个 30 年代，体现在多数作家的创作中。在这里更需要探讨的是，30 年代文学与 20 年代文学相比，这种创作题材的明显的转换及其转换的意义。这里以 30 年代重要创作题材之一的农村题材为例。

中国农村题材的文学源起于“五四”时期，是由鲁迅所开创，但农村题材在整个“五四”时期并未受到那个时代人们的特别重视；虽有鲁迅在“五四的前后特拣那死水似的乡村来描写”，并在思想和艺术上都取得了伟大的成就，但“鲁迅而外的作家大都用现代青年生活作为描写的主题”。[1] 但到了 30 年代，农村题材的创作却成为特别兴盛的创作题材。1934 年鲁迅、茅盾所选中国作家短篇小说集《草鞋脚》和 1936 年赵家璧、茅盾等二十名著名作家推荐选辑的《短篇佳作集》，农村题材小说均占三分之一左右。1934 年林徽因选编的《大公报文艺丛刊小说选》，更在《题记》中指出：“在这些作品中，在题材的选择上似乎有个很偏的倾向，那就是趋向农村或少受教育分子或劳动者的生活描写”；“描写劳工社会，乡村色彩已成为一种风气，且在文艺界也已有了一点成绩”。[2] 不只是小说，诗歌、戏剧也是如此。就诗歌而言，人

1　茅盾：《读〈倪焕之〉》，《文学周报》1929 年 5 月第 8 卷第 20 期。

2　林徽因：《大公报文艺丛刊小说选 · 题记》，《大公报文艺丛刊小说选》，大公报馆 1936 年 8 月初版，第 1—2 页。

们耳熟能详的许多诗篇都是农村题材的,如艾青的第一个诗集《大堰河》、田间的《中国农村的故事》、蒲风的《六月流火》、杨骚的《乡曲》以及臧克家的许多诗歌。就戏剧而言,以农村为题材的可以随手拈出的就有田汉的《洪水》《旱灾》,适夷的《活路》,洪深被称为“农村三部曲”的《五奎桥》《香稻米》《青龙潭》,熊佛西的《锄头健儿》《屠户》《过渡》,等等。

农村题材创作的兴盛,是30年代文学创作的一个显著标志,明眼人不难一下子就看出这种题材上的转换。[1]早就有人指出过,“从题材背景和性格刻划来看,中国现代小说的进展清楚地显示了从20年代早期以城市为背景的自传体裁转变到30年代以后描写农村范围的乡土文学”。[2]那么,这种题材转换的原因何在呢?

这当然不能忽略当时的社会环境的制约因素。30年代的中国社会,殖民地化迅速加剧,首先受到冲击的是作为国民经济主要成分的农村经济。中国30年代初所谓的“丰收成灾”,就是随着世界经济危机日趋严重,农产品国际市场愈益狭窄,帝国主义转嫁危机而出现的畸形社会现象。“丰收成灾”在当时成了重要的社会问题,当时以此为内容的报道和述评一时间充斥各大小报刊。大革命之后,国内阶级矛盾激化、国民党政府的腐败又更进一步加速了农村经济的崩溃:内战连年,战祸遍及广大农村,使农民

1　参见朱晓进:《左翼农村题材小说的时代特征》,《中国社会科学》1985年第1期。
2　李欧梵:《论中国现代小说》,《中国现代文学研究丛刊》1985年第3期。

遭受巨大灾难；国民党政府为资助内战，向农民征收的田赋、田赋附加税及名目繁多的苛捐杂税空前加重；在农村贫富分化日趋加剧、土地迅速集中的过程中，地主阶级对农民的剥削和压迫也更加残酷；加之，自然灾害也频频袭击农村。30 年代的中国乡村和广大乡民们处于空前的灾难困苦之中，农村经济的凋敝和农民的破产，导致了农村社会各种关系的变化，农民反抗和革命的情绪一再增长，抢米抗租的斗争以至暴动不断兴起。

农村问题已成为中国最突出的社会问题，农村状况和农民的命运引起了全社会的普遍关注和同情。身处这样的时代，作家也难以置身其外，这体现到文学创作上，必然是带来文学题材和内容上的深刻变化。

四

但农村问题在中国并非 30 年代始有，而农村题材的文学创作却是到了 30 年代才兴盛起来，这里更应加以关注的是作家们思想意识的变化。如果说，"五四"时期的文学主要是为了适应思想革命的要求，其作品题材内容也主要表现为"反映社会的现象，表现并讨论一些有关人生一般的问题"[1]；那么，随着 30 年

1　茅盾:《中国新文学大系·小说一集·导言》,《中国新文学大系》，良友图书公司 1935 年版，第 4 页。

代实际的社会革命的到来，文学理念也随之发生了变化。按照毛泽东《新民主主义论》中的理解:“中国的革命实质上是农民革命,……新民主主义的政治,实质上就是授权给农民。”“大众文化,实质上就是指农民文化”,“中国有百分之八十的人口是农民，……因此农民问题，就成了中国革命的基本问题，农民的力量，是中国革命的主要力量”。[1] 尤其是 30 年代以土地革命为主要内容的社会革命的深入发展，向文学提出了新的课题，要求文学反映现实革命斗争中最为迫切的问题，积极反映农民的生活状况，表现农民的反抗和斗争，挖掘他们身上所蕴含的巨大革命力量。左翼作家们对于这一历史使命有着自觉的意识，而其他许多作家们随着政治意识的不断加强，以及当时受政治文化氛围的影响，也都在文学创作题材上多多少少有了这种自觉。

早在 1919 年，李大钊就曾指出:“我们中国是一个农业国，大多数的劳工阶级便是那些农民，他们若是不解放，就是我们国民全体不解放，他们的苦痛，就是我们国民全体的苦痛。”[2] 但这种从政治高度来认识农村和农民问题重要性的观念意识，在“五四”时期并未在一般知识分子中得到响应，也未在文学创作的题材选择上得到普遍、充分的体现。“五四”时期的大多数作家还不可能自觉地从中国特有的国情和中国革命的任务这样的政

1　毛泽东:《新民主义论》,《毛泽东选集》，人民出版社 1952 年版，第 663 页。
2　李大钊:《青年与农民》,《晨报》1919 年 2 月 20 日。

治角度来认识与表现农村和农民问题。20 年代末 30 年代初，由于农村问题的突出，农村社会革命的开展，也由于作家们思想意识的趋于政治化，中国作家对于农村社会、农民问题的认识也随之有了大的飞跃。作家们的眼光普遍由“五四”时期的关注个人转向关注社会的变化，作家们文学创作的题材选择也由表现知识青年的社会生活、探索有关人生一般的问题转向表现更为现实的农村社会和人民大众中的大多数的农民。20 年代末 30 年代初，文艺界展开过一场有关农民文学的讨论。参加这场讨论的作家尽管思想倾向并不一致，但多数都能从农村问题和农民问题的突出与重要来肯定提倡农民文学的意义。

30 年代初“革命文学”作家们最先以自觉的历史责任感和历史使命感来提倡和实践在文学中表现农村、表现农民。成仿吾在他较早的倡导“革命文学”的文章《从文学革命到革命文学》中就提出文学要“以工农大众为我们的对象”；[1] 而在创作上则很快就出现了一些表现农民觉醒和反抗的作品，如《大海》（洪灵菲）、《挣扎》（楼建南）、《村中》（戴平万）、《义冢》（钱杏邨）等。这曾给 30 年代初的文坛带来了新的气象。当时就有人注意到了这种“文艺方向的转变”，并指出这种转变的内容是，“已经否定了个人主义文学，而趋向大众或集团的表现”，而“我们中国大众，

1　成仿吾:《从文学革命到革命文学》,《创造月刊》1928 年 2 月 1 日第 1 卷第 9 期。

百分之八十都是农民，所以提倡大众生活的文学，农民文学自然居其中的主要地位”。[1]

即便像郁达夫这样一个在“五四”时期致力于表现青年的时代忧郁与苦闷的作家，在这时也把注意力转向了农民，并成为“农民文学”的力倡者。郁达夫 1929 年 9 月，曾陆续写了《农民文艺的提倡》《农民文艺的实质》《乡村里的阶级》《谁是我们的同伴者》等文章，就他所理解的农民与中国革命的关系做了阐述，并极力提倡文艺去表现在军阀、土豪、劣绅压迫下的农民。

郁达夫这种思想认识及文学创作题材选择上的变化在 30 年代的作品中是具典型性的。张天翼的一段话，可说是代表了 30 年代许多作家的认识水平：“做个作家就尤其需要认识农村，作家是要描写多数人的生活的，替大多数人申诉，而中国的绝大多数就是农民大众，离开了农民，那就什么都会成了空的，也可以说不成其为一个中国作家了。”[2]

创作题材本来是不同的作家因人而异的选择，但当众多作家的选择过于集中在少数几种题材上，这就构成了可供探究的文学现象。这里明显标示了 30 年代政治文化氛围以及作家政治意识强化所带来的文学创作的变化。

1 施孝铭：《农民文学商榷》，《中央大学半月刊》第 1 卷第 15 期。
2 蒋牧良：《记张天翼》，《文艺生活》海外版第 7 期。

第三节　受制于政治价值观的处理题材的角度与方式

一

当然就创作的题材本身，似乎还难以说明更多问题，正如沈从文所指出的那样，“一切艺术价值的形成，不是单纯的‘材料’，完全在你对于那材料使用的思想与气力”。[1]更为重要的，或者说，更能体现作家政治思想强化与文学选择的关系的，是作家处理题材的角度和眼光，以及这种角度和眼光所标示出的作家的政治价值取向。

30 年代创作题材中固然出现了许多 20 年代所没有的新的内容，如反映工农革命等等，但许多题材在 20 年代的创作中多少已经是有所涉及的。所以，30 年代文学的“政治化”特征最能充分体现出来的方面是：对于 20 年代文学已涉及过的问题做出了不同于 20 年代的解释，对于 20 年代文学已涉及过的题材做出了不同于 20 年代的处理。

就文学反映现实而言，是任何时期的文学所共有的特点，但 30 年代文学的特殊性在于，这些现实题材在文学的反映中，其出发点是出于“政治”的考虑，或在其反映中将问题的陈示和分析

1　沈从文:《废邮存底 · 给一个写诗的》,《沈从文选集》第 5 卷，四川人民出版社 1983 年版，第 8 页。

转化成了“政治性”探讨。例如婚恋、爱情题材的创作，是20年代的重要题材，这是与20年代作家普遍出于人性的解放、个性解放的考虑分不开的。20年代文学中两性关系，彼此的结合或分离，其合理性依据是个性主义。或借两性关系抨击封建制度对人性的戕害，或借两性关系张扬人性。30年代文学中，尤其是在早期的“普罗文学”创作中，两性关系更多融入的是政治的色彩，这与20年代写两性关系有很大的不同。蒋光慈、洪灵菲、胡也频、丁玲以及其他许多作家的创作中，涉及两性关系，彼此的结合或分离，其合法性依据中个性主义已经退场，代之以“革命”的志向、“革命”的行动和“革命”利益的考虑。再如工、农生活题材的作品，20年代多止于表现他们生活的苦况，其出发点多是人道主义的同情，而30年代，无论其作家创作的出发点还是借以探究的问题，都明显地更带有政治的色彩。

30年代多数作家，无论选择什么题材进行创作，由于其强烈的历史使命感，使他们不甘心止于题材本身的描述，而是力图通过或一题材，从生活的一隅来表现出时代的变化，借以探索这变化的时代、动荡的社会中人民大众的历史命运。茅盾认为：一篇作品“并不能仅仅以是否描写到时代空气为满足”，而应该写出“时代给人们以怎样的影响”和“人们的集团的活力又怎样将时代推进了新方向”，即“怎样由于人们集团的活动而及早地实现了历史的必然”。[1]正因为如此，他写作品都是从“大规模地描写中国社会现象的企图”出发的。[2]

30年代的作家们对自己的创作目的和动机的表述相对20年代要更加明确。叶紫曾表示：“要求能够老老实实地攀住时代的轮子向前进。在时代的核心中把握到一点伟大的题材。”[3]吴组缃也曾这样谈起过自己30年代创作的动机：由于“对当时剧烈变动的现实有了许多感受”，“那巨大深刻的变化，使我内心振动。我努力想了解这些变化的实质，认识它的趋向，慢慢从自己的小天地探出头来，要看整个的时代与社会”。[4]王统照在30年代的文学创作题材上有很大的转变，他在“五四”时期，曾热衷于写知识分子题材，探求人生的意义，表达美和爱的主题。但到了30年代，他十分注重农民问题，写了大量以北方农村和农民生活为题材的作品。他曾这样谈起过自己当时对题材的选择以及处理题材的考虑：“以将崩溃的北方农村生活作背景，这是我那短时期内创作的标的。然而并非趋时，实因另有所见；尤不愿只强调农民困苦作浮泛的一般描写。我特为表现这真正‘老百姓’的性格、习惯，与对于土地的强固保守心理，以及因此心理不获正常发展反激出难以补救、难于解释的蛮横行动，借以映射出中国各地的

1 茅盾：《读〈倪焕之〉》，《文学周报》第8卷第20期（1929年5月）。
2 茅盾：《子夜后记》，《茅盾论创作》，上海文艺出版社1980年版，第56页。
3 叶紫：《从这庞杂的文坛说到我们这种刊物》，《无名文艺旬刊》1933年2月创刊号。
4 吴组缃：《吴组缃小说散文选·前记》，人民文学出版社1954年版，第1页。

不安状态。……希望细心读者对此重大问题，因文艺的感发能予以缜密思考。这是我那些年写成的几个长短篇小说的集中观念。”[1]作者的创作意图十分明确，也正因为如此，他的《山雨》出版不久，国民党上海市党部便以“宣传阶级斗争”为由勒令禁止发行。

二

30 年代作家处理题材眼光的独特性，他们受制于自己的政治价值观而采取的处理题材的角度和方式，与 20 年代最具有比较性的是农村题材作品的创作。30 年代农村题材的创作，在其处理题材的方式上，即在表现农村社会和农民命运时，选取了不同于 20 年代农村题材创作的独特的角度。如果说，20 年代“文学革命者的要求是人性的解放，他们以为只要扫除了旧的成法，剩下来的便是原来的人，好的社会了”，[2]因此，作品往往侧重于表现农村的思想关系，表现农民在封建主义压迫、奴役下的精神病态，以控诉和批判封建制度和封建思想文化对农民“人性”的残害。到了 30 年代，普遍的“阶级意识觉醒了起来”，[3]作家们开始转而

1　王统照:《银龙集 · 序》,《王统照文集》第一卷，山东人民出版社 1980 年版，第 401—402 页。
2　鲁迅:《且介亭杂文 ·〈草鞋脚〉小引》,《鲁迅全集》第 6 卷，人民文学出版社 1981 年版，第 20 页。
3　鲁迅:《且介亭杂文 ·〈草鞋脚〉小引》,《鲁迅全集》第 6 卷，人民文学出版社 1981 年版，第 20 页。

从社会革命的角度去分析中国农村社会，甚至以阶级分析的方法，侧重于表现农村的经济关系，即农民所遭受的封建地主阶级的压迫和剥削，以及由此而产生的农民的反抗和革命。

30年代许多作家在农村题材的创作中，不约而同地对“土地”问题给予了特别的关注。他们深刻地理解到“封建制度是更深地表现于现有的土地关系上”，[1]于是他们几乎是带着某种历史使命感，在作品中努力展示这种关系，去写“关于土壤的故事”，“写出土壤的历史”来。[2]在30年代农村题材作品中，我们便清楚地看到，农村土地关系的变化，如何带来乡村的真正的悲哀，如何使几千年安于土地的农民们失去了对于土地的信念，以及其中所蕴含着的农民们的普遍的躁动不安的情绪。土地，连接着农民的生命，左右着农民的命运，也决定着农民的精神性格。30年代农村题材作品中，农民们所遭遇的苦难甚至是人格侮辱、精神摧残，不再是孤立存在的现象，而是与农民们的经济政治地位密切联系在一起加以表现的，而且前者从属或附属于后者。对农民们的灾难和不幸根源的解释，不再停留在对他们自身的愚昧麻木的挖掘上，而是注重外界所强加的压迫和剥削，即不再将农民的精神悲剧主要归结为历史积淀下来的人性缺陷，而是更多地与具体的社会历史条件联系在一起。这样的处理，明显减弱了20年代浓烈

1　马子华:《他的子民们·跋》,《他的子民们》，春光书店1935年11月初版。
2　端木蕻良:《我的创作经验》,《万象》月刊第4卷第5期。

的启蒙主义色彩，而强化了阶级斗争的理念。

30 年代中国农村社会有一个最为显著的特点，这就是农民破产、农村衰落、土地迅速集中，农村两极分化。抓住了土地问题，就抓住了农村问题的主要症结。对这个问题的剖析，显示了 30 年代作家对中国农村社会本质的认识所达到的历史深度。从这一角度切入，对中国农村社会状况、经济关系的剖析，令人信服地揭示了农村问题的根源和农民进行反抗、革命的可能性与必然性。20 年代从“人性解放”的角度对农民命运表示人道主义的同情，从精神状况和思想状况去理解和分析农民，这都有其时代的合理性，但只有将对农民精神和思想状态的探索与对其经济地位、政治态度的考察结合起来，才能全面把握农民，才能理解和合理解释农村社会的一切变动。

30 年代农村题材创作中处理题材上的价值取向的变化，首先引人注目地体现在左翼作家的作品中，如蒋光慈、茅盾、叶紫、沙汀、东平、洪深等作家的创作，它们大多从经济、政治等方面正面描写农村生活，对农村现实进行社会剖析，展示农村阶级斗争的图景。但这种状况，绝非止于左翼作家，许多非左翼作家的创作中也有类似的变化。例如,20 年代以“乡土文学”著称的鲁彦，早年创作过《菊英出嫁》《阿长贼骨头》等揭示农民精神病态的作品。而在 30 年代创作的《乡下》《愤怒的乡村》中，就明显转变为以社会剖析和阶级分析为视角。再如王统照的《山雨》等作品、吴组缃的农村题材作品，就题材处理的角度、方式等等，也都与左翼作家的创作难以区分开来。即使像罗淑这样的作家，她30年代从事农村题材的创作时，其初衷是试图承袭20年代“乡土文学”传统，但在实际创作过程中，却往往突破了20年代“乡土文学”的内容和倾向，作品的实际内涵却更接近30年代左翼农村题材文学的作品，这很能说明农村题材创作由20年代向30年代发展演变的普遍性和必然性。[1]

三

30年代农村题材的文学创作在人物性格的发掘上，也明显与20年代农村题材作品有着不同的发现，而这种不同的发现，也体现出了30年代作家不同的政治眼光。

在30年代农村题材小说中有大批老农民的形象，他们属于20年代闰土的同辈人。在描写这类农民时，30年代作家较多地继承了鲁迅小说的思想成果，人们不难在他们身上看到阿Q、闰土的影子。例如茅盾笔下的老通宝和叶紫笔下的云普叔，他们都勤劳善良，试图靠自己的苦斗来挣得丰收，以改变自己的生活处境；同时他们又趋于保守，在发展着的时代中仍固守着旧的思想

1　参见樊骏:《论罗淑》,《罗淑罗洪研究资料》，北京十月出版社1990年版，第93页。

和思维方式。王统照笔下的奚二叔、陈庄长（《山雨》中人物）相信命运观念，奉行忍耐哲学，甚至在不知不觉中阻遏了其他农民的觉醒和反抗。但 30 年代作家在处理这类人物形象时，也十分注重发掘这些“老中国的儿女们”身上已经具备的新的时代性格的因素。这类形象已不完全是以“沉默的国民灵魂”为其性格特征。他们处于变动、灾难的历史时代，内心也充满矛盾，已经不像闰土那样沉默了。他们身上固然存在着保守、落后、麻木等应该否定的一面，但他们已经不像阿 Q 那样至死仍认为“人生天地间大约本来有时也未免如此”了，他们之中的多数最终还是觉醒了。作品注重写他们在时代的逼迫之中的改变，并终于以其自身的行动否定和批判了旧的生活道路。奚二叔虽在怨愁中死去，陈庄长虽然连同他那善良而有害的人生哲学一道进了坟墓，但他们的死却给人们留下了对于今后生活道路的思考。而老通宝在临死前似乎理解了儿子阿多的反抗行动，云普叔之最终觉悟乃至投身到群众反抗队伍中去，以自己觉醒的事实否定了传统的旧的生活道路。如果说阿 Q、闰土等是不觉悟农民的典型，作者塑造这类形象的意义在于引起疗救的注意；那么老通宝、云普叔等则是在矛盾中艰难觉醒的农民典型，作者塑造这类形象的意义在于揭示农民觉醒道路的艰难曲折以及最终必然觉醒的历史趋势。

与 20 年代相比，30 年代农村题材小说对农民性格的新发现更多地体现在对以觉醒、反抗、革命为其主要特征的青年一代农民形象的塑造上。30 年代农村题材文学中第一次并且大量出现革命农民形象，这显示了作家们对农村革命进程的基本认识。在 30 年代作家笔下，与老一代农民相比，青年一代农民相对地清醒敏锐，因而能感觉到社会现实的动荡，他们也不像父辈那样因袭了那么沉重的精神负担，他们不寄希望于现存的生活秩序，而渴望着、期待着以一种社会变革来改变自己的生活处境。正是在这当中，蕴含了农民革命的可能性和必然性。叶紫《丰收》中的立秋、茅盾《秋收》中的阿多都成了相约去“吃大户”、抢粮食、反抗、斗争的带头人；王统照《山雨》中的奚大有、鲁彦《愤怒的乡村》中的华生、萧红《夜风》中的长青、沙汀《酵》中的大圆、马子华《他的子民们》中的刁佑权等都属于这类性质的人物形象。

在30年代农村题材文学作品中，还有两类形象是值得注意的，即劳动妇女的形象和乡村统治者的形象。20 年代农村题材作品往往通过表现劳动妇女的酸辛和痛苦，来提出农村妇女解放的问题。而 30 年代农村题材作品则往往能表现出妇女的觉醒和反抗，如叶紫的《星》《乡导》、萧红的《生死场》等作品中均有这方面的内容。20 年代农村题材作品中的乡村统治者、反面人物主要是作为封建传统势力、封建道德的化身，而较少直接以封建政权的化身出现。如鲁迅《祝福》中的鲁四老爷等，这是由当时思想革命的性质所决定的。而 30 年代农村题材作品中的乡村统治者形象，却主要凸现了其阶级的特征，作品将他们作为农民贫困的阶级根源和农民的阶级对立面来加以表现，从而较明确地反映出 30 年代中国乡村社会的阶级矛盾和阶级斗争。

综上所述，30 年代政治文化对当时的作家和文学创作活动起了重要的制约作用，30 年代作家政治意识普遍增强，这些政治意识左右了作家的文学选择。政治诉求、政治意识、政治价值观或明显或潜隐的趋导，在较大程度上决定了作家从事创作的使命感和源于政治思考的创作预设，而且多少也决定了作家们观照问题的角度、选取文学题材的眼光和处理题材的方式，并由此形成了 30 年代文学创作的许多重要现象和重要特征。

第六章　政治文化与30年代独特的文学风尚

30年代的文学风尚，与当时的政治文化有着密切的关系。政治风气、政治需求和普遍的政治心态，导致了30年代主导的审美倾向的形成，造成了许多特殊的文体形式的盛行。

第一节　文学的“社会科学化”倾向

一

30年代文学的“社会科学化”倾向是一个非常值得重视的文学现象。30年代文学是在特殊的政治文化语境下与社会科学结缘的，它是30年代独特文学环境下的必然产物。文学的“社会科学化”倾向，在很大程度上影响了30年代作家的文学选择，多少决定了作家们文学创作的风貌，带来了文学形式和文学文体等方面的诸多变化，并导致了30年代文学的一些重要特征的形成。对这一现象的研究有助于我们加深对30年代文学的更全面的理解和把握。

30年代知识分子政治意识普遍加强，对社会政治问题给予了特别的关注，这导致了广泛的对于包括马克思主义学说在内的社会科学的兴趣。这一现象在当时比较突出，并引起了文化界和出版界注意。顺应这样的情势，“1929年的出版界，可以说是关于社会科学的出版物风行一时的年头”，社会科学读物的兴盛，甚至已经超过了文艺方面的出版物。[1]

1930年1月《新思潮》杂志上刊载的《一九二九年中国关于社会科学的翻译界》一文指出：“关于文艺方面的出版物虽不能说是已经衰歇，但总没有像关于社会科学的那样来得蓬蓬勃勃的。单只社会科学丛书的刊行或计划，据我所知道的已经有了现代的‘社会科学丛书’，南强的‘新社会科学丛书’，北新的‘近代社会科学名著译丛’，黎明的‘社会科学大纲’，南华的‘苏俄研究小丛书’……等等”。该文还列举了“其它以单行本形式出版的，除开关于文艺理论的”有关社会科学的出版物计有151种。该文

1 《一九二九年中国关于社会科学的翻译界》，《新思潮》1930年1月第2、3期合刊。

还就1929年关于社会科学的出版物做了统计分析，指出："第一，是新兴的社会科学抬头。这是新兴阶级的抬头的必然的反映。新兴社会科学在这一年里可以说已经确确实实地树立了它的存在权了。第二，是关于经济学的书籍特占多数。第三，是关于方法论——尤其是唯物辩证法这一类书籍的流行。这就意味着中国的读书界已经有更进一步去研究社会科学的需要之表示。第四，是关于苏联的研究的书籍和关于帝国主义的书籍，占了不少的数目。第五，是关于历史方面——如经济史、革命史及经济学史、社会思想史等等，也占了相当的数目。从这一点，可以看到中国的幼稚的思想界已经有渐渐走上系统研究的道路之倾向了。"[1]该文中提供的虽仅是1929年一年中的较为详细的资料，但已足以看出30年代社会科学之普遍受重视的情况，没有普遍的对于社会科学的兴趣，自然不可能有社会科学书籍的出版热。这种社会科学的热潮，对30年代文学的发展起了重要的影响作用，其影响较为突出地体现在30年代文学的"社会科学化"倾向上。

在30年代文坛上有一个比较突出的现象，即社会科学工作者与文学家之间的角色的兼容、兴趣的融合和从事专业的相互交叉。许多从事社会科学的研究者、转向文学或对文学给予了特别的关注；而许多文学家则表现出对社会科学的极大兴趣和探讨社

1 《一九二九年中国关于社会科学的翻译界》，《新思潮》1930年1月第2、3期合刊。

会科学问题的极大热情。而这一切都与30年代特殊的政治文化氛围有着密切的关系。

30年代有大批从事社会科学研究的学者介入文学，有些干脆从社会科学者转为作家。茅盾就谈到30年代许多文学评论文章，是出自社会科学工作者之手。他自己的《林家铺子》《春蚕》《子夜》等作品发表后，就涌现了大批社会科学工作者写的评论文章。如“评论《春蚕》的丁宁，……这位评论者大概也是研究社会科学的”。[1]发表在《读书与出版》上的“卢艺植的《读子夜》……观其词汇，动辄‘把握’，可以猜想他是社会科学（这在当时，是马克思主义的代用词）的研究者”。[2]发表于《出版消息》上的朱明的《读子夜》，“从文中数语，我猜想朱明其人大概是研究社会科学的，但对文学却不很在行”。[3]“凤吾在《关于“丰收”的作品》中也评论到《春蚕》《秋收》《残冬》3篇……看来这位评论家也是个社会科学研究者。”[4]

社会科学工作者关注文学，纷纷介入文学批评，这是由文学在30年代的政治文化传播中的特殊作用引发的。由于文学批评和文学创作有着最广大的读者面，因此30年代社会科学工作者将此视为传播自己政治价值观、政治信念的重要工具。这些社会

1　茅盾：《我走过的道路》（中），人民文学出版社1984年版，第138—139页。
2　茅盾：《我走过的道路》（中），人民文学出版社1984年版，第120页。
3　茅盾：《我走过的道路》（中），人民文学出版社1984年版，第119页。
4　茅盾：《我走过的道路》（中），人民文学出版社1984年版，第140—141页。

科学工作者转向文学后，由于自身的理论思维的优势和文学创作技法的弱势，使他们首选对文学批评的介入。[1]正因为如此，他们的对文学作品的评论多数只是借别人的作品以发自己的言，其评论与作品本身是否贴切并不重要，他们的兴趣也并不是在艺术本身而仍然是从他们的社会科学研究者的目的出发：借文学评论文字传播政治观念和其他社会科学理论。所以茅盾认为，在对自己作品的评论中，“阶级意识”“斗争的情绪”“时代的把握”等等，“倒是当时社会科学研究者评论文艺作品时常有的看法”，他们并不注重作品中所描写的是不是现实中存在的状况。[2]

在多数社会科学研究者那里，从事文学批评和文学创作只是兼职，即偶而为之，但最终完全专事于文学批评和文学创作的也不乏其人。华汉就曾说过：“我本来是一个研究社会科学的人，但对于文学，却有着很大的嗜好，……也许正因为自己不是‘专家’的原故，所以，写出来的东西，连自己也都感到那只是成功的反面。”[3]蹇先艾也曾在1934年说过这样的话：“这几年来，和自己的本行‘经济学’背道而驰，一天比一天远了，与‘文学’的关系却加倍亲密起来，像忘形的朋友似的。严格而论，我并没有超人一等的天赋，偏要不避艰险地走上这条路去，而且觉得醰然有味，

1　参见朱晓进：《政治文化语境与30年代左翼文学批评》，《江苏社科》2006年第1期。
2　茅盾：《我走过的道路》(中)，人民文学出版社1984年版，第137页。
3　华汉：《谈谈我的创作经验》，《创作的经验》，天马书店1933年版，第145页。

这真是不可思议的事。”[1]还有一位叫甘乃光的作家谈起过自己游刃于文学与社会科学之间的经历：“我是一个学经济学的人，……我的时光大部分消磨在旁的科学研究上头，缺乏文学的修养，对于创作技巧无暇去细细学习，即便把题材构思好，却不能用适当的形式去表现出来，……用文学作为政治宣传的工具，决不是文学本身的方向，诚然，在目前这个过渡时期，要利用文学做宣传，我并不反对。”[2]

30 年代大批社会科学研究者之介入文学，从一个侧面反映了 30 年代政治文化与文学的关系。30 年代“普罗文学”的兴盛是与所谓红色 30 年代的国际政治背景分不开的，从一开始起，“普罗文学”运动就不是一个纯粹文学领域里的运动，而是与当时的新兴社会科学思潮裹挟在一起的。“普罗文学”的全部理论依据就是当时盛行的新兴社会科学理论，这种理论以马克思主义的阶级斗争和无产阶级革命理论为核心。最初“普罗文学”的提倡，就理论而言，正因为有大批新兴社会科学理论研究者的参与，才使“普罗文学”提倡在理论上具有了系统性。而当时新兴的社会科学的思想也正是借助“普罗文学”运动的形式得以在中国广泛传播的。也就是说，适应政治文化发展的特殊需要，30 年代从一

1　蹇先艾：《我的作品产量稀少的原因》，郑振铎、傅东华编：《我与文学》，生活书店 1934 年版，第 158 页。
2　甘乃光：《我希望在文学园里重执黎锄》，郑振铎、傅东华编：《我与文学》，生活书店 1934 年版，第 43—44 页。

开始就形成了社会科学与文学互动的格局。

二

与此同时，文学的“社会科学化”，即作家们对社会科学兴趣的加强，文学创作对社会科学理论的借鉴和对社会科学方法的运用等等，也成了一种必然的趋势。

30 年代作家们与当时新兴的社会科学的结缘成为一个重要的文学现象。随着 30 年代作家普遍政治意识的加强和对社会政治问题的空前关注，他们对掌握和了解新兴社会科学理论的自觉性也越来越明显。“左联”在 1930 年 5 月的一次大会上曾做出过这样的决议:“和社会科学家联盟发生密切的关系,经常派人参加‘社联’的一切活动。”[1]其实，“社联”与“左联”之间，成员互有交叉，许多人本身就兼具社会科学研究者和作家的双重身份。这两个组织，无论在组织关系上，还是在当时文化战线所开展的思想斗争上，以及在介绍阐扬马克思主义理论知识上，二者是既有分工又有合作。1930 年 4 月神州国光社出版了“左联”主编的《文艺讲座》和“社联”主编的《社会科学讲座》两本书，两本书的出版版式相似，虽一是谈文艺，一是谈政治、经济、哲学，但都

1　唐弢:《晦庵书话》，三联书店 1980 年版，第 55 页。

是介绍马克思主义或运用马克思主义观点来分析问题，且两本书中的作者互有交叉，如冯乃超、郭沫若、朱镜我等都是在两本书中均有论文。[1]而在此之前的1930年3月，上海南强书局已经出过两本小册子，一本是“社联”成员柯柏年（李春蕃）的《怎样研究新兴社会科学》，一本是“左联”成员钱谦吾（阿英）的《怎样研究新兴文学》。这两本书虽未用“丛书”名称，实为同一系列，都是较为通俗地向青年读者介绍马克思主义社会科学理论和马克思主义文艺思想的。[2]可见，30年代一开始，新兴文学运动兴起与新兴社会科学理论的传播二者关系密切，难以剥离。

30年代有不少作家并不甘心于只做一个作家，他们往往同时兼为社会活动家、社会科学家。最突出的如郭沫若，30年代的他在文学创作的同时，进行古史研究，而且是自觉地用马克思的方法来研究中国古史。他在1929年9月的《〈中国古代社会研究〉自序》中特别表明自己的古史研究与胡适等人的区别在于:“我们对于他所‘整理’过的一些过程，全部都有重新‘批判’的必要”;“我们的‘批判’有异于他们的‘整理’”;“‘整理’的究极目标是在‘实事求是’，我们的‘批判’精神是要在‘实事之中求其所以是’”;“‘整理’的方法所能做到的是‘知其然’，我们的‘批判’精神是要‘知其所以然’”。从中我们可以看出，郭沫若强调“求其所以是”，“知

1　唐弢:《晦庵书话》，三联书店1980年版，第56页。
2　唐弢:《晦庵书话》，三联书店1980年版，第58—59页。

其所以然”，正是为了强化历史研究中的“分析”机制，而这种思想方法，也正是当时的文学的“社会科学化”中多数作家所追求的。

再如茅盾，在30年代虽未从事具体的社会科学的专门研究，但他对自己社会科学方面的素养一直有着很高的要求。他多次谈到作家具备社会分析能力的重要性。1932年他曾在回顾自己的文学创作时说过：“一个做小说的人不但须有广博的生活经验，（方）必须有一个训练过的头脑能够分析那复杂的社会现象；尤其是我们这转变中的社会，非得认真研究过社会科学的人每不能把它分析得正确。而社会对于我们的作家的迫切要求，也就是那社会现象的正确而有为的反映！每每想到这一些，我异常兴奋，我又万分惶悚；我庆幸我能在这大时代当一名文艺的小卒，我又自感到我漫无社会科学的修养就居然执笔写小说，我真是太胆大了！”[1]茅盾对自己的要求太高，事实上，他在创作中是最自觉地运用社会科学的分析方法的。

茅盾在这方面的认识和自觉追求在30年代作家中是最为突出的。他曾说过：“生活经验的限制，使我不能不这样在构思过程中老是先从一个社会科学的命题开始。”[2]关于茅盾的这一创作特点，在当时及其后有许多评论者都看得十分清楚。例如，叶圣陶

1 茅盾：《我的回顾》，《茅盾选集》，上海万象书店1936年版，第6—7页。
2 茅盾：《我怎样写〈春蚕〉》，《青年知识》1945年10月第1卷第3期。

在《略谈雁冰兄的文学工作》一文中说："我有这么个印象，他写《子夜》，是兼具文艺家创作与科学家写论文的精神的。"[1]瞿秋白在《子夜与国货年》一文中指出："应用真正的社会科学，在文艺表现中国的社会阶级关系，这在《子夜》不能够说不是很大的成绩。"[2]瞿秋白还在《读〈子夜〉》一文中指出："从'文学是时代的反映'上看来，《子夜》的确是中国文坛上新的收获，这可说是值得夸耀的一件事。"[3]吴组缃在《评茅盾〈子夜〉》一文中认为："有人拿《子夜》来比好莱坞新出的有声名片《大饭店》，说这两部作品同样是暴露现代都市畸形的人生的，其实这比拟有点不伦不类。"因为《大饭店》"没有用一个新兴社会科学者的严密正确的态度告诉我们资本主义的社会是如何没落着的；更没有用那种积极振起的精神宣示下层阶级的暴兴"，而《子夜》则相反，以社会科学者的态度，一方面暴露了上层社会的没落，另一方面宣示着下层阶级的兴起。[4]

这种对于社会科学的看重和强烈的兴趣，在30年代作家中具有普遍性。有的作家甚至因这种兴趣，而最终放弃了"文学"。例如，30年代作家小默（刘燧元）曾这样说起过自己的文学经历："新俄文学输入中国的时候，中国文坛像受了一颗炸弹那样，从

1 叶圣陶：《略谈雁冰兄的文学工作》，《新华日报》1945年5月24日。
2 乐雯雯（瞿秋白）：《〈子夜〉与国货年》，《申报·自由谈》1933年3月12日。
3 施蒂而（瞿秋白）：《读〈子夜〉》，载1933年8月13日《中华日报》副刊《小贡献》。
4 吴组缃：《评茅盾〈子夜〉》，《文艺月报》1933年6月1日第1卷创刊号。

唯美，颓废的梦中醒过来，我当然也不例外。我曾有以工业文明，农村生活为诗的题材的企图。但同时，我的兴趣转向社会科学方向，残余的文学兴趣，只留在文学批评——文学的社会的解释——方面。诗的创作暂时放弃。”[1]30 年代确有一些作家因这种社会科学的兴趣，甚至最终放弃了文学创作而致力于文学批评。这也是 30 年代文学批评非常兴盛的重要原因之一。[2]当然，更多的作家并没有像小默这样因为对社会科学的兴趣而放弃文学，但这种兴趣却普遍地带到了文学的创作上，由此带来了 30 年代文学创作上的一系列重要的特色。

30 年代有许多作家在谈到自己的文学经验时，都不约而同地谈到了社会科学知识和方法对自己文学创作所起到的重要作用。有作家这样明确提出：“现代所需要的是用那一种思想和方式所表现的文学，……尤其是对于社会科学及心理学更要有精密的研究，才使作品有伟大的成功。”[3]即使像萧乾这样的“京派”作家，在谈到文学创作时，也明确了“理智判别”、社会分析和批判能力的重要。他说：“一篇戏剧或小说在酝酿中多需要理智的摆布……而且，在涉及社会问题的作品中，是需要公正的批判的。人生事实客观记载已有新闻纸担当了——虽然不够详尽。文艺者调理这

1　小默：《我对于文学的理解与经验》，郑振铎、傅东华编：《我与文学》，生活书店 1934 年版，第 7 页。
2　参见朱晓进：《政治文化语境与 30 年代左翼文学批评》，《江苏社科》2006 年第 1 期。
3　段可情：《要做文学家是不容易的》，郑振铎、傅东华编：《我与文学》，生活书店 1934 年版，第 172、174 页。

些事实似在记叙，有意无意间总免不掉藉较具体的语言加以因果的，价值的诠译，甚而是功过的批判。社会总有两个对敌的势力在搏战，描述这搏战的文学者，如不先以理智判断双方之是非，则描述终无端绪。”[1]这里虽未直接使用“社会科学”一词，但这里强调的还是社会科学研究方法对于文学创作的意义和作用。

不仅是作家创作时重视科学理论和方法，就连当时的文学翻译者，对此也有同样的认识，当时主要从事小说翻译的张友松，在谈到自己的“小说译作的经验与理解”时，明确指出:“有价值的作品必须是我们对于人生和社会的认识加上我们的信念，用相当的技巧写作出来的。为了要对人生和社会得到充分的透彻的认识，为了要坚定我们的信念，我们不可不尽量地作研究、观察、分析，和深思的功夫，不可不对自己的思想和生活常加以检讨。……到了我们这时代，相当的社会科学知识是每个作家必须具有的。以现代社会的情形之复杂和变化之多而且快，一个作家如果始终还只具有一副传统的书呆子的头脑，丝毫没有社会科学的眼光，那一定不能看透社会上的种种事象和人生的各方面，他的作品里一定要表现出一种与世隔绝的意味，而不会表现丝毫的时代性和社会意义。这样的作品，这样的作家，不是我们这时代

1　萧乾:《我并非有意选择文学》，郑振铎、傅东华编:《我与文学》，生活书店 1934 年版，第 238 页。

所需要的……切莫忘记社会科学的重要吧。”[1]

三

尼姆·威尔斯在埃德加·斯诺著于30年代的《活的中国》一书的附录《现代中国文学运动》中指出，“一九三一年和一九三二年，左翼运动在知识界和学生界的影响达到了高峰。国民党忽然意识到它的巨大的力量及影响，就认真镇压起来”。“在这种恐怖统治下，为了慎重起见，左翼又转入新写实运动，其特征是客观地、带分析地描述生活和社会情况，明确地表示需要革命。所有评论家都认为，这是迄今在现代中国文学上出现的最有前途的发展。茅盾和丁玲女士是这一新写实运动突然崛起的领导人”。[2]这里，尼姆·威尔斯用“带分析地描述生活”来概括当时的文学创作特征，是很能说明问题的。强调“分析”，这本身就是典型的社会科学的思路。30年代作家文学创作的“社会科学化”倾向，首先就表现为创作中反映生活时分析性因素的加强。有学者据此认为，30年代文坛上甚至已经形成了一个以“社会分析”或“社会剖析”为主要特征的文学流派。[3]

1　张友松:《我的小说译作的经验与理解》，郑振铎、傅东华编:《我与文学》，生活书店1934年版，第296—297页。

2　尼姆·威尔斯:《活的中国·附灵三：现代中国文学运动》,《新文学史科》1978年第1辑。

3　参见严家炎:《中国现代小说流派史》中《社会剖析派小说》一章，人民文学出版社1989年版。

尼姆·威尔斯认为，这种注重“分析”的创作，以茅盾和丁玲为领军人物，这也是很有道理的。茅盾自是不必说了，丁玲自己也曾明确说过，她“那时为什么要写小说”，是因为“对社会不满，自己的生活的无出路，有许多话要说出来”，于是“提起了笔，要代替自己来给这社会一个分析”。[1]注重社会分析，在30年代文学创作中是一个带有普遍性的特征。洪深在谈起自己30年代的创作经验，尤其是创作《五奎桥》的经验时，曾谈到自己的创作主要是通过分析，来连缀作品中所反映的事件，他认为自己所做的工作主要是“补充与理解；将一件混乱的散漫的支节的人事，补充成连贯的有序的有因果的动人有力的故事；并将这件整个事情，解释清楚它的发生，经过，成败的意义”。[2]由于进行社会分析时，所依据的基本上都是作家们当时所了解和掌握的社会科学知识和方法，因而理论的推导，或带着某种先验的观念来创作，就成了当时的重要创作思路。茅盾的《子夜》是最为明显的，这方面已有普遍的认定。

其实，不止是茅盾，当时许多作家都是这种创作路数，这正是由当时普遍的文学的“社会科学化”倾向所决定的。洪深在谈到自己创作《香稻米》等作品所采用的方式时说，他往往是在“阅历人生观察人生之中，对于某一种人事某一个情形，有了一个主

---

1 《丁玲研究资料》，天津人民出版社1987年版，第109—110页。
2 洪深:《我的经验》,《创作的经验》，天马书店1933年版，第141页。

张或结论”。例如他写《香稻米》，是因为他“深切地明白了农村经济破产的原因：政治的不安定，生活的无组织，方法的不科学，帝国主义经济侵略的深入等等”；而当时他尚“没有一个一贯而下有起有迄有焦点的故事”。为了能“将一种情形或结论具体事实化”，以便“使观众看到一出有趣的戏剧”，于是“只能笨做；更去多多的阅历观察人生，从人生中寻取适当的材料，凑成一个足以发挥我的结论的故事”。[1]

文学的“社会科学化”倾向，还直接带来了30年代文学尤其是小说叙事模式的重要变化。“社会科学化”的眼光能促使人增强“全局”观，注重“大背景”，重视对社会的整体性把握。在“社会科学化”倾向之下，作家也变得更愿意去表现广阔的社会人生，30年代小说因而在叙事结构上开始大量出现以社会政治背景为中心的叙事结构。

“五四”小说中，这类叙事结构尚少。“五四”初期，作家们所关心的多数是带有永恒性的话题，诸如关于美和爱，关于生死命运，关于人生的意义价值，关于宗教等等，很少关注一时一地的政治问题和现实生活中的具体社会政治背景，小说故事、事件发生的背景也大多比较“虚”。仅以乡土题材小说为例，由于“五四”时期“文学革命者的要求是人性的解放，他们以为只要扫除了旧

1 洪深：《我的经验》，《创作的经验》，天马书店1933年版，第141页。

的成法，剩下的便是原来的人，好的社会了”。[1]所以，包括鲁迅小说在内的20年代乡土小说，主要是顺应思想启蒙的任务，作品往往侧重于表现农村的思想关系，表现农民在封建主义压迫、奴役下的精神病态，以控诉和批判封建制度和封建思想文化对农民“人性”的戕害。契入的角度也多在思想、伦理、道德乃至风土人情等方面。因为作品批判的指向是几千年的封建制度、礼教和文化传统，所以小说背景的时代实指性并不强。即使像鲁迅的《阿Q正传》《风波》等作品的背景涉及辛亥革命或张勋复辟等时代事件，但作品并不以这些背景为叙事中心，叙事中心仍在整个中国文化传统造就的农民的精神病态。

而30年代乡土小说则有所变化。30年代由于普遍的阶级意识觉醒了起来，有大批作家自觉地从革命的角度去分析中国农村社会，以阶级分析的方法，侧重于表现农村的经济关系，即农民所遭受的封建地主阶级的压迫和剥削，以及由此而产生的农民的反抗和革命的可能性。许多小说的背景均是当时现实中发生的重大事件，其时代实指性非常强。茅盾的作品就是一个非常突出的例证，诚如吴组缃在当时就指出的那样：“茅盾之所以被人重视，最大的缘故是在他能抓住巨大的题目来反映当时的时代与社会：他能懂得我们这个时代，能懂得我们这个社会。他的最大的特点

1　鲁迅：《且介亭杂文·〈草鞋脚〉小引》，《鲁迅全集》第6卷，人民文学出版社1981年版，第20页。

便是在此。”[1]茅盾的创作在30年代绝非一个独立的存在，30年代有一大批作家的创作都有这样一个共同的特点，即注重社会政治的“大背景”，注重表现时代实际发生着的大事件。尤其是左翼作家，他们的乡土题材小说的背景，几乎不出30年代所特有的诸如“丰收成灾”“水灾旱灾”“军阀混战”“农民暴动”“东北事变”“上海事变”等方面。

“社会科学化”倾向影响之下的“全局”观念和注重对“大背景”的把握，带来了文学叙事的宏大性。从尽可能广阔的范围去把握时代，成为一种普遍的文学追求。这种追求也就必然地带来了30年代文学形式尤其是小说等叙事文学形式的发展变化。相比较而言，“五四”作家要表达的感情还是相对单纯的，要反映的生活场景也相对单一，短篇小说的承载量基本能够胜任，因此，在整个20年代小说形式中，短篇占了主导地位，偶有长篇小说，也常常是显得内容比较单薄，结构相对单调。30年代则有所不同，由于短篇的容量难以承载对社会广阔生活的表述和对宏大叙事内容的表达，因而长篇巨制开始受到重视，长篇小说形式得到了长足的发展。不仅仅是单篇的长篇小说形式，30年代以“三部曲”形式出现的长篇小说大为盛行，其原因也正在此。

曾有学者指出：“五四小说大都语调直率夸张，难有冷静深沉

1　吴组缃：《评茅盾的〈子夜〉》，《文艺报》1933年6月1日，第1卷第1号。

之作，而身边小说流于宣泄情感，散文化的篇幅短小，都难于表现较为广阔的社会人生，也难于深入发掘并体现新的叙事模式的美学功能。尽管有个别作家意识到这一危机，但这种偏向还是30年代以后才明显得到纠正的。就这一点而言，30年代以后的小说艺术上是比五四小说成熟。”[1]这一结论无疑是比较准确的。但这种形式上的变化和发展，其实不仅取决于形式自身，它在很大程度上取决于作家对文学叙事的追求，必先有“表现较广阔的社会人生”的追求，才会有相应的叙事形式的转换。这种转换，或许还并不完全意味着“小说艺术”的成熟。早在“五四”之前，晚清“新小说”已大盛长篇,“五四”时期的主要小说体裁从晚清“新小说”的重长篇转为重短篇，主要原因在于“五四”作家们对小说功能的新的理解。“五四”作家关心的不是叙述历史事件和现实政治背景，不是为了像晚清政治小说那样提供一种社会通行的政治理论，而在于探究人生、命运、伦理、爱情等命题，其思考往往由个人命运出发，纠合具体人物的心理状况，重在抒发一种个性的情感，因而，小说的功能从讲故事转为描摹世态伦理、个体命运和抒发个体情感。也正因为如此，在小说形式上就比较地注重采用撷取生活横断面的短篇叙事形式。而30年代的重视长篇叙事形式，也是由作家们对小说表达内容的追求所决定的。这

1　陈平原:《中国现代小说叙事模式的转变》，上海人民出版社1988年版，第253—254页。

种叙事宏大性的追求，固然玉成了长篇的发达，但也许就不利于短篇小说的发展。

30 年代的许多短篇小说，从严格意义上讲，只是压缩了的中长篇小说。茅盾在谈到自己 30 年代的短篇小说时就曾说过，“我很知道我的短篇小说实在有点像缩紧了的中篇”。[1] 他还说：“我的许多短篇小说还不是‘生活的横断面’的表现。我认为：如果看到了一事一物具有所谓‘故事性’或典型性而马上提笔写一个短篇，也许可以写得很动人，但不能保证一定耐人咀嚼，即具有深刻的思想性。在横的方面，如果对于社会生活的各环节茫无所知，在纵的方面，如果对于社会发展的方面看不清楚，那么，你就很少可能在繁复的社会现象中恰好地选取了最有代表性、典型性的，即是具有深刻的思想性的一事一物，作为短篇小说的题材。对于全面茫无所知，就不可能深入一角：这是我在短篇小说的写作方面所得到的一点经验教训。”[2] 在 30 年代，这种“缩紧了的中篇”的短篇小说写法颇为普遍，这不能仅仅归结为是茅盾个人的影响作用，而更应该视为“社会科学化”倾向之下一大批作家共同追求的结果。

总之，30 年代文学的“社会科学化”倾向是一个非常值得重

1　茅盾：《〈春蚕〉跋》，《春蚕》，上海开明书店 1933 年版，第 257 页。
2　茅盾：《〈茅盾短篇小说选集〉后记》，《茅盾短篇小说选集》，人民文学出版社 1955 年 12 月初版，第 312—313 页。

视的文学现象，它是 30 年代特殊的政治文化语境下的带有某种必然性的产物。这种倾向，在很大程度上影响了作家的文学选择，多少决定了作家们文学创作的风貌，带来了文学形式和文学文体等方面的诸多变化。

第二节　政治激情与文学创作

一

源于 30 年代特殊政治文化语境下的作家的政治激情，导致了人们对文学审美的特殊的偏颇性的理解，导致了广大读者对文学的特殊接受和偏颇性的审美预期，也导致了作家对文学审美的特殊的偏颇性的选择。在一个“非常态”的政治语境下，要在文学中追求“常态”的表达，不仅难以做到，而且即使做到了，这样的作品或许也很难获得最广大的读者。从政治文化心理支配下的文学表达这一独特的角度，可以使我们从一个特殊的侧面来对 30 年代文学的审美风貌的形成根源有更加深入的理解和认识。

“政治心理应是政治意识感情阶段的综合存在形式，它可包含情感、动机、信念、愿望、倾向、意志等概念”。[1]因此，政治对于政治文化人[2]来说不仅仅是一种理念，而在很多情况下表现为一种政治的激情。30 年代许多作家在文学的创作中，受制于自身的政治文化心理，常常以作品来宣泄自己的政治情绪，这成了 30 年代文学的一个非常显著的特色。

30 年代特殊的政治文化语境，造成了 30 年代作家，尤其是左翼作家们过量的政治焦虑：由于轰轰烈烈的大革命运动的突然失败，造成了当时许多进步青年和为数不少的知识分子们思想上的混乱和情绪上的巨大波澜。这种由于巨大的政治变故而产生的政治焦虑，构成了一种普遍的政治文化压力。这种压力总是要寻求外在的发泄与释放。当这种发泄与释放无法通过政治途径自身来实现时，包括文学在内的传媒，也许就成了重要的发泄与释放和转移政治压力形成的政治焦虑的渠道。对于没有政治自由的人们，文学往往成为他们唯一的论坛，人们希望在文学中能听到自己愤怒的呐喊和呼声。在 30 年代，许多文艺的、文学的行为，往往成了传达政治信息、释放政治焦虑的途径。“审美往往以变形、变通的形式转移了过量的政治焦虑”[3]。

文学行为中承载了过量的政治焦虑，就导致了文学自身的

1　孙正甲:《政治文化》，北方文艺出版社 1992 年版，第 50 页。
2　所谓“政治文化人”，是指文学家人格的政治化。有关这方面的论述可参见朱晓进《政治化思维与 30 年代中国文学论争》(《中国社会科学》2002 年第 2 期)。
3　王一川:《中国现代卡里斯马典型》，云南人民出版社 1994 年 9 月版，第 37—38 页；关于“过量政治焦虑”的有关阐释，参考该著。

审美特质的被搁置。曾有人这样回忆起30年代的演剧活动："一九三一年三月为了庆祝苏区红军的伟大胜利，'剧联'除了发动募捐援助红军运动外，并准备举行一次公演。"后根据苏联小说《第四十一个》改编成三幕剧《马特迦》由大道剧社排演，公演的"戏里有几处喊'苏维埃万岁'和'红军万岁'的口号，大家叫得十分起劲，观众热烈鼓掌，情绪极为高昂"。[1]这种戏剧活动，其实就是一次演员与观众共同宣泄过量政治焦虑的过程。这类的戏剧活动在30年代比较多见。其实不仅是戏剧演出活动，在其他文学行为中，以"宣泄"为接口，来扭结作者与读者的关系，也是十分普遍的现象。

我们在30年代大量的文学杂志尤其是左翼文学刊物的种种宣言中，常能看到那种宣泄政治激情的文字，例如1928年3月出版的《流沙》半月刊，在第一期的《前言》中就宣称他们在文学上"有一致的倾向"，这就是"唤起阶级意识的工具"，因此他们"对艺术的手法的主张，是Simple and strong"。而且明确号召："全国的爱好文艺的青年们，想你们现在正抱着满腔的热忱无处渲泄罢。来，我们大家一起举起鹤嘴斧打倒那些小资产阶级学术和老爷们的文学，转过方向来，开阔这文艺的荒土。"[2]这里有政治信念和文学主张的传达，但政治信念包括其支配下的文学

1　赵铭彝：《回忆左翼戏剧家联盟》，《新文学史料》1979年第2辑。
2　《前言》，《流沙》1928年3月15日第1期。

主张却完全是在一种情绪化的状态下被表述的，因此，文学信息的发布者和接受者之间所构成的也将是一种政治情绪的交流，而绝不是一种审美的交流。效果指向是，作者与读者共同试图解决“抱着满腔的热忱无处宣泄”的问题，而不是文学审美的问题。

“政治心理除在与政治意识、政治价值的关系中存在，发展外，又始终保持着自身独立的存在形式和运行方式。……它一方面不轻易随其他事物的变化而变化，另一方面在突发性场合或动荡岁月又易于不受理性约束而畸型显露。”[1] 30年代就是如此。普遍的政治文化心理在当时特定历史条件下体现出了强烈的情绪特征，而且这种情绪的确是不受理性约束甚至导向极端。在30年代的许多文学论争中，我们可以见到，论争双方常常以政治情绪替代理性的思考。尤其是在30年代初期革命文学倡导者那里，极端的政治情绪化的表述比较常见。最典型的就是“非友即敌”的表述。反对革命固然是敌人，但“不革命”也是不被容忍的。《我们月刊》创刊号《祝词》中就斩钉截铁地表明:“在这第一步的工程中，不能和我们联合战线的就是我们的敌人！当然，我们须先把这些敌人打倒！”[2] 也许30年代初期革命文学倡导者的这些偏激的情绪宣泄比较特殊。大革命失败后酝酿形成的“左”倾盲动主义政治思潮，恰恰与30年代初期的“革命文学”作家自身的狂躁激进情绪发

1　孙正甲:《政治文化》，北京文艺出版社1992年版，第51页。
2　王独清:《祝词》,《我们月刊》1928年5月20日创刊号。

生了某种共鸣。但就 30 年代的整体状况而言，借文学批评和文学创作表达一种政治欲，排解政治郁结，宣泄政治情绪，却是非常普遍的状况。许多作家在谈起自己这段时期的文学创作经历时，都不约而同地谈到了这种宣泄的体验。

叶紫在谈起他“与文学发生关系”的起因时说：“我只是老老实实的想把我的浑身的创痛，和所见到的人类的不平，逐一的描画出来。想把我内心中的郁积统统发泄得干干净净。”“我所发表的几篇短小说，便都是这样。没有技巧，没有修词，没有合拍的艺术手法。只不过是一些客观的，现实社会中不平的事实的堆积而已。然而，我毕竟是忍不住的了。因为我的对于客观现实的愤怒的火焰，已经快要把我的整个的灵魂燃烧殆毙了！”[1]

适夷也有过类似的“痛苦的记忆”：“大暴风中倾跌的创伤，凝固了的瘢痕，我抚摸着这瘢痕咬了咬牙齿，倔强的抬起身来；……我就接连写了三四篇，那些在现在看来是观念得可笑的东西，但当时的确是一边沸着血，一边写下来的。”“拿起笔来就写，想到那儿就写到那儿，情感这东西本来就是波动无定，没有意识地去把握，就变成了放野马，结果就是凌乱无章，不知所云。”[2]

奚如在谈自己与文学的关系时也曾说起过是“苦难使我接近

1　叶紫：《我怎样与文学发生关系》，郑振铎、傅东华编：《我与文学》，生活书店 1934 年版，第 40—41 页。
2　适夷：《痛苦的回忆》，《创作的经验》，天马书店 1933 年版，第 119、121 页。

了文学”。“从一九二八年，我开始度着‘黑暗’的生活，一只狰狞的、发着黑色的死光的猫头鹰似的翅膀，时常笼罩在我的头上。我嗅到友人的血腥，巡迴了鞭挞和侮辱之林”。“过度的兴奋，过度的刺激，过度的愤慨，过度的悲伤……而沉默，是会过分使你苦恼的，甚至使你发狂！”“于是，为了把苦恼找一个虽是还能看见，但总须将它遮掩在薄纱之下起见，我那时就开始了文学书籍的爱恋。”[1]

华汉这样谈起过他创作《地泉》三部曲等作品时的经验：“在手法上的，解说多于描写，概念化而不形象化，更是显然的存在在书中的，像是这样的作品，我都竟然写出来了，现在想起来，大概是因为我在那时候也有一些‘发狂’的关系吧。”“在中国这样大的政治和经济的危机里，从都市到农村，到处都在爆发着一切大小斗争，如果在我们笔下写出来的，还是那样的‘风平浪静’……这种作品……恐怕程度也很有限吧。”[2]

蒋光慈也说过他创作小说时的景况：“当写的时候，我为一股热情所鼓动着，几乎忘了自己在做小说。”[3]殷夫更是将自己的政治情感“画成生命的曲线”燃烧在自己的诗论中：“我的生命，和许多这时代中的知识者一样，是一个矛盾和交战的过程，啼、笑、悲、乐，兴奋，幻灭……一串正负的情感，划成我生命的曲线；

1　奚如：《苦难使我接近了文学》，郑振铎、傅东华编：《我与文学》，生活书店1934年版，第46页。

2　华汉：《谈谈我的创作经验》，《创作的经验》，天马书店1933年版，第146、152页。

3　蒋光慈：《短裤党·写在本书的前面》，《短裤党》，人民文学出版社1958年版，第1页。

这曲线在我的诗歌中，显得十分明耀。”[1]

左翼作家的状况如此，30 年代许多非左翼作家，在如此的政治文化语境中，其以文学创作为政治郁积的宣泄渠道的状况也大量存在。卞之琳就曾说过他与诗歌结缘的起因：“我从乡下转学到上海，正逢‘四一二’事件以后的当年秋天，悲愤之余，也抱了幻灭感。……我彷徨，我苦闷。有一阵我就悄悄发而为诗。”[2] 许多非左翼作家，虽然其有关政治焦虑宣泄的表述，不像左翼作家那样狂烈，但其选择文学行为来作为表达政治欲、排解政治郁积、宣泄政治情绪的途径则与左翼作家有共同之处。例如“京派”理论批评家李长之，就曾称自己有“政治欲”，“在他的批评文字中，有不少属于时事评论”。这种“政治热情”，“都是一些学者要竭力掩藏的，他则供认不讳”。[3] 再如巴金，他曾说过：“爱与憎的冲突，思想与行为的冲突，理智与情感的冲突，理想与现实的冲突，……这些织成了一个网，掩盖了我的全部生活，全部作品。”[4] 巴金虽没有明说他的作品与当时语境下的政治欲的表达和政治郁积的宣泄之间的关系，但事实上他在 30 年代的多数作品，都是在宣泄着热烈的人生追求与政治信仰，而许许多多的读者也曾在读他的作品中获得了某种宣泄政治郁积的满足，甚至有不少青年读者受

1　殷夫：《“孩儿塔”上剥蚀的题记》，郑择魁等著：《左联五烈士评传》，重庆出版社 1995 年版，第 302 页。

2　卞之琳：《雕虫纪历（1930—1958）自序》，《新文学史料》1979 年第 2 辑。

3　参见郜元宝：《追忆李长之》，《读书》1996 年第 10 期。

4　巴金：《灵魂的呼号》，《大陆杂志》1932 年 11 月 1 日第 1 卷第 5 期。

其激发鼓起政治的激情而走向革命道路。

二

借文学宣泄政治激情在30年代形成了一种文学风尚，这直接导致了文学创作上的某种审美倾向的形成。与以往时代相比，应该说30年代文学创作中各种类型的现实主义创作占据了文坛主导的地位，但不允忽略的是，30年代包括所有现实主义在内的文学创作，在当时的政治文化氛围和文学风尚之下，都在不同程度上显示出了一种浪漫化的倾向。

这种倾向首先存在于“无产阶级革命文学”的著作中。虽然“无产阶级革命文学”倡导者从一开始就一再在理论上贬斥个人的浪漫的艺术，但事实上浪漫情绪却充斥着早期“无产阶级革命文学”创作。关于这一点，瞿秋白早在30年代明确指出过，[1]虽然他将当时的新兴文学创作中内容上的“浪漫谛克”与情感表达方式和创作方法上的浪漫主义等同起来并给予了否定，但指出“无产阶级革命文学”创作中的浪漫主义特质却是抓住了要害的。诚如有学者所指出的，“当时新兴的无产阶级作家通过作品发抒革命情绪的渴求，远远大于反映生活的兴趣。作者写这一类革命作

1　见瞿秋白：《革命的浪漫谛克》，《瞿秋白文集》（文学卷）第1卷，人民文学出版社1985年版，第459页。

品，更多的是为了抒发对反动派屠杀政策的愤慨，以及对尽快掀起新的革命高潮的向往（尽管这在当时是受‘左’倾路线影响，因而带有空想性质的）。作者为了突出作品的激情，达到宣传与煽动革命的作用，往往采用书信体，或第一人称写法，以直抒情怀；作品中不惜大段议论与抒情，插入许多标语、口号或诗句；生活图景的描写都为了说明作者对革命的认识或某一观念，因此很少在细节真实性上下功夫，情节多是梗概式的，没有多少生活实感”。[1]

在蒋光慈、华汉、殷夫、洪灵菲等“无产阶级革命文学”作家的创作中，我们能明显感觉到那种缘于政治激情的浪漫情怀。在他们的作品中能感觉到一股“激愤”“郁怒”的革命情绪在渴求着宣泄，这必然地导致了作品的浪漫化、抒情化。梁实秋当年批评“革命文学”创作缺少理性的节制，流于感情主义，以及过度的浪漫。其批评虽然多少带有梁实秋的政治的与审美的偏见，但却是道出了“革命文学”创作的某些特点。

其实，不只是30年代早期的“无产阶级革命文学”作家创作，在其后的许多作家的创作中，都显示了一种浪漫主义的倾向。就诗歌而言，我们向来称之为革命现实主义的殷夫等诗人和“中国诗歌会”诗人的诗歌创作，就明显地是政治抒情的意味多于具有

1　温儒敏：《新文学现实主义的流变》，北京大学出版社1988年版，第93页。

生活实感的写实。就小说而言，30 年代许多被称之为现实主义作家创作的小说中都潜流着一股理想主义的情愫。而这种理想主义情愫与 20 年代现实主义作品中的理想色彩有着显著的差异。20 年代文学作品中的理想色彩根源于作家对理想人生的理解，虽然这种对理想人生的理解不免幼稚和虚幻，但那种对于“美”和“爱”的追求显示出了一种发自主观内心的浪漫情怀。30 年代作品中的理想主义情愫，根源于一种政治的使命感和目标感。有学者指出，30 年代“也还在追求浪漫主义，不过所追求的已经不再像‘五四’时期现实主义者所欢迎的‘主观性’，而只是可以给读者指出方向的，服务于教育功能的‘理想性’了”。[1]

30 年代文学创作，尤其是左翼作家的创作，在总体上呈现出一个非常鲜明的特色，即作品中渗透着一种源于政治使命意识而产生的明确的目标感。用他们的话说：“我们有的是热和力，我们相信惟有无产阶级才最能知道自己的生活，惟有受了科学洗礼的无产阶级才最能有明瞭的意识！——这是我们的自信。”[2] 这种目标感，就使 30 年代文学创作中的理想主义表达与 20 年代文学创作中的理想主义表达明显区分开来。例如，同样是反映人生的命运，反映下层人民的疾苦，“五四”时期作家笔下流露出的要么是一种人道主义的悲悯情感，要么是发几声鸣不平的哀叹。作品

1　温儒敏：《新文学现实主义的流变》，北京大学出版社 1988 年版，第 269 页。
2　《流沙·前言》，《流沙》1928 年 3 月 15 日创刊号。

人物命运令人深深地同情，但作品却很少给人以希望。从人道主义立场思考人生命运，有它独到的思想深度，但又往往难以给人们指出改变命运的途径，玄虚的“美”和“爱”的药方，留给读者的也许只是甜蜜的感伤。

与 20 年代作家创作在整体上呈现出的忧郁色调不同，30 年代作家作品中即使仍会有忧郁情调，但并不给人以感伤的感觉。30 年代作家荒煤在短篇小说集《长江上》的“后记”中明确表示，作品中虽仍有“忧郁的气氛”，但“还不致于使人落到……感伤的深渊里面去”，因为“现在应该是从忧郁里面兴奋起来的时候了”。[1]他此时创作的一系列小说，时常流露出的是对光明的渴求，对幸福的憧憬，对未来的召唤，就是在最具忧郁情调的作品中也还有依稀的光明向往，隐约的理想抒发。在短篇小说《忧郁的歌》中，作品最后明确对忧郁的生活之歌做了否定，而在小说《夜》中，则让印刷工人最后唱起了豪迈的《义勇军进行曲》，作者明确地喊出了“天下快要亮了！”，以热烈的确信向人们宣告美好明天的到来。这种“光明的尾巴”在 30 年代文学作品中是一个普遍特色。30 年代作家笔下依然涉及社会苦难、人生坎坷、人间不平，但作品却往往流露出一种乐观主义的精神。鲁迅早在 1927 年底评价黎锦明的小说《尘影》时，就对其作品给人以“希望”的结尾给

1　荒煤：《长江上・后记》，《长江上》，文生书店 1937 年版，第Ⅱ页。

予了肯定："现在的文艺，是往往给人们不舒服的，没有法子。要不然，只好使自己逃出文艺，或从文艺推出人生。""然而在结末的《尘影》中，却也给我喝了一口好酒。他将小宝留下……作者不愿意使我们太受重压罢。但这是好的，因为我觉得中国现在是进向大时代的时代。"[1]

左翼作家作品，在涉及现实社会苦难和社会动荡等题材内容时，常常都是以光明为结局。叶紫的《电网外》中的王伯伯在倍受现实的打击后，终于没有自杀，而是"朝着有太阳的那边走去了"；蒋牧良《高定祥》中的主人公在生活的不断打击面前从软弱走向坚强；茅盾《秋收》中的阿多、叶紫《丰收》中的立秋、王统照《山雨》中的奚大有等青年一代的农民没有重复 20 年代作品中闰土们的命运结局，而是走向了反抗、革命的路；这些作品中的老通宝（《秋收》）、云普叔（《丰收》）、奚二叔（《山面》）等老一代农民们也未重蹈 20 年代作品中阿 Q 们的悲剧，在逐渐地走向觉醒。对这种作品的结局方式，曾有不同评价，即使对吴组缃的代表作《一千八百担》，最终写到农民暴动的结局，也有过"成功之笔"与"败笔"两种不同的看法。应该说，这种结局有一定的现实基础，即有作者从当时现实生活中发现的可能性。但更重要的是应该看到，这类作品中的"光明的尾巴"，正是作

1 鲁迅：《〈尘影〉的序言》，黎锦明：《尘影》，上海开明书店 1927 年版，第 2 页。

者对现实不平的一种宣泄式的表达，作者借作品向读者传达的是一种政治的信念，让读者鼓起的是一种政治的激情。

不仅左翼作家的作品如此，诸如叶圣陶、巴金等非左翼作家的创作在理想性的表达上也是很明显的，叶圣陶的《倪焕之》《夜》等作品就是给人们留下了希望；巴金的作品如前所述更是如此，巴金的作品实际上也正是以这种理想主义的情愫激发了读者的政治激情，这才会出现因读文学作品而走上革命道路的读者。

三

30 年代普遍的政治文化氛围，对整体文学风尚的形成起着重要的制约作用。这导致了前述的诸如文学行为承载过量的政治焦虑，文学的创作和接受成为释放政治焦虑的渠道。这直接带来的文学创作的变化是，文学创作中政治激情的宣泄、理想主义情愫的抒发成为其重要的特征。不仅如此，这还带来了 30 年代文学审美风格的特异性。30 年代文学作品中普遍带有对粗疏之美、力度之美的追求。而这种追求与 30 年代普遍的政治文化心理及其制约下的文学行为是相适应的。

30 年代“文坛上曾经出现过一个名词：‘力的文学’”。[1] 这一

---

1 茅盾:《力的表现》，载 1933 年 12 月 1 日《申报》副刊《自由谈》。

名词是能够代表30年代文学创作所显示出的整体的审美追求的。鲁迅当年就指出，30年代是一个“风沙相面，狼虎成群”的特殊时代，因而时代要求于文学的，是“耸立于风沙中的大建筑，要坚固而伟大，不必怎样精”，是“匕首和投枪，要锋利而切实，用不着什么雅”。[1]鲁迅在评价殷夫的诗歌时，就是从这一审美角度出发的。他把殷夫的诗比作“东方的微光”“林中的响箭”“冬末的萌芽”等富有生命和躁动之力的东西，虽然殷夫的诗在艺术上粗疏，但却由于它是“对于前驱者的爱的大纛”，“对于摧残者憎的丰碑”，因此，鲁迅认为，在这样的诗作面前，“一切所谓圆熟简练、静穆幽远之作，都无须来作比方，因为这诗属于别一世界”。[2]

这种追求力度甚至崇尚粗疏而忽略精、雅的审美追求，在30年代的确成了一种文学的风尚。钱杏邨在将自己的论文结集印行时，题名就是《力的文艺》，书中多次声明：“我是一个力的崇拜者，力的讴歌者。”[3]《流沙》杂志在创刊号的“前言”中明确向读者宣告：“读者诸君，你们在我们这里或者不能发现你们爱看的风花雪月的小说，不能听见你们所爱听的情人的恋歌——而所有的只是粗暴的叫喊！但你们听，霹雳一声何曾有什么节奏？卷地而来的狂

1　鲁迅：《南腔北调集·小品文的危机》，《鲁迅全集》第4卷，人民文学出版社1981年版，第575页。
2　鲁迅：《且介亭杂文末编·白莽作〈孩儿塔〉序》，《鲁迅全集》第6卷，人民文学出版社1981年版，第494页。
3　钱杏邨：《力的文艺》，泰东书店1929年版，第118页。

风何曾有什么音阶？我们所处的时代是暴风骤雨的时代，我们的文学就应该是暴风骤雨的文学。”[1]直至在与“第三种人”论争大众文艺形式的价值问题时，冯雪峰仍坚持认为：“简单的艺术，只要是强有力的简单的艺术，能够感动多数的简单的大众读者，也就构成了它应当有的艺术价值。”[2]

在30年代许多作家那儿，对于“力之美”的追求有相当的自觉，这在创作上有明显体现。萧军曾这样表述过自己的艺术见解：“艺术是炼锻情感像一支箭一样，要击中鉴赏者的心结，使之不能躲避，也不能拔出。”[3]这种追求使他的作品呈现出“雄浑、沉毅、庄严的史诗”般的力度。[4]叶紫在作品中“堆砌”起“火样的热情”，鲁迅说他是以一种“力”的显示，宣告“文学是战斗的”。[5]端木蕻良曾拟《力的文学宣言》，自觉地颂扬“力”，赞美雄强的性格，追求壮美的品格。他的小说《大地的海》在《文学月刊》上连载时，编者在“后记”中就明确指出：“作者以他特有的雄健而又‘冷艳’之笔，给我们画出了伟大沉郁的原野和朴厚坚强的人民。”[6]即使作为女作家的萧红，其作品中虽不乏其特有的“明丽和新鲜”，但在总体上也具有一种雄浑健壮的内在力量，鲁迅称其作品中“北

1 《流沙·前言》，《流沙》1928年3月15日创刊号。
2 丹仁（冯雪峰）：《关于“第三种文学”的倾向与理论》，《现代》第2卷第3期。
3 萧军：《八月的乡村·附录——“一篇日记”》，《八月的乡村》，人民文学出版社1980年版。
4 常风：《近出小说四种》，《文学杂志》第1卷第2期。
5 鲁迅：《且介亭杂文二集·叶紫作〈丰收〉序》，《鲁迅全集》第6卷，人民文学出版社1981年版，第220页。
6 《文学月刊》第8卷第2期。

方人民对于生的坚强，对于死的挣扎，都往往已经力透纸背”。[1] 胡风也曾称萧红的《生死场》有“用钢戟向晴空一挥似的”力度。[2]

“力的文学”在30年代是一种普遍的艺术追求，不管作家们各自在思想和文学倾向上有何差异。许多非左翼作家、评论家在评价作品，进行创作时，事实上所持的审美标准，往往也都偏向于对“力之美”的肯定。曾是20年代学衡派代表人物的吴宓，在30年代曾以激赏的眼光高度评价过茅盾的《子夜》等作品，他称：“吾人所最为激赏此书者”是“表现时代动摇之力，尤为深刻”。其次认为“此书是人物之典型性与个性皆极轩豁，而环境之配置亦殊入妙”，“其环境之配置，屡以狂风大雨惊雷骇电随文情以俱来”。最后指其作品“笔势具如火如荼之美，酣恣喷薄，不可控抟”。[3] 吴宓评作品虽是从技巧着眼，但却是从“时代”“环境”“力度”等方面来肯定作品的“绝妙”“可贵”之处的。其对“力之美”的审美风格的偏好可见一斑。

同样，30年代“京派”作家，在思想意识、文学观念上与前述左翼作家虽有距离，但在“力”的追求上却有趋同之势。“京派”主要批评家之一的刘西渭在评论叶紫的小说时，就曾以赞叹的笔调写下了这样的文字：“（叶紫的小说）始终仿佛一棵烧焦了的幼

1　鲁迅：《且介亭杂文二集·萧红作〈生死场〉序》，《鲁迅全集》第6卷，人民文学出版社1981年版，第408页。

2　胡风：《〈生死场〉后记》，《胡风评论集》（上），人民文学出版社1984年版，第398页。

3　见茅盾：《我走过的道路》（中），人民文学出版社1984年版，第121—122页。

树，不见丰盈的姿态，然而挺立在大野、露出棱棱的骨干，给人茁壮的感觉，那不幸而遭电击的春暮的幼树。它有所象征。这里什么也不见，只见苦难，和苦难之余的向上的意志，我们不妨借用悲壮两个字来形容。……这是力，赤裸裸的力，一种坚韧的生命之力。”刘西渭还曾明确指出：“没有比我们这个时代更需要力”的；他甚至将“力的文学”看作“中国新文学的高贵所在”和“艺术价值”的“标志”。[1]这多少代表了“京派”作家的某种审美追求，“京派”作家在作品中对生命力的张扬、对雄强蛮性的呼唤和歌颂等等，都体现了一种对“力之美”的追求。

对于“力之美”的追求与表现，虽然在不同的作家那里是以不同形态出现的，但从其审美特征上看，都是表现为一种“壮美”的品格。“悲壮”也好,“雄浑”“力透纸背”“雄健”“雄强”等也好，其实都可以用“壮美”这一审美风格来加以概括。正是30年代文学风尚的影响和制约，使30年代文学在审美倾向上趋于对“壮美”或“力度”的追求。这种整体的审美特征，是30年代文学历史阶段区别于20年代的一个显著标志。这从一些跨阶段的作家身上尤能看得更为清楚。

例如王统照就非常典型。从审美倾向看，王统照20年代初的作品较多地“强调着‘美’和‘爱’”，[2]作品呈现“优美”的特

1　刘西渭：《叶紫的小说》，《咀华二集》，文化生活出版社1942年版，第55、60页。

2　茅盾：《中国新文学大系·小说一集·导言》，良友图书印刷公司1935年版，第24页。

征。但到了20年代末和30年代，他的审美追求有了很大的改变，他认为，“世代推移，人生不复常留滞在晓风残月的趣味，与夜莺的凄唱和云雀的回翔之中，这更新的时代一定有更新的诗人”；[1]他检讨自己早期对于“沉郁意感的偶然宣泄”，转而追求能唱出“我们这个古老民族的勇壮歌声”的“风景”与“壮美”。[2]这种审美观的变化，使他终于从《春雨之夜》（王统照20年代的短篇集）“这理想的诗的境界走到《山雨》那样现实人生的认识”，[3]在作品中形成了深厚有力的壮美特征。这种变化在王鲁彦身上表现得也同样非常明显。他写于20年代的作品中多是卑琐、孱弱、受拨弄的人物，作品往往含有一种压抑低沉而又忧伤苦闷的情调，缺乏理想的光彩。但写于30年代中期的《乡下》《野火》等作品，便风格大变，作品中的人物所具有的强烈的反抗性，作品的激越、昂扬、冲动的基调等等，都使作品的力度有了明显的加强。

这种审美倾向的变化是具有普遍意义的。例如，同样是表现“乡愁”，从表面看，20年代、30年代有共同之处，但由于受制于不同时代的文学风尚，其作品体现出的审美风格并不一样。20年代写“乡愁”的作家们多数亲历了故乡的凋敝和自己家庭的变故，“他们只好……回忆故乡的已不存在的事物”，用以“自慰”。[4]

1　王统照：《为臧克家〈运河〉所作的序》，《青纱帐》，上海文学出版社1936年版，第92页。
2　王统照：《谈诗小记·去来今》，《王统照文集》第5卷，山东人民出版社1982年版第509页。
3　茅盾：《中国新文学大系·小说一集·导言》，良友图书印刷公司1935年版，第24页。
4　鲁迅：《〈中国新文学大系〉小说二集序》，《鲁迅全集》第6卷，人民文学出版社1981年版，第247页。

因此，他们作品中的“乡愁”在较大程度上是从个体的人生感受出发的，无论是写及故乡的人事与景物，都较多带有游子思乡和怀旧的伤感。而30年代文学作品中写“乡愁”，则与其说是针对个体的故乡，不如说是对于广义的故乡和家园——沉沦的“土地”而发的。他们也写回忆中的人事与景物，但他们“依恋风情，并不感伤”。[1]尤其是东北作家们，他们的“乡愁”中更包蕴了追求土地、山河完整的民族情绪。由于超越了个体单一的人生感遇，因而显示了较为博大的气度，这种气度的不同，自然会造成审美风貌的差异。

在新文学中，早在“五四”时期或更早些时，先觉的知识分子就已经发出了“力”的呼唤。在鲁迅的《摩罗诗力说》、郭沫若的《女神》中都表现出一种对于“力”的非常强烈的渴望。他们看到了古老的中华民族积习太深，传统思想的枷锁非常沉重，以至于每前进一步都要付出巨大的代价，因此，他们希望有一种强力来冲决阻碍历史前进的惰力；他们有感于中国国民性的柔弱和半殖民地的现状，呼唤着民族自强自立的“力”，呼唤着人民反抗斗争的“力”。这种呼唤表现在艺术观上，鲁迅希望中国文学能产生出像拜伦、雪莱等诗人那样具有“摩罗”之力的作品；[2]郭沫若则更为直接地呼吁“力的绘画、力的舞蹈、力的音乐、力

1　刘西渭：《叶紫的小说》，《咀华二集》，文化生活出版社1942年版，第52页。
2　鲁迅：《坟·摩罗诗力说》，《鲁迅全集》第1卷，人民文学出版社1981年版，第98—100页。

的诗歌”。[1]但这种呼唤在“五四”时期的文学创作中并未得到整体上的回应，20年代的文学创作就审美倾向而言，在整体上给人以一种感伤、压抑的感觉。而在30年代文学创作中，一扫这种感伤气息，呈现出壮美的风貌。这种变化的根源，当然来自30年代的政治文化氛围，来自整体的政治风气、政治文化需求和普遍的政治文化心理，以及由此造成的文学的风尚。正如鲁迅所说："有精力弥满的作家和观者，才会生出‘力’的艺术来。”[2]是受制于政治文化语境的整体的审美需求和作家对这种需求的自觉顺应，导致了文坛审美风貌的变化。

四

这里需要指出的是，审美倾向的不同，审美风貌的变化等等，并不是界定文学作品艺术水准高下的标准。30年代就有作家指出，“值得注意之处，是应当极力避去文字表面的热情”。“神圣伟大的悲哀不一定有一摊血一把眼泪，一个聪明的作家写人类痛苦或许是用微笑表现的。”[3]

1　郭沫若:《女神·立在地球边上放号》,《郭沫若全集》(文学编)第1卷，人民文学出版社1982年版，第72页。

2　鲁迅:《集外集拾遗·〈近代木刻选集〉(2)小引》,《鲁迅全集》第7卷，人民文学出版社1981年版，第333页。

3　沈从文:《废邮存底·给一个写诗的》,《沈从文选集》第5卷，四川人民出版社1983年版，第9页。

被政治环境激发起的情绪的骚动，以宣泄过量的政治焦虑为文学的目的，这其实并不是人生的常态，也不是文学的常态。追求力度甚至崇尚粗疏，而故意忽略精、雅的审美取向，不免会导致艺术上的偏颇。但这种偏颇又恰恰是那个时代氛围下许多人所邀赏和提倡的。有人就曾将“力的文学”理解为粗暴、狂躁乃至粗糙的美学作风，甚至将这种作风具体化到艺术技巧方面，提出“狂暴的技巧”“力的技巧”。[1]认定“现在的文艺，已经走到力的文艺的一条路了，我们的技巧也应该是力的技巧，处处要表现出来”。[2]

这样，对“力之美”的追求，事实上在当时成了一种评价作品的审美标准。有人这样评价蒋光慈的作品，看似“粗俗、浅薄、鲁莽、句子不通；诗歌是标语口号，太重理论”，实际上“是极热烈极奔进”，因而对之给予充分肯定。[3]包括我们前述的鲁迅评价殷夫的诗，刘西渭评价叶紫的小说，吴宓评价茅盾《子夜》等等，都多少显示了这种审美标准的取向。

30年代特殊的政治文化语境，事实上导致了人们对文学审美的特殊的偏颇性的理解，导致了广大读者对文学的特殊接受和偏

1　钱杏邨：《郭沫若及其创作》，《现代中国文学作家》第1卷，上海泰东书局1930年版，第69页。
2　钱杏邨：《“达夫代表作”后序》，《现代中国文学作家》第1卷，上海泰东书局1930年版，第136页。
3　钱杏邨：《蒋光慈与革命文学》，《现代中国文学作家》第1卷，上海泰东书局1930年版，第166—169页。

颇性的审美预期，也导致了作家对文学审美的特殊的偏颇性的选择。在一个“非常态”的政治语境下，要在文学中追求“常态”的表达，不仅难以做到，即使做到了，这样的作品也许很难获得最广大的读者。

普列汉诺夫曾经在评价法国大革命时期的文学艺术时指出，“当时的理想是要求公民为了公共的利益不断地努力工作，以致真正的审美的需要不可能在他们的精神需要总和中占有很大的地位。这个伟大的时代公民最赞美的是行动的诗，是公民的勋业美。这种情况有时候使法国‘爱国者’的审美判断具有相当独特的性质”。“正如当时法国‘爱国者’的美德（Vertu）主要是政治的美德，他们的艺术主要是政治的艺术”。而“当时的公民……对于那些不是以他们所珍视的某种政治思想为基础的艺术品是漠不关心，或者差不多是漠不关心的”。[1]这可以移用于对中国30年代文学审美偏颇的解释。当政治宣泄成为一种文学的情绪、文学的冲动乃至文学的态度时，其文学在审美上的偏颇就不可避免，所谓“力之美”，其侧重在“力”而不是“美”。

后人在时过境迁之后，可以冷静地指出这个时代文学作品在艺术上的诸多不足，但在对其进行历史评价时，似乎也不应该忘记它们所赖以产生的环境。30年代绝不是一个适宜于“纯文学”

1　普列汉诺夫：《从社会学观点论法国戏剧文学和法国绘画》，《普列汉诺夫美学论文选》，程代熙译，陕西人民出版社1983年版，第494—495页。

发展的环境，仅以“纯文学”的标准来加以评价就显得太隔。如果说，文学作品的潜在价值是通过读者的“接受”变为显在价值的，那么在 30 年代，也正是那些虽在艺术上不免粗疏而在审美风貌上顺应了特殊时代的特殊的甚至是偏颇的审美需求的作品，在当时获得了最广大的读者，做到了文学价值实现的最大化。从政治文化心理支配下的文学表达这一角度，可以使我们对 30 年代文学审美风貌的形成根源，有更加深入的理解和认识。

第三节 “集团化”倾向与文坛的“公式主义”

一

30 年代政治文化语境的一个重要的特征是“群体性”氛围与“群体性”效应。30 年代文学群体普遍呈现出“集团化”倾向，即所谓的政治组织化倾向。30 年代文学群体的“亚政治文化”特征是非常明显的。[1] 20 年代的文学社团，其组织松散，多数是各种艺术倾向、艺术追求的作家的聚合，“统一性”并不明显。30 年代的文学群体基本上是依据其政治倾向性组合起来的。各群体

1 参见朱晓进：《论 30 年代文学群体的“亚政治文化”特征》，《求是学刊》2000 年第 2 期。

的内部统一性较强，且有“组织性”意识。每个群体都往往将某种思想和艺术追求推向极端，这往往导致了作家个性、作品个性的被忽略。30 年代文坛创作上的“公式主义”现象，与此有着直接的联系。

30 年代知识分子思想发展的总体趋向，用鲁迅的话说就是由“人性的解放”到“阶级意识觉醒”。[1] 整个文坛的风尚，实行着个性主义向集体主义的转换。当时就有人注意到了这种“文艺方向的转变”:“已否定了个人主义文学，而趋向大众或集团的表现。”[2] 政治的铁律是排斥“个人性”的，当文学群体趋向于“政治组织化”时，显然也首先要摒弃可能对“群体性”、集团性构成消解的个性主义。早期无产阶级文学理论的一个重要特点就否定和批判新文学中的个性主义倾向。李初梨正是从阶级立场出发，指责“内心的要求”、“自我的表现，这的确是小布尔乔亚的结晶”。[3] 蒋光慈更是明确指出，“革命文学是反对个人主义的文学”。[4] 郭沫若也摒弃了他在“五四”时期对个性主义的追求，转而号召“文学青年应该做一个留声机器——就是说，应该克服自己旧有的个人主义，而来参加集体的社会运动”。[5]

1 鲁迅:《且介亭杂文·〈草鞋脚〉小引》,《鲁迅全集》第 6 卷，人民文学出版社 1981 年版，第 20 页。
2 施孝铭:《农民文学商榷》,《中央大学半月刊》第 1 卷第 15 期。
3 李初梨:《怎样地建设革命文学》,《文化批判》1928 年 2 月 15 日第 2 号。
4 蒋光慈:《关于革命文学》,《太阳月刊》1928 年 2 月 1 日第 2 号。
5 郭沫若:《留声机的回音》,《文化批判》1928 年 3 月 15 日第 3 号。

30年代，尤其是在无产阶级文学和左翼文学的主张和创作中，明显以集体主义的表现代替了个性主义的追求。这体现在具体的文学创作中，就是强调“自我”融于“集体”，“小我”投向“大我”。作品中注重描写工农斗争的群体行为，集体斗争场面，追求的往往是人物众多，场面阔大，而人物心理深度及个性性格描写则被有意识地忽略了。

例如，郭沫若30年代的诗歌与他“五四”时期的诗歌相比，其抒情主人公往往已经以“无产阶级”“我们工农大众”之类的复合词，取代了他早期创作中“凤凰”“天狗”“我”等个性性很强的形象。其后殷夫、中国诗歌会的诗人们的创作中，抒情主人公也都是集体、阶级的化身，即所谓“阶级战士”。即使有些诗歌中也会出现“我”，但这个“我”已不是一己的“小我”，而是注入了集体的、阶级的内涵的“大我”。殷夫明确在诗歌中宣称：“我已不是我，我的心合着大群燃烧。”[1]

无产阶级文学作家和早期左翼文学作家的小说创作，也往往追求的是斗争的场面，而在处理人物行为和事件时，往往采用说明式而非描写式的方法，人物常常成为“时代精神的单纯的传声筒”。这类作品中比较典型的是华汉的《地泉》。作者试图在第一部《深入》中，通过江南人民不堪地主压榨，奋起暴动的故事来

1　殷夫：《1929年5月1日》，《殷夫选集》，开明书店1951年版，第24页。

表现农村革命的深入。但由于作品缺乏农村生活的真实展示，作品中的人物仅是为作家构想的事件而设置的，正面人物口中的连篇大道理和农民满口的豪言壮语都是脱离现实生活和人物性格的逻辑发展外加进去的。人物没有个性性格，成了某个群体、集团、阶级的符号。又如丁玲的小说《水》，在当时也是颇有影响的作品，这部作品甚至没有一个有名有姓的具体人物，而是写了一群农民，即所谓塑造的是“群像”。这篇作品当时曾被视为“新小说的诞生”。[1] 丁玲自己也说：“我把我的作风从个人自传似的写法和集中于个人，改变为描写社会背景，《水》是新作风的第一篇小说。”[2] 但这篇小说最大的缺点在当时也有人指出来了：“以概念的向往代替了对人民大众的苦难与斗争生活的真实的肉搏及带血的肉的塑像，……这作品是有些公式化的，同时也显见作者的生活和斗争经验都还远远地不深不广。”[3]

30 年代，这种状况在许多作家的作品中都普遍存在着。茅盾在《〈地泉〉读后感》一文中就指出过，读这部作品“正和我看了蒋光慈君的作品后所有的感想相仿”。“蒋君的作品，我曾称它为‘脸谱主义’。这，无非说蒋君所写的革命者和反革命者总是一套；他的作品中的许多革命者只有一张面孔，——这是革命者

1　冯雪峰：《关于新小说的诞生》，《北斗》1932 年 1 月 20 日第 2 卷第 1 期。

2　见韦文斯：《续西行漫记》，香港复兴书店 1939 年版，第 387 页。

3　冯雪峰：《从〈梦珂〉到〈夜〉》，《冯雪峰论文集》中卷，人民文学出版社 1981 年版，第 156 页。

的‘脸谱’，许多反革命者也只有一张面孔，——这是反革命者的‘脸谱’”，“本书《地泉》也犯了蒋君所有的那些错误，……这些错误在当时成为一种集团的倾向”。“关于‘缺乏感情地去影响读者的艺术手腕’这一点，本书就是一个现成的例子。这也不是本书作者个人的单独的缺点，而是那时候很普通的，成为集团性的现象”。[1]

上述情况虽然主要是在无产阶级文学和早期左翼作家的创作中显得特别明显，但是包括左翼作家在内的30年代文坛，事实上一直在努力试图克服上述的文学创作中的公式化、概念化和标语口号化的不足，但就30年代整体而言，公式化概念化的创作倾向一直未能根除。以1932年瞿秋白、茅盾等人为华汉《地泉》重版作序为标志，开始“清算”左翼文学中缺乏生活体验，忽视生活感受，以想象中的工农生活代替对时代现实的把握以及公式化（尤其是革命加恋爱的叙事公式）、概念化等错误的创作倾向。同年1月，《北斗》杂志（第2卷第1期）上曾进行了一次关于“创作不振之原因及其出路”的笔谈，[2]许多作家也指出，必须在获得新的意识的同时也获得新的生活经验，才能很好地表现伟大的时代，还有不少作家从创作技巧的角度提出对公式化、概念化

1 茅盾：《〈地泉〉读后感》，《地泉》，上海湖风书局1932年版。

2 当时许多著名的左翼作家都参加了这次笔谈，如张天翼、鲁迅、茅盾、穆木天、丁玲、沈起予、楼建南、郁达夫、胡愈之、郑伯奇等等。

问题的纠正。1934 年文坛上又有过“为什么没有伟大的作品产生”的讨论，讨论也是针对不尽如人意的文学现状，其中包括创作中缺少个性的问题。这些，都可以看出文坛试图纠正积癖振兴创作的努力。但上述的问题并未能从根本上获得解决。对这类讨论，鲁迅的评价是:“中国现今没有好作品，早已使批评家或胡评家不满，前些时还曾经探究过它的所以没有的原因，结果是没有结果。”[1] 为什么会没有结果？原因无非有两个方面，一是没有找到问题的根源，二是可能找到了根源却又无力克服。

事实上，30 年代文学中的公式化、概念化问题是一个顽症，它一直存在于 30 年代的许多文学创作中。沈从文 1936 年 10 月到 1937 年 2 月曾相继发表了《作家间需要一种运动》和《再谈差不多》等文章，对文学创作中出现的“差不多”现象提出批评。他指出:“近几年来，如果什么人还有勇气和耐心，肯把大多数新出版的文学书籍和流行杂志翻翻看，就必然会得到一个特别印象，觉得大多数青年作家的文章，都‘差不多’。文章内容差不多，所表现的观念差不多……凡事缺少系统的中国，到这种非有独创性不能存在的文学作品上，恰恰见出个一元现象，实在不可理解。”[2] 沈从文这里所谓的“差不多”，与前述的茅盾所谓的“脸

1　鲁迅:《花边文学 · 商贾的批评》,《鲁迅全集》第 5 卷，人民文学出版社 1981 年版，第 562 页。
2　沈从文:《作家间需要一种新运动》,《大公报 · 文艺》1936 年 10 月 25 日。

谱主义”和其他作家指出的公式化、概念化等意思基本相同。沈从文在分析这种“差不多”现象时，认为主要原因是作家不长进，只知道“学别人空口喊叫，作应声虫”，“把强权当作真理，作磕头虫”。[1]“缺少独立识见，只知追求时髦，结果把自己完全丢失了”。[2]这种分析，也许隐含了沈从文对左翼文坛的批评，其分析也许不够公允、准确，但其指出的“差不多”的文坛创作现象却是30年代的客观存在。

二

30年代文学创作中公式化、概念化、标语口号化问题相对严重，而且成为“集团化”的现象。其原因何在呢？这个问题曾一再被研究者提出来，人们也曾从多个方面对其原因进行过分析。但如果忽略了当时政治文化语境的制约，是很难对其做出合理解释的。

早期无产阶级作家曾为这种文学创作中的公式化、概念化和标语口号化进行过辩护，认为这只是方法和技巧问题，在其后的关于“创作不振之原因及其出路”“为什么没有伟大的作品产生”等问题的讨论中，也有不少作家将上述种种创作中的毛病归结为

1 沈从文:《再谈差不多》,《文学杂志》1937年2月第1卷第4期。
2 沈从文:《作家间需要一种新运动》,《大公报·文艺》1936年10月25日。

技巧的不熟练。技巧和方法，固然是很重要的，这一定程度上可以解释早期无产阶级文学中的一些青年作家身上的问题。但问题并不仅仅出现在革命文学创作初期，而是整个 30 年代都存在这样的情况；而且对许多作家而言，他们并不缺乏技巧和手法，有些还是早在此前已有文学建树的“老作家”，但他们还是自觉或不自觉地把公式化、概念化、标语口号的创作倾向当作一种新的美学的追求，在其创作中一再地体现出这种倾向来。

表面看是技巧方法问题，但透过这种对技巧方法有意识地忽略，可以看到，根本的原因还在于当时政治文化语境下的文学的“集团化”趋向所带来的“理论的迷误：以‘组织生活’论代替了文学审美地‘反映生活’的规律”。“在‘革命文学’倡导者看来，文学既然不是生活的审美反映，而是‘阶级意欲’的‘组织’，那么只要作家在世界观方面努力向革命‘突变’，获得无产阶级的‘意识’，又掌握革命宣传的目的与内容，就可以进入创作了。创作过程不需要提炼生活，不需要提供作家对生活新鲜的见解与独特的感受，作家应当做到‘无我’，完全用‘阶级意欲’去将零乱破碎的生活材料加以系统化、秩序化。”[1] 这不仅是早期无产阶级文学创作的状况，在整个 30 年代文学发展中，虽程度有所变化，但这一情况始终是存在的。

1　温儒敏:《新文学现实主义的流变》，北京大学出版社 1988 年版，第 103—104 页。

30年代作家创作中“形式感”普遍淡薄，不仅没有再出现像鲁迅那样的“几乎一篇有一篇新形式”的“创造‘新形式’的先锋”，[1]而且在整体上也很少有20年代作家创作中那种突破传统写法，探求独特形式的自觉和冲动。这与30年代强调“集团化”、阶级性意识，抑制个性、自我的整体文学氛围是密切相关的。不管是青年作家还是老年作家，只要他融入某类政治文化群体，在“政治熔炉”中形成了政治自我，那么他就必然地会在自觉不自觉中遵守政治文化集群的规范，自觉地充当某种政治文化的载体。

甚至可以说，作家身处“政治熔炉”中，最终总要就范于某种政治意识的“先天设计”。例如丁玲，曾以小说《莎菲女士的日记》《梦珂》等闻名文坛，就作家的创作技巧和方法而言，都曾受到文坛的肯定。但她其后的创作，却是走了另一条路。她在30年代先后创作了《韦护》《一九三〇年春上海》《田家冲》《水》等在内容和形式上与许多无产阶级文学作品相类同的小说。这种变化的原因，当时就有文章指出是因为“那时中国文坛上要求着比《莎菲女士的日记》更深刻更有社会意义的创作”[2]。首先是当时的文化语境和文学氛围使她身不由己地发生了变化。她当时所办《北斗》杂志，经常收到读者来信，来信内容多是给《北斗》提出改进意见，诸如指出编者“对于革命的认识，是一

1 沈雁冰:《读〈呐喊〉》,《时事新报》1923年10月8日。
2 《女作家丁玲》,《文艺月报》1933年7月15日第2号。

个小资产阶级的认识”，希望编者“用很大的力量研究社会学”；批评一些“在内容和形式方面都是很坏的作品”；肯定编者“否定了过去而采取一条新途径这是对的”；建议编者在取材正确的基础上还要多“考虑观点正确不正确”，“能不能给读者一种宣传熏染的力量”；等等[1]。这些来自批评界、来自读者的声音在很大程度上对丁玲的文学选择起了一种潜移默化的导向作用。丁玲在 1933 年就曾说起自己小说创作变化的过程：开始创作的出发点只是“因为寂寞”，因为“对社会的不满”，所以想用笔来“说出”自己的“牢骚”。对于来自批评家和读者的对自己早期小说中“染上一层感伤”的批评意见，她是由“有点不服”到“反省之后也就承认”，“之后，在写作态度上，读者也看得出我是逐渐在变化”。她并没有明确意识到自己在写“革命小说”，甚至对自己的作品被当作“普罗文学”而“觉得冤枉”。但同时她又不得不承认，自己已在不知不觉中“陷入恋爱与革命的冲突的光赤式的阱里去了”。[2]

不仅丁玲是如此，即如 20 年代已经著名的老作家叶圣陶、王统照、王鲁彦等也是这样的情况。叶圣陶所写的《多收了三五斗》，与当时一批写“丰收成灾”的作品，“形式”上是彼此大同小异；王统照的《山雨》、王鲁彦的《乡下》《野火》等作品与当

1 《写给丁玲的四封信》，《新文学史料》1980 年第 1 期。
2 丁玲：《我的创作生活》，《创作的经验》，天马书店 1933 年 6 月版，第 24—25 页。

时多数写农民反抗内容的左翼文学作品在叙事模式和观念表达上也都彼此相类似。即使是在诸如沈从文的《大小阮》、老舍的《黑白李》这样的作家作品中，我们也能明显看到当时流行的“革命文学”作品的基本套路。由此看来，公式化产生的根本原因并不仅在于作家缺少艺术的技巧和方法，而是在于陷入某种“集团化”艺术规范中而失却了具有个性的艺术创新的能力。

在分析30年代公式化、概念化和标语口号化盛行的原因时，当时和其后许多人都指出是因为作家“缺少生活实感”，即思想、观念变化了，相应的生活体验没有跟上，导致了文学创作中的政治概念代替对现实生活的真实再现。作品中“缺少生活实感”，确实是30年代诸多公式化、概念化文学创作的一个共同的表现，但这里的情况比较复杂。

创作中“缺少生活实感”有几种情况，一种情况确实是因为一部分作家思想观念与实际生活体验脱节，这主要表现在早期无产阶级文学作家身上，由于他们普遍认为，只要作家在世界观方面努力向革命“实变”，获得无产阶级意识，就可以进行所谓“革命文学”的创作了。他们忽略了对生活的提炼，忽略了作家对生活的独特的体验、感受和见解。因此，人们在蒋光慈等作家的作品中所读到的，“总觉得其来源不是‘革命生活实感’，而是想象”。[1]

1　茅盾：《关于“创作”》，《北斗》1931年9月20日创刊号。

还有一种情况是，30 年代社会科学家与文学家之间角色的兼容，使当时许多从事社会科学的研究者转向文学创作。这些作家“因为本来不从事于文学，所以文学技术不够，结果便是把他们的‘革命生活实感’来单纯地‘论文’化了。他们的作品的最拙劣者，简直等于一篇宣传大纲”。[1] 30 年代文学创作的“社会科学化”是一种相对普遍的现象。

再有一种情况是，一些本来有生活体验，也并不缺乏文学技巧的作家，他们就范于集团化的文学规范中，不得不丢弃自己的“生活实感”，而模仿现有的文坛公式进行创作。茅盾在 30 年代曾就文坛的公式化、概念化倾向进行过分析：“我们这文坛上，前几年盛行着一种‘公式’。结构一定是先有些被压迫的民众在穷苦愤怨中找不到出路，然后飞将似的来了一位‘革命者’——一位全知全能的‘理想的’先锋，热剌剌地宣传起来，组织起来，而于是‘羊群中间有了牧人’，于是‘行动’开始，那些民众无例外地全体革命化。人物一定是属于两个界限分明的对抗的阶级，没有中间层，也没有‘阶级的叛徒’；人物的性格也是一正一反两个‘模子’，划一整齐到就像上帝用黄土造成的‘人’。故事的发展一定就是标语口号的一呼一应，人物的对话也就像群众大会里演说那样紧张而热烈，条理分明。”“这样的公式”“被认为神

1　茅盾：《关于“创作”》，《北斗》1931 年 9 月 20 日创刊号。

圣不可侵犯的‘革命文学’的法规！一些没有生活实感的革命文豪果然可以靠这‘公式’大卖其野人头，然而一些真正有生活经验的青年作家在这‘公式’的权威下却不得不抛弃了他们‘所有的’，而虚构着或者摹效着他们那‘所无的’”。[1]这种状况不仅在茅盾讲上述话语时的1932年前存在，他后来也强调指出过，“到了1932年底”，“这种公式化的‘革命文学’其理论上的错误已受到‘清算’，虽然有人心中未必服气；但是在文学作品中这种‘革命’公式的余毒都尚未肃清”。[2]

由此看来，在分析30年代公式化概念化标语口号产生的原因时，也不能仅以“缺少生活实感”来加以概括，关键的问题是要看到是什么原因导致了作品中“缺乏生活实感”，要看到许多情况下，作家自身并不缺乏“生活实感”，但为何写到作品中，就“缺少生活实感”了呢？这背后起着重要制约作用的还在于文学的“集团化”倾向，集团性的艺术规范乃至“法规”，在起着重要的支配作用。当然这种集团性的文学创作“法规”对作家创作所施加的影响和压力，往往是通过文学批评和所谓“读者意见”来完成的。在“左联”的许多重要文件中，都有对文学批评提出的这样的任务，即要求“无产阶级革命文学的批评，必须经常的非常勤勉的注意自己同志的创作工作，必须经常的纠正同志作家

1　茅盾：《〈法律外的航线〉读后感》，《文学月报》1932年12月第1卷第5、6期合刊。
2　茅盾：《我走过的道路》（中），人民文学出版社1984年版，第169页。

的各种不好倾向；经常的给予作家的工作以忠告和建议”。[1]

三

在分析30年代文学创作上的公式化倾向时，人们都能够自然地将之与文坛上的模仿风气联系在一起。公式化与文学创作上的模仿风气的确是联系在一起的。其实，文学创作上的模仿不独出现在30年代，在任何文学发展时段中，都会出现模仿现象。某一部作品或某一类作品如果在读者中间获得了成功，取得了很大的影响，那么这类作品就会被一再地复制出来，这一方面是由于许多作者受读者需求的刺激，自觉不自觉地起而效仿，另一方面则是由出版商根据在读者中获得成功的经过考验的模式去组织作家写作，再一方面就是新学写作者试图在成功作品中找寻自己获得成功的捷径而去模仿。但模仿成风，而且使模仿的作品的创作模式成为一种“公式”，这却是30年代一种比较独特的文学创作现象。这里仅仅指出这种公式化与创作模仿之间有关系是远远不够的，关键还是要弄清，30年代作为个体的模仿行为何以会成为流行的“公式主义”。

20年代文学创作中，也曾出现过不少模仿的现象，比较明显

---

1 《中国无产阶级革命文学的新任务——一九三一年十一月中国左翼作家联盟执行委员会的决议》，《文学导报》1931年11月15日第1卷第8期。

的就有王以仁对郁达夫小说的模仿；对鲁迅的《呐喊》，“也有若干模仿者，例如许钦文，顾已不逮《呐喊》远甚”。[1]但这些模仿，并未构成文学创作上的公式化。20 年代王鲁彦创作的小说《阿长贼骨头》，在当时曾被许多人认为是模仿鲁迅《阿 Q 正传》的，但仔细加以辨析和比较，可以发现，《阿长贼骨头》在写法上虽有与《阿 Q 正传》相仿的地方，所塑造的人物形象的性格特点也有类似的地方，但又有较大区别，这种区别就在于作品通过人物所表达的立意和主旨以及思想的内蕴有很大的不同。这种不同就使得人们无论如何也不可能将这两部作品视为雷同之作。20 年代许多乡土小说作家都模仿过鲁迅的写法，许钦文的《鼻涕阿二》、台静农的《天二哥》、王任叔的《疲惫者》等作品都在写法上模仿鲁迅的《阿 Q 正传》，作品中的人物性格特点也都在某些方面类似阿 Q，但其作品在整体上都不给人以雷同之感。这原因固然是由于鲁迅作品的郁愤深广和其深刻的思想内蕴和精到的文学表达是其他作家难以模仿的，同时，当时模仿鲁迅的作家，事实上也多表现为艺术上的借鉴、艺术形式和写法上的学习，而在作品的思想内蕴的表达和所要抒发的作家情感上却又保持了各自独特的追求。

30 年代的模仿之作则有所不同，多数是就犯于“革命文学”

1　茅盾：《关于“创作”》，《北斗》1931 年 9 月 20 日创刊号。

的法规，他们“抛弃了”自己“所有的”东西，专门“摹效着他们那‘所无的’”，[1]除了作品形式、人物设置等方面的类同外，更是在思想观念表达上的过于一致，遂导致了作品的千篇一律。尤其是政治化导致的意识形态的褊狭性，文学被视为以“阶级意欲”来“组织生活”，而不是客观真实地反映生活，这样，以某种现成的观念意识来从事创作，所得的作品自然是概念化、公式化和千篇一律的。要强调阶级的对立，于是作品中的人物就只能是分属于两个界限分明的对抗的阶级，没有中间层；要强调一切以“革命”为中心，一切与“革命”相关联，于是就有了“革命加恋爱”的模式；要强调理想主义、英雄主义，于是就产生了作品中“光明的尾巴”。因此，30 年代文学创作中的公式化倾向，表面看是由模仿造成的，但实质性的根源还在于“集团化”要求之下，思想观念表达的强求统一以及对文学个性的扼制。

在整个 20 世纪文学发展中，在一些特殊的历史年代，文学上的公式化、概念化和标语口号化曾盛行一时，这都与当时的政治文化语境密切相关，与当时文坛的“集团化”倾向密切相关。因此，单纯地、简单地从艺术的层面，从技巧的层面，是很难对之做出合理的解释与准确的评价的，上述对 30 年代公式化、概念化和标语口号化倾向形成根源的分析，对整个 20 世纪文学中

1　茅盾：《〈法律外的航线〉读后感》，《文学月报》1932 年 12 月第 1 卷第 5、6 期合刊。

同类文学现象来说，是有典型意义的。

第四节　政治文化语境与特殊文学文体的盛行

一

30 年代特殊的政治文化语境导致了 30 年代独特的文学风尚的形成，这种文学风尚既体现在作家的审美选择、文学创作的整体性美学倾向方面，同时也必然会具体地体现在文学的文体形式甚至表达方式上。

在 30 年代文学创作中，对固有的文学体裁和文体形式的突破以及对固有的文体常规的冒犯成为一个非常突出的创作现象。急于表达自己的政治理念，迫不急待的政治情绪的抒发，对社会政治事件的仓促叙述，以及这一切背后所隐藏着的作家的过量的政治焦虑，迫使作家们打破文学体裁和文体的常规，而不断创造出前所未有的杂糅性的文体。这有可能导致对一些已相对成熟的文学体裁和文体业已形成的审美规范的破坏，甚至会在某种程度上导致艺术美感的丧失，但由于这些新创的文学体裁和文体形式能在较大程度上释放政治焦虑，因而往往能获得同样有此需求的当时特定背景下的读者的欢迎。

艺术上的失范，往往是由文化压力造成的。当基本的政治价值体系发生变异或失范，必然会促使人们在其他方面寻求化解的力量。当这种文化压力在艺术符号中寻求审美置换时，就必然是对固有审美习惯的破坏和更新。特殊的时代常常会产生特殊的文体，30 年代盛行的诸如杂文、报告文学、速写等文学体裁和文体形式，其实都是为适应特殊的社会需要的杂糅性文体。

就杂文这一文体言之，其作为 30 年代非常盛行的文体是毋庸多论的。杂文文体虽然在 20 年代就因为鲁迅的创作而成为比较引人瞩目、影响很大的文体形式，但与 30 年代相比，情况还是有很大的不同。茅盾曾指出:“自然，鲁迅从 20 年代起就能纯熟地运用这种文体进行战斗，然而一九三三—三四年他在《自由谈》上写的杂文，却是数量最多最集中，影响最广的。而且，在鲁迅的带动下，当时写杂文蔚然成风，许多从来不写杂文的作家，也在《自由谈》上或者其他报刊上写起了杂文，一些左翼青年作者更竞相学习或模仿鲁迅杂文的笔调。”[1]与 20 年代相比，30 年代杂文创作数量的激增是一个显著的特点。就以鲁迅为例，诚如他在 1935 年底的《且介亭杂文二集·后记》中所说:“我从在《新青年》上写《随感录》起，到写这个集子里的最末一篇止，共历十八年，单是杂感，约有八十万字。后九年中的所写，比前九年

1 茅盾:《我走过的道路》(中)，人民文学出版社 1984 年版，第 189 页。

多两倍；而这后九年中，近三年所写的字数，等于前六年。”[1]

30 年代杂文的盛行还不仅体现在数量上，更体现在一种文体的自觉上。20 年代很少有人就杂文这一文体做理论上的探讨，而 30 年代，这类探讨杂文文体特点、性质及文体盛行成因的文章却非常多，许多著名作家、批评家都撰文发表对杂文的看法。

瞿秋白在著名的《〈鲁迅杂感选集〉序言》中指出：“这种文体发生的原因”在于“急遽的剧烈的社会斗争，使作家不能从容地把他的思想和感情熔铸到创作里去，表现在具体的形象和典型里；同时，残酷的强暴的压力，又不容许作家言论采用通常的形式。作家的幽默才能就帮助他用艺术的形式表现他的政治立场，他的深刻的对于社会的观察，他的强烈的对于民众斗争的同情”。[2]

茅盾也曾指出：“每一时代产生了它的特性的文学”，“杂文和速写都是变动得很快的社会中文化斗争的武器。刻刻在变化的现实要求着斗争意识强烈的作家们采取最快的手法和最直接的方式来加以反映和批判”。[3]

胡风在分析杂文“为什么在新文学里面形成了一个重要的存在”时也指出，是“剧激的社会变动所掀起的瞬息万变的波纹，使作家除了在较大的规模上创造综合的典型外，还不能不时时用

1　鲁迅：《且介亭杂文二集·后记》，《鲁迅全集》第 6 卷，人民文学出版社 1981 年版，第 451 页。
2　瞿秋白：《〈鲁迅杂感选集〉序言》，《鲁迅杂感选集》，上海青光书店 1933 年版，第（二）页。
3　茅盾：《关于报告文学》，《中流》1937 年 2 月 20 日第 1 卷第 11 期。

特殊的形式来表现他对于社会现象的解剖和态度，运用他的锐敏的锋芒和一切的麻木混浊相抗。这不是社会科学的大论而是一种文艺性的论文，但它的特征是能够更生动地更迅速地反映并批判社会上变动不息的日常事故”。[1]

鲁迅自己大量的关于杂文文体的论述也产生于30年代。他在30年代更加明确他认识到杂文的特殊功能可以“任意而谈，无所顾忌”，用于“催促新的产生，对于有害于新的旧物，则竭力加以排击”。[2]他认为，因为杂文“和现在切贴，而且生动，泼剌，有益，而且也能移人情”，所以杂文必然“日见其斑斓”。[3]

30年代的杂文与20年代相比，无论在主要表现内容还是在写作形式上都有变化。仍以鲁迅为例，鲁迅20年代的杂文主要内容是在文化批判，其写作形式多为思想性随笔；但30年代杂文的主要内容则更多地将文化批判与政治批判密切结合起来，而在写作形式上，政论对文体的渗透也更加明显。总之，30年代急切地需要一种特殊的文体来释放过量的政治焦虑和宣泄郁积的政治激情。当传统的小说、诗歌、散文等各类文体无法完全满足这种表达需要时，政论与其他文体杂糅形成的杂文文体的形式便受到了最大程度的重视，也因此而非常兴盛起来。

1　胡风:《论速写》,《胡风评论集》(上)，人民文学出版社1984年版，第67页。

2　鲁迅:《三闲集·我和〈语丝〉的始终》,《鲁迅全集》第4卷，人民文学出版社1981年版，第167页。

3　鲁迅:《且介亭杂文二集·徐懋庸作〈打杂集〉序》,《鲁迅全集》第6卷，人民文学出版社1981年版，第292—293页。

二

“文学体裁的演变与社会的演变休戚相关”，“作家选用的文学体裁及形式也由他所隶属的那个集团决定。文学体裁不能凭空创造：人们对一种文学体裁加以改造，使之适应社会集团的新要求”。[1]30年代“左联”在一系列主要文件中，就曾多次对作家创作所采用的体裁进行过明确的规定：“作品的体裁也以简单明瞭，容易为工农大众所接受为原则。现在我们必须研究并且批判地采用中国本有的大众文学，西欧的报告文学，宣传艺术，壁报小说，大众朗读诗等等体裁。”[2]即使是“以智识份子和青年学生为主要读者对象的非大众化的文艺作品，也应当在文字体裁及描写等方面实行大众化”。[3]如此等等在相关决议性文件中提出的有关文学体裁和文学形式采用的要求，对30年代左翼文学在体裁的选择上起到了一定的规范作用，这也在一定程度上促成了30年代某些体裁形式的盛行。

报告文学在30年代的兴盛，是一个非常显著的例子。报告文学应该说也是一种杂糅性的体裁，它杂糅了通讯、纪事散文等

---

1 ［法］罗·埃斯卡皮：《文学社会学》，王美华、于沛译，安徽文艺出版社1987年版，第129页。

2 《中国无产阶级革命文学的新任务——一九三一年十一月中国左翼作家联盟执行委员会的决议》，《文学导报》1931年11月15日第1卷第8期。

3 《关于左联目前具体工作的决议》，《秘书处消息》第1期，1932年3月15日左联秘书处出版。

多种文体的特征。报告文学这种体式虽然并非 30 年代所独有，它伴随着近代报刊业的发达而产生，属于一种具有一定时代性、时效性、真实性和文学性的通讯报道。但将之作为文学体裁加以自觉运用和大力提倡是在 30 年代。

1930 年 8 月 4 日“左联”执委会通过的《无产阶级文学运动新的情势及我们的任务》，号召开展“工农兵通信运动”，“创造我们的报告文学(Reportage)”。[1] 此后在《文艺新闻》《文学》《中流》《读书生活》《文艺》等刊物相继发表了有关报告文学的理论文章，探讨报告文学的功能和文体特征以及相关的写作问题。报告文学这种体裁之所以在 30 年代受到特别的重视，是因为提倡者们看到了它是“一个战斗的文艺形式”。[2]“每一时代产生了它的特性的文学。‘报告’是我们这匆忙而多变的时代所产生的特性的文学式样。读者大众急不可耐地要求知道生活在昨天所起的变化，作家迫切地要将社会上最新发生的现象（而这差不多天天有的）解剖给读者大众看，刊物要有敏锐的时代感，——这都是‘报告’所产生而且风靡的根因。”[3]

在 30 年代风行的报告文学创作中，也确实产生了许多有影响的作品，如柔石的《一个伟大的印象》、夏衍的《包身工》、宋

1 《文化斗争》1930 年 8 月 15 日第 1 卷第 1 期。
2 茅盾：《关于“报告文学”》，《中流》1937 年 2 月 20 日第 1 卷第 11 期。
3 胡风：《论战争时期的一个战斗的文艺形式》，《胡风评论集》（中），人民文学出版社 1984 年版，第 16 页。

之的的《一九三六年春在太原》、丁玲的《多事之秋》、陈荒煤的《记十二月二十四日南京路》、阿英选编的《上海事变与报告文学》、茅盾主编的《中国的一日》等等。报告文学创作之盛，在30年代一度大有压倒小说之势。当时就有人指出：“观于近来小说的渐趋黯淡”，“报告文学的起而代兴”，这是因为报告文学有“适宜于现代社会之点”，“以社会的情势，来定文学的性态，其原因与现象，似非偶然”。[1]

30年代文学创作中，叙事方式上有一种向实录和新闻皈依的倾向，报告文学的兴盛自然是其重要的表现形式之一。除了报告文学作为“新流行品”在30年代中期以后的“文坛”上大为盛行外，在此之前，小说创作中便已经大量出现了所谓“速写”的体式。这种“速写”，“从它的性质和任务看来，大多数实在就是‘报告’”。“甚至可说”30年代中期“大多数的短篇小说也和‘报告’一点点接近”。[2]

“速写”这种体式的盛行，在当时曾是一个热门的话题。1934年底，茅盾曾明确指出，这一年文坛最重要的现象之一是“新文体的飞快地发展”，而这种新文体主要“就是一年来特盛的所谓‘速写’”。并且指明“所谓‘速写’这一体”是“应了时代的

1 陈醉云：《我的写作态度》，《我与文学》，生活书店1934年版，第225页。
2 茅盾：《关于“报告文学”》，《中流》1937年2月20日第1卷第11期。

要求很快地成长起来”的。[1]胡风也曾在1935年撰《论速写》一文，指出：“近两年来……‘速写’之类的文章一天天地多了起来，现在已成了广大的流行，连以这种作品为中心的刊物也出现了。”他认为，“‘杂文’和‘速写’是有同样的社会基础和同样的社会意义的。不同的是，‘杂文’是由理论的侧面来反映那些活生生的社会现象，甚至能够使人得到形象的认识，而‘速写’是由形象的侧面来传达或暗示对于社会现象的批判”。[2]

“速写”文体在30年代的兴盛，其根本原因仍在当时特定的政治文化语境及其文学对其的适应。“速写”是“应了时代的要求产生并发展了，这是一种能把现实生活的各个侧面很快地反映出来的文体，犹如主力军进入阵地，来不及架大炮，就用白刃和手榴弹来交战！”[3]在这种状况下，许多作家“顺应了潮流”，写起“速写”来。茅盾说自己当年就是“把写‘速写’作为我创作的主要方面。一九三四年我只写了三个短篇小说，却写了十七篇速写……。我写的速写，有八篇是农村题材，如《大旱》《桑树》《阿四的故事》等”。[4]

“速写”与杂文、报告文学一样，也是一种杂糅文体，因此，当时就有人称“速写”是“杂文的姊妹”。“剧激变化的社会生活

1　茅盾：《一年来的回顾》，《文学》1934年12月第3卷第6期。
2　胡风：《论速写》，《胡风评论集》（上），人民文学出版社1984年版，第67—68页。
3　茅盾：《我走过的道路》（中），人民文学出版社1984年版，第266页。
4　茅盾：《我走过的道路》（中），人民文学出版社1984年版，第266页。

使作家除了创作以外还不能不随时用素描或速写来批判地记录各个角落里发生的社会现象，把具体实在的样相（认识）传达给读者。这不是经过综合或想象作用的文艺作品，而是一种文艺性的纪事（sketch），但它的特征是能够把变动的日常事故更迅速地更直接地反映，批判。说它是轻妙的‘世态画’是很确切的”。[1]

30 年代“速写”体式的盛行，对短篇小说的发展有着重要的影响作用。许多作家都创作了“速写”性质的小说，甚至有不少作家在小说作品的标题上就标明“速写”“纪事”之类的字样。著名的就有吴组缃的《一千八百担——七月十五日宋氏大宗祠速写》、沙汀的《某镇纪事》、艾芜的《端阳节——某乡风俗记》、叶圣陶的《某城纪事》和《某镇纪事》等。即使不标明“速写”“纪事”，但许多作家创作短篇小说时明显在采用“速写”的体式。张天翼的《一个题材》，写一个作家向描写对象调查和询问秘不告人的真相的过程，被人称之为“采访体”小说；他的《成恒业》以新闻报道、友朋信札、小说人物日记相互拼接而成，被称之为“卷宗体”小说。这些作品其实都带有当时所谓“速写”或“纪事”体小说的特点。吴组缃的《一千八百担》“记录”了“宋氏大宗祠”里一场争夺义庄财产的角逐，是典型的“速写”。而他的《樊家铺》《黄昏》等小说其实也都是采用的“速写”体式。沙汀除《某镇纪事》

1　胡风：《论速写》，《胡风评论集》（上），人民文学出版社 1984 年版，第 68 页。

外，《代理县长》《在祠堂里》等著名小说，也都是采用的“速写”体式。而叶圣陶除《某城纪事》《某镇纪事》等作品外，许多作品都采用了“速写”的笔法，如《赤着的脚》，就是以速写笔法，生动逼真地描摹了 1925 年 5 月 1 日广东全省第一次农民大会激动人心的壮观场面。

对于杂糅文体，在评判其艺术价值时应注意从形成杂糅的各种文体的规范去加以综合考量。若以单一文体标准去考察，就有可能因其不符合某单一文体标准而予以否定。“速写”是顺应形势需要而产生的，它为顺应剧激变化的社会环境而存在，其可能带来的幼稚、粗糙或仓促、生硬的现象是会存在的，尤其是以“小说”的文体要求来看“速写”，势必会指陈其缺少艺术想象，缺少深入的典型化过程，表现技巧不够丰富等等。但只有从这种杂糅文体产生的时代需求和其所产生的社会效果来看，才能对其价值做出较为完整的评价。

不仅如此，“速写”体式的产生，即使是从艺术方面来看，对中国短篇小说艺术的发展也是有着积极的意义的。30年代初期，许多作家写小说擅长的是“压缩了的中篇”的写法。包括茅盾的《林家铺子》《春蚕》《秋收》《残冬》等作品，也多是有头有尾的叙述，追求的是事件的完整过程，对“截取横断面”这一短篇小说艺术的重要要素有所忽略。“速写”体式的盛行，使作家们增强了“截取生活横断面”的意识。茅盾在创作了一批“速写”之后，他创作的短篇小说《水藻行》《报施》《委屈》等，就比较注重“截取横断面”的写作方式，而且因注重“纪事”性、客观性，也多少限制了此前作品的主观情绪化的表达，使之成为艺术上更为成熟的小说作品。沙汀稍早写出的作品包括《丁跛公》在内，都是过分注重故事和过程的完整性，但后来的作品，包括他最优秀的短篇《在其香居茶馆里》等都是采用的“截取横断面”的方式，此种变化，是不能排除受“速写”体式影响这一因素的。

“速写”体式的出现，从艺术发展的角度看，与 30 年代中期文学创作中普遍出现的“客观化”追求有关。茅盾在写于 1933 年的《力的表现》一文中，曾对“力的文学”做出过这样的解释：“文艺作品以感动人为使命。然而感动人的力量并不在文字表面上的‘剑拔弩张’”，“真正有力的文艺作品应该……题材只是平易的故事，然而蕴含充实的内容；是从不知不觉中去感动了人，去教训了人”。[1] 这里，茅盾并不反对文学作品去“教训人”，但对文学上的“剑拔弩张”则已开始有所警觉。那么避免“剑拔弩张”的途径是什么呢？这就是客观化地表述——“不知不觉”；实实在在的生活——“充实的内容”。茅盾写于 30 年代中后期的小说作品如《水藻行》等，确实是在一种“客观化”的追求中消解了文字上的“剑拔弩张”。

1 茅盾：《力的表现》，载 1933 年 12 月 1 日《申报》副刊《自由谈》。

30 年代盛行的人物形象单一化、思想大于形象、观念化倾向等等，可以通过“客观化”追求导致的冷静旁观式的叙事方法和直录式文体，在一定程度上得到有效的制约。可以说“速写”“记事”等体式被运用到小说创作中，正是与这种“客观化”的追求有关联的。“速写”的重要特点之一就在于它的“客观化”，用前述胡风的话来说，这种体式的特点是，“批判地记录各个角落里发生的社会现象，把具体实在的样相（认识）传达给读者。这不是经过综合或想象作用的文艺作品，而是一种文艺性的纪事”。[1] 很明确，“速写”的体式特点是“记录”“传达”“记事”，而不是“综合”“想象”，这样就把作者对表现对象可能施行的主观化和观念化的干预限制到了较低程度。

这种“客观化”追求之于 30 年代文学文体，不仅与“速写”体式的产生有着密切的关系，而且还对 30 年代小说其他有关特点的形成起到了一定的影响作用。例如，30 年代小说中“对话体”的盛行。这与 20 年代“独白体”的流行恰好形成对比，20 年代风行一时的日记体、书信体在 30 年代已不再流行。这与 30 年代的“客观化”追求相关联。要追求“客观化”的表述，避免作家来做作品人物的代言人，那么直接由作品人物自己来说话，就必然会受到重视。与 20 年代小说相比，30 年代小说显然更重视作

1　胡风:《论速写》,《胡风评论集》(上)，人民文学出版社 1984 年版，第 68 页。

品中运用人物对话。不仅是一般运用，而且常常是让人物对话占据作品相当大的篇幅。吴组缃的《一千八百担》、叶圣陶的《小妹妹》等通篇几乎全是由人物对话构成的。这种“对话体”的出现，可以视为戏剧形式对小说文体的渗透。30 年代小说中的确存在一种戏剧化的倾向，所谓戏剧化即指重视对话，因为戏剧表现主要靠人物对话来完成。政治化的年代，戏剧演出活动往往比较兴盛，因为戏剧是“一种极端政治性（因其突出的社会性）的艺术形式”。[1] 30 年代特殊的政治文化语境下，受普遍政治文化心理驱动而十分活跃的演剧活动带来小说文体的戏剧化倾向就是顺理成章的事了。30 年代小说作家中有一大批人尝试过对话体小说的写作，如吴组缃、张天翼、叶紫、沙汀等等。沈从文也有像《若墨医生》这样的有意采用全是对话的写法进行创作的小说作品。

“客观化”对 30 年代小说的文体确曾产生过重要影响，难怪许多作家在当时或其后曾被批评为“客观主义”。其实，30 年代小说作家追求的“客观化”，是文体意义上的，即主要是表述方式上的，而不是作家对现实生活的态度。相反，这些作家对现实生活的态度恰恰是带有强烈的主观化色彩的，即有着类似于社会科学家的热情和表达自己对社会人生见解的欲望。而这种对文体表述上的“客观化”的自觉追求，则在一定程度上制约或避免了

1 ［英］马丁 · 艾思林：《戏剧剖析》，罗婉华译，中国戏剧出版社 1981 年版，第 22 页。

观念化和概念化的创作倾向。由此可见，30 年代各类杂糅文体的出现、传统文体的内部变异、文体的相互渗透，是由特殊的政治文化语境与文学自身发展需求合力作用的结果。

三

30 年代整体上对“力的文学”的审美追求，为宣泄政治激情和抒发理想主义情愫而形成的对粗疏之美的崇尚，曾导致了 30 年代文学叙事中“简化”生活的整体特点的形成。

刘西渭曾以欣赏的口吻评价叶紫的小说，“始终仿佛一棵烧焦了的幼树，不见丰盈的姿态，然而挺立在大野、露出棱棱的骨干，给人茁壮的感觉，那不幸而遭电击的春暮的幼树。它有所象征。这是什么也不见，只见苦难，和苦难之余的向上的意志，我们不妨借用悲壮两个字来形容。……这是力，赤裸裸的力，一种坚韧的生命之力”。[1] 所谓“挺立在大野，露出棱棱的骨干，给人茁壮的感觉”云云，其实就是在推崇一种删减了生活的枝叶，凸现其“骨干”，从而产生出粗疏的“力之美”效果的叙事艺术。

在 30 年代多数文学叙事尤其是左翼小说作品中，都不同程度地存在着“简化”生活的倾向。作家为了使自己所要表达的思

1　刘西渭:《叶紫的小说》,《咀华二集》，文化生活出版社 1942 年版，第 60 页。

想观念具有明示性、直截性，因而在作品中对所写生活进行“简化”，通过删减，使作者想强调的方面得到凸现和强化。具体地说，“简化”生活有下述表现：

简化了人与人的关系的复杂性。在左翼作家的许多小说作品中，社会基本上只是由两个尖锐对立的阶级、两个水火不相融的敌对阵营构成的。人与人之间的关系，所凸现的也主要是阶级关系（有产者与无产者）、政治关系（觉悟与不觉悟）、思想关系（进步与保守）等方面，而其他复杂的关系或多或少都被省略了。例如，在当时就有人这样明确评价过一些青年左翼乡土小说作家的作品：“他的内容，无论详略，永远是斗争的，有产与无产相为对峙，假如无产这方面失败了，也给无产留下象征的希望。在真实的叙写中，我们常常感到勉强与夸张。决定他观察角度的，不是一个艺术家的心情，而是态度和理论。”[1]不仅是左翼作家的小说，在非左翼作家小说中，“简化”人与人关系复杂性的情况也较突出。例如沈从文的小说作品，就大幅度地删除了恰恰是左翼小说所强化的阶级对立和人际冲突，这也是一种“简化”。在这里，人们看不到人与人之间的不和谐，而只有那种礼让、温顺、善良、淳朴等美好的一面。《边城》是一个典型的例子，作者将一切人类之中的丑的一面都掩饰起来了，人与人之间的交往中于是绝无邪

1 刘西渭：《叶紫的小说》，《咀华二集》，文化生活出版社 1942 年版，第 60 页。

恶、贪欲、嫉妒；礼尚往来、和睦相处成了人际关系的全部内容，和善、诚挚、自足、豪侠、重义成了所有人自觉遵守的行为准则。这里显示出的是一种不分职业、不分阶级、不分等级的无差别的人类之爱。

简化了人物性格的复杂性。被固定在一种被简化了的人际关系中，被局限在单一的生存活动中，这样的人物形象自然难以呈现出丰富复杂的性格。左翼作家小说中所塑造的人物形象，其性格展示面多数侧重于政治、经济活动中的表现，其他方面则常常有所减删。例如左翼小说努力塑造的“新人”——觉醒的青年一代农民形象，多数显得性格单一，缺少丰满的血肉，即如当时有人在评价茅盾等人的左翼小说中人物时所指出的那样，“积极的人物，有力然而简单”[1]。人物性格的单一化在沈从文等非左翼作家笔下也不例外。例如沈从文小说中的人物，多数是经过纯化处理的，因此无论是少女还是成人，无论是兵士还是船夫，甚至是土匪、妓女等人物身上，都无一例外地被略去了性格中“丑”和“恶”的一面，一个个犹如天使般淳正、美善。

简化了价值评判的尺度。看问题角度的单一，进行价值评判时的执于一端，是会将问题的复杂性人为地简单化的。这里，起重要作用的是作家所持的价值评判的尺度。30 年代小说中，对人

---

1 刘西渭：《叶紫的小说》，《咀华二集》，文化生活出版社 1942 年版，第 57 页。

和事的评判，显示出所持尺度的偏颇，有一种非此即彼的简化倾向。无论是左翼还是非左翼作家，都特别坚执地以自己的态度和理论为出发点去看待事物，常常省略了问题的复杂性，以自己认可的价值尺度为唯一的尺度。因此，在30年代小说中对人和事的评价都显得特别的简单而干脆。例如叶紫，“只有一类人为叶紫活着，他活着也就是为了他们，那被压迫者，那哀哀无告的农夫，那苦苦在人间挣扎的工作者”[1]。因此在叶紫等左翼小说作者的笔下，有产、无产常常成为确定褒贬人和事的尺度。这种尺度的单一性和狭窄性的特点在“京派”小说作家那里同样存在，只不过角度不同而已。沈从文曾说过：“我是个乡下人，走到任何一处照例都带了一把尺，一把秤，和普通社会总是不合。”[2]这把尺，就是对于乡间的一切都充满了“难以言说的温爱”，而对都市文明却带着反感乃至憎恶，因而乡村美好，都市丑恶就成了沈从文小说价值评判的必然结论。芦焚也是如此，“他把情感给了景色，却把憎恨给了人物”，因而他笔下“一切只是一种不谐和的拼凑：自然美好，人事丑陋”[3]。

上述种种“简化”生活的表现，与30年代小说作家们的追求是有关的。在某种意义上可以说，30年代小说作家都带有一点

1 刘西渭：《叶紫的小说》，《咀华二集》，文化生活出版社1942年版，第52页。
2 沈从文：《水云》，《沈从文文集》第10卷，花城出版社1984年版，第266页。
3 刘西渭：《读〈里门拾记〉》，《咀华二集》，文化生活出版社1942年版，第20、22页。

社会学家气质，或者具有对社会学问题的浓厚兴趣。他们写小说，本质是探索社会的政治的文化的问题。这在左翼作家那儿非常明显，有人将他们中的一些作家称为“社会剖析派”进行专门研究，这不是没有理由的。由于“社会剖析”面对的是重要的社会现实问题，因而对社会生活的“总体性”再现成了一种追求。这样，势必要简化掉许多细部的、枝节的、非关提出或解释他们所关注的社会问题的那部分生活。这在“京派”小说作家那儿也有某种类似处，他们也许不是为直接提出或解释眼前的重大社会政治问题而去“解剖”现实社会，但他们却也同样是在关心或关注着中国社会的走向，他们所探讨的问题与他们对中国社会走向的观察、思考、忧虑等密切相关。当时曾有人这样精到地评价过沈从文与叶紫这两位湖南作家的异同：“他们全爱故乡的男女，沈从文先生爱的是本位的人，叶紫却是某类人。”[1]如果说，左翼作家所关心的是政治、经济变动中的都市或农村无产者的命运，那么“京派”作家在某种程度上却可以说关心的是社会转型期人的道德命运。

可见，30年代小说作家，虽出发点和看问题的角度不同，但他们都无非是借小说探讨社会问题。又由于都是探讨社会的大问题，因而势必要追求某种“概括性”，而“概括”就意味着“简化”生活中的丰富细节和过程，凸现其与“问题”相关的主干，

1　刘西渭：《叶紫的小说》，《咀华二集》，文化生活出版社1942年版，第52页。

从而更为明晰地表达出作者本人的见解。因此，从积极的意义来说，这种“简化”生活的方式，有利于更明确、更概括地表达作者对于生活的“态度和理论”。但从消极的方面看，这种“简化”生活的叙事方式，隐含了一种机械的思维方式和简单的二元对峙的结构，忽略了生活的丰富性和复杂性，使生活的内蕴变得肤浅。

30 年代思想理论界的“非此即彼”“二元对立”的思维方式占了主导地位。郭沫若在《留声机的回音》中宣称：“我们现在处的是阶级单纯化，尖锐化了的时候，不是此就是彼，左右的中间没有中道存在。”[1] 成仿吾在《从文学革命到革命文学》中也直接喊出：“谁也不许站在中间。你到这边来，或者到那边去！”[2] 这种机械的非此即彼的思维方式，导致了 30 年代小说叙事中的简单化。茅盾就曾在 30 年代指出过这种叙事“也太机械了些”，“作品结构大都是用了‘反革命者与革命者的对比’构成。‘对比’自然是要得的，但太单纯的对比却容易陷入单调而不能引起深刻的感动”。[3] 但是这种“简化”生活的文学叙事，受制于 30 年代整体性的审美追求与思维方式，始终是 30 年代文学创作中的一个突出的文学现象。

与“简化”生活伴生的是“直语”的倾向。从“简化”生活

1 郭沫若：《留声机的回音》，《文化批判》1928 年 3 月 15 日第 3 号。
2 成仿吾：《从文学革命到革命文学》，《创造月刊》1928 年 2 月 1 日第 1 卷第 9 期。
3 茅盾：《关于“创作”》，《北斗》1931 年 9 月 20 日创刊号。

这一特征中，我们可以明显看出，30 年代许多小说作家，其实是主观性较强的。这种主观性除上述论及的出于“态度和理论”简化生活外，还表现为在作品中常出现的舍暗示而求“直语”的现象。即如茅盾，当时就有人指出，在他作品中“剑拔弩张的指示随篇可见”，多“热烈的词句”，甚至“就欠跳下讲坛参加‘决战’的行列”。这种现象具有普遍性，“茅盾先生不过偶儿酩酊。然而这种措辞，不知不觉，成为若干青年作家的表现方式。一种明显的案语，一种指导的引线，我们往往在一篇或者一章的煞尾遇到”。[1] 这种“直语”的特点较多出现在左翼小说作品中，但在非左翼乡说中也多少存在着。例如沈从文，他就非常喜欢在作品中插入自己的议论。在《连长》这篇小说中，作者在写到作品主人公与年轻寡妇离别时难分难解的场面时，竟一口气发了一通长达一百四十多字的有关恋情的哲理性议论。

“简化”与“直语”，是 30 年代文学叙事中的一个重要的艺术现象。在其现象背后，其实隐藏着作家对于表达自己思想的明示性、直捷性的追求。而这种叙事方式得以盛行，显然与那个特定时代的政治文化语境及其普遍的对于文学表达的要求密切相关。

1　刘西渭：《叶紫的小说》，《咀华二集》，文化生活出版社 1942 年版，第 58 页。

四

在30年代,同样值得注意的文体现象还有抒情对文体的渗透。政治郁积的宣泄，政治激情的抒发，理想主义的表达，借用文学作为载体时，毫无疑问都会增加文学作品的抒情性。抒情原本就是一个文学的表达方式，在任何时代的文学中都并不缺乏抒情的元素。但在30年代文学创作中，抒情对文体的渗透以及独特的渗透方式，却是比较突出的文学现象。

政治抒情诗在30年代的兴盛就是一个引人注目的例子。虽然在20年代中后期已经出现了早期共产党人瞿秋白和蒋光慈的一些歌颂十月革命，表达革命情绪的政治抒情诗作品，但这些作品无论是在数量上还是在艺术质量上以及在对读者的影响上，都难以与30年代相比。郭沫若后来收入《恢复》集子中的诗歌、殷夫的诗歌，以及中国诗歌会的诗人群体创作的大量政治抒情诗作品，都曾在30年代诗坛上占据过显要的位置，产生过重要的影响。

抒情之于诗歌体式，二者之间的亲和力，促成了政治抒情诗在30年代的发达，这是比较好理解的。更能说明问题的是，抒情对于小说这类以叙事为主的文体的渗透，造成了所谓中国现代抒情小说在30年代小说中的长足发展。在公认的中国现代抒情小说作家的名单中，30年代占了一多半，如艾芜、萧红、沈从文、废名、芦焚等等。除了这些著名的抒情小说作家外，在其他30年代小说作家的作品中，也常能见出抒情对其小说创作文体的影响。如吴组缃的《箓竹山房》《金小姐和雪姑娘》、叶紫的《偷莲》、茅盾的《水藻行》等，都带有抒情的意味。在不同的作家那里，形成小说作品中诗意抒情特点的原因是各不相同的，但30年代抒情对小说文体的渗透成为一个突出现象，这与激情宣泄的30年代整体的审美追求是有着密不可分的关系的。

30年代是一个激情宣泄的时代，也是一个政治批判的时代，因此，同样对30年代小说文体产生过重要影响的还有“讽刺”。中国现代讽刺小说在30年代进入了一个繁盛期，小说创作中具有讽刺品格的作品占了很大比重。而且就讽刺的特点而言，也较20年代有了较大的变化。

如果说，20年代的讽刺主要针对的是上流社会的“伪”和下层社会的“愚”，其批判的性质是一种伦理的、文化的批判，尤其是从思想启蒙角度出发对下层社会愚弱国民性的批判，充满了“哀其不幸，怒其不争”的情感态度，表现出的是“含泪的微笑”的审美特征；那么，30年代的讽刺则在总体上更体现出时代的和历史的特征。虽然“京派”作家的讽刺对20年代讽刺特征多有继承和延续，但多数左翼作家的讽刺角度，其以阶级观点为基准的政治批判的性质更为突出，其讽刺对象更多地集中在统治者、压迫者。在讽刺的情感态度上，一般来说，作家们对讽刺对象所抱的是纯粹批判的态度，所怀的是明确、强烈、彻底的否定性情感。其特定的讽刺对象、讽刺角度和讽刺态度，决定了这些作品的讽刺更多地带有尖厉、阴郁的色彩而较少幽默。

讽刺艺术在30年代的发达，与政治文化氛围的关系非常密切。对政治的不满难以直抒时，往往会化为曲笔（也是为了躲避和对付当时统治者当局的书报检查制度的重要手段），讽刺于是便成了一种写作策略。讽刺艺术的兴盛总是与政治文化形势相关的。中国现代讽刺文学特别兴盛的两个时期，一是30年代，一是抗战后期和解放战争时期。这两个时期都是国内政治斗争、政治观念尖锐对峙的时期。这样的时期，不仅作家以讽刺为武器，事实上在普遍的政治文化心理的驱使下，广大的读者也往往需要以阅读讽刺文学作品作为宣泄政治情绪的一种渠道。

无论是“抒情”还是“讽刺”，对30年代小说文体的渗透都是极具文学史意义的。且不说中国现代抒情小说的发展和中国现代讽刺小说的发展，30年代小说都是一个不可忽略的重要历史阶段中的重要方面；仅就小说艺术的角度看，30年代小说对“抒情”和“讽刺”因素的汲取也是具有重要的文学史意义的。“抒情”“讽刺”对30年代小说文体的渗透，使30年代小说在较大程度上为矫正30年代文坛上的公式主义、观念主义做出了重要的贡献：通过抒情手段可以将观念性的东西诗化，化观念为情感，变直接议论为直抒胸臆的抒情，可以使非艺术化因素成功地转化为艺术因素;“讽刺”强调“真实”(诚如鲁迅所谓的讽刺的生命是真实),要成功地运用“讽刺”,就必须舍弃那些缺少生活依据的胡编乱造,而且讽刺语汇的运用,常常能将作者的观念性的议论化为谐趣,通过讽刺的曲语,可以化解剑拔弩张的“直语”对艺术的冒犯。

总之,30 年代特殊的政治文化语境导致了 30 年代独特的文学风尚的形成,这种文学风尚不仅体现在作家的审美选择、文学创作的整体性美学倾向方面,同时也必然会具体地体现在文学的文体形式甚至表达方式上。文学的文体形式和文学表达的方式是属于艺术性的问题,有艺术自身的发展规律,但这些艺术性的方面,哪些得以张扬,哪些受到抑制,哪些得以发展,哪些会被忽略,却往往受制于整体文学风尚以及这种风尚赖以形成的政治文化语境。30 年代文学文体方面的特异现象,充分说明了这一点。

主要参考书目

1. 阿尔蒙德、鲍威尔:《比较政治学：体系、过程、政策》，上海译文出版社 1987 年版。

2. 罗纳德 · H. 奇尔科特:《比较政治学理论》，社会科学文献出版社 1998 年版。

3. 加布里尔 · A. 艾尔蒙:《当代比较政治》，（台）风云论坛出版社 1992 年版。

4. 罗森邦:《政治文化》，（台）桂冠图书股份有限公司 1984 年版。

5. 罗伯特 · A. 达尔:《现代政治分析》，上海译文出版社 1987 年版。

6. 丹尼斯 · 朗:《权力论》，中国社会科学出版社 2001 年版。

7. 霍布豪斯:《自由主义》，商务印书馆 1996 年版。

8. 罗贝尔·埃斯卡皮:《文学社会学》，安徽文艺出版社 1987 年版。

9. 杰弗里·巴勒克拉夫:《当代史学主要趋势》，上海译文出版社 1987 年版。

10. 马丁·艾思林:《戏剧剖析》，中国戏剧出版社 1981 年版。

11. 韦文斯:《续西行漫记》，香港复兴书店 1939 年版。

12.《剑桥中华民国史》，中国社会科学出版社 1993 年版。

13. 傅长禄:《中国现代文化史略》，吉林大学出版社 1991 年版。

14. 孙正甲:《政治文化》，北方文艺出版社 1992 年版。

15. 王卓君:《文化视野中的政治系统》，东南大学出版社 1997 年版。

16. 张静庐:《中国现代出版史料》乙编, 中华书局 1955 年版。

17. 唐弢:《晦庵书话》，三联书店 1980 年版。

18. 夏衍:《懒寻旧梦》，三联书店 1985 年版。

19. 赵家璧:《编辑忆旧》，三联书店 1984 年版。

20. 郑振铎、傅东华编:《我与文学》，生活书店 1934 年版。

21. 鲁迅等著:《创作的经验》，天马书店 1933 年版。

22. 阿英:《现代十六家小品》，天津古籍出版社 1990 年影印本。

23. 阿英:《现代中国文学作家》，上海泰东书局 1930 年版。

24. 刘炎生:《中国现代文学论争史》，广东人民出版社 1999 年版。

25. 严家炎:《中国现代小说流派史》，人民文学出版社 1989 年版。

26. 温儒敏:《新文学现实主义的流变》，北京大学出版社 1988 年版。

27. 陈平原:《中国现代小说叙事模式的转变》，上海人民出版社 1988 年版。

28. 凌宇:《从边城走向世界》，三联书店 1986 年版。

29. 金介甫:《沈从文传》，湖南文艺出版社 1992 年版。

30. 陆耀东:《徐志摩评传》，陕西人民出版社 1986 年版。

31. 郑择魁等著:《左联五烈士评传》，重庆出版社 1995 年版。

32. 王一川:《中国现代卡里斯马典型》，云南人民出版社 1994 年版。

33. 胡学常:《文学话语与权力话语》，浙江人民出版社 2000 年版。

34. 王德威:《想象中国的方法》，北京三联出版社 1998 年版。

35. 格里德:《胡适与中国的文艺复兴》，江苏人民出版社 1995 年版。

36. 尹雪曼:《中华民国文艺史》，台湾中华书局 1980 年印行。

37. 刘心皇:《现代中国文学史话》，台湾正中书局印行。

38. 鲁迅:《鲁迅全集》，人民文学出版社 1981 年版。

39. 茅盾:《我走过的道路》(中), 人民文学出版社 1984 年版。

40. 茅盾:《茅盾论创作》，上海文艺出版社 1980 年版。

41. 瞿秋白:《瞿秋白文集》，人民文学出版社 1985 年版。

42. 冯雪峰:《雪峰文集》，人民文学出版社 1985 年版。

43. 沈从文:《沈从文文集》，花城出版社 1982 年版。

44. 老舍:《老舍生活与创作自述》，人民文学出版社 1982 年版。

45. 曹聚仁:《我与我的世界》，人民文学出版社 1983 年版。

46. 胡风:《胡风评论集》，人民文学出版社 1984 年版。

47. 刘西渭:《咀华二集》，文化生活出版社 1942 年版。

48. 中国社会科学院近代史研究所中华民国史组编:《胡适来往书信选》，中华书局 1979 年版。

49. 徐志摩:《徐志摩全集》，香港商务印书馆 1983 年版。

50. 郁达夫:《郁达夫文集》，花城出版社 1982 年版。

51. 冯乃超:《冯乃超文集》，中山大学出版社 1986 年版。

52. 巴金:《随想录》，香港三联书店 1986 年版。

53. 徐懋庸:《徐懋庸回忆录》，人民文学出版社 1982 年版。

54. 施蛰存:《沙上的脚印》，辽宁教育出版社 1995 年版。

55. 林语堂:《林语堂自传》，河北人民出版社 1991 年版。

56. 梁实秋:《梁实秋文学回忆录》，岳麓书社 1989 年版。

57. 周扬:《周扬文集》，人民文学出版社 1984 年版。

58. 王统照:《王统照文集》，山东人民出版社 1984 年版。

59. 郭沫若:《郭沫若全集》，人民文学出版社 1982 年版。

（该著所涉及的大量的 20 世纪 30 年代报纸杂志和作家作品的目录从略；该著参考的相关学术论文已在文中注出，此处不一一列举）

初版后记

该著是在我的博士学位论文的基础上完成的，该课题所做的研究工作前后算起来已经有 10 多年了。从事中国现当代文学研究多年以后，我于 1994 年开始在职进行博士研究生的学习，当时所做的博士学位论文的选题就是《中国 30 年代文学与政治文化之关系研究》。

该选题的确定，源于自己一直以来对 20 世纪 30 年代文学的关注和所倾注的精力。同时，在我自己的文学研究中，我一直比较看重文学研究的角度问题。我认为中国现当代文学研究的真正突破，在很大程度上取决于我们是否对每一个研究对象的独特性给予了足够的重视，我们是否真正为每一个研究对象找寻到了最合适的研究角度。我觉得在过去的文学研究中，人们似乎总有着这样一种强烈的主观冲动：总希望用一个统一的角度去研究几乎所有发生在中国现当代的文学现象。人们为此耗费了太多的精力。不同时段的文学、不同的文学现象，各有其自身独特的特征，要想用统一的角度来统概不同时段的文学和不同的文学现象，即使不是徒劳无功，起码也会是常常以牺牲一些时段的文学的独特性为其代价。我由此来看30年代文学，确立了研究的切入点。80年代以来，人们对那些所谓“纯艺术”的文学给予了极大的关注，而对那些与政治紧密相关的文学现象和文学作品则多少有所怠慢。这是对过去那种庸俗社会学的研究方式的一种反拨。但作为文学史的研究，应该更冷静一些，应努力避免情绪对其科学评判带来的干扰。30年代文学与政治之间的关系是一种客观存在，要研究30年代文学，这一问题是难以绕开的。因此，真正弄清政治以何种方式，在何种程度上对30年代文学的发生和发展产生了影响，是有着重要的文学史意义的。于是，我的毕业论文选题就这样确定下来了。

该课题涉及面广，尤其是资料收集工作比较艰难，这需要阅读大量的原始杂志和其他过去常常易为文学研究所忽略的非文学的史料。为了写好论文，我延长了一年的读书时间。最终完成的博士论文虽在论文答辩时，以及在其后陆陆续续以系列论文形式发表时，受到了不少好评，但自己仍不是特别满意，为此，我拒绝了一家出版社出版这篇博士论文的邀约。我觉得囿于博士论文答辩“保险系数”的考虑，许多有价值的问题在论文中是故意回避了的，限于论文写作的时间要求，许多论题和研究还有待深入。我决定将这一课题继续认真研究下去。没想到，这一拖就是10年。

在这期间，我曾酝酿将该课题进一步扩展，看一看从政治文化角度研究文学对于中国整个20世纪文学史研究是否具有普适性。但这是一个非常庞大的工作，不是我一个人能在短时期内完成的，于是，我邀约了本专业的一批同事来一起做这个工作。此后，该课题又陆续申请到了多项研究基金。经过课题组的共同努力，历经数载，终于完成50万字专著《非文学的世纪：20世纪中国文学与政治文化关系史论》。在这部著作中，我提供了总体的构思、主要的方法和基本的思路，融入了我博士论文中的部分内容。通过研究实践，从政治文化角度研究20世纪文学史的理论意义和方法论价值得到了确认。

由20世纪中国文学与政治文化关系的整体，再来反观30年代文学与政治文化关系的特殊性，许多问题变得更加清晰，许多认识也变得更加深入。我接着继续完成30年代文学与政治文化关系的研究，既是对整个20世纪中国文学与政治文化关系的研究在局部上的深化和具体化，同时也是在30年代这个独特的时段上，对文学与政治文化关系探讨的全面、深入的推进和完善。又经过几年的努力，现在终于完成了这部《政治文化与中国二十世纪三十年代文学》。此书中的大部分章节曾在《中国社会科学》《文学评论》《中国现代文学研究丛刊》等学术刊物上发表，其间曾得到过许多专家的鼓励和建议，所以在成书时，对这些章节又做了许多调整和修改。

由于这是一个全新的研究课题，我的研究工作难免有疏漏和不确之处，在此恳请同行专家们给予批评指正。

朱晓进

2006年7月8日于随园

补记

《政治文化与中国二十世纪三十年代文学》2006 年由人民出版社正式出版。该著 2007 年获得江苏省第十届哲学社会科学优秀成果奖一等奖，2009 年获得教育部高等学校科学研究成果奖（人文社会科学）二等奖。

该著出版前后曾发表多篇与书中内容相关的学术论文：

1.《从政治文化角度研究 30 年代文学》，《中国现代文学研究丛刊》1999 年第 1 期。该论文与作者其他 7 篇论文作为论文系列于 2001 年获得江苏省第七届哲学社会科学优秀成果奖三等奖。

2.《30 年代政治文化语境与文学氛围》，《文学评论丛刊》1999 年第 2 卷第 1 期。

3.《论 30 年代文学杂志》，《南京师范大学学报》1999 年第 3 期。

4.《文学与政治：从非整合到整合——20 世纪中国文学的政治化思潮管见》，《社会科学辑刊》1999 年第 5 期。

5.《“新月派”的文学策略——中国 30 年代文学群体的“亚政治文化”特征研究之一》，《中国现代文学研究丛刊》1999 年第 3 期。

6.《政治文化心理与 30 年代文学》,《文学评论》2000 年第 1 期。该文获得《文学评论》优秀论文奖（1997—2002）。

7.《远离政治：一种针对政治的文学姿态》，《南京师范大学学报》2000 年第 2 期。

8.《自由人、第三种人的政治文化意识——中国 30 年代文学群体的“亚政治文化”特征研究之二》，《江苏社科》2000 年第 2 期。该文获得江苏省哲学社会科学联合会（1990—2001）优秀论文一等奖。

9.《论 30 年代文学群体的“亚政治文化”特征——以“左联”的政治化性质为例》，《求是学刊》2000 年第 2 期。

10.《略论中国现代文学的政治化传统》，《文艺争鸣》2002 年第 2 期。

11.《政治化角度与 30 年代文学论争》，《南京师范大学学报》2002 年第 4 期。

12.《政治化思维与 30 年代中国文学论争》，《中国社会科学》2002 年第 6 期。该论文 2003 年获得江苏省第八届哲学社会科学优秀成果奖三等奖。

13.《政治文化与30年代作家的文体选择》，《江海学刊》2003年第2期。

14.《政治文化语境与左翼文学批评》，《中国现代文学研究丛刊》2006年第5期。

15.《集团化倾向与30年代文学》，《江苏社科》2006年第6期。

16.《政治文化语境与30年代特殊文学文体的盛行》，《江海学刊》2007年第1期。

17.《略论30年代文学的社会科学化倾向》，《文学评论》2007年第1期。

18.《政治激情与30年代文学创作》，《南京师范大学学报》2007年第1期。

19.《“五四”文学传统与“左联”的对冲》，《时代周报》2009年4月30日。

朱晓进

2023年10月补记

附录

早在20世纪80年代和90年代，我开始研究30年代“民族主义文学”和30年代左翼文学。正是在这两个课题研究的基础上，酝酿产生了《政治文化与中国二十世纪三十年代文学》的研究课题。书中附录的4篇文章，是我研究30年代“民族主义文学”和30年代左翼文学时形成的初步成果，其中有部分内容后来收录于2006年出版的《政治文化与中国二十世纪三十年代文学》一书。附录4篇原文以作纪念。

中国现代文学史上的一个“反题”

——略论 30 年代“民族主义文艺运动”

“民族主义文艺运动”作为文学史上的客观存在，虽没有被文学史家们所忽略，几乎所有的“现代文学史”著作中，都有一定篇幅来专门加以叙述；但这种叙述大都仅仅是一种大体情况的勾勒，止于点出“民族主义文艺运动”的政治面目：是国民党文艺政策的具体体现，是国民党对左翼文学实行“文化围剿”的重要内容。对“民族主义文艺运动”很少做具体的研究，其所具有的文学史的意义也完全被忽略。与其他重要文学现象一样，“民族主义文艺运动”也具有独特的文学史的价值，它为我们的文学史研究提供了一种文艺运动的标本，它作为特定历史时期的产物，从一个特定的角度反映了某一种“文学与时代”的关系，它的兴起和衰亡自有其特定的历史原因。揭示这些关系和原因，同样可以总结出某些带规律性的东西。这是文学史上难得的“反题”。

对于这样一个“反题”，在指出它的一些特点的同时，“是也还应该详细解剖的”。[1]本文试图就“民族主义文艺运动”的兴起与衰亡的历史原因做一些初步的探讨。

一

“民族主义文艺运动”作为一个文艺运动，它的主要声势是在1930年下半年至1931年。1930年6月1日，一群“中国民族主义文艺运动者”集会于上海，发表了作为“民族主义文艺运动”的理论文献《民族主义文艺运动宣言》，正式提倡“民族主义”文学，并在上海创刊了《前锋周报》。用提倡者们自己的话说，“《前锋周报》最重要的使命”“是战斗的”，是在于“从理论上指出”普罗文学的“谬误”，并“在作品上说明它没有存在的可能”。[2]同年10月，为扩大影响，又创刊了《前锋月刊》，其宗旨与《前锋周报》是一贯的，只是刊登更长些的文章，“除文艺之外，还刊登一些关于民族运动及社会科学等各种文字”。[3]从第四期起，声明“以后侧重于创作，诗歌以及民间文学等，而对于论著方面

1 鲁迅：《二心集·上海文艺之一瞥》，《鲁迅全集》第4卷。
2 范争波：《民国十九年中国文坛之回顾》，《现代文学评论》第1卷第1期。
3 《前锋月刊》创刊号：《编者的话》。

拟略为减少”[1]。在整个“民族主义文艺运动”中,《前锋月刊》是该运动的重要而且是主要的机关刊物，它在所有“民族主义文艺”刊物中最有分量，也最能代表这个运动的基本理论、主张和创作方向，一些稍有影响的“民族主义文艺”创作如《陇海线上》《国门之战》《黄人之血》等（鲁迅、瞿秋白等批判过的作品）都发表在这一刊物上。《前锋月刊》对于了解、研究“民族主义文艺运动”是具有典型意义的。同年在南京先后创刊的《文艺月刊》《开展》《长风》等杂志，也都在为“民族主义文艺运动”出力。《文艺月刊》的主要任务，虽也在提倡“民族主义”文学，但更着重于拉拢一些圈子外的作家，来为“民族主义文艺运动”装门面，例如它也常刊登“新月派”作家沈从文、陈梦家以及其他作家像巴金、李青崖、鲁彦等人的作品。“民族主义文艺运动”的提倡者们的目的，是要将该刊物办成“同路人”的性质。[2]《开展月刊》的宗旨也是在“帮同来开展”“民族主义”文学[3]，但内容“未免幼稚”。[4]而《长风》则由于质量太差，没办几期就停刊了。

“民族主义文艺运动”来势汹汹，去势也非常迅速。虽然这个运动的发起人说来说去也就是那么几个，但发起之初便虚张声势，尔后又创办一系列刊物，大有与左翼文艺运动抗衡之势，即

1 《现代文坛杂话》,《现代文学评论》第 1 卷第 1 期。
2 范争波:《民国十九年中国文坛之回顾》,《现代文学评论》第 1 卷第 1 期。
3 《开端》,《开展月刊》创刊号。
4 范争波:《民国十九年中国文坛之回顾》,《现代文学评论》第 1 卷第 1 期。

企图在与“左翼”文艺运动对阵中“以数量压倒质量”。然而，这个运动在 1931 年上半年曾有一个“高度”发展，之后便开始没落了。此后一年时间中，几乎不见有“民族主义文艺”的活动。《前锋月刊》《开展》《长风》等刊物相继停刊；《文艺月刊》的“民族主义文艺”味也逐渐消减，基本上变成中间派作家刊登作品的阵地。“民族主义文艺运动”已基本上在它的发祥地上海、南京消失，倒是在国民党特务统治森严的杭州，此后又出现过《狮吼》《黄钟》两本杂志，与其说仍在坚持所谓“民族主义文艺运动”，倒不如说是在赤裸裸地提倡“三民主义文学运动”。而且，它与“民族主义文艺运动”发起之初相比，无论其声势还是影响，都只能是强弩之末了，至多是体现了一些不甘失败者期望重整旗鼓的企图。同样体现这种企图的，是 1934 年在上海出版的《民族文艺》，甚至还有 1937 年在南昌创刊的《民族文艺月刊》，但这些只能算是一种回光返照而已，作为一种“文艺运动”已经不复存在。

在 30 年代中国文坛上，称得上是“文艺运动”的，除了“左翼文艺运动”之外，大概就数“民族主义文艺运动”了。虽然它远远不能与“左翼文艺运动”匹敌，也从来未能左右文坛的局势，其寿命也只是昙花一现，但它作为一种“文艺运动”，确实是文学史上的一种存在。

如果我们并不满足于对“民族主义文艺运动”仅仅做一种大体状况的勾勒，不满足于仅仅指出它的一般内容，那么，我们还需要深入探讨的是，作为一种文学史上的“运动”，是什么样的历史条件和时代要求使它获得成功或遭遇失败，以及它自身在哪些方面、在何种程度上或顺应或违逆了这些历史条件和时代要求。文学现象所具有的重要的历史意义也正包含在这一问题中。作为一个“文艺运动”，它的陡然兴起以及迅速衰落，其深刻的历史原因值得研究，从中可以发掘这一文学史上的“反题”的价值。

二

当我们尽可能将“民族主义文艺运动”摆到特定的历史时代中加以考察时，就可以看到，“民族主义文艺运动”的出现具有深刻的历史时代的原因，甚至在某种意义上可以说，它的出现带有某种历史的必然性。

再没有任何一个时代的文学比在阶级斗争极为剧烈的年代更容易成为政治斗争的手段的了。对于没有政治自由的人民，文学便是他们唯一的论坛，人民希望在文学中听到自己愤怒的呐喊和良心的呼声。代表人民利益的政治力量无疑会全力掌握文学这一战斗武器，而反人民的政治力量也同样不会忽视文学这一斗争武器。这就构成了特定历史时期的文学所具有的时代特征。如果说，20 年代的一些文艺运动主要是由新文化统一战线发动和领导的，斗争性质也主要体现于对新旧文化与新旧文学的拥护与反对的问题上，那么，30 年代的文艺运动发起者最为关心的则首先是政治的倾向性，因而 30 年代文艺运动主要带有直接的党派性质或政治集团的性质。

这里比较一下“左翼文艺运动”与“民族主义文艺运动”两方面的宣言性质的文献内容，可以帮助我们认清这一历史特征。在 1930 年 3 月 1 日发表的“左联”筹备会议文献《上海新文学运动者底讨论会》中，在“清算过去”的文艺运动时，提出几点“重要的”“应当指摘”的不足，其中一点是，过去是“独将文学提高，而忘却文学底助进政治运动的任务，成为为文学的文学运动”[1]。而“民族主义文艺运动者”们于同年 6 月 1 日发表的《民族主义文艺运动宣言》中，也对过去的文艺运动做了这样的指摘：“……从事于新文艺运动的人，对于文艺的中心意识底缺乏，努力于形式的改革而忽视内容的充实”，云云。早在 1929 年国民党中央宣传部制定的“三民主义文艺政策”，就着手实施其“党治文化”，用以作为政治上的声援，同时用以抵制“共产党的文艺运动”。作为其产物的文艺上的活动就是“民族主义文艺运动”的出笼。由此可见，30 年代正反两方面的文艺运动发起者们，都注意到了文艺运动的直接政治性作用。“左联”成立、“左翼文艺运动”兴

1 《上海新文学运动者底讨论会》，《萌芽月刊》1930 年第 1 卷第 4 期。

起时，国民党则在其后很快也开张起了自己的党派文学——由其御用文人提出“民族主义文艺运动”。而“左联”自1931年春开始，在自己的机关报《前哨》（从第二期起改名为《文学导报》，每期约两万字）上，也开始“注重于揭露当时国民党的‘民族主义文学’的真面目”。[1]就这样，“左翼文艺运动”与“民族主义文艺运动”作为党派文学的两端，在30年代的文坛上展开了激烈斗争。从1931年8月20日到10月25日，连续发表了瞿秋白的《狗样的英雄》（又名《屠夫文学》）、《青年的九月》和石萌（茅盾）的《“民族主义文艺”的现形》，以及鲁迅的《“民族主义文学”的任务和命运》等文章，从理论到创作，给“民族主义文学”以沉重打击。

“左翼文艺运动”的倡导者们，在国民党对文化界实行的法西斯专政下，在为自己的生存进行殊死搏斗的同时，仍以极大的精力来批判“新月派”作家所鼓吹的文学“无阶级性”，来指责“自由人”和“第三种人”的文学道路。不约而同，“民族主义文艺运动”的鼓动者们，却也常常“戴起‘革命’的面具来抨击中国旧传统文学与胡适的‘新月派’”，并也毫不留情地反对“第三种人”和“自由人”的文学主张。[2]这表明，特定的时代环境，使30年代的“文艺运动”首先关注的就是文学的阶级性与党派性。作为剧烈阶级斗争、政治斗争在文学运动上的必然反映，“民族主义文艺运动”

1　茅盾：《应史沫特莱之约而写的“小传”》。

2　茅盾：《“民族主义文艺”的现形》《前哨·文学导报》1931年第1卷第4期。

的出现的确不是偶然的，正是在这个意义上，我们说“民族主义文艺运动”的产生有着一定的历史必然性。“民族主义文艺运动”作为特定时代激烈的阶级斗争、党派斗争的产物出现，以及它所体现出的鲜明的党派性质，都标示出较强的时代特征。当然，作为特定时代激烈的阶级斗争、党派斗争的结果，它如此迅速地走向失败，也体现出了 30 年代政治斗争发展的某种必然趋势。

在众多“民族主义文艺”的理论文章中，“时代”二字是出现频率很高的字眼。例如，《民族主义文艺运动宣言》第一部分中就有“在这新文坛时代下”云云；《前锋周报》第四期刊载的“民族主义文艺”理论文章，标题就是“苦难时代所需要的文学”；1934 年由杭州正中书局印了一本《民族主义文艺论文集》，第一页就有“文艺之时代的使命”，所收第二篇文章中专有一小节谈“时代”，以“时代文艺论”之类为论文的题目更是屡见不鲜。谈“时代”，似乎成了“民族主义文艺运动”鼓吹者们的时髦。这种迹象表明，“民族主义文艺运动”是试图与“时代”套近乎的，可是，它们真能把握住时代吗？对于时代的把握，并不在于是否将“时代”二字挂在嘴上，而在于是否能够顺应主导的“占优势的时代精神”。

所谓“时代精神”，是一个时代的主导思想潮流、社会风气所标示出来的普遍的精神追求。30 年代的中国“是一个进向大时代的时代”，[1]经过“五卅运动”和大革命的洗礼，普遍的阶级意识已经开始觉醒，斗争、反抗已成为一种社会的行动；求生存，求政治民主，求思想自由，成为一种主导的社会要求。对于这一时代的主导精神或主要内容，“民族主义文艺运动”出于对党派利益的维护，是根本不愿意去涉及的。这就构成了“民族主义文艺运动”与“时代”的一种特殊的关系：一方面“民族主义文艺运动”不甘寂寞，竭力想契入“时代”，想用“时代”这样迷人的字眼招徕群众，以便取得在“时代”潮流中的主动权；可另一方面，它们又根本无视构成时代精神的多数人民群众的愿望和要求，这使它们常常处于非常尴尬的境地和深刻的矛盾之中，这也成了置它们于死地的内在根源。诚如别林斯基所说，文学如果不是从“占优势的时代精神”出发，去表现“痛苦的哀号或高度热情的颂赞”，“它对于我们这个时代就是死的”。[2]明确宣布与时代决绝，无疑是文学的自取灭亡，然而不去积极地把握时代精神、顺应时代要求，甚至与时代精神背道而驰，这样的文学无疑会被时代无情淘汰。可见，“民族主义文艺运动”很快走向衰落的深刻历史根源，正深藏在它与“时代”的这一特殊关系之中。

有海外文学史著作把“民族主义文艺运动”失败的原因，简单地归结为“把文艺当作政治斗争的手段”，并且将此与“左翼

1　鲁迅:《而已集·〈尘影〉题辞》,《鲁迅全集》第3集。
2　别林斯基:《关于批评的话》。《别林斯基论文学》，新文艺出版社1958年版，第259页。

文艺运动”相提并论。[1]这是只看到了事情的表象，而未涉及问题的本质。毋庸讳言，在30年代，“左翼文艺运动”与“民族主义文艺运动”都曾把文艺当作政治斗争的手段。但为什么“左翼文艺运动”得以存在发展下去，而“民族主义文艺运动”却很快烟消云散呢？关键不在于是否把文艺当作政治斗争的手段（在阶级斗争异常尖锐的特定历史时期这是不可避免的），而是在于是否顺应了主导的时代精神。“左翼文艺运动”能够执文坛“牛耳”，是因为它顺应了特定时代最广大人民的愿望和要求，成为它所活动的那个时代的精神的集中体现者。没有政治自由的人民，在“左翼文艺运动”中听到了自己的政治诉求，这使“左翼文艺运动”具有了一种巨大的凝聚力量，它不仅“拉”住了大多数作家，更重要的是它赢得了最广大的群众。由此也可理解，为什么左翼文学中即使是一些艺术性不高，甚至明显带有标语口号化的作品，仍然那么强烈地吸引了无数的读者。“左翼文艺运动”的成功之处，恰恰是“民族主义文艺运动”失败之所在。文学运动与时代的关系往往是双重的，要么是顺应时代的要求，把握时代的主导精神，这样就能够从时代汲取巨大的思想力量，同时也就获得了生存与发展的必要条件；要么是置时代要求、时代精神于不顾，甚至与之相违逆，其结果是根本不可能具有起码的凝聚力，同时也就失

1　司马长风：《中国新文学史》中卷，香港昭明出版社1978年版，第20页。

去了自身存在的空间。在这方面，“民族主义文艺运动”成为反面典型。“民族主义文艺运动”作为“反题”的文学史意义，在于它对于我们理解文学与时代的关系，同样具有着不可忽视的启示作用。

三

台湾文学史家刘心皇认为“民族主义文艺运动”失败的一个很重要的原因，是“民族主义文艺的客观环境没有成熟”。[1]这种观点多少是在为“民族主义文艺运动”的失败做开脱。所谓“客观环境没有成熟”，无非是说当时中国面对的民族矛盾还不够尖锐，帝国主义对中国的军事侵略还未成为现实，所以“民族主义”的口号尚不能吸引更多的群众。但事实上从“五四”以来，反帝斗争就成为一个重要的历史内容，在近代以来的中国，阶级矛盾和民族矛盾始终是交织在一起的。如果硬要强调所谓“客观环境”的话，那么 1931 年的“九一八”事变、1932 年的“一·二八”事变之后，群众的反帝爱国的民族情绪普遍高涨，这应该是最好的时机了。然而，具有讽刺意味的是，“民族主义文艺运动”非但没有因此而更加兴盛起来，反而在民族战争的炮火中顿时沉默

1 刘心皇:《现代中国文学史话》第 3 卷，第 515 页。

了。可见，也并非中国不需要民族主义，关键的问题在于，“民族主义文艺运动”到底提倡的是一种什么内容的“民族主义”。“民族主义文艺运动”的失败，决非是“生不逢时”，其根本的原因只能在“民族主义文艺运动”自身中才能找到。

“民族主义文艺运动”的鼓吹者们，从来就没有认为他们“生不逢时”，该运动干将之一的潘公展就曾声称：“民族主义文艺运动”的产生，“这固然是由于一部分人的努力，然而大概也许是时代成熟了的产儿”。[1] 这些御用文人们，毕竟是嗅出了当时时代已经日盛的民族情绪，他们之所以选择“民族主义”这一口号，也正因为他们看到了这个口号在当时的环境下对于民众可能会产生的招徕作用。这种“天机”，在傅彦长的《以民族意识为中心的文艺运动》一文中被一语道出：“……以民族意识为中心思想的文艺运动，在现代中国是最为需要的，思想不问其浅薄深奥，只要是可利用的，就是好的。我们中国人现在所需要的思想，只不过是可以利用的民族意识！”[2]“民族主义文艺运动”之提倡民族主义，并非要真正激发起人民的反帝爱国热情，并非是为了真心实意号召人民去振兴中华民族，而仅仅只是为了维护统治者的党派利益而“利用”一下“民族意识”，这就在本质内容上使这个“民族主义文艺运动”陷入了不可解决的危机之中。他们只是利用“民

1 潘公展：《从三民主义的立场观察民族主义的文艺运动》，《民族文艺论文集》，第78页。
2 傅彦长：《以民族意识为中心的文艺运动》，《前锋月刊》第1卷第2期。

族意识”，借用“民族主义”口号，而对“民族主义”本身的内容却未能做认真研究和阐述。“民族主义文艺运动”的理论是非常混乱的，为了可“利用”，不论什么“浅薄”的、“深奥”的、陈腐的、反动的思想，统统可以捡来充实他们的理论武库。因此，他们对于被称为“文艺的最高意义”的“民族主义”这一口号，从来未曾有个统一的具有实质内容的解释。忽而从“三民主义”定义出发，做一通牵强的引申，忽而又变成是“提倡中国民族向来富有的王道精神”，使“忠孝仁爱信义和平的道德，普遍宣传，发扬光大”。[1]还有人干脆将法西斯主义的理论套用过来，甚至明确声称“法西斯运动是力的福音”等等。[2]这种理论上的混乱，必然给“民族主义文艺”创作带来极恶劣的影响。在一些“民族主义文艺运动”的刊物中，有大量“连篇充满着陈腐的帝王豪霸的思想的作品”。[3]符合所谓“忠孝仁义”规范的封建社会的名臣勇将，更是他们大肆进行宣传的材料。此外，更有大量的作品盲目地讴歌战争，鼓吹黩武精神。“民族主义文艺”自吹自擂的几部所谓“力作”，如小说《陇海线上》《国门之战》，诗剧《黄人之血》等等，通篇显示着一种战争狂的发泄。对于这些“民族主义文艺”的政治面目，鲁迅、瞿秋白等左翼革命作家在当时就做

1　潘公展：《从三民主义的立场考察民族主义的文艺运动》。
2　《法西斯运动与国难》，《晨光》第1卷第27期。
3　《刮目以看的所谓民族文艺》，《新垒月刊》第3卷第5期。

了深刻的揭露。

“民族主义文艺”的理论和创作在其思想上深藏着的危害性的确不能低估。其危害首先在于它们借“民族主义”的外衣所宣扬的封建意识。“民族主义文艺运动”宣扬的所谓的“民族意识”的一个重要内容是，把“古代圣贤所咏歌讲颂”的“道德观念”作为“中华民族复兴的基础”。[1]这种以封建道德观念作为中华民族复兴“基础”的思想，是一种反历史主义的倾向。中国20世纪以来的历史，是以民族的崛起为其开端的。中华民族的崛起，是远较其他民族更为艰难的，它不仅需要从帝国主义的控制下解脱出来，而且更面临如何使广大人民群众从封建思想中解放出来，以充分发扬的人民力量去努力争取自己民族的进步。只有民族自身的进步才是自立于世界民族之林的唯一道路。在中国的现代化历史进程中，反帝和反封建始终是相伴而生的两大主题，任何借“民族意识”来宣传封建思想的企图都是与现代意识相反背的。由于“民族主义文艺运动”所宣扬的“民族意识”带有极强的封建性，这使它们在根本上与现代意识相违逆，这种思想难以见容于现代社会。“民族主义文艺运动”之失败如此迅速，乃在情理之中。

不仅如此，“民族主义文艺运动”所鼓吹的“民族意识”的

1　林振庸:《什么是三民主义文学》,《民族文艺论文集》，第202页。

危险性还在于它有可能导致一种有害的狭隘的民族情绪。鲁迅就曾指出，仅仅满足于煽动起国民对于外敌的敌忾心是不够的，“对于群众，在引起他们的公愤之余，还须设法注入深沉的勇气，当鼓舞他们的感情的时候，还须竭力启发明白的理性”；否则，“单靠一种所谓‘气’，实在是非常危险的”。[1]因为这种“气”是盲目的，极容易“转移”到国人的身上，“这种转移是极容易的，虽曰国人，要借以泄愤的时候，只要给予一种特异的名称，即可放心剚刃。先前则有异端、妖人、奸党、逆徒等类名目，现在就可用国贼、汉奸、二毛子、洋狗或洋奴”。[2]假若再在这种“气”中输进落后的封建意识，则必定会形成一种极有害的盲目敌忾情绪。“民族主义文艺运动”所宣扬的“民族意识”恰好对此做了一个颇为绝妙的“注脚”。小说《陇海线上》为军阀之间的混战罩上了“讨贼”的神圣外衣，以所谓“为民族而战的尚武精神”为幌子，欲蒙骗国人“来帮助军阀混战”。[3]在小说《国门之战》中则更是“念吃人肉喝人血的符咒”，鼓动一种盲目狭隘的“民族情绪”，让“劳动者安心自相残杀的杀气腾腾的‘情绪’”。[4]诗剧《黄人之血》中对侵略战争的狂热歌颂，显然是在制造一种把民族引向毁灭的法西斯主义情绪氛围[5]。

---

1 鲁迅：《坟·杂忆》，《鲁迅全集》第1卷，第226页。
2 鲁迅：《坟·杂忆》，《鲁迅全集》第1卷，第225页。
3 瞿秋白：《屠夫文学》，《文学导报》1931年第1卷第3期。
4 瞿秋白：《青年的九月》，《文学导报》1931年第1卷第4期。
5 鲁迅：《二心集·“民族主义文学”的任务和运命》，《鲁迅全集》第4卷，第314—315页。

可见，“民族主义文艺运动”提倡的所谓“民族主义”实质上只是以封建性和法西斯化为基本内容的。正是这种思想内容本身，给这个运动带来了本质上的致命弱点。其实，在当时，连一些中间派作家也多少看出了“民族主义文艺运动”在这方面所包藏着的深刻危机。曾有人指出过，“中国在现时代，是应该提高民族精神，发扬民族主义的”，不过，“所谓民族精神和民族意识，应该是前进的，而不是陈腐的。应该是把握时代核心的，而不是把时代拉回后面的”，“民族主义文艺……能否真正存在也以此为前途的诊断”。[1] 更有人指出：“中国的民族主义，不是狭义的国家主义，更不是侵略的黩武的帝国主义，而是被征服被侵略的次殖民地的反帝主义”；而“民族主义文艺”却“很单纯的落伍的空洞的讴歌战争，崇拜英雄，以为只要是战争，便是值得讴歌的民族主义”，这使它们走入了“谬误”。[2] 这些批评多少触及了“民族主义文艺运动”所打出的旗号与实际内容之间存在的内在矛盾，这种矛盾是“民族主义文艺运动”之所以走向衰落的深刻根源。“民族主义文艺运动”的失败，以“反题”的形式提供一种警示：我们应该时时警惕，在张扬民族主义时，切莫混淆了不同时期的国家所具有的不同历史任务和历史内容，在讴歌民族的传统美德时，切不可未加剔除地连那些封建性的伦理道德观念也一味加以

---

1 《刮目以看的所谓民族文艺》，《新垒月刊》第 3 卷第 5 期。
2 《又论民族文艺》，《新垒月刊》第 3 卷第 6 期。

颂扬。为文艺自身的健康发展计，来自反面的启示同样是不应忽视的。

四

曾有人指出，“民族主义文艺运动”的失败，有一个很大的原因是缺少基本的作家和坚实的作品，这有一定道理。在“民族主义文艺运动”刚开始时，大锣大鼓，虚张声势，剑拔弩张，“凡不和他们一致的，几乎都称为‘反动’，有不给活在中国之概”[1]。我们只要打开《前锋周报》前几期，就可以看到，里面除了空洞的所谓“民族主义文艺”的叫喊之外，便是对左翼文艺的破口大骂，并夹有不少人身攻击。例如《前锋周报》第二期载一独幕剧，名为《混战》，以“革命文学”论争为背景，登场人物有鲁迅、李初犁、成仿吾、郁达夫、茅盾等等，对这些人物都进行了不同程度的攻击。同期还有一首诗，名为《划清了阵线》，里面充满了杀气腾腾的叫喊：“划清了阵线，/我们起来作战！ /为民族而奋斗，/看旗帜的招展。/起来！马克思列宁的养子们！ /起来！卖身投靠的养子们！ /我们今天/刀对刀/剑对剑。”这完全是概念化和标

1　鲁迅：《书信·301119 致崔吾真》，《鲁迅全集》第 12 卷，第 29 页。

语口号化的东西。这里根本无文学可言。因此在“民族主义文艺运动”发起之初，除了“左联”执委会在《无产阶级文学运动新的情势及我们的任务》的决议中稍带批了一下，指出：“……不管民族主义文学派怎样在叫嚣……然而，他们在蓬勃的革命斗争事实之前，只露自己的反动的真相，在群众中不会有多大的影响。”此外，并没有多少文章对之反击。用鲁迅的话说，“‘民族主义文学运动’自从发出宣言以来，看不见一点鲜明的作品，宣言是一小群杂碎胡凑成的杂碎，不足为据”。[1]因为“此辈有运动而无文学”，这样的杂志“究不能令人自动购读也”。[2]

这种危机，该运动的鼓吹者们自己似乎也意识到了。从几个月以后他们创刊的《文艺月刊》和《前锋月刊》，可以看出在这方面努力弥补缺憾的企图。为了网罗拉拢作家，他们不惜将《文艺月刊》降格为“同路人”的性质，其调子也较《前锋周报》温和得多。而《前锋月刊》中，则基本上不大出现《混战》《划清了阵线》那样剑拔弩张的喊叫，虽与《前锋周报》的“主张当然是一贯的”[3]，但毕竟开始注意创作，陆续刊载了不少作品，且于第四期起，“侧重于创作，诗歌以及民间文学等，而对论著方面拟略为减少”。[4]就《前锋月刊》而言，专写理论文章的有朱应鹏、

1　鲁迅：《二心集·“民族主义文学”的任务和运命》，《鲁迅全集》第4卷，第313页。
2　鲁迅：《书信·310123致李小峰》，《鲁迅全集》第12卷，第34页。
3　《前锋月刊》创刊号：《编者的话》。
4　《现代文坛杂话》，《现代文学评论》第1期。

傅彦长、叶秋原、刘百川等，而从事创作的则有黄震遐、李赞华、万国安、范争波等。说到作品，仅载于《前锋月刊》的中长篇小说或话剧也有八九部之多，此外还有不少短篇小说和诗歌。“左联”后来于 1931 年对“民族主义文艺运动”的揭露，主要也是针对《前锋月刊》上的一些作品的，因为这时它已经出了“明确的作品”[1]，因而也才值得左翼作家去“详细解剖”。[2]

“民族主义文艺运动”内部还曾开展过一场“宣传是否文学”的论辩，[3]他们之中就曾有人感觉到“民族主义文学”决不是“关在党部的宫殿里面，翻着宣传的小册子，东抄一句，西偷一句，对于社会人生情形莫名其妙，对于主义只有卖奇药式的一套而毫无思想的基础，毫无文学的天才与训练，更毫无人生社会的体验”的“普通所谓宣传先生们”所能够创造出来的。[4]虽然这种论辩最终毫无结果，但这多少体现出他们之中一些人对于“有运动而无文学”状况的清醒的认识，以及对改变这种状况所做的努力。

“民族主义文学”的作品，从总的情况来看，多数是公式化、概念化、标语口号化的。这里，将它与“左翼文艺运动”做一些比较是颇有意思的。左翼文艺运动初期创作中也曾出现公式化、概念化的倾向。如果从艺术表现的角度来看，这两个文艺运动发

1　鲁迅：《二心集 · “民族主义文学”的任务和运命》，《鲁迅全集》第 4 卷，第 313 页。
2　鲁迅：《二心集 · 上海文艺之一瞥》，《鲁迅全集》第 4 卷，第 303 页。
3　马星野、王通权：《“宣传是否文学”的论辩》，《民族文艺论文集》，第 142—143 页。
4　马星野、王通权：《略谈三民主义文艺》，《民族文艺论文集》，第 145 页。

动之初都出现这种现象，可以找出一些相同的原因：作为党派文艺的两个极端，它们都试图用文艺的形式来表现自己政党和阶级的政治思想观点。这样，在文学中，一种政治的要求和解释开始压倒艺术的内涵。但文艺毕竟是艺术，政治的要求和解释却并不能代替艺术。问题不在于文艺能否表现某种政治意图，而在于如何艺术地去表现。当文艺运动进一步深入发展时，纠正公式化、概念化、标语口号化的任务势必会提到议事日程上来。能否纠正这种非艺术化的倾向，这也是对文艺运动自身生命力的一种考验。正是在这一点上，明确标示出了“左翼文艺运动”与“民族主义文艺运动”在本质上的差异。

“左翼文艺运动”顺应时代的要求，努力以一种新的思想意识去反映现实的革命斗争，这无疑是正确的。但最初的左翼作家们仅是从理论上去把握这一要求，而个人经历的限制，相应的生活和情感的变化未能跟上，这就形成了作品中所要表达的思想与借以表达思想的生活具象之间的不和谐。这种不和谐在作品中就表现为所谓公式化、概念化的倾向。纠正这一不足，对于“左翼文艺运动”来说并非十分困难，因为现实为他们提供了种种可能性：左翼作家们可以深入革命斗争中去，以加强对于革命的实际感受；此外，工农革命斗争毕竟是现实中正在发生着的，要获取这种生活素材也并非不可能。事实上，当“左翼文艺运动”自身意识到这一问题以后，公式化和概念化的倾向就开始得到颇有成效的纠正。而在一大批来自实际革命斗争、来自实际生活的青年作家登上左翼文坛后，“左翼文艺运动”后期的创作便更进一步在艺术上走向成熟。艺术上的成熟成了这个运动的后盾，使这个运动显示了极强的生命力，并终于发展成30年代文坛上“惟一的文艺运动”。[1]而“民族主义文艺运动”则不然。“民族主义文艺运动”也是试图用文艺来解释一种政治的和思想的观念。但这种观念与时代发展的现实要求相距甚远，这决定了他们根本不可能在现实中找到和谐地表达这些观念的生活具象，他们只能依照政治纲领进行演化，这使他们创作中的概念化、标语口号化倾向成了一种无法根治的弊病。因此，尽管他们对此也做过纠正的努力，但终究还是非人力所能济于事。“民族主义文学”作品这时普遍的内容的贫乏化，多少也说明了在“民族主义文学”中出现大量的以讴歌古代圣君贤相、名臣勇将以及外国战争（包括帝国主义战争）为题材的作品的一个重要原因——当现实中无法找到表达他们的所谓“中心意识”的生活材料时，古人和洋人便成了他们唯一的退路，这种现象在“民族主义文学”创作中，愈往后愈显得突出。

“民族主义文艺运动”并不乏“有才气”的作家。黄震遐就曾被他的朋友们“公然地……称为拜伦的信徒，或竟是东方的拜

1　鲁迅：《二心集·黑暗中国的文艺界的现状》，《鲁迅全集》第4卷，第285页。

伦了”。[1]李赞华的小说，也曾被范争波称为“中国文坛转变中可惊异的收获”。[2]这里面当然有很大的吹捧的成分，但如果从他们的作品来看，亦不可否认其确有一定的才气。然而，也正是从他们的作品中可以看出，这些“有才气”的作家如何因为将自己绑在国民党的战车上，或者不如说，如何因为他们自己虔诚地抱着一种反动的思想意识，因而使他们的“才气”受到损伤，甚至使他们的艺术才华就此断送掉的。例如黄震遐的小说《陇海线上》，是描写作者自己参加蒋、冯、阎中原大战的经历的。因为作者是“怀了苦闷”，“才毅然决然地”去“从军”的。所以对作者来说，战争就是唯一的寄托。作者以惊人的才华刻画自己对战争的一种盲目崇拜的情绪。在写于小说之前的序诗中，作者表达了一种极其强烈而虔诚的情感，而且就抒发情感的笔致看也并不差。在小说的具体艺术表现中，当作者描写自己非常熟悉、亲身体验过和感受过的事情时，作品有时具有惊人的真实性。如作品中写到“沿途年青力壮的农妇们都恶狠狠地望着”他们，“老百姓们的脸上都罩着一层阴恶的表示，屡次杀气腾腾地偷望着”他们，等等，的确真实地表现了现实中所谓中央军与人民群众之间的敌对情绪。然而，当作品大段地发着所谓“为三民主义而战”之类的议论时，就显得非常糟糕，艺术性也很差。尤其是当作者不顾事实，

1　《编者的话》，《前锋月刊》第1卷第5期。

2　范争波：《民国十九年中国文坛之回顾》，《现代文学评论》第1卷第1期。

把军阀混战说成是为“世界大同”而战时，作品甚至显得非常滑稽。同样的情况在李赞华的创作中也很明显。当他不是按照“民族主义文艺”的那种政治化的文艺纲领去创作时，作品的可读性就较强，如小说《祭酒》《矛盾》；而一旦作者去演化那种政治纲领，作品的艺术性就很差，如小说《变动》。

因此不能把“民族主义文学”在创作上的失败仅仅归之于一个文学技巧的问题，也不能仅仅归之于作家个人的才华。“民族主义文艺运动”在创作上的不景气，既是艺术上的问题，而又不仅仅是艺术上的问题，我们看到的是，政治的和思想的偏见，如何绞杀了艺术。与时代相反背的政治和思想的观念，使“民族主义文艺运动”被时代所抛弃，它们的作品也不可能拥有最广大的读者。有“运动无文学”固然不行，有文学而无读者也不行，这两者也构成了文艺运动能否存在和发展下去的一个重要条件。“民族主义文艺运动”的深刻的悲剧性在于，曾意识到作为一个文艺运动来说，艺术所具有的重要性，它们曾有过纠正“有运动而无文学”状况的努力，也曾企图尽可能抓住艺术，但终于致使它们任何在艺术上的努力都成为一种徒劳，失败的命运依然不能避免。这里，“民族主义文艺运动”从反面所提供的历史的经验教训是深刻的。

“民族主义文艺运动”作为30年代文学史上的一个现象，它的兴起和失败给文学史的研究都提供了不少的课题。“反题”所包蕴的历史的内容和所带给文学发展的“启示”同样是丰富而深刻的。

1985 年 11 月初稿

1986 年 4 月定稿

（原载朱晓进著:《中国现代文学现象研究》，百花文艺出版社 1994 年 8 月版）

从《前锋月刊》看前期“民族主义文艺运动”

——兼论黄震遐的文学创作

“民族主义文艺运动”以1930年6月《民族主义文艺运动宣言》的发表为标志宣告出台。该文艺运动以《前锋周报》和《前锋月刊》等为其主要阵地，开始了“民族主义文学”的前期创作活动。《前锋月刊》是前期“民族主义文艺运动”最主要的刊物，它无论在阐扬“民族主义文学”理论还是在提供具体的文学创作方面，都是特别典型的。因此，从《前锋月刊》入手，细加分析，有利于我们更为具地体了解“民族主义文艺运动”的性质、内容以及各方面的情况。

一

《前锋月刊》的发刊词中讲得很清楚，“民族主义的文学刊物，最初出版的是《前锋周报》”，由于一种小小的《前锋周报》所能容纳的内容有限，为扩大该运动的影响，于是“按月出版这《前锋月刊》”，“《前锋月刊》既然由《前锋周报》扩充出来，主张当然是一贯的”。[1] 那么，《前锋周报》的主张是什么呢？用提倡者自己的话说，“《前锋周报》最主要的使命……是战斗的”，是在于“从理论上指出普罗文学的谬误”，“并在作品上说明它没有存在的可能”。[2]《前锋月刊》不仅在刊名上沿用了“前锋”二字（“前锋”二字乃取自国民党《三民主义歌》中句“咨尔多士，为民前锋”），而且在思想倾向上也是一以贯之的。如果说，《前锋周报》主要侧重于直接反对、攻击“普罗文学”和“左翼”文艺运动，那么，《前锋月刊》则注重用文学创作来做国民党政治上的声援，试图“以文学的实力”来抵制“共产党的文艺运动”。由于《前锋周报》过于露骨的“战斗性”，显示出极明显的浮躁之气，因此它根本不可能产生出什么有影响的作品，更不可能在理论上做一点冷静的阐述。试图从理论上对“民族主义文学”做出阐释的任务，实际上是由《前锋月刊》来承担的。“民族主义文学”在

1　《编者的话》，《前锋月刊》创刊号。

2　范争波：《民国十九年中国文坛之回忆》，《现代文学评论》第1卷第1期。

理论上的核心，是所谓“中心意识”，这种“中心意识”在《民族主义文艺运动宣言》中就提出来了。《前锋月刊》的创刊号上再次全文登载了这篇宣言，并陆续发表了一系列理论文章，对“中心意识”做了较为集中的阐述。从《前锋月刊》上的数十篇理论文章中看来，它们基本上未超出对《民族主义文艺运动宣言》的引申和注脚，即认为文艺必须有一个中心意识，必须反对文坛上“多型的文学意识”，使文艺统一到“民族主义的意识”上来。它们试图从多方面来说明“民族主义”作为文艺“中心意识”的必要性和合理性，但在对“民族主义”本身的实际性内容的解释上，却是众说纷纭，莫衷一是。从“三民主义”定义出发做解释的有之；从“提倡中国向来富有的王道精神”或者从“发扬光大忠孝仁爱信义和平的道德”中去找寻解释的也有之；甚至在有些解释之中，干脆将“民族主义”嫁接到“法西斯主义”上，从“法西斯主义”中找“民族主义”的精髓。“民族主义文学”这种理论上的混乱，在很大程度上是由“民族主义文学”的党派性质所决定的。“民族主义文学运动”主要是为了针对“普罗文艺”和左翼文学运动的高涨而仓促发起的，它缺少理论上的坚实的基础；而且，在“运动”发起之后，又由于过于直接的政治功利性，使它在理论上始终未能完备起来。傅彦长在《以民族意识为中心的文艺运动》一文中说得很明确：“以民族意识为中心的思想的文艺运动，在现代中国是最为需要的，思想不问其浅薄深奥，只要是可利用的，就是好的，我们中国人现在所需要的思想，只不过是可以利用的民族意识！”[1]可以看到，正是这种“可利用”的指导思想，导致了“民族主义文艺运动”理论上的矛盾。一方面，国民党党派文人们多少意识到了当时现实中已经日盛的民族情绪，看到了“民族主义”这一口号在当时的环境下对于民众可能会产生的吸引力，于是选用了这一迷人的口号来作为国民党文艺的理论上的主要依据；但另一方面，又由于他们根本的目的是为了利用一下这个口号，并无心于真正的民族主义的提倡，因此，所谓“民族主义文艺运动”，最终成了利用“民族主义”作口号的党派政治性文艺运动。当提倡者们止于对这一口号的强调并确定为“中心意识”时，是能够显示理直气壮的声势的，但一旦涉及对“民族主义”内容实质的解释时，却常常陷入混乱与空虚之中。这种理论上的混乱，在前期“民族主义文艺运动”中是很突出的。由于“民族主义文学”在理论上提倡“中心意识”时，最初的直接政治性目的非常露骨，并且在文学作品的创作中也明显地有所反映，这使得当时的左翼作家们在批判“民族主义文学”时不得不把注意力主要集中于揭露其政治上的反动面目。例如，对《黄人之血》[2]的批判，着重指出它所宣扬的“大亚细亚主义”的政治思想，以及试图以联合的

1　傅彦长：《以民族意识为中心的文艺运动》，《前锋月刊》第1卷第2期。
2　《前锋月刊》第1卷第7期。

"黄色人"进攻红色苏联的政治企图；对《国门之战》[1]，也重在揭露它们制造谎言从而进行反苏反共宣传的政治目的；而对《陇海线上》[2]则主要是批判作者与人民为敌的反革命政治立场。从政治上揭露"民族主义文学"，这无疑是抓住了要害，因为"民族主义文学运动"的出发点就在这里。同样值得注意的是，在《前锋月刊》等稍后些的刊物上，在一些理论阐释和文学创作中，已经开始注意将政治企图加以掩饰，而且所打出的旗号也是除"民族主义"之外，并无其他政治概念混杂其中，这就使读者在理解"民族主义文学"上容易造成错觉。因此，应该注意到"民族主义文学"在理论和创作上的复杂性。

由于对"民族主义"内容的解释在理论上的含混，因此在"民族主义文学"中产生了两种值得注意的思想倾向：其一，出于对"民族主义"的褊狭理解，把"古代圣贤所咏歌讲颂"的"道德观念"作为"中华民族复兴的基础"[3]，这无论在理论导向还是在作品中，都常借助被历代统治者神化了的名臣勇将、贞女节妇来歌颂传统礼教思想。其二，把煽动一种偏狭的民族情绪看作表现"民族主义"，以至于盲目地歌颂黩武精神。发展到后来，甚至有人就明确声称，解除民族危难，"法西斯运动是力的福音"[4]。这反

1 《前锋月刊》第 1 卷第 6 期。
2 《前锋月刊》第 1 卷第 7 期。
3 林振庸：《什么是三民主义文学》，《民族主义文艺论文集》，第 202 页。
4 《法西斯运动与国难》，《晨光》第 1 卷第 27 期。

映到创作中，便是“连篇充满着陈腐的帝王豪霸的思想的作品”“盘古黄帝、秦始皇、汉高祖、晋元帝等等的事迹”的作品到处泛滥。[1]从这种思想倾向中可以看出“民族主义文学”在理论上和精神上的支撑点，实际上是一种向封建思想意识的回归。

中国20世纪以来的历史，是以民族意识的崛起为其开端的，因此，民族主义对于现代中国并非不需要，但关键的问题是，中国所需要的是以反帝反封建为基本内容的民族主义，而不是作为封建思想意识载体的“民族主义”，中华民族自立于世界民族之林的唯一道路是其自身的进步，任何借“民族意识”来搞封建复古主义的企图都是与现代中国所需要的民族主义相反背的，其结果不仅无助于民族的进步，反而会将民族拉向倒退。

对于这类封建复古倾向，鲁迅早在30年代就曾有所批判，而这种批判对于“民族主义文学”的思想实质是非常切中要害的。鲁迅反对将历史上的名臣勇将作为“复兴民族”的英雄而大肆宣扬，他认为，这种宣传的实质，是要把人“捉弄得发昏”，“不妨查查”他们的“事实，看究竟是怎样的结果，‘复兴民族’了没有”。[2]在“民族主义”中融注的如果不是现代意识而是封建性的内容，则结果的消极性将会是很严重的，它可能导致的不是一种真正的爱国主义，而是一种有害的褊狭的民族情绪。因此，仅仅

1 《刮目以看的所谓民族文艺》，《新垒月刊》第3卷第5期。

2 鲁迅：《且介亭杂文二集·寻开心》，《鲁迅全集》第6卷，第271页。

满足于煽动起国民对于外敌的敌忾心是不够的，“对于群众，在引起他们的公愤之余，还须设法注入深沉的勇气，当鼓舞他们的感情的时候，还须竭立启发明白的理性”；否则，“单靠一种所谓‘气’，实在是非常危险的”，因为这种“气”是盲目的，所以极容易“转移”到对待国人的身上，“这种转移是极容易的，虽曰国人，要借以泄愤的时候，只要给予一种特异的名称，即可放心剚刃。先前则有异端、妖人、奸党、逆徒等类名目，现在就可用国贼、汉奸、二毛子、洋狗或洋奴”。[1]“民族主义文学”所谓的“民族意识”，就其内容实质来说，就是如此。“民族主义文学”的几部“力作”就很能说明问题:《陇海线上》，对蒋冯阎中原大战这场非正义的军阀混战，作者正是先冠以“讨贼”这一“特异的名称”，然后大肆加以歌颂的。在“讨贼”的外衣之下，作品确乎在鼓动一种盲目的“气”，高叫着“为民族而战”，枪口对准的却是国人；在《国门之战》中，则是借助岳飞来宣传“打倒赤俄”，“进军莫斯科”；而《黄人之血》，一方面歌颂着中国固有的礼教思想，一方面借“大亚细亚主义”的理想掀起一种偏狭的排外情绪，封建主义意识与褊狭的排外情绪这二者的伴生性，正可从“民族主义文学”中找到明证。

1　鲁迅:《坟 · 杂忆》,《鲁迅全集》第 1 卷，第 225 页。

二

“民族主义文艺运动”所具有的直接政治性的党治文学的特点，使它们一度“有运动而无文学”。这种情况，在“民族主义文艺运动”刚开始时显得比较突出，运动之初，大锣大鼓，虚张声势，剑拔弩张，“凡不和他们一致的，几乎都称为‘反动’，有不给活在中国之概”。[1]但从《前锋月刊》的第四期起，已较少有空洞的叫喊和对“普罗文学”的谩骂，并明确提出，“要侧重于创作、诗歌以及民间文学等，而对论著方面拟略为减少”。[2]这些都可以看作“民族主义文学”在艺术方面所做的努力，即力图为扭转“有运动而无文学”的状况所做的努力。

“民族主义文学”者中并不乏“有才气”的作家。黄震遐就被他的“朋友们”“公然地……称为拜伦的信徒，或竟是东方的拜伦了”。[3]李赞华的小说也曾被同人称之为“中国文坛转变中可惊异的收获”。[4]这里面当然有很大的吹捧的成分，但从他们的作品来看,亦不可否认其确有一定的才气。“民族主义文学”的作家，大致可分为两类，一类是的确对文学一窍不通，但从政治目的出发，却在非常“热心”地鼓捣“文学”的国民党政客和党棍，这

1　鲁迅:《书信 · 301119 致崔真吾》,《鲁迅全集》第 12 卷，第 29 页。
2　《现代文坛杂话》,《现代文学评论》第 1 卷第 1 期。
3　《编者的话》,《前锋月刊》第 1 卷第 5 期。
4　范争波:《民国十九年中国文坛之回顾》,《现代文学评论》第 1 卷第 1 期。

部分人的“作品”除了政治说教式反共吼叫之外，确实无“文学”可言；另一类却是些专事文学创作的作家，他们在思想倾向上，或是出于对“民族主义”的主观上的虔诚，或是出于对国民党政治力量的主动投靠，或是抱着“文人无操”的态度，或是其身份就是“文人加政客”，因此在总体上是与“民族主义文学”提倡者们趋于一致的，但又由于他们是作家，因此在艺术上也多少有点儿追求，这样，就使他们的作品呈现出非常复杂的情况。当他们胡编乱造地演化一些政治概念时，他们艺术家的才能便在最大程度上受到了遏制，其作品也就很少艺术性可言；而当他们偶尔抛开那些反革命政治说教，或是努力表现某些个人的生活感受时，其作品便能显示出一定的艺术性来，作品的可读性也就较强。有时，即使在一部作品中也会出现这种情况，当作者极力表达政治意气时，作品就显得很拙劣，而一旦抛开这些政治观念，去写自己的生活体验时，作品又会偶尔露出鲜活之气。对于这类作家及其作品，我们当然不能满足于下简单否定的评价结论。

李赞华是《前锋月刊》中较为活跃的一个作家，他以写短篇小说见长。就他发表在《前锋月刊》上的几篇小说来看，最明显地显示出了作品的复杂性来。他写过“典型的反共小说”，如《变动》[1]，但也写过反映劳资矛盾的《矛盾》[2]和歌颂反抗官府的绿林

1 《前锋月刊》第1卷第2期。
2 《前锋月刊》第1卷第3期。

汉子的《祭酒》。[1]在《变动》中，作者叙述了一个胡乱编造的“故事”：平静的梅家庄忽然人心惶惶，传闻着“什么都是公，什么都是共”，“女人不穿裤子”那样的军队就要袭击这个村庄了，等等。在这类小说中可以看出，作家的艺术才能并未能充分发挥出来。而在《矛盾》《祭酒》等小说中，情况便有所不同。也许是作者自己也觉出去编造那种流入恶趣的反共小说的无聊，也许是作者也有一些未泯的发挥自己艺术才能的愿望，总之，其后的作品无论在内容上还是艺术上均有所改观。

《矛盾》通过主人公燕樵的遭遇，揭示了劳资矛盾，反映了在洋行里工作的中国小公务员们屈辱的地位，为处于生活底层的人们喊出了“世界被猪也似的人占领了”的呼声。作品写道，洋行的工作是单调乏味的，气氛是“呆板”“浓重”的，“仿佛是凝住的雾块”。年轻的燕樵，怀着尚存的人的尊严和不甘心做洋奴的决心，想摆脱那种狗一样驯良的生活，但又因家庭生活的拖累而不得不继续忍受这种屈辱的生活，以及承受由此而产生的复杂的内心矛盾。作品对人物的心理刻画细腻而逼真，显示出了作者长于描述和心理刻画的能力。《祭酒》通过写绿林好汉的遭遇，表现了“官逼民反”的主题。作品歌颂了绿林好汉们的“义气”：“大哥”被官府抓住，王标为“义气”所趋，独身下山去劫法场，未

1 《前锋月刊》第1卷第5期。

遂，同被处决。作品写出了这些绿林们造反的原因：“老百姓的饭都给官儿抢去吃了，所以老百姓只有当匪。”作品也写出了绿林们的不平：“谁个破坏了这世界呢，值得砍头？他妈的，这难道是几个鸟官儿独有的吗？几个有钱人买去了的吗？”同时，作品还写出了造反者无法斩尽杀绝的事实：“大哥”王标被杀了，当天“山寨的一片悲壮凄厉的声是震动山岳”，“当夜大摆祭酒，众兄弟对着血朝城里祭了一番”，此后是“弟兄们仍是陆续地下山”活动，山下“陆续地有人上山来”。小说的最后一句描写是耐人寻味的：“春天，寨前的荆棘都草色青青了，寨里的人如野火难于烧尽的春草一样地蔓延和滋长。”这篇小说，语言简洁，结构精巧，人物刻画也比较成功。从《矛盾》和《祭酒》这两篇小说来看，的确不能忽略作者在艺术表现方面所具有的才能。李赞华创作中的作品与作品不平衡的现象，是值得深思的，由此可以看出，艺术的问题不全是艺术自身的问题，政治和思想的偏见随时会绞杀艺术，而一旦陷入某种政治的和思想的偏见中，即使有才华的作家也只能写出劣等的作品。在《矛盾》和《祭酒》中显示出的才能之所以未能在《变动》中发挥出来，其原因正在于此。李赞华这种情况在“民族主义文学”的作家中是相当具有普遍的代表性意义的。

万国安也是《前锋月刊》的一个重要作家。他的长篇小说《国门之战》和短篇小说《准备》[1]、《刹那的革命》[2]等，在《前锋月刊》中乃至在前期“民族主义文学”的创作中均算得上是有“分量”的作品。说它有分量，除了篇幅之外，主要是指它们无论在题材、主题、思想内容方面都是与“民族主义文学”的要求相吻合的，它们较集中地体现了“民族主义文学”的旨趣。《准备》这篇小说在《前锋月刊》上发表时，刊物的编者特地做了推荐：“万国安君的创作《准备》，描写皇姑屯炸弹案后日本人在奉天省城的阴谋，为领事馆一个中国小吏所揭破，也是事实的描写。万君是辽宁人，在东三省服务甚久，亲见亲闻，毫无虚饰，所以这一篇也是值得注意的。”[3]虽然编者称这篇小说为“亲见亲闻，毫无虚饰”，但作者在结构安排和艺术表现方面还是下了不少功夫。作品未全面铺开来写整个事件，而是通过在日领事馆当差的李福，在皇姑屯事件后的思想情绪的变化，来折射事件的过程。李福从盲目为日本人干事，拿钱养活老母，到终于不为日本人的金钱美女所收买，毅然在关键时刻将日本人妄图占领奉天省城的阴谋揭露出来。由于作品对人物的心理变化做了细致刻画，其过程是颇为可信的。而且，由于作品并不止于写出事件，同时写出了事件过程中的人物的活动，因此，就通过人物的心理和行动表现出了一种单纯的

1 《前锋月刊》第1卷第7期。
2 《前锋月刊》第1卷第5期。
3 《编者的话》，《前锋月刊》第1卷第7期。

事件所无法表现的中国人的民族主义情绪。不管作者写这篇作品的主观意图如何，仅从作品实际上所表达的反帝抗日的主题和艺术上某些成功之处来看，是难以苛责的。这摆到整个“民族主义文学”的氛围中也不难理解：既然以“民族主义”相标榜，作品当然不能一味靠骂共产党，骂“普罗文学”为内容，不正儿巴经地表现一点民族主义，将无以招徕读者，更是自砸“民族主义文学”的牌子。因此表现民族主义情绪，以反帝为题材的作品在“民族主义文学”中显然还是占有相当的比重的。当然，在“民族主义文学”的倡导者那儿，其主观目的远不止于此，“民族主义”只是他们借用的口号，不是他们的根本目的，他们提倡“民族主义文学”的根本目的是在于以此抵御“普罗文艺”，防止民众“赤化”。如何既能表现反共的内容，又能依然挂着“民族主义”的招牌，这始终是“民族主义文学”试图解决的一个难题。万国安的长篇小说《国门之战》可算是为“民族主义文学”在解决这一难题上立了一大功，这篇作品之所以在当时被“民族主义文学”者们奉为“力作”，同时也引起了左翼文学阵营的注意和批判，其原因也正在此。黄震遐在给这篇作品所写的《序》中，一眼见出了作品的妙处，是在于“遂造成这篇我国对于赤色帝国主义凶猛抵抗的一页记载”。[1]这篇作品共约六万字，作者以所谓亲历者

1 《国门之战·黄震遐的序》，《前锋月刊》第1卷第5期。

的身份——对苏作战部队的一个连长，讲述满洲里发生的所谓中苏之役。为了增加故事的传奇色彩，作者还杜撰了一段艳谍罗曼史：作者自称自己当时娶了一个俄国少女为妻，却未料到她是敌军的间谍，而为了“以爱国之心高于一切”，他毅然将爱人打死。并称，“总之，就是她为她的祖国，我为我的祖国”，只能让爱妻去做“红色英雄之墓”里的一个鬼。两军经过交战，最终作者是“怀着满腔热血”在烽烟弹雨之中突围而出，只能“悲愤地”眼望着“满洲里的旗竿上换了敌军的镰刀斧头”。故事的真实性是大可怀疑的，这且不去说他，因为作品中对于红色苏联的种种谩骂和杀气腾腾的诅咒，已经说明了作品的真正企图。这篇作品无论在情节的编造还是在具体描写中都显示出作者力不从心时的拙劣笔调。“剿杀苏联红匪”的狂热,使作者陷入了深深的恶趣之中，这里不仅有编造出的杀间谍老婆的故事，甚至将神化了的岳飞也拉进了剿匪战争,借助岳飞,来为宣传“打倒赤俄”“进军莫斯科”服务。作品甚至还不惜篇幅，反复地津津有味地渲染自己残杀俘虏的艺术：面对六个俘虏，他们或拿巨斧，或拿刺刀，或抬出喂马的铡刀,都只为“叫他们也认识认识我们中国的手段怎样”。“我那时吃了点高粱酒，并且看见了仇人是很喜欢杀掉他们的，我用了一把大斧，抡起来照着绑在屋里左边那个长黑头发的人太阳穴就是一下，差不多砍到鼻梁上了。那个人的头上着这一斧，太阳穴立刻陷落下去，斧刃的周围都成了白色，我把斧子拿下来，紫黑色的血就飞射出来，那人临死的哀鸣也就很小而短促的一叫就完了。不大工夫，我们这几个屠夫弄得血肉狼藉，一股血腥的气味……”。在整部作品中，我们看到的只是仇恨情绪，只是吃人肉喝人血的符咒，而丝毫看不到什么艺术。从万国安的《国门之战》中，我们正可以了解到，“民族主义文学”的作家们，是如何一旦将自己绑在国民党的战车上，便从而使自己仅有的一点艺术才能白白断送掉的。

当然，像《国门之战》这样胡编乱造的作品，在“民族主义文学”中也应算是“不可多得”的，因为并不是所有的作家都有这番反共的虔诚和编造的勇气。因此，在“民族主义文学”的创作中，我们看到的并不总是像《国门之战》那样的作品。例如心因的小说《野玫瑰》[1]，以北伐战争为背景，写了一个山庄的猎户们如何联合起来抗击孙传芳的军队的，其中穿插了女主人公野玫瑰的三角恋爱，但目的似在歌颂抗敌的英雄主义精神。从题旨来看，似与“民族主义文学”无关，再如翼之的诗歌《号声》，诗中写道：“秋野的黄昏是这样冷寂。/ 我们的民族在哀哀的啜泣；/ 他受尽强暴者铁蹄的蹂躏，/ 被践踏的生命是那样危急！ / 我们有沸腾的热血，/ 我们应该为民族努力；/ 谁也不能坐视，/ 这是我们的天职！……”从诗句中看来，其倾向性虽勉强与民族主义搭

1　《前锋月刊》创刊号。

上边，但毕竟与“民族主义文学”提倡者们的本意并不完全趋同。

三

在前期“民族主义文学”的作家中，创作最丰、影响最大的是黄震遐。因此有必要对其做专门介绍。黄震遐，广东省南海县人，学生时代开始写作。此后曾有一段时间从军，在某教导团任职。30 年代初积极从事“民族主义文学”的创作，成为“民族主义文学”的扛鼎作家。曾在《上海大晚报》任职，1932 年“一·二八”事变时以报导战地新闻而知名。后在杭州笕桥空军军校任职。抗战爆发后，活跃于陕西、甘肃、新疆一带，曾任《新疆日报》社长。1949 年南下香港，担任过《香港时报》主笔、《中国评论》副社长。1974 年初病逝于九龙法国医院。黄震遐 30 年代的文学作品主要发表在《真美善》《前锋月刊》《矛盾》《民族文艺》等刊物上。但作为前期“民族主义文学”的代表性作家，他的一些“民族主义文学”的“力作”，均是发表于《前锋月刊》上。

早在“民族主义文艺运动”发起之前，黄震遐已在《真美善》等刊物上发表诗歌，并成为小有名气的诗人。《真美善》先是在第 4 卷第 2 期上刊发过黄震遐的《死骆驼的长呼》《鞑靼人的坟》两首诗，其后在第 6 卷第 5 期上又以“失踪诗人黄震遐残稿”的名义刊发了《青白战士的前进》《香妃》《怪梦》三首诗。之所以冠之以“失踪”二字，是因为黄震遐忽然于 1929 年年底“从军去了”，且不久就由叶秋原在《申报》“艺术界”栏目上报导：黄震遐已失踪并可能已战死。这一消息使刚刚小有名气的黄震遐“残稿”“遗诗”身价十倍。刚创刊不久的《前锋月刊》，正苦于拉不到名作家写稿，黄震遐这种特殊的诗人加军人的身份引起了他们的注意，于是在《前锋月刊》第 2 期上也以“黄震遐遗诗”之名发表了他的诗歌《读史杂感三首》。但不久，“黄君已经由战地归来，并且已被任为教导团轻甲连连长，……在某一天晚上，接到黄君由南京来信并且告诉他的驻扎所在”。当时（《前锋月刊》）的编者即写回信去，特约他写一篇“关于这一次战争的实际描写小说”。[1] 此后，黄震遐便与《前锋月刊》结下不解之缘，他那部长篇小说《陇海线上》便是《前锋月刊》编者催其写成的“关于这一次战争的实际描写小说”。这篇小说是在《前锋月刊》第 1 卷第 5 期上隆重推出的，在这期《编者的话》中用了几乎全部的篇幅，写了两千多字介绍和推荐这部小说，在编者们看来，这篇小说似乎填补了文坛上战争与军队题材小说的空白。而且认为作品“富有兴奋刺激性的战争文学”的姿态，对“在文艺上唤起民族奋斗的精神”，“是极端需要的”。其实，这部作品之所以得到编者如

1 《编者的话》，《前锋月刊》第 1 卷第 5 期。

此高的评价，更内在的原因还是在于，作品是以蒋冯阎中原大战为题材，而作为中央军一员的作者，在参加这场非正义的军阀战争时，却是抱着“替国家服务”，为“大中华民国前途”的虔诚的，并且坚信，自己“虽不敢说是一个纯粹为民族主义者，然而中国，民族主义马上就产生的中国，难道不是我亲亲爱爱的国家么”。[1]这种以“中央军”为民族的化身，并且愿意为此而奋斗的情绪贯穿作品，在其趣旨上恰与“民族主义文艺运动”发起者们所着意宣扬的“中心意识”完全相符。

不可否认，《陇海线上》是一篇充满着“才气”的作品，但同时又是充满着谬误的作品。黄震遐在这篇小说中，确实是写了自己参加蒋冯阎中原大战的一段亲身经历，其中有面临生死关头时的紧张情绪，有同伴之间的友谊，有沿途的见闻，也有战争间隙夜空下的思索，应该说，除了作品中时有出现的大段政治说教外，作品还是具有一定的可读性的。作者告诉人们他是“怀了苦闷”才“毅然地”去“从军”的。作者不满于自己在大都会的“飘泊”中沉沦，不愿意就这样让“生命里面缺少了酸与辣的质素”，希望“用情感上的宝剑干脆地杀死”“旧的黄震遐”，“而另外从头开始”。他渴望刺激、渴望振奋，于是他选择了从军。[2]这种情感不可谓不真挚，此中多少透露出了一个不甘沦落的青年企求振作

1 《编者的话》，《前锋月刊》第1卷第5期。
2 黄震遐：《陇海线上·小引》，《前锋月刊》1931年第1卷第5期。

的心。不幸的是，作者的选择却是一次误入歧途。企求振作，渴望奋斗的真挚情感与所选择的一条歧路，正是造成作家深刻思想矛盾和作品内在复杂性的重要原因。作者渴望奋斗，战争成了他唯一的寄托，尽管这是非正义的战争。作品以惊人的才华表达了作者对于战争的近乎崇拜的盲目情绪，在序诗中，作者抒发了一种超越于醉生梦死的自豪感，情调是激昂而深沉的，而且就抒情笔致看也确实不乏文采：

朋友，当你听着四弦琴凄艳的柔音；
当你醉沉着那朱唇银齿所发出来的嘤咛；
当你轻曼地回旋于琉璃般的舞厅；
当你饮着那甘露般的香槟；
固曾带了半醉的神情；
去诱夺少女们烂漫的春心。
……
可是朋友们——
你可闻过号筒的雄音？
你可闻过战马的悲鸣？
在朔风凛冽的大自然里，
你可听见过前进的步伐声？
呜呼，先驱者啊，先驱者的心！

在小说的具体艺术表现中，当作者描写自己非常熟悉，亲身体验过和感受过的事情时，作品有时具有了惊人的真实性。如作品中写道:“沿途年青力壮的农妇们都恶狠狠望着我们”，“这里的老百姓们的脸上都罩着一层阴恶的表示，屡次杀气腾腾地偷望着我们”，等等。这的确真实地再现了现实中所谓“中央军”与人民群众之间的敌对情绪，作者写自己每日晚上身处群星下站岗的心理状态也很逼真：由于作者看到了群众对于中央军的“同仇敌忾之心”，因此当他们深入村庄，便产生了“法国‘客军’在非洲沙漠里与阿拉伯人斗争流血”那样的感觉。这一切都无疑是真实的描述，包括事件的真实和作者抱定的盲目的与民为敌的情绪的真实。然而，这样的真实描写，并非贯穿在作品每一处描述中，在一种强烈的政治意识的驱使下，作品有时也会离开作者的感受与经验，去大段大段地发著所谓“为三民主义而战”之类的议论，而一旦这种情况出现时，作品便忽然变成活脱脱的政治说教而失去了艺术的光泽。尤其是当作者不顾事实，把与民为敌，枪口对着百姓的军队硬歌颂成是在为“世界大同”而战时（尽管作者可能是虔诚地认为确实如此），作品甚至显得非常滑稽。而且，一种与民为敌的思想观念，还导致了作家在审美意识上的恶趣。作品中有这样的描写:

巴格罗夫抱着一个烂熟的西瓜大嚼，咬剩下来的西瓜皮，都像手榴弹般地挪将下去，打在黄色高粱丛中的农妇的屁股上。

"河南的女顶顶好。"我涨着脸和他说。

可以看出，一种无是非感的战争狂热，一种盲目而虔诚地信奉着的反动思想观念，是如何将作者引入歧途，又如何浪费了作家的艺术才华，使作者不断堕入低劣的审美趣味，并从而损害了作品的艺术性的。这对于黄震遐这样一个"有才气"的作家来说，当然是很遗憾的事。

黄震遐是个诗人，他长于抒情，因此，在写完《陇海线上》这部小说之后，他又重操旧业，写起了诗歌，此后在《前锋月刊》上发表的作品均为诗歌。《前锋月刊》第6期刊载了黄震遐的三首诗:《琴与剑》《西班牙》《海的颂歌》。《琴与剑》是一首有一百六十多行的抒情诗，在这首诗中，作者抒发了自己站在黄河岸边所产生的情思。作者"悲叹着昔日祖国光荣的冠冕"，"凭吊那苍白而腐化掉的红颜"。作者希望自己能"摈弃掉虚渺而无谓的哀怜"，因为"琴的时代哟，一去不复回"，唯有"剑之魂"能够"光复我大汉的山河"。于是，作者发愤要"挺起胸"，"举起我复仇的血旌"。诗中"琴"与"剑"这两个意象，分别象征着温柔之乡与战斗的生涯，作者极尽铺张排比之能事，状写二者的诱惑与引力。作者从理性上做了坚决的选择，即选择后者（剑）而摈弃前者（琴），但在选择后者之后，又仍不免留念前者，作者终于发现，自己仍是一个"可怜"的"地上的人，人中之虫"。这首诗以其象征的手法，抒情的笔调，写出了自己在艰难的生活抉择中，情感与理性、向往醉迷的生活与追求战斗的生涯之间矛盾冲突的心曲。可以说，这首诗确实是作者当时心境的一种真实的描摹。这种内心的冲突，长时间地纠缠着作者，使他一时难以解脱，于是，在《海的颂歌》这首诗中，作者再次借大海以抒情，希望“神圣、雄伟、悲壮、尊严的大海”，能“将我胸中卑鄙、烦恼、秽浊的幻想整个淹没”。但胸中的种种幻想岂是外物能够去除的？在《西班牙》这首诗中，诗人在歌颂斗牛少年的英姿时，仍没有忘记用“月台上红脸的少女”“楼上美人藏着红心的白胸”来做陪衬。作者似在找寻一种平衡，作者始终在琴与剑、美女与英雄、醉迷的生活与战斗的生涯之间徘徊。尽管作者时时激情迸发，拿出一副英雄夸大的架势，但却掩盖不了心中的卑微与渺小；尽管作者一再企望能振作、奋斗，但却不能割断自己对醉迷生活的依恋。这是一个真实的人生，作者虽未明说，但从中可以看出，在一个急剧变动的时代，人难以把握自己的深刻的悲哀。作者虽然曾“毅然地从军”，并自以为找到了一条重造自己的出路，然而作者果真找到了，或找对了吗？作者在诗中所表达的情绪正向我们透露出了此中的信息。

在《前锋月刊》第 7 期上，又刊发了黄震遐三首短诗：《哨兵的梦》《鹰》《黄埔路上的微尘》。无论从情感的深度还是艺术上看，这三首诗均不及《琴与剑》等诗歌，《鹰》这首诗借“鹰”这一形象来歌颂“勇士的灵魂”，虽有所寄托，但已显得浮泛。《黄埔路上的微尘》，只是一首八行诗的速写：一支二十人的队伍走过黄埔路。作者借这一意象，似想歌颂“绿衣儿郎”“火辣辣的赤心”，但终因意象单调，难以发人联想，诗歌显得干瘪。《哨兵的梦》稍长些，有三十二行，这首诗也许还算是作者自己比较得意的作品，以至于在几年之后，又将这首诗一字未改地发表于《矛盾月刊》第1卷3、4期合刊上。这首诗以中原战争为背景，仍是写作者那段参加中原大战的经历。其实，这段经历以及所生发的感受，在《陇海线上》这部小说中已经基本写尽了，因而，诗中抒发的只能是一些“余绪”。虽然作者试图用诗歌这种形式来歌颂“为民族而战”的“牺牲”精神，但总使人有空洞喊叫、无病呻吟的感觉。诸如“星儿反迸出刺刀的光亮”“铁蹄踏出光明的火焰”等等，一点儿也不能引发人们诗的美感。

值得注意的倒是同期发表的黄震遐的叙事长诗《黄人之血》。将《前锋月刊》第1卷第7期说成是“黄震遐专号”也不过分，因为黄震遐的三首短诗和这长达一千八百行左右的叙事诗，几乎占了这期刊物80%的篇幅，黄震遐在“民族主义文学”作家中的地位由此亦可窥其一斑。《黄人之血》取材于元代蒙古人西征的历史。作者选取这段历史为题材，目的是很明显的。虽然作者在《写在〈黄人之血〉前面》中一再申明，作品中表现的“大亚细亚主义”的倾向是这段历史的必然，而不是自己主观上“想拿它当偶像来拜”，但事实上，作者之所以独钟这段历史，且早“在几年之前”就曾有心于将它作题材，这正说明了作者到底想张扬什么。

作品有声有色地写出了蒙古人的西征，叙述中有抒情，描摹中洋溢着激情，整首诗写得颇有气势。作品重点塑造了宋大西、罗英、哈马贝、白鲁大四个人物，以这四个人的经历为线索，从一个侧面写出了整个西征的全过程。在这部作者称之为“诗剧”的作品中，作者作为诗人的想象力不能不说是极其丰富的：为了不使这种近乎疯狂的杀戮显得过于单调，作者特设了“五角恋爱”的波折，为生死搏杀注进了柔情和传奇色彩，并由此折射出作者试图探讨的根源于不同民族的思想冲突。宋大西是来自江南平原的汉人，故有着太多的绵绵的柔情，以至于时常沉浸在一种思乡的哀怨之中；相比之下，作为“马上鞑靼”的哈马贝和来自松花江畔的女贞族的白鲁大，却有着游牧民族的豪勇和铁石心肠，但他们似乎只懂得杀戮；作为作者理想人物的是罗英，他是一个从小被契丹人掳去的汉人，他养成了游牧民族的刚勇性格，但又不脱“中国礼教思想的根性”，因而他身上显示出了一切优美的品性，他不仅成为战场上的常胜者，而且能使他遇到的一切女性们为之倾倒。中国礼教加上勇武的精神，这就是作者理想的民族性格。

那么，作者在这部作品中要告诉人们什么呢？这从作品中的一系列诗句中是可以看出来的。作者曾暗示人们：“这里虽然是尽力地表现出蒙古人的伟绩，却只是就其民族整个的努力而言”[1]，而这“整个民族”在作者看来似乎也应包括汉族在内。作品中四个主要人物中就有两个是汉人，而且诗中就有直接的说明：“他们的统帅就是威震天下的拔都，/……他总是督率着他的汉家之臣，塞外的胡，/践着白骨所堆的山，血肉所化的土。”既然汉人也是这西征队伍中的组成部分，这西征便也成了值得我们骄傲的“祖宗们的业绩”。作者于是沉浸在对祖辈们往日业绩的景仰之中，哀叹“勇士的后裔却也不复振兴奋发”。作者重述祖辈的业绩是为了令人重振“英雄之风”，而在这“重振英雄之风”的愿望中，又融注了作者现实的政治理想。鲁迅等左翼作家当时就曾一针见血地指出，今日的拔都是谁？今日的俄罗斯又是谁？作者无非是企望历史的轮回能翻转过来，有朝一日由黄色人种联合起来，再来一次“西征”。显然这种暗示是将矛头对准当时的红色苏联的。正是这样一种政治理想的表达，使这部诗剧成为“民族主义文学”最具代表性的“力作”。作者本人似乎是过于“真诚”地沉溺于这种政治理想之中了，所以对于历史上那场“黄祸”竟是如此陶醉：

恐怖呀，煎着尸体的沸油；
可怕呀，遍地的腐骸如何凶丑；
死神捉着白姑娘拼命地搂；

1 黄震遐：《写在〈黄人之血〉前面》，《前锋月刊》1931年第1卷第7期。

美人螓首变成狰狞的骷髅；

……

上帝已逃，魔鬼扬起了鞭复仇；

黄祸来了！黄祸来了！

亚细亚勇士们张大吃人的血口。

……

难怪《前锋月刊》的编者称“黄震遐君的《黄人之血》，在中国这样的创作是一种特殊的贡献”。[1]

《黄人之血》的创作，已经显示出作者的“民族主义文学”的创作走向了末路。当作者无法在现实中找到表现“民族主义文学”者们所谓的“中心意识”的材料时，古人的事便成了题材上的退路。而过于紧密地将自己拴在某种政治观念上，又使这种历史题材的创作堕落为影射文学或标签文学。

此后，《前锋月刊》停刊，黄震遐本人则在《矛盾月刊》和《民族文艺》等杂志上继续发表过一些短诗、散文和小说，但影响远不如《前锋月刊》时期。值得一提的是他在“一·二八”事变时因报导战地新闻的机会积累了不少素材，此后写出了一些“战地记事”。这些“记事”大多较真实地写出了中国军民英勇抗敌的事迹，歌颂了英雄主义的精神。例如《爬上南天门》[2]，以日记

1 《编者的话》，《前锋月刊》第1卷第5期。

2 《民族文艺》第1卷第2期。

体的形式，真实记载了战争的残酷和中国军人的牺牲精神。作品重点写了连长秦某在指挥坚守南天门战役中的壮烈事迹：在南天门失守，全连战士大部牺牲的情况下，“率残部数十人猛然出击，冒如雨之敌弹，爬上南天门”，“沿途排除最顽强之抵抗，浴血爬进，终乃高立南天门之上”，然“同时敌援已大集，南天门之上，炮烟弥漫，乃不见该连长踪迹”。在这类“记事”中，作者与现实多少是贴近了，作品中狭隘的政治色彩逐渐淡化。在黄震遐身上，这似乎显示出整个“民族主义文学”由前期向后期特征转化的趋向。

1986 年 1 月初稿

1986 年 6 月改定

（原载《南京师范大学学报》1986 年第 3 期）

论 30 年代文学群体的“亚政治文化”特征

——以“左联”的政治文化性质为例

在 20 世纪中国文学发展中，30 年代是一个特殊的历史时期。就某种意义而言，特殊的时代特征和特殊的历史任务，使这个时代的文学在整体上呈现出不利于纯文学发展的态势。政治文化的影响对 30 年代文学的基本走向起了决定性的作用，这首先是造成了作家群体的变化，即与 20 年代相比，文学群体的政治化趋向较为明显。30 年代的文学群体基本上都呈现出明确的“亚政治文化”形态或具有鲜明的“亚政治文化”特征。在 30 年代，各派文学创作，事实上都或多或少是对特殊的政治文化语境所做的实际反应，和相应采取的文学策略的结果。如果说，20 年代的文学群体主要是以艺术追求的共同性来加以聚合的话，那么 30 年代的文学群体则主要是以其政治倾向的一致性为其标志的。在本文的研究中，我们将着重揭示 30 年代文学群体的“亚政治文化”

形态特征及其性质，分析其重要的文学观念得以形成的政治文化因素。

一

30 年代文学群体基本上都呈明显的“亚政治文化”形态，或带有明显的“亚政治文化”特征，这是 30 年代文学发展的一个明显的特色。

我们所谓的文学群体呈明显的“亚政治文化”形态，或带有明显的“亚政治文化”特征，这首先是指文学群体在重大的政治文化问题上，对统治者的主体政治文化始终取对立的或游离的态度。阿尔蒙德认为，当社会成员对政治问题和政府的政治行为的“正当性问题的看法”发生疑问和分歧时，就会产生与主体政治文化相游离的各种“亚政治文化”（有时也译作“政治次文化”）的群体，他说，“在较具冲突性的政治文化中，在政府的正当性和解决问题的途径这两个问题上，公民间观点相互对立”，而“公民政治态度和价值上发生严重分歧的时候，就出现我们称之为‘政治次文化’（political subculture）的那种群体，它……在一些基本问题和意识形态等问题方面都持有不同的看法”。[1] 30 年代是一个多头政治尖锐对立的时代，国民党在“四一二”后虽然掌握了政权，取得了统治地位，但他们施行的一整套政治文化方略却是失败的，他们的控制手段不仅未能调合权力主体与权力客体的关系，反而严重地疏离了二者的关系，因此权力客体各种自发拥有的“反权力政治文化”便在公众对于权力政治文化的普遍反感中迅速增长。又由于在这种文化控制压力下首当其冲的是文化界和文学界，因而各文化团体和文学团体对国民党的政治文化普遍持对立和游离的态度。30 年代的文学群体，无论政治思想如何，在对待国民党的文艺政策和书报检查制度等做法，乃至对待国民党所施行的一整套政治文化方略方面，都持强烈的反对态度，而且在诸如争取言论自由、争取作家人权等方面也与国民党的种种政治行为构成了一种尖锐对立。

在政治尖锐对立的时代，政治的社会化程度也相对大大地提高，各利益集团或政党，必然会在政治社会化中有意识地发挥着推波助澜的作用，他们努力引导着人们对重大政治问题的取向，鼓动起人们去扮演政治参与的角色。在这样的政治文化环境之下，便会出现大量的、多种多样的政治利益表达渠道，而公众团体在这个时候往往呈现的首先是“利益”集团的特征。也就是说，公

1 ［美］加布里尔·A. 艾尔蒙:《当代比较政治》，（台）风云论坛出版社 1992 年版，第 76—77 页。

众团体在这个时候往往具有“亚政治文化”群体的性质，他们必然地代表不同的政治利益，而不代表任何政治利益的团体在这种环境下事实上是不存在的，即使是文学的团体也绝不会例外。30年代文学群体中的多数成员常常扮演着政治参与的角色，在其政治倾向上各文学群体都多少代表了各种不同的“政治利益”，文学群体的“利益集团”特征是很明显的。我们在谈20年代文学群体时，常常难以直接用某种政治阶层或阶级的名号或以政治倾向性来冠名，例如最早的《新青年》群体，就是由诸如资产阶级知识分子、激进的小资产阶级知识分子和初具马克思主义思想的知识分子等多个社会阶层组成的；文学研究会也是如此，“它的分子之社会关系太复杂，中间至少可以分出十几个社会阶级层”[1]；创造社相对来说，成分单纯一些，但“内部便自然之间生出了对立”，“明白的说便是无产派和有产派的对立”，其结果是后期创造社多数的集体“剧变”。[2]30年代的文学群体在其性质上发生了很大的变化，这种变化是以文学研究会的解体和创造社的转向为其标志的，诚如茅盾早在1931年就指出的那样：“无产阶级的革命运动卷去了大多数的深受封建制度压迫的青年，他们固然不满于文学研究会的意识不明确的‘为人生而艺术’，同时也唾弃了创造社派的象牙塔中生活的‘为艺术的艺术’了。新的时代要求

1 丙申（茅盾）：《“五四”运动的检讨》，《文学导报》1931年第1卷第2期。
2 麦克昂（郭沫若）：《文学革命之回顾》，《文艺讲座》1930年第1期。

那表现着新的意识的文学。在阶级斗争日形尖锐化的新局面下，文学团体必然的要起变化，结果是文学研究会的无形解体，和创造社派的改变方向。”[1]

总而言之，20 年代文学群体主要是以艺术追求的大致相同来加以聚合的。而 30 年代文学群体则主要是以其政治倾向的一致性为其标识的。对 30 年代的文学群体，人们习惯于以“左、中、右”来加以称呼，或以“无产阶级文学”“资产阶级文学”“小资产阶级文学”等加以冠名，这多少也可以看出文学群体的“亚政治文化”性质。

30 年代政治文化的总体特征，若按政治文化学的分类来看，应是属于一种“非整合模式政治文化”，这种非整合模式的政治文化是指，统治者在政治文化上试图压制“各亚政治文化的公开合法存在”，但“其效果往往适得其反”，各“亚政治文化”以更加组织化的行动进行抗争。而由于各“亚政治文化”群体的逐渐强大，使统治者的权力政治文化始终未能成为被大多数社会成员所接受、认可的主流文化。于是“社会上无主流文化，各非主流文化又互不统属，并且作为各非主流文化载体的各社会集团思想差异极大，无法调和”[2]。在这样的情势下，各“社会团体倾向于组织排他的没有重复会籍的社会和政治团体”，即使是“知识

1　丙申（茅盾）:《“五四”运动的检讨》,《文学导报》1931 年第 1 卷第 2 期。
2　孙正甲:《政治文化》，北方文艺出版社，1992 年版，第 57 页。

和文学团体及其他自愿的结社团体”也是如此，“在这些团体内，会员可能被灌输一种有关政府是……的观点”。[1] 30年代各文学群体之间的情况就是如此，它们大体上也是作为各非主流文化的载体而存在的。30年代文学群体多少具有某种封闭性、宗派性或党派性特征，文学群体之间互不统属，各群体之间的成员较少重复会籍，有的甚至对其成员有较严密的组织性要求。20年代许多文学群体之间的边缘并不十分明确，许多作家们从多个文学群体中获取生存空间，因而他们的名字可以同时见列于多个文学群体的名表上，许多文学社团之间具有交叉性、渗透性。而30年代是以政治倾向的同一性来划分作家群体的，各群体内部统一性高，且具有组织性意识，所以30年代文学群体成员基本不具重复会籍，除非是同一群体不同下属团体。各文学群体之间界限比较分明，而且各文学群体大多具有宗派性质，甚至具有党派性质，即不管群体成员内部思想有何差异，对具体问题的种种见解有何不同，但在重要政治问题上往往是一致对外。有些文学群体甚至对其内部成员有较为明确的纪律约束，而对于不执行纪律约束者会施以某种组织处分等。30年代文学群体的这种宗派性、党派性和纪律性等方面的特点明显带有“亚政治文化”性质。

30年代，每一文学群体内部，在重要的文学观念上大体相一

1 罗森邦:《政治文化》，台北：桂冠图书股份有限公司1984年版，第123页。

致，而这种文学观念的形成又与他们针对当时的政治文化形势所采取的相应的文学策略有着密切的关系。30 年代各文学群体在表述自己的重要文学观念时，其内部成员显示出了空前的一致性，各文学群体成员为坚持自己的文学主张，在文学思想问题上和各种论争中，也往往是全黟上阵，而且在争论中充满了激情和意气，带有某种政治情绪化的特点。这种情况在 20 年代是并不多见的。以跨越二三十年代的创造社为例，在 20 年代，他们主要是做纯艺术的追求，用他们自己的话说，是陷在一个“错误的深渊”里面，“把艺术当作了一个泥塑的菩萨，在所谓艺术至上主义的声浪中曾经作过无意义的膜拜”[1]。而 30 年代当他们集体转向后，立即宣称，他们办刊物“不再以纯文艺的杂志自称，却以战斗的阵营自负”。而在文学观念上，“我们的文学理论再不是玄妙不可理解的东西，而是战斗的‘指导理论’的文学理论”[2]。一口一个战斗，其政治情绪化的特点是极其鲜明的。

应该说，30 年代的各文学群体都或多或少、或显或隐地具备了上述几个方面的特点。

这里主要以 30 年代的重要文学群体“左联”为例，做一个具体的分析。

1　王独清:《新的开场》,《创造月刊》1928 年第 2 卷第 1 期。
2　《流沙 · 前言》,《流沙》1928 年第 1 期。

二

30 年代最大的文学群体是中国左翼作家联盟。在“左联”成立之前的后期创造社和太阳社，就已明显具有“亚政治文化”群体的特点。前期创造社的性质是“主张个性，要有内在的要求”，“蔑视传统，要有自由的组织”，该社成员的目的也仅在“新文学的建设上，新文学价值的确立上，新文学地位的提高上”。“五卅”前后，“其实创造社大部分的份子，并未转换过来，即是郭沫若的转换，也是自然发生性的，并没有十分清晰的目的意”。但“到了 1928 年”，“创造社也就又来了一个‘剧变’”，“以清醒的唯物辨证的意识划出了一个‘文化批判’的时期”[1]。后期创造社重要成员冯乃超曾回忆说：“广大的知识分子阶层在大革命失败后，不能不在反共与拥共之间做出更明确的选择和表态，不管他们对马克思列宁主义有多少认识。”创造社由集体转向而进入“第三阶段”，他们积极提倡无产阶级文学，就是这样一种最明确的“选择和表态”。[2]“太阳社成员蒋光慈、钱杏邨、孟超和杨邨人中后三人大革命时期在武汉的全国总工会宣传部编辑科任干事。蒋光慈提倡革命文学是得到中共中宣部长邓中夏、李立三鼓励和支持的，是在瞿秋白建议下，才决定创办一种以提倡“无产阶级革命

1　麦克昂（郭沫若）:《文学革命之回顾》,《文艺讲座》1930 年第 1 期。
2　冯乃超:《鲁迅与创造社》,《新文学史料》1978 年第 1 期。

文学”为中心任务的文艺刊物的”。“蒋光慈等筹建春野书店、出版《太阳月刊》以及此后组织太阳社，事先曾向当时担任党中央书记的瞿秋白同志做了请示报告，在获得了许可后才开始工作的”[1]。而且“太阳社全部是党员，有自己的党组织，秋白同志还亲加指导”[2]。

很显然，后期创造社和太阳社是两个政治性极强的文学社团，他们的成员政治意识相对比较明确，政治参与的意识和内部组织性均较强，因此在重大的政治问题上能基本保持内部成员较一致的看法。而且，这两个文学社团由于在其政治态度、政治思想倾向上的一致性，使他们很容易组合成一个更大的带有“亚政治文化”性质的文学群体。事实是，当他们在 1928 年共同提倡“无产阶级文学”时，他们已经在共同的政治旗帜下紧紧联合在一起了。此后，在一系列文学论争中，这种一致性更加明显：“太阳社同创造社之间确实也有宗派矛盾，但在攻击鲁迅的这一点上，两者是完全一致的，相互配合的。……从这种情况看，当时攻击鲁迅这件事，很可能是创造社和太阳社共同讨论过的，也许就在上海党闸北区第三街道支部——所说的文化支部讨论过。”[3]也就是说，无产阶级革命文学论争中对鲁迅的批评是一种联合的有组织

1　陈梦熊：《太阳社与春野书店》，《出版史料》1987 年第 3 期。
2　《阿英忆左联》，《新文学史料》1980 年第 1 期。
3　《冯雪峰谈左联》，《新文学史料》1980 年第 1 期。

的行动。有资料这样表明:“1928 年 2 月，太阳社与创造社召开联席会议，成仿吾主持，蒋光慈、钱杏邨、杨邨人、冯乃超、彭康、朱镜我、王独清等参加。蒋光慈做了关于当前文艺运动的发言。两社开始联合批评鲁迅。”[1]这两个社团在这场争论中，完全以一个共同体的姿态保持了高度的一致性。如果说这两个文学团体就像共同体一样，一致提倡“无产阶级文学”并在许多行动上保持高度一致，是由于它们背后有共同的政治信念、政治意识和政治态度，那么，正当“无产阶级文学”论争趋于白热化，当事人都已不免进入情绪化状态时，这一共同群体又能突然步调一致地停止了对鲁迅的批评，这一行动就更明显地是政治组织干预的结果了:“1928 年 7 月间党第六次代表大会之后，在 1928 年底或 1929 年上半年，上海党的领导人曾经对创造社等指出过他们攻击鲁迅是错误的。”[2]据钱杏邨回忆:“1929 年 4 月左右，党说服各文艺团体解散，与鲁迅合作，联合起来。太阳社、创造社都同意党的决定。”[3]

从创造社、太阳社解散到“左联”成立，这更是一种政治运作的产物。先是创造社、太阳社在“党的决定”下解散，并“对鲁迅检讨过，承认在论争中不应该用那种态度对待他”；后是“潘

1 《蒋光慈生平年表》,《蒋光慈研究资料》，宁夏人民出版社 1983 年版，第 20 页。
2 《冯雪峰谈左联》,《新文学史料》1980 年第 1 期。
3 《阿英忆左联》,《新文学史料》1980 年第 1 期。

汉年等代表党中央去找鲁迅谈，鲁迅同意合作成立组织”[1]；再后来是党中央派冯雪峰“去同鲁迅商谈”，“说党中央希望创造社、太阳社和鲁迅及鲁迅影响下的人们联合起来，以这三方面人为基础，成立一个革命文学团体”，“并说团体名称拟定为‘中国左翼作家联盟’”。在“鲁迅完全同意成立这样一个革命文学团体”，同时认可“左联”二字“比较明确，旗帜鲜明一些”后，“左联”终于得以成立。[2]按照罗伯特·A.达尔《现代政治分析》的观点，一个社团内部成员行动的依据是来自某种必须服从的权威，而且这种权威是以某种“政治关系”来实现的，“那么，这个社团就应被称为政治性的”。[3]从“左联”成立的这种过程看，“左联”乃共产党在文化战线进行政治运作的一个产物，这就先天决定了“左联”的明确的政治性质。

三

在“左联”成立后，继续沿着“政治性”方向发展。第一，从“左联”所接受的领导来看：“党的组织领导的关系方面，左联设有党

1 《阿英忆左联》，《新文学史料》1980年第1期。
2 《冯雪峰谈左联》，《新文学史料》1980年第1期。
3 ［美］罗伯特·A.达尔：《现代政治分析》，王沪宁、陈峰译，上海译文出版社1987年版，第16页。

团（即党组），由在左联工作的党团员三至五人组成；党团直接受文委领导。”而“文委”就是“成立于1929年下半年”的“党内领导当时文化运动的一个机构，直接受中宣部领导”。而“左联党团的职权是：党的方针、政策和决定，经过文委下达到左联，党团讨论执行”。[1]

第二，从“左联”的成员构成来看：“左联”筹备小组成员一共12个人，即鲁迅、郑伯奇、冯乃超、彭康、阳翰笙、钱杏邨、蒋光慈、戴平万、洪灵菲、柔石、冯雪峰和夏衍。“十二人中，除鲁迅和郑伯奇外，都是党员”，而郑伯奇“是创造社的元老之一，在政治思想上”与那十位党员“没有什么距离”[2]。“左联”成立后，在成员构成上也是“共产党员越来越多，群众越来越少”，“‘左联’的盟员小组和党员小组都只有纵的联系，没有横的联系”，“本来是一个群众组织”的“左联”，而在成员构成上，“成了第二党”。[3]

第三，从“左联”开展的主要活动来看：“‘左联’成立后不久，就建立了一个秘密机关”，“那时把‘左联’的工作主要放在飞行集会，散传单，贴标语等事情上面”。[4]“写标语，散传单，参加飞行集会，是‘左联’盟员经常参加的宣传工作”，所谓“写标语”，就是“用棉花或烂布蘸墨汁”“在墙壁上刷”“大标语”；而“散

1 《冯雪峰谈左联》，《新文学史料》1980年第1期。
2 夏衍：《懒寻旧梦》，三联书店1985年版，第145—146页。
3 林焕平：《从上海到东京——中国左翼作家联盟活动杂记》，《文学评论》1980年第2期。
4 夏衍：《懒寻旧梦》，三联书店1985年版，第145—146页。

传单有时是单独在马路上散发，有时是结合飞行集会散发。每逢‘五一’‘五七’‘五卅’‘九一八’等纪念日，事先约好时间地点，到时候讯号一发，人们迅速集中起来，有人演讲鼓动，高呼口号，散发传单”。这完全是政治性的活动。“左联”也时常开会，而“开会时往往多是学习和讨论形势”。[1]“左联”“本来是个作家团体，可以更广泛一些，更公开一些，更多谈文学，但是后来专门谈政治，甚至游行、示威”[2]。难怪茅盾当时就“有了这样的感觉：‘左联’说它是文学团体，不如说更像个政党”。这个感觉在他“看到一九三〇年八月四日‘左联’执委会通过的决议《无产阶级文学运动新的情势及我们的任务》以后，又得到了加强”[3]。周扬也同样认为，“我们感到当时的‘左联’成了个第二党。为什么叫第二党呢？就是说它实际上跟共产党是一样的”[4]。从“左联”的主要活动来看，其性质，已远远超过一般的文学群体，而成了一个准政党性的组织。

第四，从“左联”的组织原则来看，“左联”非常强调集体性的组织原则，即对组织成员，要求他们必须遵守较为严密的组织纪律性，而对可能对组织和高度凝聚力造成消解的“个人主义”是严加防犯的。在 1930 年 8 月 4 日“左联”执行委员会通过的

1　林焕平：《从上海到东京——中国左翼作家联盟活动杂记》，《文学评论》1980 年第 2 期。
2　《周扬笑谈历史功过》，《新文学史料》1979 年第 2 期。
3　茅盾：《我走过的道路》（中）人民文学出版社 1982 年版，第 56 页。
4　《开除周全平、叶灵凤、周毓英的通告》，《文学导报》1931 年 5 月第 79 卷第 2 期。

题为《无产阶级文学运动新的情势及我们的任务》的决议中，特别强调了“集体生活”的重要性，把因“集体生活的习惯不够的关系”而形成的种种表现，如“积极的常犯超组织的活动，消极的就表现怠工”等等，指为“是个人主义的残余”，并将它视为“左联”存在的“许多工作上的弱点和不好倾向”的重要方面之一。政治，强调向心力，不能允许离心的观念和行为存在。“左联”对于向心力的强调，使之对一些稍有离心倾向的作家，不惜采取“组织”措施，例如就曾以“背叛左联”“无产阶级革命文学的叛徒”等名义先后将周全平、叶灵凤、周毓英等开除出“左联”。[1]

第五，从“左联”成员自觉的政治参与意识来看：当时“左联”的大部分作家都有明确的政治意识，他们自觉地与统治当局持对立的立场，甚至“平时纪年决不写‘民国’而用公元，需要指称祖国时，也只写中华民族而决不写中华民国”。[2]参加“左联”的绝大多数成员都是“抱着随时把生命献给革命的决心而参加斗争”的[3]，大家“是没有把自己看作什么左翼戏剧家、左翼作家的，不论是党员还是非党员，都是把这些活动当作革命工作，当作一个严肃的政治斗争，满腔热情，坚决执行的”[4]。许多在党的和非党的作家都曾在回忆中谈到过自己当年作为“左联”成员参与政治

---

1 《周扬笑谈历史功过》，《新文学史料》1979 年第 2 期。
2 楼适夷：《为了忘却，为了团结》，《延河》1980 年第 7 期。
3 林焕平：《从上海到东京——中国左翼作家联盟活动杂记》，《文学评论》1980 年第 2 期。
4 荒煤：《伟大的历程和片断的回忆》，《人民文学》1980 年第 3 期。

斗争的经历。例如，荒煤曾回忆说，他“曾经热情地参加过”“飞行集会”；[1] 丁玲也曾说起过她当年参加过“左联贴标语的活动”，还在“左联”参加过“到大学校去讲演”的活动，而当时的他们“把这当成了不起的事”；[2] 田仲济也曾回忆说，他当年虽然只是参加了一个“左联”的外围组织“互济会”，但也常“参加飞行集会”，以及“夜间到马路上用粉笔写标语”的“粉笔运动”。[3]

第六，从“左联”作家所持的主要文学观念来看，以“左联”作家的创作为主的 30 年代左翼文学，事实上仅是左翼文化的一个组成部分。一般人很容易指出左翼文学观中片面夸大了文学的阶级的、政治的属性，夸大了它的政治功能，从文学的角度来看，左翼文学中的这种偏颇无疑是非常明显的。但问题是，这种片面性在当时能否完全避免？“左联”就其性质而言就是一种典型的“亚政治文化”群体，因而他们的一切文学活动自然而然地成了对他们要推行的政治文化的诠释。事实上，也正由于左翼文学的这种偏颇，才使得左翼文化在那样一个政治文化氛围极浓的时代“操了文坛的牛耳”。反之，若左翼作家没有了这种极强的政治文化意识，那么左翼文学就不会在这样的政治文化大潮中拥有自己的声音，占有自己的一席之地。“左联”组织的政治化特性

1　荒煤：《伟大的历程和片断的回忆》，《人民文学》1980 年第 3 期。
2　丁玲：《关于左联的回忆》，《新文学史料》1980 年第 1 期。
3　田仲济：《怀念张鹤眺同志》，《大众日报》1980 年 3 月 12 日。

带来了左翼文学的政治化特征，这还不仅仅突出体现在那些出于明确的政治目的而从事的文学活动和提出的文学主张上，甚至还体现在那些表面上看似在纠正某种唯政治化的非艺术性倾向而采取的一些举措上，因为事实上这些举措并未摆脱政治心理和政治功利的驱使，其背后的政治目的依然十分明显。例如，左翼文坛在 1932 年发生了明显的“风气”的转变，即左翼作家们开始关注文学作品的艺术性，开始清算、批评左翼文学创作中的公式主义、脸谱主义等等。这种转变，确实使左翼文学在创作上取得了许多不仅在思想上而且在艺术上能够真正立得住的成果。许多文学作品确实也表现出了与“左联”初期创作中那种过于政治化倾向有所不同的面貌。但这种文坛风气的转变，仍含有某种政治操作的成分：“左联”在“一九三二年一·二八事变后，开始采取另一种方法，由‘左联’成员各自向中间地带开拓阵地，团结可以团结的进步力量，共同开展革命文化工作，用以反击国民党反动派的反革命‘围剿’”[1]。“左联”与国民党当局的政治文化直接交锋时，无艺术可言，也无须艺术性，而要能争取中间作家，就不能不换一种方式，就必须关注起他们一直有所忽略的“艺术性”，因为这是与中间派作家联系的不可缺少的纽带。这里的“艺术性”问题，一方面是出自争取中间作家的考虑而采取的手段之一；另

1　赵家璧：《我编的第一套成套书》，《编辑忆旧》，三联书店 1984 年版，第 47 页。

一方面，左翼文坛当时强调文学作品的“艺术性”，还来自他们对文艺之作为武器、工具的重新认识。鲁迅早就指出，文艺可以“用于革命，作为工具之一种”，但“革命之所以于口号，标语，布告，电报，教科书……之外，要用文艺者，就因为它是文艺”[1]。这里强调的是文艺作为武器、工具，区别于他种武器、工具的特殊性功能。茅盾也曾在批评《地泉》一类作品时指出，因为缺少艺术性，“至少写作此类作品的本来目的因而不能达到；不但不能达到，往往还会发生相反的不好的影响”[2]。这里仍是从传播左翼政治文化的功利目的出发的。诚如普列汉诺夫曾说过的那样，任何一个政权或政治性的组织，它只要注意艺术，自然就偏重于采取功利主义的艺术观。它为了本身的利益而使一切意识形态都为它自己所从事的事业服务，这也是可以理解的。

无论从哪方面看，“左联”事实上已不是一个文艺性的团体，而是一个地地道道的政治文化团体。“左联”在30年代的主要政治策略是通过一系列政治活动和政治性文化批判，来创造出反权力政治的社会力量，以及反权力的政治文化。正是通过“左联”中广大左翼作家的这种努力，他们才在国民党当局与政客、军阀、帮忙和帮闲文人们所构成的政治秩序中，不断寻找突破的契机，最终在统治者的世界里促成了左翼文化——一种“亚政治文化”

1　鲁迅：《三闲集·文艺与革命》，《鲁迅全集》第4卷，第84页。
2　茅盾：《〈地泉〉读后感》，《茅盾论创作》，上海文艺出版社1980年版，第244—245页。

的发展，并使其成为30年代起支配性的或主导性的文化，在严密的统治秩序中占据了文化的领导权。

30年代的文学群体基本上都呈现出明确的“亚政治文化”形态或具有鲜明的“亚政治文化”特征，“左联”文学群体绝不是一个独例（本文限于篇幅，有关30年代其他文学群体的“亚政治文化”特征，将以另文发表）。各派的文学主张和文学观念在某种意义上可以说并非是出于文学的或学术的思考，而常常是从自身的政治立场、政治态度出发，针对自身对当时政治文化形势的理解而采取的某种文学策略。这应是我们研究包括左翼文学在内的30年代文学的一个重要出发点。

（原载《求是学刊》2000年第2期）

政治文化语境与 30 年代左翼文学批评

20 世纪 30 年代是一个左翼文学批评非常兴盛的时期，这里所谓的兴盛是指 30 年代几乎所有的左翼文学理论家、作家甚至是文学圈外的左翼文人都在操文学批评之业。30 年代左翼文学界的一个重要现象是，批评文字在总量上并不少于文学创作。在 30 年代，左翼作家们写批评文章的热情和读者对批评文字的兴趣都是空前的，这明显带有 30 年代特殊的“政治文化”的印记。

一

30 年代特殊的政治文化语境，造成了普遍的过量的政治焦虑：轰轰烈烈的大革命运动的突然失败，造成了当时许多进步青年和为数不少的知识分子们思想上的混乱和情绪上的巨大波澜。这种由于巨大的政治变故而产生的政治焦虑，构成了一种普遍的政治文化压力。这种压力总是要寻求外在的发泄与释放。当这种发泄与释放无法通过政治途径自身来实现时，包括文学在内的传媒，也就成了重要的发泄与释放和转移政治压力形成的政治焦虑的渠道。

30 年代许多文学读者最初都是源于对大革命失败后的政治形势而形成了特殊的政治心理，并最终导致他们在观念上接受无产阶级意识、接受“革命文学”的观念。而在此过程中，文学是其政治信息传播的重要渠道。人们往往通过文学等途径来发泄对当局的不满情绪和发布自己的政治见解和主张。鉴于文学在政治文化传播中的作用，所以文学领域便成了左翼文化人需要积极介入并激烈争夺的战场。这甚至使得当时许多从事社会科学的研究者也转向文学或对文学给予了特别的关注。

在 30 年代文坛上有一个比较突出的现象，即社会科学工作者与文学家之间的角色的兼容、兴趣的融合和从事专业的相互交叉。30 年代有大批从事社会科学研究的学者介入文学，有些干脆从社科学者转为文学家。这些社会科学工作者转向文学后，由于自身的理论思维的优势和文学创作技法的弱势，使他们首选对文学批评的介入。茅盾就谈到 30 年代许多文学评论文章，是出自社会科学工作者之手。他自己的《林家铺子》《春蚕》《子夜》等作品发表后,就涌现了大批社会科学工作者写的评论文章。如“评论《春蚕》的丁宁,……这位评论者大概也是研究社会科学的”。[1]发表在《读书与出版》上的“卢艺植的《读子夜》……观其词汇,动辄‘把握’,可以猜想他是社会科学（这在当时，是马克思主义的代用词）的研究者”。[2]发表于《出版消息》上的朱明的《读子夜》，“从文中数语，我猜想朱明其人大概是研究社会科学的，但对文学却不很在行”。[3]“凤吾在《关于“丰收”的作品》中也评论到《春蚕》《秋收》《残冬》3 篇……看来这位评论家也是个社会科学研究者。”[4]社会科学工作者关注文学，纷纷介入文学批评，这是由文学在 30 年代的政治文化传播中的特殊作用引发的。由于文学批评对文学创作有着导向性作用，因此 30 年代社会科学工作者将此视为传播自己政治价值观、政治信念的重要工具。正因为如此，他们对文学作品的评论多数只是借别人的作品以发自己的言，其评论与作品本身是否贴切并不重要，他们的兴趣也并不是在艺术本身而仍然是从他们的社会科学研究者的目的出发：借文学评论文字传播政治观念和其他社会科学理论。所以茅盾认为，在对自己作品的评论中，“阶级意识”“斗争的情绪”“时代的把握”等等，“倒是当时社会科学研究者评论文艺作品时常

1 茅盾:《我走过的道路》(中)，人民文学出版社 1984 年版，第 138—139 页。
2 茅盾:《我走过的道路》(中)，人民文学出版社 1984 年版，第 120 页。
3 茅盾:《我走过的道路》(中)，人民文学出版社 1984 年版，第 119 页。
4 茅盾:《我走过的道路》(中)，人民文学出版社 1984 年版，第 140—141 页。

有的看法”，他们并不注重作品中所描写的是不是现实中存在的状况。[1]最初“普罗文学”的提倡中，就理论而言，正因为有大批新兴社会科学理论研究者的参与，才使“普罗文学”提倡在理论上具有了系统性。而当时新兴的社会科学的思想也正是借助“普罗文学”运动的形式得以在中国广泛传播的。也就是说，为了适应政治文化发展的特殊需要，30 年代从一开始就形成了社会科学与文学互动的格局。

与此同时，文学的“社会科学化”，即作家们对社会科学兴趣的加强，文学创作对社会科学理论的借鉴和对社会科学方法的运用等等，也成了一种必然的趋势。30 年代作家们与当时新兴的社会科学的结缘成为一个重要的文学现象。随着 30 年代作家普遍政治意识的加强和对社会政治问题的空前关注，他们对掌握和了解新兴社会科学理论的自觉性也越来越明显。“左联”在 1930 年 5 月的一次大会上，曾做出过这样的决议：“和社会科学家联盟发生密切的关系，经常派人参加‘社联’的一切活动。”[2]其实，“社联”与“左联”之间，成员互有交叉，许多人本身就兼具社会科学研究者和作家的双重身份。这两个组织，无论在组织关系上，还是在当时文化战线所开展的思想斗争上，以及在介绍阐扬马克思主义理论知识上，二者都是既有分工又有合作。1930 年 4 月

1　茅盾：《我走过的道路》（中），人民文学出版社 1984 年版，第 137 页。
2　唐弢：《晦庵书话》，三联书店 1980 年版，第 55 页。

神州国光社出版了“左联”主编的《文艺讲座》和“社联”主编的《社会科学讲座》两本书，两本书的出版版式相似，虽一是谈文艺，一是谈政治、经济、哲学，但都是介绍马克思主义或运用马克思主义观点来分析问题，且两本书中的作者互有交叉，如冯乃超、郭沫若、朱镜我等人的论文在两本书中均有收录。[1]而在此之前的1930年3月，上海南强书局已经出过两本小册子，一本是“社联”成员柯柏年（李春蕃）的《怎样研究新兴社会科学》，一本是“左联”成员钱谦吾（阿英）的《怎样研究新兴文学》。这两本书虽未用“丛书”名称，实为同一系列，都是较为通俗地向青年读者介绍马克思主义社会科学理论和马克思主义文艺思想的。[2]可见，30年代一开始，新兴文学运动兴起与新兴社会科学理论的传播这二者就关系密切，难以剥离。30年代有不少作家并不甘心于只做一个作家，他们往往同时兼为社会活动家、社会科学家。最突出的如郭沫若，30年代的他在文学创作的同时，进行古史研究，而且是自觉地用马克思的方法来研究中国古史。他在1929年9月的《〈中国古代社会研究〉自序》中特别表明自己的古史研究与胡适等人的区别在于：“我们对于他所‘整理’过的一些过程，全部都有从新‘批判’的必要”；“我们的‘批判’有异于他们的‘整理’”；“‘整理’的究极目标是在‘实事求是’，我们的‘批判’精神是

1　唐弢：《晦庵书话》，三联书店1980年版，第56页。
2　唐弢：《晦庵书话》，三联书店1980年版，第58—59页。

要在‘实事之中求其所以是’”;“‘整理’的方法所能做到的是‘知其然’，我们的‘批判’精神是要‘知其所以然’”。从中我们可以看出，郭沫若强调“求其所以是”，“知其所以然”，正是为了强化历史研究中的“分析”机制，而这种思想方法，也正是当时的文学的“社会科学化”中多数作家所追求的。再如茅盾，在30年代虽未从事具体的社会科学的专门研究，但他对自己社会科学方面的素养一直有着很高的要求。他多次谈到作家具备社会分析能力的重要性。1932年他曾在回顾自己的文学创作时说过:“一个做小说的人不但须有广博的生活经验，必须有一个训练过的头脑能够分析那复杂的社会现象；尤其是我们这转变中的社会，非得认真研究过社会科学的人每每不能把它分析得正确。”[1]这种对于社会科学的看重和强烈的兴趣，在30年代作家中具有普遍性。有的作家甚至因这种兴趣，最终放弃了文学创作而致力于文学批评。例如，30年代作家小默（刘燧元）曾这样说起过自己的文学经历:“新俄文学输入中国的时候，中国文坛像受了一颗炸弹那样，从唯美,颓废的梦中醒过来,我当然也不例外。我曾有以工业文明，农村生活为诗的题材的企图。但同时，我的兴趣转向社会科学方向,残余的文学兴趣,只留在文学批评——文学的社会的解释——

1　茅盾:《我的回顾》,《茅盾选集》，上海万象书店1936年版，第6—7页。

方面。诗的创作暂时放弃。”[1]当然，更多的作家并没有像小默这样因为对社会科学的兴趣而放弃文学，但更多的作家在文学创作的同时普遍地带有对文学批评的兴趣，这也是30年代文学界的一个非常重要的现象。

可以说，正是特殊的政治文化语境导致的知识界的“社会科学化”倾向，造成了30年代左翼文学批评的特别盛行，同时，也在很大程度上决定了左翼文学批评的一些重要的特点。

二

30年代的文学批评，在某种定义上可以说是一种政治化的文学批评，它在很大程度上对被批评者和读者传递乃至灌输着政治观念和政治信息。批评者在文学批评中提倡什么，反对什么，对读者起着重要的政治导向作用。因此，从30年代开始，从政治角度评价作家成为一种风气。创造社、太阳社的作家在革命文学论争中，对鲁迅20年代文学创作的否定，就是从政治的角度出发的，他们认为，阿Q形象在30年代的政治形势下已经落伍，因为“现在的中国农民第一是不象阿Q时代的幼稚，他们大都有

1　小默：《我对于文学的理解与经验》，郑振铎、傅东华编：《我与文学》，生活书店1934年版，第7页。

了严密的组织，而且对政治也有了相当的认识；第二是中国农民的革命性已经充分的表现出来”。[1]而后来瞿秋白对鲁迅的肯定，也是从政治的角度来做出评价的，他肯定鲁迅“从进化论到阶级论，从绅士阶级的逆子二臣进到无产阶级和劳动群众的真正的友人，以至于战士”。[2]取政治评判的角度，以政治眼光品评作家，在当时许多著名的批评家的批评文字中是比较普通的。例如茅盾的《徐志摩论》，就是从其阶级地位、政治态度来评价其创作道路的。而鲁迅为白莽、柔石、萧军、萧红作品所作的序中，在很大程度上也都是从政治上加以评价。尤其是在《白莽作〈孩儿塔〉序》中，更是从政治意义上肯定其作品“属于别一世界”。周扬在《论〈雷雨〉和〈日出〉》中，通篇都是从政治的视角切入，无论是分析戏剧人物还是分析戏剧结构，都是从“政治”上找原因，或以“政治”来加以解释。人物的个性和命运以及丰富的情感世界往往被政治概括所代替；而结构上的特点也被视为作者政治局限的产物。[3]

在当时的批评文字中，出现频率最高的词汇主要有“革命”“阶级”“时代”“政治”“意识”“大众”“把握”等等。文学话语中充满了政治性词汇，这的确是30年代文学批评的一个重要景观。

1　钱杏邨：《死去了的阿Q时代》，《太阳月刊》1928年3月号。

2　瞿秋白：《鲁迅杂感选集·序言》，《瞿秋白文集》（文学编）第3卷，人民文学出版社1989年版，第115页。

3　周扬：《论〈雷雨〉和〈日出〉》，《周扬文集》第1卷，人民文学出版社1984年版，第201—203页。

这里略举几例对茅盾创作的《春蚕》等作品的批评文字：

（《春蚕》）“写着最近的事情的，而且还把握住了鲜明的一九三二年中国农村社会的大恐慌而写出了，……茅盾能把握住这个当前的重要题材来写作，已是胜人一筹的地方，……所以我们看来竟似乎是一篇最成功而完好的作品了。……然而我们看，茅盾所写的老通宝和他周围的人物是无时代性的……”[1]

（《春蚕》）“应用着积极敏锐的观察，把握着积极的主题，……这他是成功了的，无论在意识上面或者技艺方面。……因为暴露，他是尽了责任，但是指示，他还嫌不够。……”[2]

“这社会科学的确定不移的理论，又在茅盾的《春蚕》和《秋收》里，得到完全的证实。当然，意识上是很正确的。……（但）这里的阶级意识，也是写得非常淡薄，非常微弱，非常模糊的。”（《林家铺子》）“在取材上，我们不能不说这是百分之百把握住了现实，意识上也是非常正确的。……当然，假如我们要‘吹毛求疵’来寻求缺点时，也并不是没有的。例如全篇阶级意识的模糊，斗争情绪的不够，林先生走投无路逼得携着女儿逃了，但究竟小市民阶级的出路在哪里？著者一些也未昭示出来。”[3]

从上述例子中可以看出30年代文学批评的政治化风格。茅

1　朱明：《茅盾的〈春蚕〉》，《现代出版界》第8期，1933年1月1日出版。

2　丁宁：《评〈春蚕〉》，转引自茅盾：《我走过的道路》（中），人民文学出版社1984年版，第138—139页。

3　罗浮：《评〈春蚕〉》，《文学月报》1933年7月第1卷第2期。

盾就曾说过，看30年代的许多批评文字，“观其词汇，动辄言‘把握’”，可以猜想作者“是社会科学的研究者”，因为“这在当时是马克思主义的代用词”。[1]我们不能说上述作者都是“社会科学的研究者”，但起码可以看出当时批评家多数是在使用社会政治的批评尺度，好用社会科学的述语。就连被茅盾称赞为“文章没有一句什么意识呀，什么唯物辩证法呀，但是，他的分析作品的深入却胜过其他人的”王蔼心的《〈春蚕〉的描写方法》一文，事实上也是从描写“农村崩溃”“动乱”的角度来评价作品的，并且文中也充斥着“民族走向复兴”“转向光明”等字眼。[2]

正是30年代左翼文学批评的政治化，使其在30年代的政治文化传播中起了重要的作用。“革命文学”倡导时期，“普罗文学”的观念和无产阶级革命意识得以广泛传播，当时的铺天盖地的文学批评文字功不可没。当时关于“革命文学”论争的文章几乎覆盖了所有的文坛刊物。查阅那一两年的理论批评文字，不管是哪一派的，不涉及“普罗文学”者，是少有的例外。因此，文学批评作为30年代的一种重要的“政治影响力”，是不容忽视的。所谓“影响力是行动者之间的这样一种关系：一个或更多行动者的需要、愿望倾向或意图影响另一个或其他更多行动者的行动，或

1　茅盾:《我走过的道路》(中)，人民文学出版社1984年版，第120页。
2　茅盾:《我走过的道路》(中)，人民文学出版社1984年版，第139—140页。

行动倾向”。[1] 30年代许多作家包括一些文学青年，他们的政治信念和政治价值观的形成，在许多情况下与自己的直接经验是有关的。即他们所经受的社会的变动和影响了大多数人的政治文化事件，这些变动和事件给他们的政治取向留下了深刻的印象。但在许多情况下，政治信念和政治价值观的形成，在很大程度上是靠个人从各类传播媒介的渠道获得。30年代左翼文学批评的文字正是在一定程度上起了这种启示和引导人们（包括作家在内）的政治信念和政治价值观的作用。30年代有许多作家，就在文学批评的影响力或者说在某种压力下，不断改变着自身。田汉就是这方面明显的例子。1928—1929年，田汉的新作《古潭里的声音》《湖上的悲剧》上演后，许多文学批评文章对这两部剧中流露出感伤情调和脱离现实斗争的描写提出了批评，说“你的作品是多么背着时代的要求啊”，“我们被饥寒所迫的大众等待着你们更壮烈的艺术”。[2] 这对推动田汉戏剧政治化倾向的加强起了重要作用。《古潭里的声音》最初多少带有一种艺术至上的唯美追求，在南京公演期间，有批评指出，“我们衣不蔽体、食不充饥的人们何须乎这避开现实去救灵魂的东西”，这一批评的声音惊醒了作者“低迷在脑筋里的艺术至上主义的残梦”，在后来发表的剧本中，田

1 ［美］罗伯特·A. 达尔:《现代政治分析》，王沪宁、陈峰译，上海译文出版社1987年版，第37页。

2 见田汉:《我们的自己批判》,《南国月刊》1930年第2卷第1期。

汉做了修改，使“古潭里的声音”中寄寓了更“繁复”的深意，多少去除了原先的“神秘莫测”。[1] 1929年7月，南国社第二次赴宁公演期间，田汉曾在南京各大学发表过《民众与戏剧》的演讲，恳切表示：“今后来宁当设法无条件地给予公众以精神上的安慰，使他们娱乐，使他们取得暗示——对未来更光明的社会的暗示！”[2] 在离宁回沪途中，南国社在无锡演出了田汉创作的象征统治者崩溃与新世界诞生的独幕话剧《一致》，回到上海后又创作并公演了反映工人痛苦生活和反抗斗争的新编三幕话剧《火之跳舞》等，这表明他在左翼文学批评的推进下创作态度有了鲜明的变化。这种变化在丁玲身上也有较充分的体现。据丁玲回忆，她当时所办《北斗》杂志，经常收到批评者的来信，来信内容多是给《北斗》提出改进意见，诸如指出编者“对于革命的认识，是一个小资产阶级的认识”，希望编者“用很大的力量研究社会学”；批评杂志所登载的“在内容和形式方面都是很坏的作品”；肯定编者“否定了过去而采取一条新途径这是对的”；建议编者在取材正确的基础上还要多“考虑”“观点正确不正确”，“能不能给读者一种宣传熏染的力量”；等等。[3] 这些批评的声音在很大程度上对作者的文学选择起了一种潜移默化的导向作用。丁玲在写出《莎菲女

1 《田汉戏曲集》第5集，上海现代书局1930年版。
2 《南国的戏剧》，上海萌芽书店1929年版，第15页。
3 《写给丁玲的四封信》，《新文学史料》1980年第1期。

士的日记》并因此而成名后，便有一些左翼文学批评的文字指出了她作品的不合时宜，认为“中国文坛上要求着比《莎菲女士的日记》更深刻更有社会意义的创作”。[1]而当她写出《一九三〇年春上海》《水》等作品时，她受到了文学批评界的高度赞扬和充分肯定。[2]这种批评界的态度左右了她文学创作中政治价值观的基本走向。丁玲自己在1933年就曾说过，自己写小说，开始只是“因为寂寞”，因为“对社会的不满”，所以想以笔来“说出”自己的“牢骚”。对于来自批评界对自己早期小说中“染上一层伤感”的批评，她是由“有点不服”到“反省之后也就承认”，“之后，在写作态度上，读者也看得出我是逐渐在变化”。她并没有明确意识到自己此后在写“革命小说”，甚至曾对自己的作品被当作“普罗文学”而“觉得冤枉”，但同时她又不得不承认，自己在不知不觉中“陷入恋爱与革命的冲突的光赤式的阱里去了”。[3]在30年代的许多作家那里都有类似于丁玲的这种经历。

1　《女作家丁玲》，《文艺月报》1933年7月15日第2期。
2　钱杏邨、冯雪峰等许多著名文学批评家均给丁玲的《水》等作品以充分肯定。
3　丁玲：《我的创作生活》，《创作的经验》，天马书店1933年版，第24—25页。

三

30年代左翼文学批评在当时的确起着引领文学审美倾向的作用。30年代左翼文学作品中普遍带有的对粗疏之美、力度之美的追求与30年代左翼文学批评的导向是分不开的。30年代“文坛上曾经出现过一个名词:‘力的文学’”。[1]这一名词是能够代表30年代左翼文学所显示出的整体的审美追求的。鲁迅当年就指出,30年代是一个“风沙相面,狼虎成群”的特殊时代,因而时代要求于文学的,是“耸立于风沙中的大建筑,要坚固而伟大,不必怎样精”,是“匕首和投枪,要锋利而切实,用不着什么雅”。[2]鲁迅在评价殷夫的诗歌时,就是从这一审美角度出发的。他把殷夫的诗比作“东方的微光”“林中的响箭”“冬末的萌芽”等富有生命和躁动之力的东西,虽然殷夫的诗在艺术上粗疏,但却由于它是“对于前驱者的爱的大纛”,“对于摧残者憎的丰碑”,因此,鲁迅认为,在这样的诗作面前,“一切所谓圆熟简练、静穆幽远之作,都无须来作比方,因为这诗属于别一世界”。[3]这种追求力度甚至崇尚粗疏而忽略精、雅的审美追求,通过左翼文学批评的提倡在30年代形成了一种文学的风尚。《流沙》杂志在创刊号的

1　茅盾:《力的表现》,载1933年12月1日《申报》副刊《自由谈》。

2　鲁迅:《南腔北调集·小品文的危机》,《鲁迅全集》第4卷,人民文学出版社1981年版,第575页。

3　鲁迅:《且介亭杂文末编·白莽作〈孩儿塔〉序》,《鲁迅全集》第6卷,人民文学出版社1981年版,第494页。

“前言”中明确向读者宣告:“读者诸君,你们在我们这里或者不能发现你们爱看的风花雪月的小说,不能听见你们所爱听的情人的恋歌——而所有的只是粗暴的叫喊!但你们听,霹雳一声何曾有什么节奏?卷地而来的狂风何曾有什么音阶?我们所处的时代是暴风骤雨的时代,我们的文学就应该是暴风骤雨的文学。”[1]直至在与“第三种人”论争大众文艺形式的价值问题时,冯雪峰仍坚持认为:“简单的艺术,只要是强有力的简单的艺术,能够感动多数的简单的大众读者,也就构成了它应当有的艺术价值。”[2]在对作家的具体作品的评价中,许多批评文字往往也从这个角度去加以褒贬。例如,对萧军的作品,就有批评者从其呈现出的“雄浑、沉毅、庄严的史诗”般的力度这一方面去加以肯定。[3]对叶紫的作品,鲁迅从一种“力”的显示,宣告“文学是战斗的”这一方面给以较高评价。[4]小说《大地的海》在《文学》月刊上连载时,编者在“后记”中就明确指出:“作者以他特有的雄健而又‘冷艳’之笔,给我们画出了伟大沉郁的原野和朴厚坚强的人民。”[5]即使作为女作家的萧红,批评者也对其作品在总体上具有的一种雄浑健壮的内在力量给以充分关注,鲁迅称其作品中“北方人民对于

1 《流沙·前言》,《流沙》创刊号,1928 年 3 月 15 日版。
2 丹仁(冯雪峰):《关于“第三种文学”的倾向与理论》,《现代》第 2 卷第 3 期,1933 年 1 月 1 日版。
3 常风:《近出小说四种》,《文学杂志》第 1 卷第 2 期,1937 年 6 月 1 日版。
4 鲁迅:《且介亭杂文二集·叶紫作〈丰收〉序》,《鲁迅全集》第 6 卷,人民文学出版社 1981 年版,第 220 页。
5 《文学》月刊第 8 卷第 2 期,1937 年 2 月 1 日。

生的坚强，对于死的挣扎，都往往已经力透纸背”。[1]胡风也曾称萧红的《生死场》有“用钢戟向晴空一挥似的”力度。[2]这种对“力的文学”的审美导向，甚至使一些非左翼作家、评论家在评价作品时，事实上所持的审美标准，往往也都偏向于对“力之美”的肯定。曾是 20 年代学衡派代表人物的吴宓，在 30 年代曾以激赏的眼光高度评价过茅盾的《子夜》等作品，他称:“吾人所最为激赏此书者”是“表现时代动摇之力，尤为深刻”。其次认为“此书是人物之典型性与个性皆极轩豁，而环境之配置亦殊入妙”，“其环境之配置，屡以狂风大雨惊雷骇电随文情以俱来”。最后指其作品的文字是，“笔势具如炎如荼之美，酣恣喷薄，不可控抟”。[3]吴宓评作品虽是从技巧着眼，但却是从“时代”“环境”“力度”等方面来肯定作品的“绝妙”“可贵”之处的。左翼文学批评的影响力可见一斑。同样，30 年代“京派”作家，在思想意识、文学观念上与前述左翼作家虽有距离，但在“力”的追求上却有趋同之势。“京派”主要批评家之一的刘西渭在评论叶紫的小说时，就曾以赞叹的笔调写下了这样的文字:“（叶紫的小说）始终仿佛一棵烧焦了的幼树，不见丰盈的姿态，然而挺立在大野、露出棱棱的骨干，给人茁壮的感觉，那不幸而遭电击的春暮的幼树，它

1　鲁迅:《且介亭杂文二集·萧红作〈生死场〉序》,《鲁迅全集》第 6 卷，人民文学出版社 1981 年版，第 408 页。
2　胡风:《〈生死场〉后记》,《胡风评论集》（上），人民文学出版社 1984 年版，第 398 页。
3　茅盾:《我走过的道路》（中），人民文学出版社 1984 年版，第 121—122 页。

有所象征。这里什么也不见，只见苦难，和苦难之余的向上的意志，我们不妨借用悲壮两个字来形容。……这是力，赤裸裸的力，一种坚韧的生命之力。”刘西渭还曾明确指出：“没有比我们这个时代更需要力”的；他甚至将“力的文学”看作“中国新文学的高贵所在”和“艺术价值”的“标志”。[1]

左翼文学批评对30年代左翼文学的发展起到了重要的制约作用。由于过于注重从社会政治的角度看问题，也使当时的多数左翼文学批评文章中较少关注艺术自身的东西，许多批评家们似乎也缺少那样一种艺术的兴趣，这多少形成了许多文学批评文字过于空疏、过于宏观和过于原则的弊病。这给左翼文学创作在艺术性的发展多少也带来了一些不利的影响。据茅盾回忆，“在一九三二——三三年顷，曾出现过所谓文艺批评的‘危机’，作家们和批评家之间的关系有点紧张”，其“危机”主要表现在当时许多文学批评文字“每每是‘从大处落墨’的空泛论断，什么‘没有把握时代的精神’，‘无视了许多伟大的斗争’，‘没有写出新时代的英雄’等等，却很少见到作具体分析的评论，也很少听到对作家创作的甘苦表示体恤的。”[2]其实，关键的问题并不在于批评家能不能“体恤”“作家创作的甘苦”，而在于当时批评家们写批评文字的目的。由于写批评文字的目的旨在于传达政治信息，向

1 刘西渭：《叶紫的小说》，《咀华二集》，文化生活出版社1942年版，第55页。
2 茅盾：《我走过的道路》（中），人民文学出版社1984年版，第143页。

观众灌输政治价值观，为读者做政治的导向，那么，作家创作的文学作品也仅是批评家借以发言的一个“因由”，而批评绝不会止于“因由”，必经“生发开去”。当“因由”作为“引子”将批评和所要阐发的话题引出后，作家创作本身也许并不那么重要了。“当文学作品被不同的读者出于不同的需要而加以利用时，其真正的面目就被发掘、改造、曲解”。“作者的原意被一些假设的、符合新读者需要的新意图所取代”。“这一机制”在文学社会学中被称为“创造性背叛”。[1]30年代，文学批评在对作家创作的“阅读”中，普遍存在着这种“创造性背叛”。

这种阅读中的“创造性背叛”说白了就是一种“误读”，而在30年代文学批评中，对文学作品常常构成的正是“政治性的误读”。茅盾就曾说到当年许多批评文章在评论他的《春蚕》《秋收》《残冬》《子夜》等作品时，往往先将其定位在阶级、革命斗争方面，然后再从批评家要求的这一主旨对作品的得失加以批评，全然不从作品的实际出发。例如凤吾（钱杏邨）就批评茅盾的这些作品“还没有很好地从杂多的现实中，去寻出革命的契机，而把它描写为革命的主题，发挥主题的积极性，以完成其前进作家必须担负起的任务”。“作者非辩证的超阶级的纯客观主义的态度，是不断地妨害了作者。对于事件的更深入的理解……”。因此要求作者“能

1 ［法］罗·埃斯卡皮：《文学社会学》，王美华、于沛译，安徽文艺出版社1987年版，第55、139页。

坚苦地学习辩证唯物论”。[1]这种批评的内容，与作品确实很隔，一点没有对作家创作的“体恤”，而是以批评者主观对作品的政治期待来理解作品、批评作家。在 30 年代这种批评的尺度有时不仅用于评论作家作品，甚至用来评论学术研究著作。例如阿英曾对鲁迅《中国小说史略》中论晚清小说的一章提出批评：“鲁迅先生未能首先重视其政治影响，及在当时社会上所起的亦有利于革命的作用，和这样体制风行一时与新闻纸性质适应的关系，使论断更为准确，未免是一遗憾。”[2]这种以自己对学术研究的政治预设来评价别人的研究成果，其思路也正是当时左翼文学批评普遍的政治风气之下的产物。

总之，从 30 年代文学批评与政治文化关系的状况，可以见出当时政治文化氛围对于文学批评的制约作用。而这种政治化了的文学批评又构成了文学语境的重要组成部分，对读者的阅读眼光和阅读需求起着引领作用，对左翼文学的审美取向起着导向作用，以及对作家的创作产生着重要的影响和制约的作用。

（原载《中国现代文学研究丛刊》2006 年第 5 期）

---

1 茅盾：《我走过的道路》（中），第 140—141 页。
2 阿英：《小说三谈》，古籍出版社 1979 年版，第 204 页。